U0007190

1813

傲慢與偏見

PRIDE AND PREJUDICE

珍・奧斯汀

柯乃瑜 —— 譯

經典文學 45

雅藏珍・奧斯汀：逝世兩百周年紀念版

傲慢與偏見

Pride and Prejudice

作者　珍・奧斯汀（Jane Austen）
譯者　柯乃瑜
社長　陳蕙慧
副社長　陳瀅如
總編輯　戴偉傑
責任編輯　張立雯、黃少璋
行銷企劃　廖祿存
排版　極翔企業有限公司

出版　木馬文化事業股份有限公司
發行　遠足文化事業股份有限公司（讀書共和國出版集團）
地址　231新北市新店區民權路108之4號8樓
電話　02-2218-1417　傳真　02-8667-1891
email: service@bookrep.com.tw
郵撥帳號　19588272 木馬文化事業股份有限公司
客服專線　0800221029
法律顧問　華洋法律事務所 蘇文生 律師
印刷　成陽印刷股份有限公司
二版　2018年12月
二版12刷　2024年6月
定價　新台幣360元

ISBN 978-986-359-614-1
有著作權　翻印必究
特別聲明：有關本書中的言論內容，不代表本公司/出版集團之立場與意見，文責由作者自行承擔。

Chinese (Complex Characters) copyright © 2018 by ECUS Publishing House Co.
ALL RIGHTS RESERVED

國家圖書館出版品預行編目(CIP)資料

傲慢與偏見 / 珍・奧斯汀（Jane Austen）著；柯乃瑜譯. -- 二版. -- 新北市：木馬文化出版：遠足文化發行, 2018.12
面；　公分. --（經典文學；45）
譯自：Pride and prejudice
ISBN 978-986-359-614-1（平裝）

873.57　107019583

專文推薦

珍・奧斯汀的妹妹們：一段《傲慢與偏見》的當代再現史

施舜翔（作家，文化評論人）

歷史上，每隔一段時間就會掀起一陣珍・奧斯汀狂熱。緊接在珍・奧斯汀之後的維多利亞時期有珍迷（Janeites），一次大戰期間有珍迷，二次大戰期間有珍迷，一直到九〇年代，柯林・弗斯（Colin Firth）主演的ＢＢＣ經典影集《傲慢與偏見》，以及海倫・費爾汀（Helen Fielding）的著作《ＢＪ單身日記》（*Bridget Jones's Diary*），再次帶起一波延續至今的「後女性主義」奧斯汀浪潮。珍・奧斯汀的粉絲有個代號，叫做珍迷；珍・奧斯汀的熱潮也有個名字，叫做奧斯汀熱（Austenmania）[1]。兩個世紀以來，大家一直想知道，為什麼不是其他小說家，偏偏是珍・奧斯汀備受寵愛？布朗斯坦（Rachel M. Brownstein）甚至寫了一本珍・奧斯汀研究，書名就叫做《為什麼是珍・奧斯汀》（*Why Jane Austen?*）。

我們也都知道，在珍・奧斯汀的六本小說中，真正讓她地位歷久不衰的，還是《傲慢與偏

1 關於過去兩百年來的珍・奧斯汀狂熱史，請見強森（Claudia L. Johnson）的《珍・奧斯汀的教派與文化》（*Jane Austen's Cults and Cultures*）。

見》。大家都讀《傲慢與偏見》，大家都愛《傲慢與偏見》，於是，大家也都開始寫出屬於自己的《傲慢與偏見》。有人延續《傲慢與偏見》，例如從達西觀點出發重談一次戀愛的《達西的故事》（*Darcy's Story*），例如讓伊莉莎白最叛逆的妹妹繼續冒險的《莉蒂亞的故事》（*Lydia Bennet's Story*）。也有人挑戰《傲慢與偏見》，例如將這本小說寫成推理謀殺故事的《達西的難題》（*Death Comes to Pemberley*），例如讓這本小說走入喪屍世界的《傲慢與偏見與殭屍》（*Pride and Prejudice and Zombies*）。延續《傲慢與偏見》與挑戰《傲慢與偏見》，恰好反映出當代讀者對珍・奧斯汀曖昧複雜的愛恨情仇。

在延續與挑戰之外，《傲慢與偏見》也不甘於停留在攝政時期，硬要穿越時空，走入現在。有人現代化珍・奧斯汀，例如海倫・費爾汀一九九六年那本帶起都會女性文學（chick lit）浪潮的《BJ單身日記》。有人直接走入《傲慢與偏見》的世界，例如英國熱門影集《珍愛奧斯汀》（Lost in Austen）。於是《傲慢與偏見》化為當代文學場景中，最鮮明的矛盾修飾格——既古典又現代，既是過去也是未來，在「後女性主義」時期，重寫「前女性主義」的性別關係。「後女性主義珍・奧斯汀」（postfeminist Austen），於是成為學界新興的熱門研究主題。究竟《傲慢與偏見》如何成功越過兩百年，反覆詰問我們對性別、對愛情、對慾望的想像？在問完「為什麼是珍・奧斯汀」以後，我們是不是也應該問：「為什麼是《傲慢與偏見》」？[2]

如果珍‧奧斯汀是單身女郎：現代化《傲慢與偏見》

六〇年代，海倫‧葛莉‧布朗（Helen Gurley Brown）以一本《慾望單身女子》（*Sex and the Single Girl*），在全球掀起單身女子浪潮，讓單身不再是婚姻以前的前置階段，讓單身化為城市少女的解放革命。九〇年代，《BJ單身日記》以自創的單身女郎（singleton）一詞，一方面呼應海倫‧葛莉‧布朗，一方面寫下九〇年代版的《傲慢與偏見》。《BJ單身日記》裡面也有一個達西先生，可是三十二歲的單身女郎布莉姬不再是伊莉莎白。如果說，在《傲慢與偏見》中的攝政時期英國，女人必須以婚姻保全自我，那麼，在《BJ單身日記》中的九〇年代倫敦，女人則以單身重新定義自己。「前女性主義」時期的婚姻問題，「後女性主義」時期的單身問題，就濃縮在《BJ單身日記》中布莉姬的游移矛盾上。

在《傲慢與偏見》中，伊莉莎白以愛情挑戰攝政時期為求經濟保障結合的婚姻觀。所以伊

2 關於「後女性主義珍‧奧斯汀」現象中的性別政治，學者意見不一。瓊斯（Vivien Jones）認為都會女性文學與「後女性主義」珍‧奧斯汀聚焦的主題依舊是愛情，埋藏在當代改編底下的仍是保守的性別思維。不過，寇普（Shelley Cobb）認為瓊斯的結論過於簡單。她以《珍‧奧斯汀讀書會》（*The Jane Austen Book Club*）與《珍愛奧斯汀》中的女主角為例，指出女性讀者如何挪用珍‧奧斯汀解決自己對當代文化的不滿，珍‧奧斯汀與後女性主義文化之間，因此存在曖昧矛盾的關係。

莉莎白之所以是伊莉莎白，不是夏洛特，是因為她的愛情。在《BJ單身日記》中，布莉姬一方面以愛情教戰手冊企圖收服自己暗戀的上司，一方面大方享受性愛、毫不羞愧。布莉姬既信仰愛情卻又嘲諷愛情，既渴望婚姻又享受單身。如果說，伊莉莎白在挑戰舊有婚姻觀念的同時，又樹立了另一個婚姻與真愛結合的典範，布莉姬則以自己的矛盾，自己的情慾，重新定義了九〇年代的單身女郎，也重新定義了珍．奧斯汀。與其說布莉姬是現代版伊莉莎白，不是說布莉姬是伊莉莎白那個到處闖禍、不受規範的妹妹莉蒂亞。《BJ單身日記》讓莉蒂亞取代伊莉莎白，將《傲慢與偏見》化為情慾羅曼史，也讓珍．奧斯汀變身九〇年代最炙手可熱的單身女郎。

《BJ單身日記》將《傲慢與偏見》化為都會女性小說，《麗淇的私密日記》（*The Lizzie Bennet Diaries*）[3]卻將《傲慢與偏見》化為網路少女影集。在這部二〇一二年轟動一時的網路影集中，二十四歲的研究生麗淇和伊莉莎白一樣，有個急著把自己嫁出去的老媽，有個離經叛道的妹妹莉蒂亞，也遇上了高傲內斂的達西先生。不過，這一次，麗淇可以透過網路，說自己的故事。

《麗淇的私密日記》讓麗淇在好友夏綠蒂的幫助之下，透過影像網誌（vlog）再現自己的生活。所以，原本的第三人稱聚焦敘事，化為第一人稱影像敘事。但是，《麗淇的私密日記》也沒有那麼簡單。麗淇的影像網誌不時受到莉蒂亞的干擾與夏綠蒂的剪輯，因此，與其說這是麗淇的私密日記，不如說這是少女的眾聲喧嘩。在《傲慢與偏見》中，伊莉莎白得天獨厚，化為所有少女仰慕認同的目標，在《麗淇的私密日記》中，觀點卻開始四散，認同也開始交錯；觀眾可以替反派角色說話，也可以喜歡莉蒂亞多於伊莉莎白。《麗淇的私密日記》因此模糊了觀眾與文本之間的既有界線，也開創了認同邊陲角色的多重可能。[4]

從《BJ單身日記》到《麗淇的私密日記》，現代化《傲慢與偏見》不只將前女性主義的珍・奧斯汀搬到後女性主義的流行文化，更註記了當代文化史中的女性圖像。「現代化」於是注定「歷史化」，《傲慢與偏見》也於是超越既有文本框架，成為一個不斷記載歷史性別圖像的流動文化場域。

珍・奧斯汀的戀人絮語

珍・奧斯汀曾在《諾桑格寺》（*Northanger Abbey*）中嘲諷歌德羅曼史，建立自己與歌德羅

3《麗淇的私密日記》在二〇一二年連載於youtube，同時結合臉書、推特、Tumbler等社群媒體與觀眾進行互動，獲得廣大迴響。二〇一三年，同一製作團隊「數位彭伯里」（Pemberley Digital）改編珍・奧斯汀的《艾瑪》（*Emma*）為另一部網路影集《艾瑪說了算》（*Emma Approved*）。二〇一四年，蘇（Bernie Su）與蘿瑞克（Kate Rorick）將《麗淇的私密日記》改寫成小說。

4 在《傲慢與偏見》中，珍・奧斯汀雖然使用第三人稱敘事，大部分的事件卻來自伊莉莎白的觀點。這是刻意的敘事技巧，讓讀者不知不覺認同伊莉莎白，跟著伊莉莎白經歷誤解達西先生的過程。

曼史之間曖昧模糊的美學距離，但珍．奧斯汀的小說談的畢竟是愛情，她當然擋也擋不住《傲慢與偏見》被後世少女視為羅曼史始祖，讀成哈樂昆羅曼史（Harlequin romance）。當《傲慢與偏見》化為愛情教戰手冊，當男人全都被拿來與達西先生作比較，《傲慢與偏見》也不得不「後設」。

英國影集《珍愛奧斯汀》是「後設」珍．奧斯汀的代表作。倫敦少女亞曼達不愛男友，只愛達西；不想出門談戀愛，只想躲在家看《傲慢與偏見》。亞曼達因此覺得自己生錯了時代——如果能夠活在《傲慢與偏見》裡面就好了。想不到，浴室傳來一陣聲響，伊莉莎白居然就這樣闖進亞曼達的世界，亞曼達也因此發現一道通往《傲慢與偏見》的魔法之門。就這樣，伊莉莎白走入了現代倫敦，亞曼達走入了攝政英國；兩個少女一個向前走，一個向後走。

在二十一世紀的倫敦不滿現況的亞曼達，到了珍．奧斯汀筆下的攝政時期，卻發現自己也與兩百年前的幻想世界格格不入。她在舞會後衝動親吻賓利先生，和班奈特姊妹聊起燙髮知識與隱形眼鏡，甚至一派輕鬆地提及自己如何拒絕男友的求婚。對珍．奧斯汀的文學世界而言，亞曼達是超越時空的存在。《珍愛奧斯汀》最有趣的，正是這樣的「雙重錯置」——在當代中想像珍．奧斯汀，在珍．奧斯汀裡召喚當代。珍．奧斯汀與當代少女的時空交錯，正好在「前女性主義」與「後女性主義」的矛盾並置中，提醒我們性別的圖像無法固定，性別的意義不是絕對；沒有單一的女性主體位置，只有複數的女性流動圖像。[5]

亞曼達不只經歷了雙重錯置，也展現出雙面意識。在《傲慢與偏見》的世界中，擁有「後設」知識的她，早已知道所有角色設定，所有故事情節。因此在珍的眼裡，亞曼達一如先知。可是，亞曼達卻也沒有想到，自己意外的闖入會改寫《傲慢與偏見》——賓利先生不小心愛上了她，珍嫁給了柯林斯先生，而自己也在不知不覺中，步上了伊莉莎白的後塵，愛上了那個傲慢的達西先生。亞曼達既掌握愛慾知識又重陷無知、既顛覆《傲慢與偏見》又重複《傲慢與偏見》的矛盾，恰好符合了莫德烈斯基（Tania Modleski）在《羅曼史的甜蜜復仇》（*Loving with a Vengeance*）中所說的女性讀者之「雙面意識」。亞曼達就是珍迷，就是我們。在反覆閱讀《傲慢與偏見》的過程中，我們一方面無所不知，一方面卻又佯裝無知，如此才能一次又一次跟著珍．奧斯汀，重新與達西先生談戀愛。

如果《珍愛奧斯汀》讓我們發現珍迷的雙面意識，珊寧．海爾（Shannon Hale）的《珍愛夢公園》（*Austenland*）則讓我們看穿珍迷的模仿結構。三十好幾的紐約單身女子珍．海斯，不禁讓我們回想起九〇年代的倫敦單身女郎布莉姬。不過，布莉姬或許喜歡ＢＢＣ影集《傲慢

5 珍．奧斯汀的小說在第二波女性主義與女性主義文學批評興起以後，受到學界激烈的辯論。珍．奧斯汀再現的性別政治究竟能不能被視為「女性主義」，學者至今沒有定論。關於珍．奧斯汀與女性主義之間的矛盾關係，可以參考盧瑟（Devoney Looser）主編的《珍．奧斯汀與女性主義論述》（*Jane Austen and the Discourses of Feminism*）。

與偏見》中的柯林．弗斯，珍．海斯卻是只能迷戀達西先生，不能愛上凡夫俗子。這樣的單身女子，來到仿擬英國攝政時期的古典遊樂園「奧斯汀莊園」中，終於能夠親自體驗作為珍．奧斯汀世界中的女主角是什麼滋味。

在「奧斯汀莊園」中，珍．海斯穿上攝政風格胸衣，以物質層層疊疊建構攝政時期陰性特質；在「奧斯汀莊園」中，她也引用珍．奧斯汀小說，以文本字字句句重塑文學世界女性身分。原來珍．奧斯汀的文學世界不是真實的存在，而是近似迪士尼樂園打造出來的後現代擬像；也原來珍．奧斯汀的女性英雄不是穩固的象徵，而是透過文本與符號不斷重生的想像共同體。更重要的是，當珍．海斯不小心愛上了那個扮演達西先生與她相戀、又傲慢又迷人的諾伯里先生，她忍不住開始問自己，這份愛情究竟是真還是假？眼前的究竟是達西先生還是諾伯里先生？有沒有可能，愛情之所以為愛情，只因為珍．奧斯汀；而諾伯里先生之所以為諾伯里先生，也只因為達西先生？

如果說，羅蘭．巴特（Roland Barthes）用一本《戀人絮語》（*A Lover's Discourse*）揭露愛情的語言結構與表意系統，從此沒有先於語言的戀人，沒有先於符號的愛情，那麼，《傲慢與偏見》就是獨屬於珍迷的戀人絮語。在珍迷的世界中，沒有先於達西先生的男人，沒有先於《傲慢與偏見》的愛情。所有的愛情與慾望，都只能在珍．奧斯汀的語言與符號中產生意義。這樣看來，真正解構了愛情的，或許正是那些在珍．奧斯汀戀人絮語中流連忘返的文學少女們。

參考文獻

Austen, Jane. Pride and Prejudice. Oxford: Oxford UP, 2004.

Brown, Helen Gurley. Sex and the Single Girl. New York: Bernard Geis Associates, 1964.

Brownstein, Rachel M. Why Jane Austen. New York: Columbia UP, 2011.

Cobb, Shelley. “What Would Jane Do? Postfeminist Media Uses of Austen and the Austen Reader.” Uses of Austen: Jane’s Afterlives. Eds. Gillian Dow and Clare Hanson. New York: Palgrave MacMillan, 2012. 208-227.

Fielding, Helen. Bridget Jones’s Diary. London: Picador, 1996.

Hale, Shannon. Austenland. New York: Bloomsbury, 2008.

Johnson, Claudia L. Jane Austen’s Cults and Cultures. Chicago: U of Chicago P, 2014.

Jones, Vivien. “Postfeminist Austen.” Critical Quarterly 52.4 (2010): 65-82.

Looser, Devoney, ed. Jane Austen and the Discourses of Feminism. New York: Palgrave Macmillan, 1995.

Modleski, Tania. Loving with a Vengeance: Mass-produced Fantasies for Woman. Hamden: Archon,

1982.

Raitt, George. "Lost in Austen: Screen Adaptation in a Post-Feminist World." Literature Film Quarterly 40.2 (2012): 127-141.

Simons, Judy. "Jane Austen and Popular Culture." A Companion to Jane Austen. Eds. Claudia L. Johnson and Clara Tuite. Malden: Blackwell, 2009. 467-77.

Su, Bernie and Kate Rorick. The Secret Diary of Lizzie Bennet. New York: Touchstone, 2014.

Wells, Juliette. Everybody's Jane: Austen in the Popular Imagination. London and New York: Continuum, 2011.

系列導讀一

社會與人性的觀察家：談珍・奧斯汀的長篇小說

高瑟濡（臺灣大學外國語文學系副教授）

《傲慢與偏見》：所謂「全世界最幸運的家庭」

當我跟伊莉莎白・班奈特（Elizabeth Bennett）差不多年紀時，《傲慢與偏見》（*Pride and Prejudice*, 1813）的愛情故事吸引了我所有的注意力與想像力。她並非大姐珍（Jane）那種楚楚動人的第一眼美女，卻是五位姊妹中最有想法、最聰穎、自尊心也最強的一位。而正如同二十世紀末的全英國女性，都曾為ＢＢＣ電視影集版（一九九五年）裡，柯林・佛斯（Colin Firth）所飾演的達西先生（Mr. Darcy）那帶點傻氣與微慍的愛慕眼神著迷一般，遠在東方的現代少女也同樣曾嚮往身邊有個屬於自己的達西先生。即便自己無論是在社交、職場或愛情上，笨拙與平凡的等級，明明比較接近每天不忘記錄卡路里與體重的那位圓潤迷糊傻大姐布莉琪・瓊斯[1]，卻也仍然幻想相愛的兩人能在互相碰撞、彼此傷害，甚至在對方面前出糗而自慚形穢時，能從對方眼中體悟到自己的傲慢與偏見，並一同羞愧反省。

在珍・奧斯汀（Jane Austen）所創造出來的世界中，達西先生跟伊莉莎白可謂是理想典型的「白富美」配「高富帥」。雖然一般讀者都會同意，嚴格來說奧斯汀的角色中並沒有徹頭徹尾的大壞蛋，但若一定要推派渣男代表，那應該就是那些擅長利用自己的費洛蒙，誘惑純潔少女逾矩、私訂終身或甚至大膽私奔，最後卻能輕易屈服於財勢而背叛承諾、始亂終棄的危險男人。少數惡女們也不遑多讓，玩弄各種小手段賣力釣金龜婿，一旦遇到更可口的獵物，瞬間就能轉彎。但是奧斯汀筆下的「白富美」，儘管各自也有小缺點及小盲點，在求偶的競爭市場中被標示高低不等的價值，卻毫無例外都對感情直率而沒有心機。她們所能提供的珍寶，往往不是能贈予夫家的社會地位與嫁妝，或甚至也不是足以誇耀的過人聰慧、才藝與美貌，而是一顆清楚而富有常識（common sense）的腦袋。她們的美，則展現在其如何努力平衡自身情慾和社會要求，如何在群體中定義與扮演自身角色，如何在謹慎斟酌（discretion）的自我節制下追求自我。

至於所謂的「高富帥」，達西先生因為社會地位高而備受尊敬，即令是平常詼諧幽默、談笑風生的班奈特先生（Mr. Bennett），在他的智慧沉著與成熟自信面前，也不禁要收斂幾分。與同樣富有的賓利先生（Mr. Bingley）不同的是，達西先生與《理性與感性》（*Sense and Sensibility*, 1811）中的布蘭登上校（Colonel Brandon）及《艾瑪》（*Emma*, 1815）中的奈特利先生（Mr. Knightley）一樣，皆為大地主，他所擁有的大莊園彭伯里（Pemberley），是他之所以有資格被讚譽為「超絕高富帥」的源頭，也是讓伊莉莎白愛上他的觸媒。相較於以錢咬錢的資本家，這三位大地主的共同魅力，以及種種英雄救美帥氣作為背後的支持力量，並非房地資

1 Bridget Jones，英國女作家Helen Fielding筆下《BJ單身日記》（*Bridget Jones's Diary*, 1996）的女主角。該部小說的靈感即來自於《傲慢與偏見》，電影改編版（二〇〇一年）也邀請到當時人氣爆表的柯林・佛斯出演現代版的達西先生——馬克・達西（Mark Darcy）。

產（estate）所創造的財富及賦予的社會地位，而是他們勇於承擔大家長責任後散發的領袖風範與魄力，是親力親為管理莊園大小事務後培養出來的判斷力、決斷力與行動力，是用心關照上下所有家族成員時所展現的仁慈與善良，也是能善用智慧和權勢導正偏差、讓波瀾四起的社會回歸平衡的手腕。

最重要的是，相較於那些經濟還無法獨立，所以需要阿諛奉承、委屈順服的窩囊繼承人們（heirs），例如《理性與感性》中的愛德華·費勒斯（Edward Ferrars）與約翰·韋勒比（John Willoughby），以及《艾瑪》中的法蘭克·邱吉爾（Frank Churchill），抑或是從事牧師或海軍職業的非繼承人們，達西先生的彭伯里、布蘭登上校的戴拉弗（Delaford），以及奈特利先生的丹威爾（Donwell Abbey）等莊園的富裕繁榮，象徵著這三位「高富帥」在當時英國社會複雜網絡中所享有的珍貴自由。或許在奧斯汀小說的社會背景中，也只有這樣的達西先生，才能將班奈特一家從原本可預期的悲慘命運中解救出來，甚至使之一躍成為小說敘事者戲稱之「全世界最幸運的家庭」。

《理性與感性》：非關理性或感性抉擇的宿命

在《理性與感性》中，與珍和伊莉莎白一樣姊妹情深的艾蓮娜．達希伍德（Elinor Dashwood）和瑪莉安．達希伍德（Marianne Dashwood），最終可說也是仰仗大地主布蘭登上校而得以雙雙掙脫悲劇宿命。兩對姊妹同樣生活在長子繼承制（primogeniture）的陰影下，但正如執導這部小說一九九五年電影改編版本的李安導演所深刻體會到的，失去了父親與兄長保護的達希伍德姊妹們，其所面臨的禮教束縛、經濟困窘以及社會地位帶來的限制，比起還有父親守護、仍可維持仕紳家庭生活水準的班奈特姊妹們要殘酷許多。無論是乾柴烈火型的瑪莉安，或是悶騷型的艾蓮娜，她們從小在優渥順遂的環境下培育出上等品味、教養與美德，卻在失怙後，由於繼承了大筆遺產的同父異母兄長，自私冷血地吝於提供經濟資助，因而得承受在婚姻市場中大幅貶值的命運，令人不禁為之惋惜而欷噓。

雖然乍看之下，達西先生很明顯因為自身的各種優勢而言行舉止傲慢，伊莉莎白則太過相信自己的第一眼直覺而總是太快對人下評斷，然而這兩人不止在衝突中揭露彼此的缺點，也在自省中看到自己有著跟對方一樣的缺點，因而才更能彼此寬容、理解。同樣的，雖然艾蓮娜顯然代表理性而瑪莉安代表感性，然而其實兩人都兼具理性與感性，差別在於艾蓮娜以理性節制與壓抑她豐沛的情感，務求不因一己之私情而為他人、尤其是家人帶來痛苦折磨，瑪莉安則忠實於自己的情感，不受外界目光左右，轟轟烈烈去愛，最後也用全身心靈去承受被背叛的屈辱與傷痛。

在這部直接以「理性與感性」命名的小說中，奧斯汀傳達了她對於這兩項特質的複雜矛盾態度。她小心翼翼讓極可能會被批評為任性自私的瑪莉安擁有許多美好特質，而雖然不少讀者對於瑪莉安最後的結局不太滿意，甚至質疑只有單方愛慕的婚姻，對於感情豐富的瑪莉安不知到底要算獎賞還是處罰。但就當時的社會而言，布蘭登上校所能提供給達希伍德一家的物質生活與社會地位，遠遠超出她們原本所能夢想的。此外，布蘭登上校的年紀（三十五歲）雖然是瑪莉安（十六歲）的兩倍，但身為「高富帥」的他，絕不單僅能引導瑪莉安學習控制收斂感性，而是反而能寵愛甚至溺愛她，給予她更多個人空間與自由。至於瑪莉安，這樣的結局也允許她繼續沉陷於心碎與幻滅中，直到她能打從心底真正超脫，一方面佐證那段感情的真摯與深刻，一方面也能為她從瑪莉安派讀者那裡贏得更多憐惜。

兩相比較之下，艾蓮娜在感情路上所受的磨難其實並不亞於瑪莉安，但她的愛情與婚姻伴侶卻平淡普通許多。雖說她與愛德華彼此吸引，但愛德華因為與璐西（Lucy Steele）私訂終身而被母親斷絕關係，在經濟上還是得仰賴布蘭登上校給予的教區牧師職位。若單以結果論來看，可見奧斯汀對於以理性壓抑感性、重視群體勝過個人主體的行為，也並非毫無保留地支持。關於這點，可從另外兩位與艾蓮娜有類似個性與命運的女主角中得到更多佐證：《傲慢與偏見》中的珍．班奈特就是因為過於矜持內斂，達西先生才會懷疑她對賓利先生的感情，甚至試圖拆散兩人，避免已用情至深的好友賓利先生受到傷害；《勸服》（*Persuasion*, 1817）中的安．艾略特（Anne Elliot）則接受了教母羅素夫人（Lady Russell）的勸服，在種種現實考量下拒絕了溫斯沃斯上校（Captain Wentworth）的求婚，但懊悔卻隨著時間與青春的流逝越來越深。

從現代觀點來看，或許問題的癥結從來都不是在理性與感性之間作抉擇。誤會解開後，賓利先生仍然熱情地回到珍．班奈特身邊，而溫斯沃斯上校在見識過活潑外向的路易莎．穆斯格羅夫（Louisa Musgrove）那絲毫不考慮後果的莽撞行為後，也願意放下七年多以前被拒絕的屈辱，重新愛上冷靜沉著、善良可靠的安。跟韋勒比一樣都是私訂終身的愛德華，可以信守一個已被證實是錯誤的承諾，直到女方主動背叛、轉移目標到費勒斯家的新繼承人——愛德華的弟弟身上。《艾瑪》中的法蘭克．邱吉爾在珍．菲爾費克斯（Jane Fairfax）的堅持下，努力配合守住兩人私訂終身的祕密，甚至與艾瑪公開調情做為煙霧彈，直到可能反對珍．菲爾費克斯的舅媽過世後，才得以在舅舅的許可與祝福下結婚。無論是上述哪個例子，無論是選擇公開放閃或默默甜蜜，備受折磨的永遠都是投入真愛與謹守道德份際的那方。因此，問題的癥結說到底，還是抵擋不住財富壓力與誘惑的那方，而讓渣男惡女成為渣男惡女的根源，則是那允許財富操控人類情感、引誘人背叛的社會經濟制度。

《艾瑪》與《勸服》：婚姻關係與領導階級的重新想像

在六部小說中，另一個同樣讓不少讀者感到不滿意的結局，當數《艾瑪》裡，艾瑪・伍德豪斯（Emma Woodhouse）與奈特利先生幾乎毫無任何情慾元素鋪陳的結合了。由於這部小說的敘事觀點幾乎完全站在艾瑪的視角，而既然艾瑪堅信自己不需要、也不想要進入給女性太多束縛的婚姻中，又把大半時間與精力投注在教育自己自願照顧的海莉葉（Harriet Smith）並幫她找到好歸宿，以及幻想法蘭克・邱吉爾對自己理所當然的著迷中，再加上艾瑪受限與偏頗的視角，正是故事情節中造成各種誤解的源頭，因此無論是奈特利先生坦承自己對艾瑪多年的愛慕，或是艾瑪在海莉葉的告白威脅下體認到奈特利先生對自己的重要性，對於讀者來說，都是結局前突如其來的大爆點。

此外，艾瑪具備不少類似現代拉子的特質，而這也讓因此欣賞她的讀者們（特別是現代女性讀者們），難以接受她最後仍不能免俗地進入婚姻中。艾瑪是一隻驕傲的孔雀，她充分瞭解、也能充分利用自己所擁有的各種優勢，包括聰明才智、權威自信、心智力量以及財富地位等。在所有奧斯汀的女主角中，她是唯一有資格排拒婚姻，且能在各方面都與男主角相抗衡的角色，即便她有不少小缺點，尤其是以自我為中心的優越感，對於周遭的人事物又似乎一直做出錯誤判斷，但她在與奈特利先生的爭論中，卻總是能提出讓讀者也不得不贊同的觀點。她的目光完全聚焦在海莉葉與珍這兩個女性角色上，她似乎對男性缺乏情慾想像，因此感受不到艾爾頓先生（Mr. Elton）對她的追求，而法蘭克的猛獻殷勤也對她起不了致命誘惑，不可能造成實質傷害。她懂得欣賞海莉葉的女性美，並站在如同雕刻家畢馬龍[2]的男性主宰地位上，夢想將海莉葉型塑成她心中的理想女性，並為之找到足以匹配的對象。她對於珍的敵意，除了是因為嫉妒她足以與自己匹敵的教養與聰慧之外，或許更多是來自於無法進入對方的心靈世界、對她的人生無法有任何參與及影響。

像這樣一位女子的婚姻，在歷史與社會的脈絡下自有特別意義。奧斯汀創作的年代，也是浪漫詩人們創作的年代，他們同樣都經歷了工業革命、貴族沒落、社會階級鬆動、法國大革命、拿破崙戰爭等經濟、社會與政治各方面的遽變。這些現實社會中的難題與挑戰，雖然常被奧斯汀的讀者忽略，但也從未在作品中缺席。《艾瑪》與《勸服》即可被視為是奧斯汀在動亂時代中，對於婚姻關係與領導階級的重新想像。前者描繪具有自我反省意識與能力的統馭者，在不斷辯證與互相警惕中自我精進，而後者則主張以美德與能力作為衡量菁英領導階級的新標竿，取代完全由血統決定、已日趨墮落的世襲制。

---

2 Pygmalion，古羅馬詩人奧維德（Ovid）作品《變形記》（*Metamorphoses*）中的賽普勒斯雕刻家。他用雕刻在象牙上體現出自己心中的理想女人形象，卻不由自主愛上這個自己一手創造出來的成品，甚至渴望能在現實生活中找到一模一樣的女人。

若從這樣的角度來審視艾瑪這個角色，那麼她的缺點正是掌握權勢者在毫無節制下的自我膨脹，也正是她在成長為理想統治者的過程中，必須要有所自覺且加以克服的。因為她在財勢、地位與智慧各方面都凌駕於海莉葉之上，所以她自詡為監護人，就像艾爾頓太太自詡為珍的監護人一樣。她不經意地濫用海莉葉對自己的仰慕與情感，毫不質疑自己握有操控海莉葉人生的權利與義務，對海莉葉的身世之謎肆意灌注自己的豐富想像，進而武斷判定與她素未謀面的馬汀先生（Robert Martin）配不上自己想像中的海莉葉。她不僅熟悉社會階級的分層架構，也能獨立於外在社經條件去判斷個人的德行、品味與能力，她打從心底對艾爾頓太太的膚淺與勢利眼感到不恥，自己卻在情緒受法蘭克的鼓動高漲時，公開嘲笑貝茲小姐（Miss Bates）的愚鈍，侮辱了一個與達希伍德姊妹有類似悲劇遭遇的善良熟齡單身女子。艾瑪的缺點不僅源自於軟弱的父親與家庭教師的寵溺，也是當時社會制度對統治階級的縱容，更是當時女性生活經驗受限制的產物。

對於這樣的艾瑪來說，在她缺乏領導者典範的世界裡，她與奈特利先生之間的友伴式婚姻（companionate marriage）是彌足珍貴的。他們在許多方面很相似，但在許多觀點上是互補的，而艾瑪年紀輕輕就已經有足夠的能力與膽識，能抵抗奈特利先生對自己的操控，保有獨立思考判斷的可能。這樣的兩人能從多元角度檢視彼此的盲點，在履行大家長義務時，能時刻提醒彼此收斂權力。更重要的是，奈特利先生的大莊園與事業，不僅能讓艾瑪的聰慧與精力能有實質上的用武之地，更能帶艾瑪脫離海布里（Highbury）這個封閉世界的桎梏，開拓她的眼界，成為真正理想的統治者。

《勸服》中的安．艾略特與艾瑪一樣出身好家庭，兩人的命運卻有如天壤之別。母親同樣早逝的安，雖然有值得信賴與尊敬的教母在身邊，也曾有過青春美貌與摯愛戀人，但教母羅素夫人正是七年多前勸說她拒絕年輕海軍軍官溫斯沃斯上校求婚的關鍵人物。而這位如今身價暴漲歸來的前男友不但仍對此耿耿於懷，甚至多次在安的面前與穆斯格羅夫姊妹們調情，讓她心中充滿懊悔與愧疚。她也有姊妹，卻過著最孤獨的生活。已出嫁的小妹瑪莉．穆斯格羅夫（Mary Musgrave），跟伊莉莎白的母親班奈特太太一樣，老愛裝病博取他人關注。而仍小姑獨處、待價而沽的大姊伊莉莎白．艾略特（Elizabeth Elliot），則是被父親寵壞、奢華膚淺的嬌縱大小姐，年近三十仍夢想能憑藉美貌擄獲金龜婿。

青春活潑的艾瑪集大家的寵愛及尊敬於一身，她確信自己能掌握自己、甚至他人的人生，她的故事只有喜劇中常見、無傷大雅的誤解元素，有如班奈特先生風格般戲謔嘲諷的敘事聲音（narrative voice），藏不住奧斯汀本人對艾瑪的特別偏愛。《勸服》全篇則如秋天般瀰漫著淡淡憂傷，在令人窒息的環境下早已褪色、甚至眼看即將要枯萎的安，終於在能接受她、並懂得欣賞她的人群中，一次又一次證明自己能在急難中處變不驚，能默默為病痛、哀傷與驚慌失措者提供實質協助與感情撫慰，在過程中慢慢恢復原有的美貌、光澤與活力，也慢慢贏回溫斯沃斯上校的愛慕。

安的父親艾略特爵士（Sir Walter Elliot）雖然貴為從男爵（baronet），是六部小說中少數有貴族頭銜的父親，卻是最糟糕的父親，也是桎梏安的源頭。《傲慢與偏見》中，腦袋清楚的仕紳班奈特先生，雖然一直懈怠自己教育妻女的責任，樂於以超然的旁觀者視角，笑看所有人、尤其是他妻子的荒謬言行，直到事態嚴重到幾乎要無法收拾。但在莉迪亞（Lydia）私奔事件中得到教訓的他，最後還算終能體會到自己身為父親的責任。《艾瑪》中體弱多病的伍德豪斯先生只懂得關心自己與他人的健康，把教育女兒的責任，全都推到在家中原本理應沒有權威地位的家庭女教師身上，也難怪會養成艾瑪天不怕地不怕的個性。然而，最起碼這兩位父親與女主角之間的關係是親密的，他們很清楚也很懂得欣賞女兒的優點，並至少能讓女兒的個性自由發展。艾略特爵士卻是個揮霍無度、只注重外表虛榮的父親。即便已快散盡家財，被迫得移居物價水準較低的巴斯（Bath）、並將凱林奇府（Kellynch Hall）出租，他也還念念不忘妝點門面與排場，以維持與自己身分相匹配的外在形象。在母親艾略特女士（Lady Elliot）於十三年前過世後，安一直得生活在這樣價值觀錯亂的家庭裡，多年來被忽略甚至貶抑得一文不值，比外人還不如。

溫斯沃斯上校的姊夫克勞夫特上將（Admiral Croft）取代艾略特爵士入住凱林奇府，象徵在拿破崙戰爭中，以實力證明自己、並獲得相對應獎賞的海軍英雄們，將英勇的海軍魂帶回國內，成為新時代的領袖典範。他們在船上遵守嚴明的團隊紀律，擁有統御下屬的能力，敢冒險能吃苦，並能與袍澤共患難。這些都正是戰後動亂中的英國、尤其是道德逐漸崩壞的上流社會所迫切需要的特質。當平常喜歡擦脂抹粉、細心保養肌膚、在家中擺滿鏡子以便隨時能顧影自盼的艾略特爵士，自以為是地批評長年歷經風吹雨打的海軍臉上常見的粗糙肌膚時，他自我暴露的淺薄更加強而有力地凸顯出兩者之間的鮮明差距。

這樣一群足以為人表率的新時代菁英，最能與之匹配的佳偶自然也非一般上流社會所吹捧的、像穆斯格羅夫姊妹般有才藝有教養的時尚高雅女子。如果說伊莉莎白在彭伯里看到達西先生的魅力，那麼安便是從溫斯沃斯上校的姊姊克勞夫特夫人身上，看到自己可以嚮往的未來。也就是說，克勞夫特夫人與克勞夫特上將兩人形影不離、鶼鰈情深的婚姻，為安開啟了重新定義求偶條件與婚姻生活的想像空間。在十五年的婚姻中曾多次伴隨夫婿橫渡海洋的克勞夫特夫人，有著健康的心智與體魄，能長期忍受海上的各種氣候變化，從未抱怨船上的簡單設備，與夫婿同甘共苦而甘之如飴，全心全意支持夫婿的職業。而在多次近乎「美德測試」的事件中，安證明了自己也能像克勞夫特夫人一樣，成為海軍軍官的最佳伴侶。她與溫斯沃斯上校的未來，雖然仍可能有戰爭的威脅，卻必然會充滿新奇與冒險，等著相愛的兩人一起去體驗。

《曼斯菲爾德莊園》：自由轉換視角的全知敘事者

《曼斯菲爾德莊園》（*Mansfield Park*, 1814）中的芬妮・普萊斯（Fanny Price），有著比安更強烈的疏離感，她雖然從小在二姨丈湯瑪斯・伯特倫爵士（Sir Thomas Bertram）家的富裕環境中長大，卻始終只是離鄉背井、寄人籬下的外人。從十歲開始，她除了因為缺乏歸屬感而充滿不安與焦慮，更得承受勢利眼的大姨媽諾里斯太太（Mrs. Norris）的差別待遇。這樣一位邊緣角色的視角，甚至也不是這部小說的唯一敘事核心。在六部小說中，這是唯一採用全知敘事者、並讓其大量自由穿梭於其他角色內心的作品。這樣的敘事手法，一方面更加凸顯芬妮的弱勢地位，一方面讓其他角色也有獲得讀者理解甚至同情的可能，挑戰讀者習慣將男女主角簡化為道德模範的傾向。其中芬妮與瑪莉・克勞佛（Mary Crawford）這對朋友與情敵，便與艾瑪及艾爾頓太太之間形成有趣的對比。

當艾爾頓先生追求艾瑪未果後，為了療情傷而前往社交勝地巴斯的他，很快就結識並迎娶艾爾頓太太回家。雖然艾瑪對艾爾頓先生自始自終毫無半點興趣，但看到艾爾頓先生將這樣一位在各方面都讓她難以忍受的女人當作自己的替代品，內心也難免因為嚴重質疑艾爾頓先生求偶的品味而感到受辱。然而，雖然艾爾頓先生的確只看中艾爾頓太太略遜於艾瑪、但也算得上是優渥的身家背景，在艾爾頓太太這個角色身上也確實有不少艾瑪的影子。在艾瑪的眼中，艾爾頓太太舉止傲慢、高高在上、喜歡炫富、頤指氣使、以上流人士自居，卻頂多只是東施效顰的新興資產階級，缺乏悠遠的家族歷史以及真正的高雅教養。她之所以對與自己有類似缺點的艾爾頓太太懷有敵意，或許是因為自己為海莉葉設想的計畫因她而落空，或許是因為艾爾頓先生竟然為了這樣的女人就可以這麼迅速從自己造成的傷害復原，或許是因為她真心嫌惡這些缺點卻未察覺自己也有類似表現，但也或許是因為所謂「微小差異式的自戀」（narcissism of minor difference），也就是說，無論有無自覺，她或許都認為自己才真正有資格，艾爾頓太太只是山寨版的拙劣冒牌貨，而且深信兩者的表現有程度與本質上的差異。

由於艾瑪的視角是小說唯一的主要敘事核心，所以讀者看到的艾爾頓太太，幾乎就是艾瑪眼中的艾爾頓太太，而這個可笑角色的主要作用之一，乃在於做為反射與嘲諷艾瑪的鏡子。在《曼斯菲爾德莊園》的前兩卷中，芬妮跟瑪莉兩人的視角在敘事上卻有同等份量，如果說芬妮是最弱、存在感最低的女主角，那麼瑪莉便是搶盡女主風采的最強女二。這兩人都因從小寄人籬下而有受創的不愉快過去，也都與自己的哥哥有深厚感情。低下的家庭地位形成芬妮膽怯、羞澀、內斂的個性，對於被其他家人忽略的芬妮來說，艾德蒙在其人格養成與道德教育上扮演極為重要的角色，也難怪他最後會發現芬妮比瑪莉更適合自己。至於克勞佛兄妹倆，他們在雙親過世後，雖然有叔父克勞佛上將（Admiral Crawford）與叔母克勞佛太太的照顧與寵愛，但這兩位長者的驚世婚姻，以及克勞佛上將在喪妻後放縱的男女關係，對於兩兄妹的婚姻觀與道德觀難免有深遠的負面影響。

由於自由轉換的敘事觀點，讀者可窺知瑪莉與艾德蒙的確兩情相悅，然而兩人的關係卻似乎複製了克勞佛上將的婚姻。瑪莉不喜歡宗教，自然排斥艾德蒙接受任命為牧師，更加嫌棄這個職業的收入水平。艾德蒙的妹妹瑪莉亞（Maria），在結婚後仍與亨利．克勞佛（Henry Crawford）藕斷絲連、糾纏不清，遭致被夫家離緣的命運，瑪莉卻仍執意袒護哥哥，縱容其玩弄女人、只享受征服過程的癖好，拒絕跟艾德蒙一起嚴厲譴責兩人的不倫戀，甚至怪罪芬妮拒絕亨利的求婚。這對情侶在這場家庭醜聞風波中的立場與態度迥異，使艾德蒙終於認清兩人之間的鴻溝而下定決心分手。比起《理性與感性》中、為了財富而遺棄瑪莉安的韋勒比，艾德蒙的確似乎有充足理由結束這段戀情，但非因自己行為不檢而被拋棄的瑪莉，所受的傷害絕對不下於瑪莉安。敘事聲音對於瑪莉內心世界的描寫，使得瑪莉的存在不僅只是做為凸顯芬妮美德的陪襯，而是藉由兩個角色的對比，鼓勵讀者進一步深入省思家庭教育與生活環境對人格形成的影響，以及人與人之間的情感如何介入個人的道德選擇。

伯特倫（Bertram）與克勞佛兩家年輕人籌劃演出伊莉莎白．英奇巴爾德（Elizabeth Inchbald）劇作《海誓山盟》（*Lover's Vow*, 1798）的情節，即是很好的一個觀察切入點。在過程中，所有參與者似乎都各懷鬼胎，連起先反對這個提議、看似道德感較高的艾德蒙與芬妮，也並非完全無懈可擊。艾德蒙原本因劇作內容涉及禁忌議題而反對此計畫，但終究無法忍受瑪莉與其他男人在演出時可能有親密接觸，最後還是選擇妥協加入。除了道德方面的疑慮，芬妮的反對也難免摻雜私人情緒，包括她自己的膽怯個性以及對瑪莉的羨慕與嫉妒。兩人最後都參與其中，與所有人一起目睹亨利與瑪莉亞以演出為藉口公然調情，也與所有人一起縱容兩人的行為，即便是當芬妮拒絕亨利的求婚時，也因為顧慮到瑪莉亞的形象，而選擇不向伯特倫爵士揭露兩人的不當舉止。這樣因為私情而無法擇善固執到底的兩人，似乎也沒有立場譴責瑪莉在亨利與瑪莉亞事件後所採取的態度，亦或是責怪她在情感上無法感激於己有恩、卻行為放縱的克勞佛上將。

在此脈絡下，也應能從不同角度來思考潛藏在遙遠的安地卡島（Antigua）、踩著奴隸的血汗、支撐伯特倫一家富裕生活的殖民地農莊（plantation of slavery），以及這部作品中引發爭議的緘默態度。個人明顯反對奴隸制度的奧斯汀，在這部作品中給了讀者一個道德兩難的課題：得益於奴隸制度的帝國統治者，對待自家人不見得是冷酷無情的暴君，而得其羽翼庇護者如芬妮，在周圍所有人都保持緘默的氛圍下，又要如何才能有足夠的道德勇氣去質疑、更遑論去譴責一個做壞事的好人。

《諾桑格寺》：向哥德小說女王致敬

奧斯汀生長與創作的年代，不只是工業、政治、經濟與社會大革命的年代，也是堪稱為文學大革命的年代，她並未像威廉・華茲渥斯（William Wordsworth）一樣正式發表所謂「文學實驗」的宣言（Preface to *Lyrical Ballads*, 1800, 1802），但她叫好又叫座的小說創造了前所未有的獨特風格，提升了小說此一文類的文學地位。正如同她對當代社會重大議題的回應，她也同樣在多部作品中回應當代流行的文類與文學風格，探討文學對個人與社會的影響，《曼斯菲爾德莊園》裡的業餘戲劇演出，只是其中一個例子。

最早完成、但在奧斯汀身後才與《勸服》一起出版的《諾桑格寺》（*Northanger Abbey*, 1817），即是透過諧擬（parody）手法向自己喜愛的哥德小說女王安・拉德克利夫（Ann Radcliffe）致上敬意。於是乎女主角凱瑟琳・莫蘭（Catherine Morland）的角色設定，無論是家世背景、外貌個性、才能興趣等，都被刻意拿來與典型的哥德小說女主角相比，卻壓根沾不上半點邊，甚至與之完全相反。這樣一位在各方面都平凡無奇，被男主角亨利・提爾尼（Henry Tilney）譽為「天然呆」（natural），甚至帶著些許小男孩淘氣與活力的健康寶寶，在哥德小說裡絕對是有如鳳毛鱗爪的異類，卻正是哥德小說眾多女讀者的寫照。她們都是有教養、有閒情逸致的識字姑娘，在受限的生活圈中，過著平靜無波的日子，於是藉由閱讀哥德小說，她們跟著女主角一起在具有異國風情的遙遠國度（例如義大利或法國）、或遙遠的浪漫年代（例如十五、十六世紀）中長途跋涉，靠著豐富想像力去體驗現實生活中不可能遭遇到的新奇與恐怖經歷。

像《諾桑格寺》這樣的大莊園，曾經是隸屬於羅馬教廷的天主教修道院，在亨利八世與教廷決裂，使英國國教脫離教廷管轄，並解散全英格蘭的天主教修道院後（十六世紀中葉），這些房地產就成了富貴家族世代傳承的私有宅第。如此具有悠久歷史的特殊建築，本就是哥德小說創作靈感的來源，更是眾多哥德小說的空間背景，也難怪已受哥德小說制約的凱瑟琳（Catherine），一進入到《諾桑格寺》，就不由自主地被那些哥德小說家從現實生活中挪用到虛構世界裡的元素所吸引，一步一步踏入她自己所建構的哥德化現實中。

然而，奧斯汀並非意圖如華茲渥斯般譴責哥德小說對廣大讀者帶來的負面影響。事實上，在小說的文學地位仍然低下的年代，奧斯汀在這部作品中大力捍衛這個年輕文類，她甚至認為甘願自貶身價的小說家，以及不敢大方承認自己喜愛閱讀小說的讀者，都是虛偽矯情的。她讓亨利．提爾尼譴責凱瑟琳無法區分現實與虛構，卻也讓他讚揚能帶來愉悅感的好小說，他甚至主張有問題的不是小說，而是讀者自身的判斷能力，正如《曼斯菲爾德莊園》裡面的戲劇演出，也只是被濫用為公開調情的藉口。

《勸服》中的安．艾略特與班威克上校（Captain Benwick），以及《理性與感性》中的瑪莉安．達希伍德則同為自然詩與浪漫敘事詩的愛好者，前者如湯姆生（James Thomson）與古柏（William Cowper），後者如史考特爵士（Sir Walter Scott）與拜倫（Lord Byron）。這三人的個性顯然與亨利．提爾尼、凱瑟琳．莫蘭、克勞佛兄妹與伯特倫兄妹有天壤之別。他們都多愁善感，具有容易感到孤獨的特質，特別渴望能找到與自己產生靈魂共鳴的伴侶。在遇到同好與知己時，他們能感受到特殊的親密感，迫不及待會有想要掏心掏肺一吐滿腔熱情的衝動，也期待對方能有與自己相同頻率及熱度的回應。無論韋勒比是否真心喜愛詩，在他的刻意殷勤鼓勵下，瑪莉安自然一股腦兒投入兩人一起讀詩的浪漫。還無法從未婚妻過世的哀痛中走出的班威克上校，光是與安暢談詩，就有抒發悲傷的療癒功效。

無論是戲劇、哥德小說、自然詩與浪漫敘事詩，都是奧斯汀所鍾愛的文學，然而她也同時提醒讀者假戲真作的致命誘惑，辨別現實與虛構的重要性，以及縱放情感、沉溺於感傷中自悲自憐的危險。安雖然也喜愛詩，卻鼓勵班威克上校不要偏食，也應嘗試涉獵傳達積極光明能量的散文作品。做為小說家的奧斯汀，與詩人之間或許存在著本質上的差異，她是社會與人性的觀察家，她沒有激進的言論思想，卻也非故步自封的保守主義者，她不做高高在上的道德說教，而是以超然的角度、包容體諒的心、機智風趣的幽默感，去笑看芸芸眾生的弱點與荒謬，也讓讀者在笑中看盡人間百態。

系列導讀二

我們的珍·奧斯汀

馮品佳（交通大學外文系講座教授，中研院歐美所合聘研究員）

珍・奧斯汀曾經說過，自己的作品只是「在一小塊（兩吋寬的）象牙上精雕細琢，結果差強人意」的小品。對於珍迷（Janeites）而言，奧斯汀的小說當然絕對不只如此。即使她已經過世兩百年，奧斯汀的小說仍然廣受世界各地讀者喜愛，歷久不衰。然而，這位出生於十八世紀末的作家對於二十一世紀的讀者到底有什麼相關性？特別是華文世界的讀者，接觸到的是翻譯後的文字，與奧斯汀所書寫的十八、十九世紀英國社會更是距離遙遠，為何我們仍然深深受到這位隱士型作家筆下所建構的世界所吸引呢？奧斯汀的小說到底為何能夠具有這種穿越語言時空隔閡的魅力呢？

英國國家廣播電台曾經分析美國的珍迷現象，除了讀者對於十九世紀初英國文化的嚮往之外，就是小說中男女主角的羅曼史最具吸引力。不論是《傲慢與偏見》及《諾桑格寺》中舞會結下的情緣，《艾瑪》與《曼斯菲爾德莊園》中青梅竹馬兄妹式的感情昇華，《理性與感性》中的薄情郎與癡心男女，或是《勸服》中的第二次戀情，打動了不同世代的讀者，也是後世言情小說所不斷模仿的對象，並且透過層出不窮的改編電影，持續召喚新生代的珍迷進入奧斯汀的愛情魔法世界。在欲望流竄的當代社會，奧斯汀筆下各種發乎情而又止乎禮的感情篇章或許更能引人入勝。

愛情當然是奧斯汀小說的主軸，而婚姻則是她每一位女主角的最終歸依。這樣鮮明的「婚姻情節」（marriage plot）使得讀者對於奧斯汀本人的感情世界感到好奇。終身雲英未嫁的奧斯汀是如何編織出如此多此多姿的愛情故事？她理想中的婚姻究竟是何樣貌？眾所周知奧斯汀以書寫英國社會的風態（manners）見長，她筆下各種愛情故事的樣貌，應該也源自於她對於當時英國中產階級求偶故事敏銳的觀察，特別針對女性如何能在以父權為主、財富至上的社會氛圍中覓得良人抒發己見。

至於她自己的婚姻經驗，身為閨秀作家，後世對於奧斯汀的生平知之有限，再加上她過世之後，奧斯汀的姊姊焚毀了她大量的書信，使得女作家的真實人生始終是諱莫如深。除了她曾經訂婚、卻又在第二天解除婚約之外，就只有書信中提到的幾位可能戀人供後人臆測。由奧斯汀戲劇化的悔婚故事可以推測她對於婚姻的重視，就像《傲慢與偏見》中女主角伊莉莎白．班奈特即使面臨母親與經濟的壓迫，也不願意接受表哥或是達西的求婚。現實世界的奧斯汀也面臨到父親逝世之後的經濟窘境，與母親姊姊相依為命，但是對於自己選擇不婚仍然無怨無悔。從班奈特先生的口中我們也可以了解婚姻幸福的定義不是金錢，而是男女才智相當，所以能夠互相尊重。

而奧斯汀筆下的女主角到底誰才是珍／真的化身，讀者的首選可能是活潑直率的伊莉莎白，因為她聰慧明理，雖然生長於鄉村卻雍容大度，面對貴族姨媽的咄咄逼人仍然可以不卑不亢。另一位可能的人選則是《勸服》中二十六歲卻因失去初戀而容顏憔悴的安．艾略特。安最貼近奧斯汀的年齡與心態，代表的是成熟的女性智慧，這也是她能夠逆轉勝、從年輕貌美的情敵手中奪回戀人的致勝關鍵。《理性與感性》年方雙十、忍辱負重的的大姊艾蓮娜可能是十九世紀理想的女性代表，但是敢愛敢恨的小妹瑪莉安或許更能獲得現代女性的青睞。

美國作家法樂（Karen Joy Fowler）在小說《珍・奧斯汀讀書會》（*The Jane Austen Book Club*）中，敘述六位性格迥異的男女，如何在閱讀奧斯汀的六本小說之後走向不一樣的人生道路，以讀書會的方式介紹了奧斯汀的作品在當代社會的意義。不論是年近七旬的老太太、或是三十上下的年輕女性、甚至是四十餘歲的男性工程師，每個角色都透過閱讀奧斯汀的小說找到生命追尋的目標。法樂的詮釋絕對不是對於奧斯汀過度的讚美，而是領悟到這些經典文學對於人類所具有的重要啟發。奧斯汀筆下栩栩如生的人物以及對於人心及社會風態深刻的描述，超越了時空地理的限制，為不同世代的讀者創造出與個人生命息息相關的意義，這也是她的小說可以持續廣受世界各地讀者喜愛最主要的原因吧！

目錄

1

凡是有錢的單身漢，都需要個太太，這是舉世公認的真理。[1]

這條真理深植人心，地方上一旦搬來了這麼個人，左鄰右舍也不管對他的情感、想法了解多少，就把他視為自家女兒應得的財產。[2]

「親愛的班奈特先生，」有天妻子對他說，「尼德斐莊園終於租出去了，你聽說了嗎？」

班奈特先生回說沒有。

她回答：「但真的租出去了，隆格太太剛剛來過家裡，她什麼都跟我說了。」

班奈特先生沒有回應。

「你不想知道是誰租下來的嗎？」他妻子急躁地嚷著。

「假如妳想告訴我，我倒不反對。」

---

1 這句舉世聞名的開場白展現了奧斯汀高明的反諷技巧。就當時的社會背景，單身女子對有錢的老公的需求其實遠高於「有錢的單身漢需要個太太」。

2 這段話與開場白相呼應，當時的婦女沒有財產權，唯一能掙得的「財產」就是找個好丈夫。

這就夠了。

「哎呀，親愛的，你非知道不可。隆格太太說是來自英格蘭北部的有錢年輕人租下來的，他星期一搭著四馬馬車[3]來看房子，滿意極了，立刻就跟莫里斯先生談妥，米迦勒節[4]前就會住進去，下週末前會有幾個僕人先搬來。」

「他姓什麼？」

「賓利。」

「結婚了嗎？」

「喔！親愛的，當然還沒！年收四、五千鎊[5]的有錢單身漢，對我們女兒來說，可真是件好事！」

「怎麼說？跟她們有什麼關係？」

「我親愛的班奈特先生，」他妻子回道，「你還真是討厭啊！你想也知道我考慮讓他娶我們女兒。」

「這是他搬來的目的嗎？」

「什麼目的！胡說八道，你說這是什麼話！不過他很可能會愛上她們其中一個，所以他搬來後你一定要馬上去拜訪他。」

「我覺得沒有必要。妳跟女兒們去就好，或是讓她們自己去也許更好，因為妳跟她們一樣漂亮，或許賓利先生最喜歡的會是妳。」

「親愛的，你嘴真甜。我以前的確是漂亮，但不會自以為現在還美麗出眾。當女人有了五個成年的女兒，就不該再心繫自己的美貌。」

「在這種情況下，女人的美貌通常也所剩無多了。」

「不過，親愛的，賓利先生搬來時你一定要去拜訪他。」

「這我可無法保證。」

「你可要為你女兒著想，事關她們的終身幸福。威廉爵士與盧卡斯夫人已經決定要去了，圖的就是這一點，你也知道他們平常是不拜訪新鄰居的。你真的非去不可，因為要是你不去，我們也去不得。」[6]

「妳真的想太多了。我敢說賓利先生會非常高興看到妳們，我會寫幾句話讓妳帶去，向他保證無論他要娶哪個女兒，我都會由衷同意。但我絕對會幫小莉茲[7]多美言兩句。」

---

3 四馬馬車（a chaise and four）：當時的馬車屬於一般家庭負擔不起的奢侈品，除了購買馬匹、馬車的費用，還得聘雇專人照顧飼養馬匹。能擁有四匹馬拉動的馬車顯示其財力不凡。

4 米迦勒節（Michaelmas）：每年的九月二十九日，為天使長聖米迦勒的慶日，在中世紀的英格蘭也象徵農夫年的起始與終結。

5 年收入五千鎊相當於今值一千五百四十萬新台幣。

6 當時的女性不可單獨登門拜訪，必須有男性陪伴。

7 莉茲（Lizzy）：班奈特家二女兒伊莉莎白（Elizabeth）的暱稱，另一暱稱為伊莉莎（Eliza）。

「我希望你不要這樣。莉茲並沒有比其他姊妹優秀，論美貌沒有珍漂亮，論脾氣也沒有莉迪亞好。但你總是對她特別偏心。」

他說：「她們都沒什麼優點可言，跟一般的女孩一樣愚蠢無知，但莉茲可比她的姊妹還要機伶。」

「班奈特先生，你怎麼可以這樣貶低自己的孩子？你就以惹惱我為樂，一點也不憐惜我衰弱的神經。」

「親愛的，妳誤會了。我對妳的神經可是無比的重視，它們是我的老朋友。至少這二十多年來，我都聽妳把它們放在嘴上掛念著。」

「唉！你一點也不知道我有多難受。」

「但我希望妳能撐過去，好好活著見證更多年薪四千鎊的年輕男子搬來這裡。」

「就算搬來二十個這種人，對我們也沒用，你又不去拜訪他們。」

「相信我，親愛的，如果真有二十個，我會每個都去見。」

班奈特先生集機智、諷刺幽默、謹慎與反覆無常於一身，連與他相處了二十三年的妻子都還摸不透他的個性。她的心思則沒那麼難以捉摸，她就是個智商平庸、知識貧乏又脾氣多變的女人。一不順心，就自以為神經衰弱。人生要務是把女兒嫁掉，串門子與八卦則是她的慰藉。

2

班奈特先生是頭幾個拜訪賓利先生的人之一，雖然從頭到尾都跟太太保證他絕不會去，但是他其實一直都打算去拜訪。甚至在他拜訪回來的當天傍晚，他太太仍舊不知情。最後是這麼揭曉的，他在看著二女兒整理帽子時，突然對她說：

「莉茲，希望賓利先生會喜歡這頂帽子。」

「既然我們不去拜訪賓利先生，那麼就無從得知他喜歡什麼，」她母親憤憤地說。

伊莉莎白說：「媽媽，妳忘了嗎？我們還是會在舞會上見到他，隆格太太答應會幫我們介紹的。」

「我才不相信隆格太太會這麼做。她自己就有兩個姪女，而且她自私又虛偽，我對她可沒什麼好感。」

班奈特先生說：「我也沒有，很高興知道妳沒打算靠她幫忙。」

班奈特太太不屑回應，但忍不住氣惱，轉而責罵女兒出氣。

「凱蒂，拜託妳行行好，不要一直咳嗽！稍微體諒一下我耗弱的神經，我快被妳逼瘋了。」

她父親說：「凱蒂也咳得太不節制了，真不會看時機。」

「我又不是咳好玩的，」她焦急反駁。

「莉茲，下次的舞會什麼時候舉行？」

「兩個星期後的明天。」

「唉，所以啊，」她母親叫著，「隆格太太要到前一天才會回來，她根本不可能介紹我們認識，連她自己都沒機會認識他啊！」

「親愛的，那妳可就占上風了，換妳介紹賓利先生給她認識。」

「不可能，班奈特先生，不可能啊，我自己都不認識他了。你在開什麼玩笑？」

「我還真佩服妳的審慎。認識兩個星期當然沒什麼交情，這點時間也無法真正了解一個人。但如果我們不敢這麼做，別人也會。畢竟隆格太太和她姪女一定會好好把握機會，所以她會將此視為善意之舉。如果妳不願意，那就由我來吧！」

女兒全都瞪大眼睛看著父親。班奈特太太只是嚷著：「胡說八道，胡說八道！」

他大喊：「妳為什麼這麼大驚小怪？難道妳認為介紹的形式和強調這些形式都是胡說八道嗎？這我可無法苟同。瑪莉，妳說呢？妳是個會深思熟慮的年輕女孩，飽讀鉅著，還會做書摘。」

瑪莉很想回得言之有物，卻不知道該說什麼。

他說：「在瑪莉整理思緒時，我們先回到賓利先生身上吧！」

「我受夠賓利先生了。」他妻子大喊。

「聽妳這麼說我真感到遺憾，妳之前為什麼不告訴我呢？要是今天早上就知道的話，我一定不會去拜訪他。不幸的是，我已經去過了，所以這下我們免不了要跟他往來了。」

妻女們的驚訝反應正如他所願，最訝異的人當屬班奈特太太，但是初聽聞的喜悅一過，她便堅稱一切都在她的預料之中。

「我親愛的班奈特先生啊，你這樣做真是好了。我就知道最後能說服你。我很確定你非常愛女兒，絕對不會錯過認識這種人的機會。我真是太高興了！而且也太好笑了，你早上就去拜訪了，卻竟然能到現在都沒漏口風。」

「凱蒂，妳現在愛怎麼咳嗽都可以了，」班奈特先生離開房間時這麼說，欣喜若狂的妻子讓他感到疲憊。

「女兒啊，妳們真是有個好父親，」門一關上她就這麼說，「我不知道妳們要怎麼回報他的疼愛，還有我的。我跟妳們說啊，到了我們這把年紀，可不是那麼喜歡天天去認識新朋友，但為了妳們，我們什麼都願意做。親愛的莉迪亞，雖然妳年紀最小，但我敢說下次舞會賓利先生鐵定會跟妳跳舞。」

「喔！」莉迪亞胸有成竹地說，「我一點也不擔心，雖然我年紀最小，但是身高最高。」

接下來，她們整晚都在猜他多久會來回訪，並思考應該什麼時候邀他到家裡用晚餐。

3

儘管有五個女兒的協助，班奈特太太還是沒能滿意地從丈夫身上問出多少關於賓利先生的描述。她們透過各種方式打探，開門見山地問、迂迴巧妙推論、間接猜測，不過他都一一見招拆招。最後，她們不得不接受鄰居盧卡斯夫人給的二手消息。她的說法讓人聽了相當開心。威廉爵士對他很滿意：年輕有為、一表人才又好相處，最重要的是，他打算帶一群人參加下次的舞會。還有什麼比這更能讓人開心呢！喜歡跳舞絕對就是墜入愛河的第一步，大家都熱切希望能擄獲賓利先生的心。

「要是我能把一個女兒送進尼德斐莊園，」班奈特太太對丈夫說，「其他幾個也都找到好歸宿，我就別無所求了。」

幾天後，賓利先生來回訪班奈特先生，兩人在書房裡待了約十分鐘。他本來希望能見到幾位美貌耳聞已久的小姐，卻只見到她們父親。女孩們可就幸運多了，她們有機會從樓上窗戶窺探到他騎著黑馬、身穿藍色外套。

隨後賓利很快就收到共進晚餐的邀約。就在班奈特太太剛擬好能充分表現她持家功力的菜色時，送來必須延期的回覆。賓利先生隔天得進城[8]去，恕難接受他們的邀請。班奈特太太相當不安。她無法理解才抵達赫特福德郡不久的他，在倫敦能有什麼重要的事，同時也擔心他可能會一直這樣四處奔波，永遠不會真正定居於尼德斐莊園。盧卡斯夫人說可能只是去倫敦邀集賓客來參加舞會，這才讓班奈特太太稍微安心。隨後便傳來消息，賓利先生將與十二位小姐、七位男士一同參加舞會。女孩們聽見這樣的女性人數都很傷心，還好在舞會前夕又聽說，只會有六位小姐會跟他從倫敦一起來，不是十二位，她們是他的五位姊妹跟一位堂表親。最後只有五個人步入會場，分別是賓利先生、他的姊姊、妹妹、姊夫及另一位年輕男子。

賓利先生長相帥氣、風度翩翩，他的面容和善，態度隨和真誠。他的姊妹氣質高雅，落落大方。姊夫赫斯特先生不過就是一般的紳士；但他的朋友達西先生則高大帥氣，舉手投足散發貴族風采，迅速擄獲全場目光，且進場不到五分鐘便傳出他年收入高達一萬英鎊[9]。現場的紳士都宣稱他是男性的楷模，女性則盛讚他遠比賓利先生還帥氣。前半晚大家原本對他無不欣賞至極，直到他的惡劣態度轉變了眾人的觀感——大家發現他既傲慢，又高不可攀、難以取悅。就算他在德比郡的資產再多，也彌補不了他那張嚴峻、討人厭的面容，更不值得拿來跟他朋友賓利先生相比。

賓利先生很快便認識了所有在場的主要人物，他活潑坦率，每支舞都不錯過，還氣惱著舞

8 進城：指倫敦。

9 一萬英鎊相當於今值兩千八百八十萬元新台幣。

會太早結束，說要在尼德斐莊園自己辦一場。這些討喜的特質當然相當迷人，跟他朋友達西先生形成強烈的對比。達西先生只跟赫斯特太太和賓利小姐各跳了一支舞。除此之外，他拒絕認識其他女性，整個晚上都在場內走來走去，偶爾跟同行的朋友寒暄聊天。他的個性已然確立，他是全世界最傲慢、最難相處的人，每個人都希望他不要再來。最討厭他的人首推班奈特太太，因為他瞧不起她女兒，讓她對他的言行舉止從反感變本加厲為格外厭惡。

由於男士人數不多，伊莉莎白．班奈特不得不暫時休息兩輪。在這空檔，達西先生一度站在她身旁，近到她足以聽見他與賓利先生的對話，賓利先生暫離舞池幾分鐘是來說服他加入的。他說：「來吧，達西，我一定要你跳舞。我討厭看你獨自無聊地站著，你最好來跳舞。」

「我才不要。你知道我有多討厭跳舞，除非舞伴是很熟悉的人我才會跳。我根本無法忍受今天這種舞會。你的姊妹都有伴了，對我來說，跟在場的其他任何女性跳舞都是活受罪。」

賓利先生大嘆：「我怎樣都不要像你這麼挑剔！我真心覺得這輩子從沒像今晚見過這麼多好女孩，有幾位還特別美麗。」

「你的舞伴是在場唯一漂亮的女性，」達西先生說話的同時，看著班奈特家的大女兒。

「喔！她真是我所見過最美麗的女性了！但她有位妹妹就坐在你身後，長得很漂亮，我猜也十分好相處。我請我的舞伴介紹你們倆認識吧！」

「你說哪一位？」達西轉頭看了看伊莉莎白，直到兩人四目相接他才挪開視線，冰冷地說：「她勉強可看，但沒有好看到讓我心動，我現在也沒心情替其他男性看不上眼的小姐們做面子。你最好快點回去舞伴身旁，好好享受她的笑容，因為你在我這裡只是浪費時間。」

賓利先生從善如流。達西先生走開了，但對他沒有一絲好感的伊莉莎白仍舊坐在原處。可是，事後她卻興高采烈地與朋友分享整個過程，因為她個性活潑幽默，任何荒唐的事都會讓她興味十足。

對班奈特家來說，整個夜晚過得還算愉快。班奈特太太注意到，大女兒廣受尼德斐莊園一行人的喜愛。賓利先生與她跳了兩輪舞，他的姊妹們也特別注意到她。珍也跟母親一樣為此感到極為開心，但她表現得內斂多了。伊莉莎白能感受到珍的喜悅。瑪莉親耳聽見有人對賓利小姐說，她是這一帶最學識淵博的女孩。凱薩琳和莉迪亞則幸運地整場舞會都不曾落單，她們現在對舞會也只會在乎這點。她們帶著好心情回到朗伯恩莊園——班奈特一家就住在這兒。她們發現班奈特先生還沒就寢，他只要手上有書就會忘記時間，但此刻是因為對當晚眾人引領盼望的活動極為好奇才保持著清醒。他本來希望妻子對這位陌生人的期待會落空，但他很快便發現實際情況大大不同。

「喔！我親愛的班奈特先生，」她進門時說，「我們今天晚上過得愉快極了，舞會真是精彩。真希望你也在現場。珍大受喜愛，沒人比得上。大家都稱讚她外表出色，賓利先生覺得她非常美麗，還跟她跳了兩輪舞！親愛的，光想這就好，他竟然跟她跳了兩輪舞，而且全場只有她受邀二次。起初他邀請盧卡斯小姐跳舞，看到他們倆在舞池裡真讓我惱怒，不過反正他一點也不喜歡她——你也知道本來就沒人喜歡她——然後似乎被正在跳舞的珍給吸引。於是他向旁人打聽了一下，被介紹認識後，就邀請她跳了接下來的兩支舞。再來第三輪他和金小姐跳了兩支舞，第四輪與瑪莉亞．盧卡斯跳了兩支，第五輪又跟珍跳了兩支，然後第六輪跟莉茲，再來是跳布朗傑舞[10]——」

「他要是行行好對我稍有憐憫，」她丈夫耐心盡失，「就不會跳那麼多舞了！我的老天爺啊，不要再細數他的舞伴有誰了。唉！要是他第一次跳舞就扭傷腳踝，該有多好！」

班奈特太太繼續說：「喔親愛的，我真的很欣賞他。他好帥！而且他的兩個姊妹也都很迷人。我這輩子還沒看過誰的禮服比她們所穿的還高雅。我敢說赫斯特太太禮服上的蕾絲——」

說到這裡她又被打斷了。班奈特先生拒絕再聽任何華麗禮服的描述。她不得不轉移話題，帶著很不快的情緒與些微誇大的語氣，敘述達西先生是多麼令人驚訝地無禮。

「但我敢跟你保證，」她補充，「莉茲不合他意也沒有什麼損失，因為他這個男人實在是極不討喜又令人厭惡，根本不值得討他歡心。極度驕傲又自以為是，實在讓人無法忍受。他就這樣晃來晃去，眼裡根本只有他自己！沒有好看到讓人願意與他共舞！親愛的，我真希望你今天晚上也在場，這樣就能給他一點教訓。我真討厭那個男人。」

4

當珍和伊莉莎白獨處時，先前一直克制讚揚賓利先生的珍，開始對妹妹傾吐自己有多欣賞他。

她說：「年輕男子就是該像他這樣，明理、好脾氣又活潑，我從沒見過如此令人愉快的舉止！他是這麼自在又有教養！」

伊莉莎白回答：「而且還很帥，如果可以的話，年輕男子都該這麼帥。他可真是完美。」

「他第二次邀我跳舞時，我真的很開心。我可真沒料到，真是受寵若驚。」

「妳沒有料到嗎？我可是替妳想到了。這就是我倆最大的不同。妳總是因為受到恭維而驚訝，我卻絕對不會。他再次邀妳跳舞根本是再自然不過吧？妳比在場所有女性還要漂亮五倍，他一定注意到了，不用感激他的殷勤。好啦，他確實十分討喜，我同意讓妳喜歡他。妳以前還

10 布朗傑舞（Boulanger）：法式鄉村舞蹈，幾對男女圍成圓圈，男女位置交錯，與自己舞伴拉手轉圈跳舞後，再與隔鄰異性跳舞，然後再次與自己舞伴跳舞，重複以上過程依序與所有異性跳舞，轉完一圈後反方向再來一次。

喜歡過更蠢的。」

「莉茲！」

「喔！妳知道嗎，妳就是很容易喜歡人，永遠看不到別人的缺點，在妳眼裡全世界都很善良討喜。我這輩子從來沒聽妳說過任何人的壞話。」

「我不願意隨便批評任何人，但我也總是實話實說。」

「我知道，所以才這麼奇妙。妳是如此明智，卻總是無視他人的愚蠢與荒唐！假裝誠實是很普通的事，隨處可見。但是要能誠實得不浮誇、不刻意，看見每個人個性中的良善並加以放大，卻完全不提缺點，就只有妳辦得到了。妳也喜歡這男人的姊妹嗎？她們可不像他那麼有禮。」

「一開始當然是不喜歡啦，但跟她們聊過後妳就會發現她們相當友善。賓利小姐會搬來和她哥哥同住，並主持家務。我相信她會是非常迷人的鄰居。」

伊莉莎白靜靜地聽著，心裡卻不以為然。那兩姊妹在舞會上的舉止根本稱不上討喜。伊莉莎白的觀察力比姊姊更敏銳，脾氣也沒那麼溫和，別人的看法並不會左右她的判斷，她對她們真的沒什麼好感。她們的確是很優雅的淑女，心情好時也有禮貌，要是她們願意的話，是很討人喜歡的，不過卻極為傲慢自負。她們頗具姿色，在城裡歷史最悠久的私立女子學院受過教育，坐擁兩萬英鎊[11]的財富，慣於揮霍無度以及與上流社會的人往來，因此自認在各方面都有權自恃甚高並蔑視他人。她們只惦念自己家族在英格蘭北部是名門望族，卻忘了兄弟與自己的財富其實都來自於經商。

賓利先生繼承父親留下的近十萬英鎊財產[12]，父親原本打算置產[13]，卻沒能在離世前完成。賓利先生也有置產的打算，曾經在他的家鄉選看房產，不過現在他已經租到好房子，還能全權支配整個莊園，了解他安逸脾性的人，大多都猜他可能會乾脆在尼德斐莊園終老，把置產這件事留給下一代。

他的姊妹十分希望他能擁有自己的房產，不過雖然現在只是租屋，賓利小姐還是很願意陪在兄長身旁助他持家。要是房子合適，赫斯特太太也不介意把他的房子當自己家，因為她嫁了個時髦多過財富的男人。賓利先生成年後兩年左右，因緣際會下有人推薦他來看尼德斐莊園。他來看了半個小時後，對莊園地點及主要房間都很喜歡，屋主所說的房子優點他也都很滿意，於是立刻決定租下。

儘管個性大相逕庭，他和達西的友誼相當堅定：達西很喜歡賓利隨和、坦率又柔順的性格，雖然與他自己的性格天差地遠，他倒也沒有對自己不滿意過。賓利極度仰賴達西的看法，

11 兩萬英鎊相當於今值五千七百六十萬新台幣。以利息百分之五計，年收入約一千英鎊（今值兩百八十八萬新台幣）。當時女性的資產來源主要為遺產以及嫁妝，在結婚後會併入男方的財產，單身或守寡時則屬於女方的資產。因此像奧斯汀另一本小說的女主角艾瑪本身十分富有，就不急著嫁人。

12 十萬英鎊相當於今值兩億八千八百萬新台幣，年收入則約五千英鎊（一千四百萬新台幣）。

13 「打算置產」一事，暗示了賓利的父親可能是靠經商致富。

也最重視他的判斷。達西比賓利聰明，雖然賓利也不差，但達西更勝一籌。不過達西同時也相當驕傲、冷淡與吹毛求疵，家教很好但態度不討喜。從這方面來說，他的朋友可是占盡優勢，賓利不管在哪兒都會受人喜愛，達西則總是得罪人。

兩人聊起梅里頓舞會的態度，便足以代表他們的個性。賓利這輩子沒見過比當地居民更好的人或更漂亮的女孩，大家對他都很友善關心，沒有絲毫客套或不自在，他很快便覺得自己跟在場所有人都熟識，而且班奈特小姐真是美若天仙。相反的，達西則是自認碰到一群不好看也不入流的人，沒有任何人讓他興起一絲興趣，大家對他也沒有任何好感或關注。他承認班奈特小姐很漂亮，但也太愛笑了。

赫斯特太太和妹妹同意他的看法，但她們還是很欣賞、喜歡班奈特小姐，稱讚她相當甜美，而且很樂意更進一步認識她。有了姊妹的讚許及認可，讓賓利更心安理得地喜歡她。

5

在朗伯恩莊園不遠處，有戶人家與班奈特一家特別熟識。威廉．盧卡斯爵士過去在梅里頓[14]經商致富，任職鎮長期間上書國王請願，獲得殊榮受封為爵士。他可能覺得前後身分的差異太大，對自己的生意及位在市集小鎮的居所感到厭惡，所以拋下生意和舊屋，舉家遷移至梅里頓一英里外的房子，依他貴族的新身分命名為盧卡斯小屋。在那裡他可以沉浸於他個人的嗜好、擺脫生意人的束縛，全心全意展現彬彬有禮的處事態度——也就是說，他雖然晉升上流人士，卻沒有因此變得目中無人，相反地，他會關心每個人。他本來就是胸懷大度、友善親切的人，在聖詹姆士宮[15]受封為爵士之後，他更是表現得親切有禮。

盧卡斯夫人是很好的人，不會太過聰明，剛好適合當班奈特太太的好鄰居。他們夫妻倆有幾個孩子，最大的是女兒，約二十七歲的她通情達理又聰明，是伊莉莎白的手帕交。

---

14 梅里頓為虛構的城鎮。

15 聖詹姆士宮（St James's Palace）：是倫敦歷史最悠久的宮殿之一，時為英國王室居所，直至一八三七年維多莉亞女王才搬移至白金漢宮。

盧卡斯家與班奈特家的女兒聚在一起討論舞會，是絕對必要的活動；因此，舞會隔日早上，盧卡斯家的女兒便來到朗伯恩交流討論。

「夏洛特，妳昨天晚上的開舞可真棒，」班奈特太太相當自制客套地對盧卡斯小姐說，「妳可是賓利先生的第一選擇。」

「是啊——但他似乎比較喜歡第二位人選。」

「喔！——妳是指珍啊，這麼說也是——因為他跟她跳了兩次舞。這樣確實感覺像是很欣賞她——是啊，我敢說他確實欣賞她，我有聽到一點風聲，但細節不是很清楚，好像是跟羅賓森先生有關。」

「妳說的可能是我偷聽到他跟羅賓森先生的對話，我沒有告訴妳嗎？羅賓森先生問他覺得我們梅里頓的舞會如何，是否覺得現場女性都很漂亮，還有他認為哪一位最漂亮？他立刻回答最後一個問題，『喔！毫無疑問，絕對是班奈特家的大小姐。』」

「那就是啦！看來確實像是那麼回事，不過妳們也知道，最後可能還是沒什麼結果。」

夏洛特說：「伊莉莎，我聽到的可比妳的還要有用，達西先生說的話沒有他朋友那麼值得聽，對吧？可憐的伊莉莎！被說成是勉強可看。」

「拜託妳不要讓莉茲為了他的惡行惡狀而惱怒；他那麼惹人厭，被他喜歡上才真的倒楣。隆格太太昨天晚上告訴我，他在她旁邊坐了半個小時，沒開口說過半句話。」

珍說：「母親，妳確定嗎？是不是哪裡有誤會？我看到達西先生跟她說話。」

「是啊，因為她最後終於問他覺得尼德斐莊園如何，他沒辦法只好回答。但隆格太太說，他似乎因為她跟他說話而十分生氣。」

珍說：「賓利小姐告訴我，他從來不跟熟人以外的人說話。跟他們在一起時，他可是非常好相處的。」

「親愛的，我一個字都不相信。如果他真那麼好相處，就會和隆格太太說話了。但我大概能猜到是怎麼回事，大家都說他傲慢無比，我敢說他一定是事先知道隆格太太自己沒有馬車，必須搭租借的馬車來參加舞會。」

盧卡斯小姐說：「他不跟隆格太太說話我是無所謂，但我真希望他有跟伊莉莎跳舞。」

她母親說：「莉茲，如果我是妳，就算有下次也不會跟他跳舞。」

「母親，我想我可以跟妳保證，我永遠不會跟他跳舞。」

盧卡斯小姐說：「他的傲慢，不會像一般人的傲慢那樣讓我討厭，因為他有理由傲慢。像他條件這麼好，家族地位與財富都如此傲人的年輕男子，自視甚高也是理所當然。請容我說一句，我覺得他有權力傲慢。」

伊莉莎白說：「說得對極了，要是他羞辱的不是我的傲慢，我也能輕易原諒他的傲慢。」

「傲慢，」瑪莉誇耀著自己的扎實見解，如此評論，「我相信是很常見的缺點。以我所讀過的書來說，我深信這確實是很常見的缺點，人性特別容易傲慢，我們很少有人能夠不因為真實或想像的特質而自滿。虛榮心與傲慢很不一樣，雖然兩者經常被當成同義詞。人可以傲慢卻不虛榮。傲慢跟我們怎麼看待自己有關，虛榮則是我們希望別人怎麼看自己。」

「要是我跟達西先生一樣富有，」跟著姊姊一起前來的盧卡斯弟弟開口反駁，「我才不會在乎我有多傲慢。我會養一整群獵狐犬，然後每天都喝一瓶葡萄酒。」

「那就喝太多了，」班奈特太太說，「而且如果我看到你喝酒，一定會立刻把酒沒收。」

小男孩抗議說她不能這麼做，她堅持一定會，兩人就這麼吵到聚會結束。

6

朗伯恩莊園的女士很快便去拜訪尼德斐莊園的女士，後者也禮尚往來迅速回訪。班奈特小姐討喜的態度，讓赫斯特太太與賓利小姐愈發喜愛，因此，雖然她們難以忍受班奈特家的母親，也覺得幾位年幼的妹妹不值得交談，仍向兩位姊姊表示希望能進一步交往。這樣的關注讓珍十分開心，但伊莉莎白依然覺得她們對待人的態度流露著優越感，連對她姊姊幾乎也不例外，實在無法喜歡她們；雖然她們對珍很親切，那也可能是因她們的兄弟欣賞珍的緣故。從每次兩人的碰面都能明顯地看出，賓利確實欣賞她，伊莉莎白也十分明白，珍已經臣服於自己一開始對他的好感，某種程度上可說是墜入情網。想到珍的情愫不太可能被大家發現就讓她寬心，因為珍是個情感豐富、脾氣溫和沉穩，且歡樂態度始終如一的人，這樣的性格有助於讓她避開外人的魯莽猜疑。伊莉莎白向朋友盧卡斯小姐提起這點。

夏洛特回應說，「這種事情能瞞過眾人的目光，確實還滿有趣的；但有時候太過小心翼翼卻也不見得有利。如果女人以同樣的方式向心儀對象隱藏自己的情感，她可能就會失去讓他真正傾心的機會，到時候也只能勉強安慰自己，還好全世界都不知情。每一段愛戀多少都充滿了強烈的感激或虛榮，完全將它們隱藏一旁並不是上策。一開始我們可以隨興發展——稍微有點好感自然就夠了，但很少人有勇氣在缺乏鼓勵的情況下真正愛上他人。十個女人裡，有九個需要展現出多於實際感受的情愫。賓利喜歡妳姊姊是無庸置疑的，但如果她不推他一把，那他永遠不會跨出下一步。」

「但她有推他一把啊，以她的個性來說已經盡量在推了。如果連我都能看出她有多重視他，他沒發覺就真的是呆子了。」

「伊莉莎，不要忘了，他不像妳那麼了解珍的個性。」

「但如果女人對男人有好感，又不設法掩飾，那他勢必會發覺啊。」

「或許會，但他們見面的機會得要夠多。雖然賓利跟珍勉強算常見面，但共處時間幾乎沒幾個小時，而且又都是跟大家一起見面，根本不可能把所有時間都只拿來跟彼此交談。因此，珍必須要把握能吸引他注意力的全部時間。等她確定他的心意了，才有餘裕慢慢墜入情網。」

「妳這計畫不錯，」伊莉莎白說，「如果不是想找一段美好的婚姻，應該很可行。要是我決心找個有錢丈夫，或隨便誰只要是丈夫都好，我應該會參照妳的計畫。但珍的想法不是這樣，她不會刻意為之。目前為止，她連自己重視他到什麼程度，或者這樣的重視是否合理都不確定。她跟他才認識兩個星期。兩人在梅里頓跳過四支舞，某次白天在他家見過一次，之後在眾人陪伴下共進過四次晚餐。光是這樣仍不足以讓她了解他的個性。」

「並不像是妳說的那樣。要是他們僅是共進晚餐，她可能只會知道他胃口如何。妳可別忘了，除了晚餐，那四個晚上他們也有時間相處。四個晚上的影響可就大了。」

「沒錯，那四個晚上讓他們得以確定，兩人都喜歡二十一點勝過康默斯[16]。至於其他的重要特質，我想是沒能相互發掘太多。」

夏洛特說：「總之我衷心祝福珍能成功，而且就算她明天就嫁給他，我相信她獲得幸福的機會，也會跟花了十二個月研究他個性的機會一樣高。婚姻幸福與否完全看運氣。就算雙方事先已經非常熟悉彼此或是性格相似，也不見得有助於他們的幸福。不論分享得再多，日後終究還是得面對個性差異這個惱人的問題。即將共度一生的對象有什麼缺點，事前還是盡量不要知道的好。」

「妳真好笑，夏洛特，但是妳錯了；妳明知道這樣不對，妳自己就絕對不會這麼做。」

全副心思都在觀察賓利先生如何關注姊姊，伊莉莎白完全沒發現自己竟也成了他朋友注目的對象——起初達西先生根本不覺得她漂亮，在舞會上看到她時不帶一絲欣賞；第二次相遇時，他見了她也只有批評；但是他才剛對自己以及朋友說她那張臉沒有絲毫可看之處，就發現她美麗深邃的眼睛讓那張臉看來格外聰明。緊接著是更多讓他苦惱的發現。雖然以他挑剔的眼光，能看出她外觀豈止一處沒有完美對稱，卻仍不得不承認她的體態輕盈可人；儘管他聲稱她的儀態上不了檯面，她的活潑卻吸引了他。她對這一切改變毫無所覺，對她來說，他只是個到處惹人厭，並且覺得她沒有漂亮到值得共舞的傢伙。

16 Commerce，近似三十一點的撲克牌遊戲。

他開始希望能更進一步了解她，為了進一步與她交談，便偷聽她與其他人的對話。他這番舉動引起了她的注意。那天，眾人在威廉．盧卡斯爵士家聚會。

「達西先生到底是什麼意思？」她問夏洛特，「為什麼要在旁邊偷聽我跟佛斯特上校說話？」

「這個問題只有達西先生能回答了。」

「他如果再這麼做，我絕對會讓他知道，我看穿了他的把戲。他的眼神很會挖苦人，我要是不先發制人，可能很快就會怕他了。」

不久，當他靠近她們卻沒有要攀談的意思時，盧卡斯小姐激她的朋友去跟他提剛剛的事。受到刺激的伊莉莎白馬上轉身對他說：

「達西先生，我剛才開玩笑要佛斯特上校在梅里頓幫我們辦舞會時，表現得很精彩吧？」

「活力十足——女性一說到這種話題總是興致高昂。」

「你對我們可真嚴苛。」

「很快就要輪到她被戲弄了，」盧卡斯小姐說。「我要去掀開鋼琴蓋，伊莉莎，妳知道接下來該怎麼做了。」

「妳還真是個怪朋友！總是要我在任何人面前彈琴唱歌！要是我愛好虛榮喜愛彈奏表演，那妳應該會是不可多得的朋友。但是在這些想必只習慣聽最優秀演出的人面前，我情願不要表演。」不過，在盧卡斯小姐再三堅持下，她又說：「好吧，如果一定要的話，那就表演吧。」

接著她嚴肅地望向達西先生：「想必在場各位都聽過，俗話說：『省點力氣，吹涼自己的粥。』我就省點力氣，唱我的歌吧。」

即使絕非一流，她的表現仍屬出色。一、兩首曲子後，她還來不及回應別人要她繼續的請求，妹妹瑪莉便迫不及待地接替她坐上鋼琴前——由於她是家中唯一長相平庸的女兒，因此努力追求知識與成就，總是渴求表現。

瑪莉既無天分也欠缺品味，雖然虛榮心讓她勤奮練習，也只促使她流於賣弄自負，破壞了她原本可以更為優異的表現。相較之下，伊莉莎白儘管彈奏得沒那麼好，但感覺從容不做作，聽起來較為愉悅。在漫長的協奏曲結束後，瑪莉則樂於應妹妹們的要求彈奏蘇格蘭及愛爾蘭民謠以贏得讚美及感謝。妹妹們、盧卡斯家的孩子及兩、三位軍官在房間另一頭熱切地跳起舞來。

達西先生站在他們附近，對自己被排除於所有交談之外，用這種方式虛擲夜晚生著悶氣。他過度沉浸於自己的思緒中，直到威廉．盧卡斯爵士開口才發現他站在身旁。

「達西先生，對年輕人來說，跳舞真是迷人的娛樂活動啊！果然沒有什麼比得上跳舞，我覺得跳舞是上流社會最高雅的活動之一。」

「是啊，先生，而且好處是下流階層也很流行。每個野蠻人都會跳。」

威廉爵士只是微笑。「您的朋友很會跳舞，」看到賓利加入跳舞行列，他頓了一下繼續說，「達西先生，相信您本人也相當擅長。」

「先生，我相信您在梅里頓看過我跳舞了。」

「沒錯，跳得非常棒。您常到聖詹姆士宮跳舞嗎？」

「從來不曾，先生。」

「您不覺得在這樣的場合跳舞是種禮貌的致意？」

「不論在任何場合，這樣的致意我能免則免。」

「我猜您在倫敦應該有房子吧？」

達西先生點頭。

「我也曾考慮過是否要住在倫敦，因為我非常喜歡與上流社會往來。但我怕倫敦的環境不適合盧卡斯夫人。」

他停頓了一下希望得到回應，但他的同伴沒有搭話。此時，伊莉莎白正朝他們走來，爵士覺得應該要表示殷勤，於是出聲叫她。

「親愛的伊莉莎小姐，妳怎麼沒去跳舞？達西先生，請務必容我向您介紹這位年輕女士，她是非常好的舞伴。面對如此美女，想必您無法拒絕跳舞。」當爵士牽起她的手，正要交給看來相當驚訝、卻沒有不情願的達西先生時，她卻立即抽手並有點慌張地對威廉爵士說：

「爵士，其實我完全不想跳舞。請您不要誤會我走過來是為了找舞伴。」

達西先生認真有禮地邀請她跳舞，但徒勞無功。伊莉莎白心意已決，威廉爵士也說服不了她改變心意。

「伊莉莎小姐，妳那麼會跳舞，怎麼忍心剝奪我看妳跳舞的快樂？雖然這位先生平常不喜歡跳舞，但我相信他不反對撥個半小時給我們。」

「達西先生太有禮貌了，」伊莉莎白微笑說。

「他確實是，但親愛的伊莉莎小姐，考量到眼前的誘因，我們不會對他的殷勤感到驚訝，畢竟誰能拒絕像妳這樣的舞伴？」

伊莉莎白露出調皮的眼神，轉頭離去。她的堅持完全沒有破壞這位先生對她的好感。正當他自顧自地想著她時，賓利小姐搭了話。

「我應該猜得出來你在想什麼。」

「我想妳應該猜不到。」

「你正在想，在這種地方這樣度過無數夜晚真是令人難以忍受，我相當贊同你的想法。我從來沒有這麼氣惱過！如此枯燥乏味卻如此吵鬧，明明空虛得要命，這些人還這麼自以為是！我真是等不及要聽你怎麼數落這些人了！」

「我敢保證，妳的猜測錯得離譜。我剛才在想的事還滿令人開心的。我正在想著，某位漂亮女子的美麗雙眼為我帶來的無比樂趣。」

賓利小姐立刻緊盯他的臉看，希望他告訴她是哪位女子能讓他回味再三。達西先生毫無畏懼地回她：

「伊莉莎白．班奈特小姐。」

「伊莉莎白・班奈特小姐！」賓利小姐重複了一次。「我真是太訝異了。她獲得你歡心有多久了？請告訴我，我什麼時候可以祝你們新婚愉快？」

「我就知道妳會問我這種問題。女性的聯想力真是豐富，一瞬間就能從欣賞跳到愛情，從愛情跳到婚姻。我就知道妳會祝我新婚愉快。」

「不，如果你是認真的，我會把這件事視為已經確定。當然啦，你將會有個迷人的岳母，而且，她當然將永遠在彭伯里莊園陪伴你們。」

他完全不理會她的言語，任她這樣消遣自己。他的沉著則使她相信他是認真的，於是她的想像力開始無限蔓延。

7

班奈特先生的財產主要來自一塊年收約兩千英鎊的地產[17]，對他女兒而言很不幸的是，這塊地產僅限由男性後代繼承[18]，而班奈特太太的財產僅足以供給她生活所需，無法彌補丈夫的不足。她的父親以前是梅里頓的執業律師，留給她的遺產有四千英鎊[19]。

班奈特太太的姊姊嫁給父親的職員菲力普先生，他後來繼承她父親的事業；弟弟則定居在倫敦，生意做得有聲有色。

朗伯恩莊園距離梅里頓不過一英里[20]，對年輕小姐來說這距離再方便不過，一個星期會想去個三、四趟，跟阿姨打招呼再順便逛一下途經的帽子店。家裡年紀較小的凱薩琳與莉迪亞特別常這麼做。跟姊姊們比起來，兩個小的沒什麼煩心事，如果沒有其他事情好做，就散步去一

17 這份地產即朗伯恩莊園。兩千英鎊相當於今值六百萬新台幣。
18 即限嗣繼承，土地只能由被授予人的特定繼承人繼承（例如限制性別、親等），而非全部的繼承人都能繼承。
19 四千英鎊的財產約有兩百英鎊（今值六十萬新台幣）的年收，相當於當時一名單身仕紳階級一年的最低生活開支。
20 約一點六公里。

趟梅里頓好打發白天時間，並為傍晚找聊天話題。雖說地方上通常不會有什麼新消息，不過她們總能設法從阿姨那裡挖出點什麼。現在她們正因地方上來了郡軍團，會有源源不絕的話題而樂不可支，郡軍團將以梅里頓為總部，預計駐留整個冬天。

現在她們每次去拜訪菲力普太太，都會得到最有趣的消息。每天都更加了解軍官姓名與網絡。軍官的住所已不再神祕，她們也慢慢開始親自認識那些軍官。菲力普先生拜訪過他們每個人，為外甥女開啟了她們過去不曾有過的幸福泉源。她們開口閉口就只有軍官，她們的母親則是提到賓利先生的龐大財富便神采奕奕，但在她們眼裡那連軍官的制服都比不上。

聽她們滔滔不絕聊了整個上午後，班奈特先生冷淡地評論：

「看妳們聊天就可以知道妳們絕對是地方上最蠢的女孩。我已經懷疑了好一陣子，但這下是再肯定不過了。」

凱薩琳不知所措，沒有回應。莉迪亞卻是全然不在乎，繼續說她是如何欣賞卡特上尉，希望這天有機會能見到他，因為他隔天一早將前往倫敦。

班奈特太太說：「親愛的，我真是太吃驚了，你竟然會這麼輕易就說自己的孩子蠢。就算我再怎麼想輕視任何人的孩子，也絕對不會這樣說我自己的小孩。」

「要是我的小孩很蠢，我會希望隨時都清楚明白。」

「沒錯，但是，她們剛好每個都很聰明。」

「我自認這是我們唯一沒有共識的事。我本來希望我們對事情都能看法一致，但現在我必須跟妳持相反意見，我認為我們最小的兩個女兒真是蠢到極點了。」

「親愛的班奈特先生，你總不能指望這個年紀的女孩，要跟父母一樣理智吧！等她們到了我們這個年紀，我敢說也會跟我們一樣，壓根不會去想到那些軍官。我還記得自己也曾經很喜歡穿紅色軍服的軍人，現在也是。要是有個年俸五、六千英鎊、年輕聰明的上校想娶我女兒，我應該不會拒絕。而且，我覺得在威廉爵士家那晚，佛斯特上校穿制服的樣子相當稱頭。」

莉迪亞喊道：「媽媽，阿姨說，佛斯特上校和卡特上尉已經不像剛來時那樣常去華生小姐家，她現在反而常看到他們聚集在克拉克流動圖書館旁。」

班奈特太太的回應被拿著短箋進門的男僕給打斷，那是從尼德斐莊園送來給班奈特小姐的，僕人還在等待回覆。班奈特太太的雙眼閃耀著喜悅光芒，女兒閱讀短箋的同時她在一旁焦急等待：

「唉呀，珍，是誰寫的？上面寫什麼？那個男人說什麼？唉呀，珍，快點跟我們說啊，親愛的，快說啊。」

珍說：「是賓利小姐寫的。」接著大聲念出內容。

我的好姊妹：

如果妳忍心今天不來跟我和路易莎用餐，我們倆很有可能會憎恨彼此一輩子，畢竟兩個女人整天大眼瞪小眼是不可能不吵架的。收到信請盡快前來，我哥哥和其他男士要外出與軍官用餐。

妳永遠的朋友，卡洛琳・賓利

「跟軍官用餐！」莉迪亞驚呼。「為什麼阿姨沒有告訴我們這件事呢？」

班奈特太太說：「外出用餐，真不湊巧。」

珍問：「我可以坐馬車去嗎？」

「不行，親愛的，妳最好騎馬去。外面看起來似乎要下雨，騎馬去，妳就得留下過夜。」

「這個計畫不錯，」伊莉莎白說，「但妳得確定他們不會提議送她回家。」

「喔！但男士會搭賓利先生的輕馬車去梅里頓，赫斯特家沒有自己養馬來拉車。」

「我寧可搭四輪包廂馬車去。」

「可是親愛的，我想妳父親應該無法讓馬群來拉車，農場裡的工作需要牠們。是吧，班奈特先生？」

「農場裡比我還需要那些馬。」

「但如果你今天剛好會用到那些馬，」伊莉莎白說，「母親就能達成她的目的。」

最後，伊莉莎白終於逼父親承認，馬匹另有用途，珍不得不騎馬去。母親陪珍到門口，非常欣喜於天氣將變糟的預兆。母親的希望成真，珍出門沒多久便下起大雨。妹妹都很擔心珍，母親卻十分開心。雨不停地下了一整夜，珍當然無法回家。

「我還真是出了個好主意！」班奈特太太不只一次這麼說，彷彿天會下雨都是她的功勞。不過，也是到了隔天早上，她才知道自己的妙計帶來多大的喜悅。早餐都還沒吃完，尼德斐莊園便差僕人送短箋來給伊莉莎白：

我最親愛的莉茲：

今天早上我的身體非常不舒服，我猜應該是因為昨天全身都淋濕了。我好心的朋友要我身體好點再回家，也堅持要請瓊斯先生來看我。因此，如果妳聽到他來看過我，還說我可能是受了風寒而喉嚨痛、頭痛，請不要擔心，我沒什麼大礙。

妳的姊姊

「這下好了，親愛的，」班奈特先生在伊莉莎白朗讀完短箋後大聲說，「要是妳女兒病得很嚴重，要是她死了，至少妳會感到安慰，知道這全都是妳為了賓利先生而安排的。」

「喔！我一點都不擔心她會死，沒有人會因為小小感冒而送命。她會受到良好的照顧。只要她留在那裡，一切都會很好。如果能有輛馬車送我過去，我就會去看她。」

伊莉莎白感到十分不安，決定就算沒有馬車可坐也要去看她。由於她並不擅長騎馬，走路過去是她唯一的選擇。她向在場人士宣告她的決心。

「妳怎麼會這麼蠢，」母親驚呼，「現在滿地爛泥，妳居然想走路過去。等妳走到那邊也見不得人了。」

「可以見到珍就夠了。」

父親說：「莉茲，妳是在暗示我派馬群來家裡嗎？」

「當然不是。我沒打算避開走這一趟路。只要動機充足，距離不算什麼，區區三英里而已。我晚餐前就會回來。」

瑪莉評論說：「我欣賞妳友愛的行為，但所有衝動都應該要以理性為依歸，在我看來，付出都該與需求成比例。」

凱薩琳和莉迪亞說：「我們可以陪妳走到梅里頓。」伊莉莎白接受她們的陪伴，三位年輕小姐便一齊出發。

她們邊走，莉迪亞邊說：「我們要是走快一點，或許還來得及在卡特上尉離開前見到他。」

她們在梅里頓分道揚鑣，兩位妹妹前往某位軍官妻子的住所，伊莉莎白則繼續獨自前行，快步穿越一片又一片田野，急切地躍過矮籬、跨過水灘，拖著疲憊的腳踝、骯髒的長襪，帶著運動過後發熱的臉頰，終於看見房子就在不遠處。

僕人帶她進入早餐室[21]。除了珍以外，所有人都在，她的外觀讓眾人嚇了一大跳。赫斯特太太與賓利小姐完全不敢相信，她竟然一大早在這麼糟的天氣下，獨自走了三英里來到這裡；伊莉莎白很肯定她們會因此瞧不起她。然而她們相當有禮貌地歡迎她；賓利先生的態度則更是有禮，親切又客氣。達西先生沒說什麼話，赫斯特先生則沒吭聲。達西先生一方面欣賞她臉上因運動而閃耀的光芒，另一方面又懷疑她獨自遠道而來的原因。赫斯特先生則滿腦子只有他的早餐。

她問起姊姊的狀況，但答案不甚理想。班奈特小姐睡得不好，雖然起床了，卻仍發著高燒，很不舒服無法離開房間。伊莉莎白很慶幸能立刻去房間看她。珍因為害怕家人擔心或造成麻煩，沒在短箋裡表達自己多希望有人能來看她，看見妹妹進門非常開心。不過她虛弱到無法聊天，賓利小姐離開、留她們獨處時，她也沒能多做回應，只能以感激的表情回應對方的諸多款待。伊莉莎白安靜地照顧她。

賓利的姊妹吃完早餐後也加入她們，看見她們對珍的擔憂與熱情，伊莉莎白也開始喜歡上她們。藥劑師來了，檢查過患者後，一如預期地說她得了重感冒，大家必須盡力讓她恢復健康；建議她回床上躺好，說會給她藥水。他的建議立刻被採納，因為她燒得更嚴重，頭也非常痛。伊莉莎白一刻也沒離開過她房間，另外兩位女士也很少離開，因為男士出門後，她們也沒有其他事情好做。

三點鐘響時，伊莉莎白覺得自己該走了，於是很不情願地宣告要離開。賓利小姐提議派馬車送她回去，就在她準備要接受賓利小姐的好意時，珍說不想與她分開。於是賓利小姐改口邀

---

21 早餐室（breakfast-parlour）：早餐室通常是較小的房間，可食用菜色較簡單的早餐，並作為日常起居及會客用。

請她暫時留宿尼德斐莊園。伊莉莎白滿心感謝地同意留下，改派賓利家的僕人前往朗伯恩，轉告家人她會留宿，並請僕人帶回換洗衣物。

8

五點時，賓利的兩位姊妹回房換衣服，到了六點半，僕人前來請伊莉莎白下樓用晚餐。出於禮貌，大家紛紛問起珍的病況，她很高興聽出賓利先生是格外關注，卻無法給任何人滿意的答覆。珍完全沒有好轉的跡象。賓利姊妹聽了之後，反覆三、四次表達她們的難過之意，得到重感冒實在是令人憂心，又說自己有多麼討厭生病，然後便沒再多提此事。珍不在她們面前時，她們就顯得漠不關心，伊莉莎白也樂得拾回先前對她們的厭惡。

那群人中，伊莉莎白唯一看得順眼的確實就只有賓利。珍的情況明顯讓他感到焦慮，而且他也很用心招呼她，讓她不再感覺自己彷彿是個不速之客，她相信其他人都是這樣看她的。除了他，幾乎沒人特別理睬她。賓利小姐的注意力全擺在達西先生身上，她姊姊也差不多。至於坐在伊莉莎白身旁的赫斯特先生則是個懶散的人，活著只為了吃喝與打牌。當他發現伊莉莎白喜歡清淡菜餚勝過濃郁的蔬菜燉肉，就覺得跟她沒什麼話好說了。

晚餐過後，她立刻回到珍的房間。她一離開現場，賓利小姐便開始數落她，認為她的態度極為惡劣，傲慢又無禮，毫無風格品味或美貌可言。赫斯特太太也有同感，並接著補充：

「簡單來說，她沒有任何可取之處，唯一優點就是很能走。我永遠忘不了她今天早上出現的模樣，看起來真像個野孩子。」

「真的是這樣啊，路易莎。我的下巴差點掉下來。來到這裡就已經很荒謬了！不過就是姊姊生病，她何必要在鄉間亂跑？搞得頭髮亂七八糟！」

「對，還有她的襯裙，妳有看到她的襯裙吧，我敢說足足沾了六吋的泥巴，放下長袍根本也遮不住。」

賓利說：「路易莎，妳的描述或許完全正確，但我全都沒注意到。今天早上伊莉莎白小姐走進早餐室時，我覺得她看起來氣色好極了。壓根沒注意到她髒兮兮的襯裙。」

賓利小姐說：「達西先生，相信你一定注意到了，而且我想，你應該不會想讓你妹妹以這種樣貌見人。」

「當然不會。」

「走個三英里、四英里或五英里，管它有多遠，泥巴沾到腳踝以上，而且還一個人，完全一個人！她到底在想什麼？在我看來就是令人討厭的自大獨行，十足是不講禮儀的鄉下人。」[22]

賓利說：「看起來像是令人喜愛的姊妹情深啊！」

「達西先生，」賓利小姐微微壓低聲音評論，「她這番歷險記，恐怕多少影響了你對她美麗雙眼的欣賞。」

他回答：「完全不會，她運動過後的雙眼更加明亮。」他說完後現場陷入短暫的沉默，接著赫斯特太太又開始說話。

「我對珍．班奈特小姐的評價非常高，她真的是很甜美的女孩，我由衷希望她能找到好歸宿。但有這樣的父母，社會地位這麼低，我擔心她根本沒那種機會。」

「我記得聽妳提過，她們的姨丈在梅里頓當律師。」

「是啊，但她們還有個舅舅住在齊普賽[23]附近。」

「也真是太優秀了，」她妹妹接著說，兩人放聲大笑。

賓利反駁：「就算她們的舅舅多到足以填滿整個齊普賽，也不會減損她們的吸引力。」

「但實際上一定會降低她們嫁給有一定家世背景的男人的機會，」達西如此回應。[24]

賓利沒對他這番話有所回應，但他的姊妹極為同意，將她們親愛的朋友的粗俗親戚好生取笑了一番。

不過，她們又回復溫柔的態度，離開餐廳來到珍的房間，直待到僕人來請她們去喝咖啡。珍仍然病得很重，伊莉莎白完全不願意離開她身邊，直到較晚時，伊莉莎白看著珍睡著而感到

---

22 當時的有錢人家多以馬車代步，因此養尊處優的賓利姊妹對伊莉莎白長途跋涉的行為既無法理解，亦感到鄙夷。

23 齊普賽（Cheapside）：倫敦的商業中心，赫斯特太太藉此暗示班奈特姊妹的舅舅是商人。cheapside 亦是英國常見的地名，意思是「市集」，cheap 源於古英語 ceapan，意為「購買」。

24 這段敘述除了描繪賓利姊妹的器量不如賓利先生，也可間接推論出賓利一家雖然是靠經商致富，但有可能是貴族出身，因而依舊瞧不起商人階級。

寬心時，才覺得自己似乎應該要下樓。因為禮貌上應當如此，不是因為她想這麼做。進到客廳時，她發現所有人都在玩盧牌，並立即獲邀加入牌局。但她心想他們的賭注應該很高，於是以姊姊為藉口婉拒了，說她不能在樓下待太久，看書打發時間就好了。赫斯特先生驚訝地看著她：

「妳喜歡看書勝過打牌？真是太特別了。」

賓利小姐說：「伊莉莎．班奈特小姐瞧不起撲克牌遊戲。她是優秀的讀書人，其他什麼事都不喜歡。」

伊莉莎白叫道：「我可擔不起這種稱讚或責難啊，我不是優秀的讀書人，而且很多事我都喜歡。」

賓利說：「相信妳很喜歡照顧妳姊姊，而且我希望她盡快恢復健康，讓妳能更開心。」

伊莉莎白由衷地感謝他，然後朝擺了幾本書的桌子走去。他立刻提議要幫她拿其他書來，所有他的藏書都可以拿來。

「真希望我有更多藏書，這樣妳能看得開心，我臉上也有光。可惜我這人遊手好閒，所以雖然我藏書不多，卻已經多到看不完了。」

伊莉莎白向他保證，客廳裡的書就夠她讀了。

賓利小姐說：「我真是訝異，父親留下的藏書竟然這麼少。達西先生，你在彭伯里莊園的藏書就很可觀啊！」

他回道：「應該的，那些可是好幾世代累積下來的數量。」

「而且你自己也增添了不少，你總是在買書。」

「我無法理解時下的家庭為什麼忽視藏書這件事。」

「忽視！我相信你絕不會忽視任何能夠為你的高貴莊園錦上添花的東西。查爾斯，等哪天你蓋自己的房子時，希望能有彭伯里莊園的一半美好。」

「我希望如此。」

「但我真的建議你到那一帶買房子，而且以彭伯里莊園為藍本。全英格蘭沒有比德比郡還要好的地方了。」

「如果達西願意賣，我真心願意買下彭伯里莊園。」

「查爾斯，我指的是真有可能的事。」

「相信我，卡洛琳，我覺得買下彭伯里莊園比模仿它要容易多了。」

伊莉莎白對他們的對話很感興趣，根本沒什麼在看手上的書，於是很快便將書放下，靠近牌桌坐在賓利先生與他姊姊中間，看他們打牌。

「達西小姐在春天過後應該長大了不少吧？」賓利小姐說，「她會長到跟我一樣高嗎？」

「我想應該會。她現在跟伊莉莎白．班奈特小姐差不多高，可能還更高。」

「真想再跟她見面！我從沒見過讓我那麼喜歡的人。她那麼漂亮、那麼有禮貌！以她的年紀來說真是難能可貴！她的琴聲真是優美。」

賓利說：「我覺得很不可思議，年輕的女士們需要多大的耐性，才能各個都如此多才多藝。」

「所有的女士都有才藝！我親愛的查爾斯，你這話怎麼說啊？」

「是啊，我猜她們每個都會彩繪桌面、刺繡屏風與編織錢包。就我所知幾乎沒有例外，而且我很確定每次初識年輕的女士，一定都被會介紹說她十分有才華。」

達西說：「你對才華的一般描述實在是太寫實了。才華這詞太常被用在只會編織錢包或為門簾刺繡的女性身上。但我不同意你對一般女士的評價。在我所認識的女性中，我敢說真正有才華的不超過六位。」

「我敢說我認識的也是，」賓利小姐說。

「那麼，」伊莉莎白說，「想必你對你所謂有才華的女性相當了解囉。」

「是的，我確實相當了解。」

「喔，當然了，」他忠實的跟班賓利小姐搶著搭腔，「若是無法超越常見的本領，不能稱得上是真正有才華。一位女性必須熟習音樂、唱歌、繪畫、舞蹈以及現代語言，才能配得上才華一詞。除此之外，她的走路姿態、說話語調、行為舉止及表情都必須要出色，否則也只能算是半調子。」

「她必須擁有上述條件，」達西補充，「此外還要真有內涵，透過廣泛閱讀而增廣見聞。」

「我對於你只認識六位如此有才華的女性，已經不感到意外了。我反而在想這樣的人一個都沒有。」

「妳對同性也太嚴苛了吧？居然懷疑沒有人能達到這些條件。」

「我從沒見過如此女性。我從沒見過能如你所描述，集能力、品味、勤勉及高雅於一身的女性。」

赫斯特太太與賓利小姐同聲反對，認為她的暗示質疑並不公平，兩人皆抗議，表示認識許多符合這番描述的女性，此時赫斯特先生出聲制止她們，埋怨大家都不專心打牌。既然話題到此結束，伊莉莎白隨後便離開了客廳。

賓利小姐在她離開且關上門後說：「伊莉莎白．班奈特是那種會透過貶低同性、在異性面前抬高自己身價的小姐，我敢說對大多數男性來說這招很有效。但就我看來，是卑鄙惡毒的手段。」

達西聽得出這幾句話意有所指，回應說：「毫無疑問，女性為了吸引異性，有時會用盡各種卑鄙手段。任何夾帶狡猾之事都該唾棄鄙視。」

賓利小姐對他的回應不盡滿意，於是放棄這個話題。

伊莉莎白再次現身，主要是為了告知大家珍的病況更嚴重了，她無法離開姊姊身邊。賓利催促瓊斯先生立刻過來，不過他的姊妹確信鄉下地方的藥劑師幫不上忙，建議發急信到倫敦去請最知名的醫生來。伊莉莎白不同意，但不是那麼反對賓利先生的提議，於是決定若班奈特小姐不見明顯好轉，隔天一早就請瓊斯先生來。賓利感到相當不安，他的姊妹也表達了她們的哀傷。不過，兩姊妹以宵夜後彈段二重奏來撫慰悲傷心情，賓利則找不到更好的方法平撫情緒，只能指示管家要更加用心照顧生病的珍和她妹妹。

9

伊莉莎白在姊姊房間裡度過大半的夜晚。直到早上情況好轉，她才終於能安心回覆先後前來問候的賓利先生女僕，以及兩位服侍賓利姊妹的優雅女僕。儘管病情有所改善，她還是要求送封短箋到朗伯恩，希望母親能來看探望珍，自行判斷她的情況。短箋立即送出，班奈特太太也隨即依著信的內容，在兩個小女兒的陪同下，在早餐過後不久[25]抵達尼德斐莊園。

要是珍的病情確實不樂觀，班奈特太太必會難過至極；但發現她的狀況完全無需緊張後，她反倒希望女兒不要太快康復，畢竟她恢復健康也就意味著離開尼德斐莊園。因此，她拒絕女兒希望帶她回家的要求，正好同時抵達的藥劑師也不建議這麼做。陪了珍一會兒後，賓利小姐現身邀請她與三位女兒一同前往早餐室。賓利先生歡迎她們時表示，希望珍的情況沒有比班奈特太太預期的還要嚴重。

「確實比我以為的還嚴重，先生，」她如此回覆，「她實在病得太嚴重了，無法離開。瓊斯先生要我們絕不可帶她離開，所以得再打擾一陣子了。」

25 當時的早餐時間一般在上午九點至十點。

賓利驚呼：「離開！絕對不可以。相信我的姊妹也絕對不會同意讓她這麼做。」

「太太，妳可以相信我們，」賓利小姐冷淡客套地回應，「班奈特小姐在我們這邊絕對會受到應有的照顧。」

班奈特太太滔滔不絕地表達感謝。

她補充說：「我相信若不是有你們這些好朋友，還真不知道她會變得怎麼樣，她真的病得很重，十分不舒服。不過珍是全世界最有耐性的人，毫無疑問她絕對是我所見過脾氣最好的人了。我經常跟其他女兒說她們都比不上她。賓利先生，你的房子真不錯，面對碎石步道那側還有優美的景色。這一帶沒有其他地方能媲美尼德斐莊園了。儘管租約不長，但希望你不會急著搬家。」

他回答：「我做決定都很倉促，如果真打算離開尼德斐莊園，搞不好五分鐘就走人了。不過目前我還沒有想要離開這裡。」

伊莉莎白說：「我就猜你的個性是如此。」

「妳已經看穿我了嗎？」他轉向她驚嘆說。

「是啊！我對你瞭若指掌。」

「真希望我能把這句話當成讚美，但這麼容易被看穿讓我有點難過。」

「你就是你。不過深奧複雜的個性也不見得比你的還要難讀或易懂。」

母親喊說：「莉茲，別忘了妳人在哪裡，不要像在家裡那樣沒大沒小。」

賓利立即接著說：「我之前真不知道妳還擅長研究個性呢，想必相當有趣。」

「是的，但複雜的個性才最有趣。他們至少有這種優勢。」

達西說：「基本上，鄉下能提供的研究樣本很少。鄉下地方的社會組成相當封閉，而且一成不變。」

「可是人本身會經歷相當的改變，永遠都有新的變化可觀察。」

「的確是這樣，」班奈特太太急忙幫腔，他提及鄉下地方的態度讓她很不高興，「我敢保證這在鄉下跟城裡都一樣。」

大家都很驚訝，達西望向她看了一會兒後，轉頭默不作聲了。班奈特太太自認為打贏了一仗，繼續乘勝追擊。

「我就不覺得倫敦有哪裡勝過鄉下，除了那些商店跟公共場所。鄉下絕對舒服多了，不是嗎，賓利先生？」

他回答：「我在鄉下的時候永遠不想離開，但我在城裡的時候也一樣。兩邊各有優點，我在兩邊都一樣快樂。」

「是啊，那是因為你個性好。但是那位先生，」她看向達西，「似乎覺得鄉下地方一無是處。」

「媽媽，妳真是誤會了，」伊莉莎白替母親覺得羞愧，「妳完全誤會達西先生了。他的意思只是鄉下地方能認識的人種類沒有城裡多，妳必須承認這是事實。」

「親愛的，當然啦，沒有人說不是，但至於在這種地方沒辦法認識很多人，我相信還是有人口比較多的地方。我們往來的家庭就有二十四個。」

賓利還能強自鎮定，都是因為顧慮伊莉莎白。他的妹妹就沒有那麼貼心了，她直接看著達西先生，露出意有所指的笑容。伊莉莎白為了要轉移母親的注意力，轉而問她，夏洛特．盧卡斯有沒有在她離開的這段期間去朗伯恩找過她。

「有，她昨天跟她父親一同來家裡坐坐。威廉爵士真是好相處，你說是吧，賓利先生？完全符合他高尚的社會地位，隨和又有教養！他跟每個人都有話聊。我覺得這才叫做家教良好，那些自視甚高從來不開口的人，根本就錯得離譜。」

「夏洛特有跟你們一起用餐嗎？」

「沒有，她有事回家去了。我猜是要她回去做百果餡派。賓利先生，在我們家，我總會讓僕人都能做好分內工作，我女兒的成長背景可不同。但是大家可以自行判斷，盧卡斯家的女孩都是好孩子，這點我敢保證。只可惜她們長得不漂亮！我也不是說夏洛特很普通，她畢竟是我們的好朋友。」

「她看起來是個很好的女孩，」賓利說。

「喔，那是當然了！但你必須承認她長得十分普通。盧卡斯夫人自己也常這麼說，羨慕我家的珍長那麼漂亮。我不喜歡拿自己的孩子說嘴，但說真的，像珍這麼漂亮的人很少見。大家都這麼說。我知道自己偏心，我的話不能信。但她才十五歲的時候，在我弟弟嘉迪納的倫敦家裡，就有位男士深深愛上了她，我弟媳甚至一口咬定他絕對會在我們離開前向她求婚。但他最後沒有。可能是覺得她太年輕了吧。不過他寫了首詩送給她，很美的詩。」

「他的感情就這樣畫下句點，」伊莉莎白滿是不耐。「我猜應該有很多人都是這樣結束的吧！真不知當初是誰先發現，詩有驅散愛情的功效！」

達西說：「我還以為詩能滋養愛情。」

「或許能滋養健全穩固的愛情。只要本質強韌，什麼都能化為養分。但如果只是微弱的好感，我相信一首美麗的十四行詩絕對能徹底拔除愛苗。」

達西只有微笑，隨之而來的靜默讓伊莉莎白不禁顫抖，害怕母親又再次自曝其短。她很想說話，卻想不出要說什麼，短暫的安靜後，班奈特太太開始重複感謝賓利先生照顧珍，也為莉茲來叨擾表示歉意。賓利先生的回應依舊彬彬有禮，而且強迫妹妹也要跟進，說些客套話。她不甚親切地說完台詞，但班奈特太太已經很滿意了，沒多久便表示要請馬車來接她們。彷彿接到暗示，兩個小女兒站了出來。兩個女孩整個過程都在竊竊私語，結論是最年幼的負責開口，要求賓利先生兌現他當初剛來鄉下時，說會在尼德斐莊園舉辦舞會的承諾。

莉迪亞是發育良好的十五歲健康少女，膚色白皙、面容和善，是母親的最愛，所以母親早早便帶著她出入公開場合。她精力充沛，天生就有些自以為是，讓她在姨丈的餐會上獲得軍官們的注意，她自己的隨興態度則讓她益發膽大妄為。因此，她自認很有資格與賓利先生談舉辦舞會這件事。她唐突地提醒他要信守承諾，還說要是他不遵守承諾，將是世上最可恥的事。對於這突如其來的攻擊，他的回應讓她們母親聽了很開心。

「我向妳保證，我已經準備好要遵守承諾，等妳們姊姊康復後，還可以由妳來選定舞會日期。但妳應該不會想在她還臥病在床的時跳舞。」

莉迪亞相當滿意。「當然了！等珍康復會更好，而且到時候卡特上尉很可能又來回到梅里頓了。等你的舞會辦完，」她接著說，「我將堅決要求他們也辦一場。我會跟佛斯特上校說，他要是不辦舞會就太可惜了。」

班奈特太太隨後帶著兩個小女兒離開，伊莉莎白則立刻回到珍身邊，任由賓利先生的兩個姊妹與達西先生評論她與家人的表現。然而，無論賓利小姐如何妙語如珠地說起那對美麗雙眼，也無法成功說服達西先生加入她們的批判大會。

10

這天過得跟前一天差不多。白天，赫斯特太太和賓利小姐花了幾個小時，陪伴緩慢康復中的病人；傍晚，伊莉莎白來到客廳加入大家。不過，今天沒有擺盧牌桌。達西先生埋頭寫信，坐在他身旁的賓利小姐只是看著他寫，不時以想對他妹妹說的話轉移他的注意力。赫斯特先生與賓利先生在玩皮克牌[26]，赫斯特太太在一旁觀看。

伊莉莎白做著針線活，光是聽達西與朋友的對話便覺得十分有趣。賓利小姐對他的工整筆跡、均勻線條以及信件長度，讚美連連，完全不在意他絲毫不為這些讚美所動，兩方交集形成頗為奇妙的對話，卻也剛好符合她對他們兩人的看法。

「達西小姐收到這封信，該會有多開心啊！」

他沒有回應。

「你書寫的速度真是出奇地快。」

「妳錯了，其實我寫得很慢。」

26 Piquet：一種兩人對玩的紙牌遊戲。

「你一年下來該會有多少封信要寫啊！還有工作的信！要我就會很討厭寫那些信！」

「所以還好寫那些信是我的責任，不是妳的。」

「請務必轉告令妹，我很想見她。」

「我已經按照妳的意思告知她一次了。」

「你的羽毛筆可能用得不太順了，我來幫你修剪一下。我可是很會修筆的。」

「謝謝，但我都自己來。」

「你怎麼都能寫得這麼工整？」

他沉默以對。

「告訴你妹妹，我很高興聽到她彈奏豎琴的琴法進步了。也跟她說，她漂亮的桌面設計簡直讓我著迷，我認為比葛蘭特利小姐的優秀太多了。」

「能否容我下次寫信時再轉達妳的著迷？現在這封已沒有空間充分表達。」

「喔，沒關係！我一月就會見到她了。但是達西先生，你總是寫這樣迷人的長信給她嗎？」

「信通常很長，但是否總是迷人，就不是我說了算。」

「我一向認為，能夠輕易寫出長信的人，寫得絕對不差。」

她哥哥插嘴：「卡洛琳，妳這樣說根本不算稱讚達西，因為他寫得一點也不輕鬆，總過於鑽研深奧的用字。對吧，達西？」

「我的寫作風格跟你大相逕庭。」

「拜託！」賓利小姐喊著，「查爾斯寫信時十分漫不經心。有大半的字都不寫完，墨水漬沾得到處都是。」

「我的想法來得太快，根本來不及表達清楚——也就是說，有時候我的信根本沒把我的想法傳達給收件人。」

伊莉莎白說：「賓利先生，你的謙遜想必為你擋去了許多責難。」

「沒什麼比謙遜的表象還要虛偽。實際上往往是沒有主見，有時則是間接自誇。」達西說。

「那麼你覺得我剛才的謙虛表現，是兩者中的哪一種？」

「間接自誇，因為你其實相當以自己寫作的瑕疵為傲，覺得那是快速思考與草率執行的成果，即使無法因此受人尊敬，至少也相當值得注目。可以快速做任何事情的人，往往格外看重這種能力，無視於呈現成果的不完美。今天早上你對班奈特太太說，要是你決定要離開尼德斐莊園，五分鐘之內就會走人，其實你這麼說的用意，是在推崇與稱讚自己。然而，急躁之餘必然會漏掉非常必要的事，對你自己或任何人都不會有實質的好處，到底哪裡值得讚揚呢？」

賓利大喊：「唉呀，太誇張了，居然把我早上說過的蠢話記到晚上。可是我要以自己的名譽發誓，我對自己的形容絕對屬實，而且現在的我是這麼相信的。因此，至少我沒有為了向各位女性炫耀，而裝出無謂的急躁個性。」

「我敢說你是相信的，但我絕對不相信你能夠如此迅速地走人。你的行為就跟我所知道的所有男人一樣，全都看運氣；而且要是在你上馬時，朋友對你說：『賓利，你應該要留到下個星期，』你搞不好會照做，說不定就不走了，甚至多說兩句搞不好會多待一個月。」

伊莉莎白說：「你這樣只是證明了，賓利先生並沒有正確體現自己的隨和性格。你誇他的程度遠勝過他自己。」

賓利說：「我真是太感謝了，妳將我朋友的話解讀為讚美我的好脾氣。可惜妳解讀的方向跟那位先生的用意完全不同；在那種情況下如果我直接拒絕、立刻騎馬離開，他對我的評價或許還會高一點。」

「固執地堅持你的輕率，這麼一來，達西先生就會覺得算是彌補了你的輕率嗎？」

「天哪，這我可說不準，必須請達西自己說清楚。」

「妳要我解釋的是妳加諸於我的看法，但我從沒這麼說過。不過假設真是如此，根據妳的說法，班奈特小姐，別忘了，假設中的那位朋友希望他回到屋內、延後計畫，也就只是希望而已，根本沒有提出任何該這麼做的理由，僅僅是提出要求。」

「這麼輕易且立即答應朋友的要求，對你來說不是優點。」

「不需要理由就輕易答應，根本就等於侮辱雙方的友誼。」

「達西先生，在我看來，你似乎不承認友誼與情感的影響力。如果重視提出要求的那個人，往往就會立即答應，不需要再等待理由。我指的不是你剛才假設賓利先生所處的情況。或許我們可以等到真有這種事情發生，再來討論他當下做出的決定。但以一般朋友與朋友之間的常見狀況來說，其中一方希望另一方改變不怎麼重要的決定，你會因為那個人沒有等對方提出理由便從善如流，而覺得他這樣做不好嗎？」

「再進一步之前，我們是否應該先針對這個要求的重要程度，以及事件雙方的熟稔程度達成共識？」

「乾脆把所有細節都談清楚吧，」賓利哀號，「不要忘了還有他們的身高、體重。班奈特小姐，就討論來說，這些細節比妳所想的還要重要。我敢跟妳保證，要不是達西比我高大許多，我才不會這麼尊重他。我要跟大家說，達西在特別的場合與地點時，比誰都更加令人敬畏，尤其是在他家，以及他遊手好閒的週日傍晚時分。」

達西先生露出微笑，但伊莉莎白覺得自己似乎感覺到他的不悅，因此克制了自己的笑聲。賓利小姐則是激動地抗議他所受到的侮辱，懇求哥哥別再胡說八道。

他的朋友說：「賓利，我懂你的意思了；你不喜歡辯論，希望能停止這個話題。」

「或許吧。辯論跟爭執太過相似。若你和班奈特小姐願意等我離開客廳再辯論，我會非常感謝，屆時你們高興說我什麼都可以。」

「你的要求對我來說一點也不為難，也該讓達西先生把他的信寫完了。」伊莉莎白說。

達西先生接受了她的建議，把信寫完。

處理完正事後，他向賓利小姐與伊莉莎白提出想聽音樂的要求。賓利小姐步伐輕快地走向鋼琴，禮貌地邀請伊莉莎白起頭，後者客氣而真誠地婉拒了，於是賓利小姐在鋼琴前坐下。

赫斯特太太與妹妹一起唱歌，於此同時，伊莉莎白一邊翻動鋼琴上擺的幾本琴譜，一邊忍不住發覺，達西先生的視線經常鎖定她。她完全不懂自己怎麼有可能成為他這種高社會地位男士的注目焦點，如果盯著她看是因為他不喜歡她，那就更奇怪了。最後，她只能猜想自己之所以吸引他的目光，是因為根據他的是非觀念，她是全場錯得最離譜、最該被譴責之人。她沒有因為這樣的猜測而難過。她對他的好感少到不足以在乎他是否認同自己。

彈奏幾首義大利曲子後，賓利小姐改彈起輕快的蘇格蘭民謠轉換氣氛。不久後，達西先生走近伊莉莎白身邊對她說：

「班奈特小姐，妳是否想要把握機會、跳支侶爾舞？」

她微笑但沒有回應。她的沉默讓他訝異，於是又問了一次。

她回答：「喔！你第一次問的時候我就聽見了，但我當下無法決定該怎麼回答。我知道，你希望我回答『是的』，這樣你才能以藐視我的品味為樂，但我向來樂於破壞這種計畫，顛覆對方預設的不屑。因此我決定要對你說，我完全不想跳侶爾舞，這下，看你敢不敢藐視我。」

「我絕對不敢。」

原本準備好刻意要冒犯他的伊莉莎白，對他的勇敢頗為吃驚。反正，她甜美又頑皮的態度，本來就很難刻意冒犯到任何人。不曾有任何女人像她這樣，讓達西深深著迷。他真心相信，要不是她的家族社會地位這麼低，他搞不好真的會有愛上她的危險。

賓利小姐所看到或猜到的情況，已經足以讓她大吃飛醋。她對好友珍康復的急切渴望，泰半是因為盼望趕走伊莉莎白。

她為了讓達西討厭伊莉莎白，經常故意提起他要是跟伊莉莎白結婚會是如何，假裝跟他站在同一陣線規畫他的幸福。

隔天他們兩人走在灌木叢間，她說，「我希望你們如願結婚後，你能暗示一下你岳母，保持沉默對她有好處。如果可以的話，也請治療一下那兩個年輕女孩追著軍官跑的毛病。另外，容我提起如此敏感的話題，請注意尊夫人介於自負與傲慢間的個性。」

「妳對我的家庭幸福還有什麼其他建議嗎？」

「喔，當然有！請把你們菲力普姨丈與阿姨的肖像畫，也掛在彭伯里莊園的畫廊裡。跟你法官伯公的肖像畫並列；雖然職責不同，但也算同行。[27]至於你的伊莉莎白，千萬不要想請人幫她作畫，畢竟哪有畫家能夠忠實重現她美麗的雙眼？」

「想捕捉她雙眼的神情確實不容易，但顏色、形狀與如此精緻的眼睫毛，還是有可能複製的。」

就在此刻，赫斯特太太與伊莉莎白本人從另一邊朝他們走來。

「我不知道妳們也想散步，」賓利小姐有些慌張，怕她們聽見剛才的對話。

赫斯特太太回她：「妳對我們真是太壞了，竟然沒跟我們說妳要出來，就跑得不見人影。」說完便勾起達西先生另一側手臂，留下伊莉莎白獨行。小徑寬度只能容納三個人。

---

27 菲力普姨丈為商人，賓利小姐刻意藉此挖苦伊莉莎白的出身，以及與達西的階級差距。

達西先生感覺到她們的無禮，立刻說：「這條步道不夠讓四個人並排走。我們最好還是到林蔭大道上吧！」

但伊莉莎白根本不想繼續陪他們散步，大笑回應：

「不了不了，你們就留在這裡。這樣的組合相當迷人，格外好看。加上第四人就會破壞如此優美的畫面。再見了。」

說完她便開心地跑開，四處漫步的同時內心十分歡喜，滿懷希望再過一、兩天便能回家。珍的身體已經好多了，還打算當天晚上離開房間兩個小時。

11

女士用完餐、離開餐廳後，伊莉莎白跑上樓找姊姊，確認她穿得夠暖和，再陪她進入客廳。她的兩位朋友不斷說看到她有多開心，就在男士還沒加入她們的前一小時，伊莉莎白見識了她們前所未有的親切——她們的話題源源不絕，精準地描述各種娛樂活動，幽默分享有趣的小故事，興致勃勃地取笑朋友。

但男士進入客廳後，珍便不再是主要焦點。賓利小姐的目光立刻轉向達西，他還沒走幾步路她便想跟他說話。他向班奈特小姐問好，禮貌地恭喜她康復；赫斯特先生微微向她鞠躬，說他「非常高興」，賓利的問候則是洋溢著溫暖。他極為歡喜，把她照顧得無微不至。前半個小時他忙著讓壁爐的火燒得更旺，以免她因為空間轉換而著涼。接著她按照他的要求，移到距門口較遠的壁爐另一側。最後他在她身旁坐下，幾乎不跟她以外的人說話。伊莉莎白坐在對面角落做針線活，極為開心地看著這一切。

喝完茶後，赫斯特先生提醒小姨子該把牌桌拿出來，卻徒勞無功。她私下得知達西先生並不想玩牌。很快地，赫斯特先生就連公開要求都遭到拒絕。她向他保證沒有人想玩牌，眾人的沉默似乎證實了她的話。赫斯特先生無事可做，只好躺在沙發上睡覺。達西先生挑了本書，賓利小姐也是；赫斯特太太忙著把玩她滿手的鐲子戒指，偶爾加入弟弟和班奈特小姐的對話。

賓利小姐雖然看自己的書，但心思多半都專注在達西先生的閱讀進度上，不停地發問或是盯著他的頁面瞧。然而她還是沒能吸引他跟自己聊天，他就只是簡單回答問題，然後繼續看書。最後，她放棄了對自己那本書的興趣，畢竟她選擇的原因，只因為是他那本書的第二冊。她打了個大呵欠後說：「這樣度過晚上時光真是愉快！我敢說，世上再也沒有比讀書更棒的消遣了！[28]只有書本不會讓人一下就厭倦。將來當我擁有自己的房子，如果沒有一個很棒的書房，一定會很難過。」

沒人回應。她又打了個呵欠，放下書後審視四周找樂子。此時她聽見哥哥向班奈特小姐提起辦舞會的事，突然轉向他說：

「對了，查爾斯，你是真的打算在尼德斐莊園辦舞會嗎？在你決定前，我建議你先詢問在場所有人的意願。我沒搞錯的話，在場有人覺得舞會根本是種折磨，毫無樂趣可言。」

他哥哥大聲說：「如果你指的是達西，他可以選擇在舞會開始前便上床就寢，但舞會是勢必要辦的。等尼可斯備妥杏仁奶油濃湯，我就會寄出邀請卡。」

她回答：「如果舞會換種方式進行，那我會更加喜歡。但是通常這類聚會進行的方式總是乏味到令人不耐。如果主要的活動是聊天而非跳舞，應該會更加合理。」

「我親愛的卡洛琳，我敢說會更加合理，但那就不能算是舞會了。」

賓利小姐沒回應，不久後便起身在客廳裡走動。她身形優雅，走路姿態優美，但是她想要吸引注目的對象，也就是達西，卻仍然認真地埋首讀書。情急之下，她決定再試一次，於是轉身對伊莉莎白說：

「伊莉莎．班奈特小姐，我勸妳跟我一樣在客廳裡繞一繞。我跟你保證，同樣的姿勢坐久了，起來走走會更有精神。」

伊莉莎白很訝異，但立刻同意。賓利小姐的彬彬有禮達到了她的真正目的，達西先生抬起頭了。他跟伊莉莎白一樣，對於她成了關注焦點感到驚訝，不自覺地闔上書本。他馬上受邀加入她們，但他拒絕，表示他只能想到兩個讓她們選擇偕伴在客廳裡散步的動機，而這兩個動機都會因為他的加入而受到干擾。

「他這麼說是什麼意思啊？」賓利小姐非常想知道，並問伊莉莎白是否明白他在說什麼？

伊莉莎白回答：「完全不明白，但我敢說他打算要批評我們，所以讓他失望的最好方法就是什麼都別問。」

然而賓利小姐無論如何都不會讓達西先生失望，堅持要他解釋所謂的兩個動機是什麼。

「我一點也不介意解釋這兩個動機，」他在終於插得上話時說，「妳們選擇這樣度過夜晚的原因有二，要不就是因為妳們彼此有祕密要討論，要不就是妳們意識到自己的身形在走路時

---

28 世上沒有比讀書更棒的消遣（There is no enjoyment like reading!）：這句話已被引用於二〇一七年以珍奧斯汀為肖像的十英磅紙鈔中。

最好看。若是前者，那我就會打擾妳們，若是後者，我坐在壁爐邊更能好好地欣賞妳們。」

「天哪！」賓利小姐驚呼，「我從來沒聽過這麼過分的事。他說這些話我們該怎麼懲罰他？」

伊莉莎白說：「如果妳想懲罰他，那是再容易不過了，只要願意，我們都能折磨並懲罰彼此。揶揄他、取笑他。你們兩人這麼熟，一定知道怎麼取笑他。」

「我發誓我真的不知道。我跟妳保證我跟他還沒有熟到這種程度。揶揄如此冷靜沉著的人？不，不，我覺得他會反擊。至於取笑，如果妳不介意的話，我們還是不要自曝其短好了，他沒有什麼把柄好取笑的。達西先生可能會自鳴得意。」

伊莉莎白驚呼：「不能取笑還真是少見的優勢，希望能夠一直這麼少見。我要是有很多這種朋友，會有多大的損失啊。我很愛大笑。」

他說：「賓利小姐把我說得太好了。再好再有智慧的人，不，如果碰到有人的人生以取笑他人為目的，就算是再有智慧、操守再好的人，也會遭到嘲諷。」

伊莉莎白回應：「當然，確實有這種人，但我希望自己不是。我希望自己永遠不會嘲諷智者與好人。我承認愚蠢荒謬、異想天開與矛盾都是我的娛樂來源，只要逮到機會我都會大笑。但我想這些你都不具備。」

「或許不是每個人都能這樣。但我確實一輩子都致力於遠離會強烈惹人譏笑的缺點。」

「例如虛榮心與傲慢。」

「是的，虛榮心確實是缺點。但說到傲慢，只要有卓越的心智，就能管好傲慢。」

伊莉莎白轉頭掩飾笑容。

賓利小姐說：「我想，妳應該審核完達西先生了，請告訴我，妳的結論是什麼呢？」

「我完全相信達西先生沒有任何瑕疵。他毫無掩飾地自己招認了。」

達西先生說：「不，我沒有如此自詡。我有許多缺點，但希望不是才智上的缺失。我的脾氣連自己都不敢恭維。我相信自己不夠柔軟，至少對這個世界來說，絕對不夠。我沒辦法盡快遺忘他人的愚蠢及壞習慣，或他們如何冒犯我。我的感受沒那麼容易改變。我可能永遠都會怨恨。一旦讓我失去好印象，就永遠無法回復。」

「那絕對是缺點啊！」伊莉莎白喊著，「無情的怨恨確實是個性缺陷。但你的過錯選得非常好，我完全無法取笑它們，所以不用擔心我笑你。」

「我相信每個人的性格都有某種特定的邪惡傾向，那是天生的瑕疵，再好的教育也無法克服。」

「而你的瑕疵是憎恨所有人。」

「而妳的，」他微笑回應，「是刻意誤解他人。」

「來點音樂吧，」賓利小姐大喊，她對無法加入的對話感到厭倦，「路易莎，妳不介意我吵醒赫斯特先生吧？」

她姊姊完全不反對，於是賓利小姐掀開鋼琴蓋。達西稍微反省了一下，但並沒有因此感到抱歉。他開始覺得自己可能太過在意伊莉莎白了。

12

兩姊妹達成協議後，伊莉莎白在隔天早上寫信給母親，請求她當天派馬車來接她們回家。但班奈特太太原本打算讓兩個女兒在尼德斐莊園住到下星期二，讓珍剛好住滿一週，她實在無法開心地提前迎接她們回家，因此她的回答並不如急著想回家的伊莉莎白所預期。班奈特太太回信表示，家裡在下星期二前都無法派馬車去接她們，信末還附註，如果賓利先生和他妹妹要求她們多留幾天，她很樂意讓她們留下。然而，伊莉莎白堅決不肯多留，更不覺得會有人如此要求，相反地，為了怕被當作不必要地過度打擾，她央求珍立刻跟賓利先生商借馬車。最後，她們決定說出原本打算當天早上離開的事，並要求借馬車。

這番話說出口後引起諸多關切，大家七嘴八舌希望她們至少留到隔天對珍比較好，於是她們同意延後一天離開。賓利小姐這下後悔自己要求她們晚一天離開了，因為她對伊莉莎白的嫉妒與不喜歡，遠勝過她對珍的喜愛。

主人對於她們這麼快就要離開感到非常哀傷，一再說服說她還沒完全恢復，這樣對身體不好。但珍覺得自己有理的時候，態度可是相當堅定。

達西先生對她們要離開則是相當高興，伊莉莎白在尼德斐莊園待得夠久了。她對他的吸引力，超過他所樂見的程度，賓利小姐對她也很不客氣，又比平常還愛煩他。他相當明智地決定要特別小心，絕不可再透露任何欣賞的跡象，不能讓伊莉莎白抱有任何影響他幸福的希望。他還意識到，如果他真的曾讓她有這種感覺，最後這一天的舉止必須要能有效地加以確認或摧毀。他打定主意，整個星期六幾乎沒和她說上十個字。即使他們一度獨處了有半個小時，他也堅持埋首書中，連看都沒看她一眼。

星期天早晨禮拜結束後，幾乎讓每個人都稱心如意的分離時刻到來。到了這時，賓利小姐對伊莉莎白突然變得非常客氣有禮，對珍的感情也急速增溫。分開時她向珍保證，無論何時在朗伯恩或尼德斐見面，她都會非常開心。十分溫柔地擁抱珍後，她甚至還跟伊莉莎白握了手。伊莉莎白以極其愉悅的心情離開了這群人。

母親倒沒有很熱情地迎接她們回家。班奈特太太不懂她們為何要回來，覺得她們不應該這樣麻煩人家，而且很肯定珍會再次感冒。儘管她們的父親沒有特別表示開心，卻真心高興看到她們，這些日子他深深感受到她們在家中的重要性。晚餐的聊天聚會沒有了珍和伊莉莎白，就少了許多生氣，變得索然無味。

她們發現瑪莉一如往常地認真鑽研和聲及人性，有了新的書摘可欣賞，對於陳腔濫調的道德倫理也有新的心得可分享。凱薩琳和莉迪亞則有完全不同類型的消息要告訴她們。從星期三到現在，軍團裡發生了許多事，話題聊不完；好幾位軍官最近都曾與她們的姨丈用餐，有士兵遭到鞭笞，甚至有消息指出佛斯特上校即將成婚。

13

隔天用早餐時，班奈特先生對太太說：「親愛的，希望妳為晚餐準備了豐盛的食材，因為我想今天家裡會多一個人來用晚餐。」

「親愛的，你是指誰？我確定我沒聽說有人要來，除非是夏洛特．盧卡斯，但我想我準備的晚餐對她來說應該夠豐盛。相信她在家不常見到這些菜色。」

「我說的對象是男士，而且是陌生人。」

班奈特太太的雙眼閃耀光芒。「男士，而且是陌生人！那想必是賓利先生了！珍啊，妳事前怎麼沒說半句，真是個狡猾的孩子！我肯定會很高興見到賓利先生。但是，唉呀，真是不巧！今天就是都買不到魚。我親愛的莉迪亞，搖鈴吧！我必須立刻跟管家希爾討論這件事。」

她丈夫說：「不是賓利先生，是我這輩子都沒見過的人。」

此話令眾人都驚訝極了，妻子和五個女兒立即群起追問，讓他樂在其中。

她們的好奇心讓他樂了好一陣子後，他終於開口解釋。

「大約一個月前，我收到了一封信，兩個星期前我回了信，因為我覺得這件事需要謹慎處理，而且要盡快。信件是我遠房表親柯林斯先生寄來的，在我過世後，他可以視心情決定要不要把妳們趕出這棟房子。」

「喔，親愛的！」他妻子驚呼，「我實在無法忍受聽到這件事。拜託不要提起那個討厭的人。我真心認為財產由自己孩子以外的人來繼承，絕對是全世界最痛苦的事。我很篤定如果我是你，早就想辦法解決它了。」

珍和伊莉莎白試著向她解釋限嗣繼承，她們過去也曾多次嘗試，但面對這個話題，班奈特太太根本毫無理性可言，逕自繼續嚴詞咒罵，說財產不能由家中五個女兒繼承，而是得由根本沒人在乎的男子繼承，實在是太殘酷了。

班奈特先生說：「確實非常不公平，沒有什麼能抹去柯林斯先生身為朗伯恩繼承人的罪。但妳如果願意聽他信上寫什麼，或許會因為他表態的方式而多少心軟。」

「不會，我肯定不會，而且我覺得他寫信給你不僅非常無禮，還十分虛偽。我討厭這種假惺惺的朋友。他為什麼不就跟他爸爸過世前一樣，繼續跟你吵架就好了？」

「是啊，為什麼？妳聽了就知道，他確實曾經因為孝順而有所顧忌。」

肯特郡翰斯福特，近威斯特漢，十月十五日

親愛的先生：

您與我敬重的先父之間持續存在的意見不和，總讓我相當不安，自我不幸失怙後，時常希望能平息兩家之間的爭執。但我有所顧忌，好段時間未採取行動，深怕與他素來意見相左的對象友好，等於玷汙了對他的回憶——

「班奈特太太，妳聽聽看。」

——然而我在此事上心意已決，因為在復活節時，我格外榮幸受到路易斯・德波爵士之遺孀，尊貴的凱薩琳・德波夫人的贊助，慷慨仁慈的夫人舉薦我入主教區牧師長官邸[29]，我必將竭盡所能，以表達對夫人最崇高的敬意，並隨時做好準備進行英國國教的儀式與典禮。此外，身為牧師，在我影響力可及的範圍內，我認為自己有責任促進並建立所有家庭的和平幸福。從這點來看，我覺得真該稱讚我自己此刻釋出善意，也希望您能夠好心地忽略我是朗伯恩第一順位的限嗣繼承人，不因此拒絕我遞出象徵和平、尋求和解的橄欖枝。我對於自己造成您可愛女兒的損害實在感到憂慮，希望您能讓我為此表示歉意，同時也向您保證，此後會盡我所能彌補她們。若您不反對，我希望在十一月十八日星期一下午四點鐘，登門拜訪您與您的家人，可能會在您府上叨擾至隔週的星期六。這是我所能空出的全部時間，只要有其他牧師代替我做禮拜，凱薩琳夫人不反對我偶爾缺席一個星期日。謹向親愛的先生與您的夫人、女兒致上最誠摯的問候。

您善意的朋友，威廉・柯林斯

「因此，這位和平使者大概會在下午四點鐘抵達，」班奈特先生折起信，「我說啊，他似乎是相當有良心又有禮貌的年輕人，相信他會是很重要的朋友，尤其是凱薩琳夫人如果能寬容地讓他再次來作客。」

「不過他提到女兒的事是有點意思，如果他願意彌補她們，我是不會阻止他的。」

珍說：「雖然很難猜到他要用什麼方式對我們做出他認為應有的補償，但會這麼想至少就值得讚許。」

伊莉莎白印象最深刻的是他對凱薩琳夫人異常尊敬，以及需要時他願意隨時為教區民眾受洗、證婚及主持喪禮的善意。

「他應該是個怪人，」她說，「我摸不透這個人。他相當裝腔作勢。還有他說為了身為財產限嗣繼承人表示歉意，這是什麼意思？難道當不當限嗣繼承人可以由他決定嗎？父親，他會是個明理的人嗎？」

「親愛的，我想應該不會。我極度期待他會是個性完全相反的人。他的信裡混雜著卑躬屈膝與自負，看來機率是不低。我等不及要跟他見面了。」

「單以寫作來看，」瑪莉說，「他的信感覺沒什麼缺點。以橄欖枝象徵和平或許稱不上新

29 教區的主要贊助人（通常是當地的仕紳望族）擁有教區長（rector）的提名權。奧斯汀的父親當年即分別受到兩位有錢親戚的贊助，身兼史蒂文頓以及迪恩兩地的教區長。

意，但整體而言，我覺得這封信寫得很好。」

對凱薩琳和莉迪亞來說，這封信與寄件人都毫無有趣之處。這位遠親總不可能穿著紅色軍服出現。這幾個星期以來除了軍官，其他男人都無法帶給她們任何樂趣。至於她們的母親，柯林斯先生的信已經降低她不少敵意，頗為鎮定地準備好要見他，讓她丈夫與女兒都很訝異。

柯林斯先生十分準時，全家人也都相當有禮貌地接待他。班奈特先生話是不多，但幾位女性都很樂意聊天，柯林斯先生則似乎完全不需要鼓勵，他根本沒打算要保持沉默。他很高，是看起來很莊重的二十五歲年輕男子。他的氣質相當沉著穩重，禮節非常周到。坐下沒多久，他就開始稱讚班奈特太太的五位女兒真是美麗，說他過去耳聞過她們的美貌，但事實真是遠勝傳聞。此外還說，他絕對相信她們時間到了都會找到好歸宿。他這番殷勤聽在某些人耳裡很是刺耳，但從不拒絕任何讚美的班奈特太太欣然回應：

「先生，你真是善良，我也衷心希望如此，不然她們就要窮苦度日了。這事情的安排還真是詭異。」

「您指的或許是地產的限嗣繼承權。」

「是啊，先生！我正是說這個。你必須承認，我可憐的女兒真是太悲慘了。我不是要怪你，因為我知道限嗣繼承這事是看運氣，沒人知道要繼承時，財產會是落到誰手裡。」

「太太，我充分意識到我美麗的表妹們面對何等困境，對此我有很多話想說，但又怕顯得過於急躁魯莽。但我可以向各位表妹保證，我來此是要向她們表達仰慕之情。此刻我不會再多說什麼，但等我們更熟稔了，或許──」

餐點已備妥的呼喚打斷了他的話語，女孩彼此微笑。她們不是唯一受到柯林斯先生青睞的目標。大廳、餐廳與所有家具，全都受到他的檢視與讚美。要不是擔心他是以未來所有財產都將屬於他的眼光看待一切，他的每句讚嘆本來都會深深打動班奈特太太的心。晚餐也受到高度讚賞，他非常想知道是哪位美麗的遠房表妹有如此精湛的廚藝。班奈特太太立刻糾正他，微微帶刺地向他保證他們絕對請得起廚師，她的女兒完全不需要進廚房。他為自己讓她不開心而道歉。她以較和緩的語氣說自己完全沒受到冒犯，但他還是繼續道歉了一刻鐘。

14

用餐期間，班奈特先生幾乎沒有開口。但是等僕人都離開餐廳後，他認為是時候該與客人交談，因此開啟了他認為這位客人可徹底發揮的話題，說他是何等幸運受到舉薦。凱薩琳夫人似乎極為在乎他的期望，以及過得舒適與否。班奈特先生選的話題真是再好不過。柯林斯先生對她的讚美滔滔不絕。這個話題讓他比原先更加嚴肅，並以格外誇大做作的神情嚴正表示，他這輩子不曾遇過任何身分崇高者，能像凱薩琳夫人那般和藹、不計身段。他有幸在她面前進行兩場講道，皆受到她的親切嘉許。她曾兩度邀他至羅辛斯莊園用餐，上個星期六傍晚還找他去湊數一起打四十張牌。許多他認識的人都覺得凱薩琳夫人很傲慢，但他在她身上只看見和藹。她對他說話的方式跟對其他紳士沒有兩樣，對於他參與當地社交活動沒有任何意見，也絲毫不介意他偶爾離開教區一、兩星期拜訪親人。她甚至曾經放下身段向他建議，他該盡快娶妻，只要仔細挑選對象即可。還曾造訪他所居住的牧師公館，對他所做的改造完全贊同，甚至建議他在樓上壁櫥裡加幾層架子。

「這的確是非常得體客氣，」班奈特太太說，「而且我猜她是相當討喜的人。真可惜有地位的夫人多半不像她。先生，她就住在你附近嗎？」

「寒舍所在的花園，與夫人的寓所羅辛斯莊園只隔一條馬路。」

「先生，我記得你提過她是個寡婦？她有其他家人嗎？」

「只有一位女兒，羅辛斯莊園與龐大財產的繼承人。」

「啊！」班奈特太太搖搖頭說，「那她的命已經比多數女孩要好了。她是什麼樣的小姐呢？漂亮嗎？」

「她是位非常迷人的小姐。凱薩琳夫人自己表示，若要論真正的美麗，德波小姐是所有同性裡最為貌美的，因為她的五官便可看出貴族的特徵。可惜她身體不好，否則她會更有成就。負責她教育的女士至今仍與她們同住，她是這麼對我說的。但德波小姐相當好相處，經常不計身段，駕駛她的小馬輕馬車經過寒舍。」

「她已經被正式介紹給國王了嗎？我不記得宮裡貴族小姐的名單裡曾出現過她的名字。」

「很遺憾，她的健康狀況讓她無法進城。正如我某天對凱薩琳夫人所說，英國皇室因此無緣見識到皇室最耀眼的光芒。夫人聽到我這麼說似乎十分高興，當然了，我也很樂意不時巧妙吐出討女性歡心的讚美。我曾不只一次對凱薩琳夫人表示，她那迷人的女兒似乎生來就是要當女公爵，再高的爵位也只是沾她的光而存在，不是為她帶來更高的社會地位。這些都是會讓凱薩琳夫人開心的小事，也是我認為自己該要向她獻上的特有殷勤。」

「你的判斷非常適切，」班奈特先生說，「而且很高興你擁有如此巧妙的諂媚才能。能否請問這些殷勤話語是靈光乍現，還是事前認真準備？」

「主要都是源於當下情況的靈感，但有時我也會聯想及準備可適用一般情況的優雅讚美，希望能盡量顯得不刻意。」

班奈特先生的期望徹底獲得滿足。這位遠房表親一如他所期待的那樣荒謬，他樂在其中地聽著他說話，同時還要堅定維持冷靜表情；除了偶爾偷瞄伊莉莎白一眼，他根本不需要有人分享他的樂趣。

不過，到了喝茶時間，班奈特先生的娛樂已然足夠，他樂於再次將他的客人帶入客廳跟大家同聚，喝完茶後，更邀請他向現場女性朗讀。柯林斯先生立即同意，旁人也拿書給他。但看了書一眼（因為所有跡象都顯示書來自流動圖書館），他便嚇得倒退連連，向在場眾人抱歉說他從不讀小說。凱蒂瞪大雙眼看著他，莉迪亞則驚呼不已。拿出其他書後，他挑選一番，最後選中佛迪斯牧師的著作《給年輕女子的講道》。他翻開書時，莉迪亞打了大大的呵欠，聽他以單調嚴肅的語氣讀不到三頁，便打斷他：

「媽媽，妳知道嗎？菲力普姨丈說想要辭掉理查，如果真是這樣，佛斯特上校打算要僱用他。阿姨星期六親自跟我這麼說。我明天應該要散步去梅里頓多打聽一下，順便問丹尼先生什麼時候從倫敦回來。」

在兩位姊姊要求下，莉迪亞閉上嘴，但已深受冒犯的柯林斯先生放下書說：

「我常發現，儘管嚴肅書籍都是為了年輕女子好而撰寫，她們卻鮮少對那些書感興趣。我必須承認，我總為此感到訝異，因為，還能有什麼比教條對她們更有益？但我不會再對我年幼的表妹有所強求。」

他接著轉向班奈特先生，自告奮勇與他對弈雙陸棋。班奈特先生接受挑戰，注意到他相當明智地決定任由女孩繼續她們的小小娛樂。班奈特太太和其他女兒為莉迪亞打斷他而十分客氣地道歉，答應絕對不會再發生，希望他能繼續朗讀。但柯林斯先生向她們保證，自己絕對不會對遠房小表妹懷恨在心，也不會將她的行為視為侮辱而為此憎恨。說完後，就跟班奈特先生在另一張桌子坐下，準備開始下棋。

15

柯林斯先生不是什麼明理的人，先天不良又缺乏教育及社會化，泰半人生都由他無知吝嗇的父親所指導。儘管念了大學，卻也只修必要課程，沒能趁機結交任何有助益的朋友。柯林斯父親要求的絕對服從，原本將他的態度磨得極為謙遜，如今卻因懦弱的自負、等同過著退休生活、意外的少年得志，大幅抵銷了他的謙遜。因緣際會下，他在翰斯福特教區牧師職位出缺時碰巧遇見凱薩琳．德波夫人，他敬重她的崇高地位，也因為她舉薦自己而崇拜不已，再加上他對自己的好評價、身為神職人員的權力以及教區牧師的權利，交織之下，讓他整體說來，成了傲慢奉承、自負謙遜的矛盾體。

如今有了好房子與十足充裕的收入，他便打算娶妻。他與住在朗伯恩的表親和好，也是為了要娶妻，班奈特家的女兒如果真如傳聞中那樣美麗友善，他就打算從中選一位為妻。這就是他為自己將繼承她們父親財產所擬定的補償計畫，想以婚姻關係來贖罪。他認為這是絕妙的好方法，適切又誘人，而且必定會讓他顯得慷慨無私。

見到她們之後，他的計畫更沒有改變。班奈特小姐的美貌證實了傳言，她的言行舉止也符合他對長女的嚴格期待。第一天傍晚，他選定她為目標。然而，隔天早上卻讓他改變了主意。

用早餐前，他與班奈特太太面對面談了十五分鐘，對話內容從他在教區的住所開始，自然而然聊到他坦承自己希望能在朗伯恩找到妻子，更希望是她的女兒。然後，夾雜在親切的微笑與含糊的鼓勵中，班奈特太太提醒他別鎖定珍。「至於其餘較為年幼的女兒，她就不知道了。她不確定，但沒聽說哪一個心有所屬；但順帶一提，她覺得自己有義務要暗示他，大女兒很可能即將訂婚。」

柯林斯先生只要把目標從珍轉到伊莉莎白身上即可，而且他轉換的速度非常快，班奈特太太還沒翻完壁爐裡的火，他就已經改變了目標。出生順序與美貌都僅次於珍的伊莉莎白，想當然耳成了珍的接班人。

班奈特太太把這番暗示珍藏心底，深信不久後將有兩位女兒出閣。昨天她連名字都不願意提的男人，如今在她心裡評價極高。

莉迪亞沒忘記她要散步去梅里頓的打算，除了瑪莉，其他姊妹都同意陪她一起去。柯林斯先生則是應班奈特先生的要求，護送她們前往。班奈特先生迫不及待要趕柯林斯出門，獨享他自己的書房。柯林斯先生早餐後便尾隨他進入，名義上是要一睹班奈特先生最大本的對開本藏書，實際上卻幾乎毫無間斷地跟他聊著自己在翰斯福特的房子與花園。班奈特先生嚴重受到干擾。書房是他安心享受娛樂與寧靜的地方，正如他對伊莉莎白說過的，他很清楚在家中各角落都會遭遇愚蠢與自負包圍，不過回到書房他就能擺脫一切。因此，他立即客氣地請柯林斯先生陪同女兒去散步，比起閱讀，柯林斯先生其實更適合散步，他非常樂意闔上那本大書出發。

他們前往梅里頓的去程，就在他裝腔作勢的廢話與遠房表妹的客套附和下度過。到了梅里頓後，他再也無法吸引年紀較輕的表妹注意。她們的視線立刻游移於街上尋找軍官，只有很漂亮的圓邊帽或是商店櫥窗裡最新的棉紗布料，能喚回她們的視線。

但是每位小姐的注意力很快就受到從未見過的年輕男子所吸引。這位男子外表紳士，與某位軍官並行走在馬路對側。那位軍官正是莉迪亞來梅里頓想了解何時會從倫敦回來的丹尼先生，他在她們經過時鞠躬示意。大家都深深為那位陌生人的氣質所著迷，全都在猜他到底是什麼人；決心想辦法找出答案的凱蒂和莉迪亞，帶領所有人過馬路到對面，假裝要進對街商店找東西，幸運地剛踏上人行道便遇上折返原處的兩位男士。丹尼先生直接徵求她們同意，向她們介紹身邊的朋友韋克翰先生，兩人前一天才相偕從倫敦回來，而且他很高興能告訴大家，韋克翰先生接下了他們軍團的職務。這樣剛剛好，這位年輕人只差軍團的身分就一百分了。他的外表幫了大忙，具備所有俊美條件，五官精緻、身材健壯，談吐也討喜。初步介紹完後，他本人也很樂意繼續聊天，態度親切不做作。正當眾人停在原地開心聊天，越來越近的馬蹄聲引起大家注意，發現來人是達西與賓利。認出人群中的小姐後，兩位男士直接朝她們騎來，開始客套寒暄。主要說話者是賓利，而他說話的主要對象是班奈特小姐。他表示自己正在前往朗伯恩的路上，目的是要問候她的健康狀況。達西先生點頭證實，才正下決心不要盯著伊莉莎白看，目光卻突然停駐在那位陌生人身上。伊莉莎白碰巧看見他們雙方互看的表情，兩人都因如此碰面而十分驚訝，臉色大變，分別臉色刷白與漲紅。過了好一會兒，韋克翰先生輕碰帽子以示問候，達西先生卻不屑回應。這是怎麼回事？她毫無頭緒，卻也渴望知道答案。

過了一分鐘後，似乎沒注意到剛才發生什麼事的賓利先生，與他的朋友一同騎馬離開。

丹尼先生和韋克翰先生陪同年輕小姐們一路走到菲力普先生家門前，無論莉迪亞如何請求他們一起進門，就連菲力普太太也打開客廳窗戶，大聲附和莉迪亞的邀請，他們仍是鞠躬道別。

菲力普太太總是很高興看見外甥女，而最近缺席的兩個年紀較長的外甥女更是受到熱烈歡迎。她正急切地敘述自己聽見她們突然返家有多訝異，要不是街上碰巧遇見在瓊斯先生店裡工作的男孩，聽他說不用再送藥水到尼德斐莊園，她也不會知道這件事，畢竟家裡還沒有派馬車去接她們。這時，珍介紹柯林斯先生給菲力普太太認識，菲力普太太客氣地問候他。她極為有禮地歡迎他，他同樣非常有禮貌地回應，甚至為自己初相識便前來打擾而致上歉意，同時又忍不住地說他自以為跟介紹他們認識的班奈特家小姐關係匪淺，這樣的拜訪也算正當合理、無可厚非。他的良好教養讓菲力普太太大為訝異，但她對這位陌生人的思考很快就因為旁人對另一位陌生人的驚呼與提問而中斷。針對另外這位陌生人，她能提供外甥女的資訊她們也都知道了：丹尼先生從倫敦帶他回來，以及他即將在郡軍團擔任少尉一職。她說自己過去一個小時都在觀察他，他就這樣在街上來回走著。要是韋克翰先生再不出現，凱蒂和莉迪亞一定也會繼續站崗，可惜現在只有幾位軍官經過，除了那位新面孔，其他軍官都成了「愚蠢惹人厭的傢伙」。其中幾位隔天將來菲力普家用餐，菲力普太太答應要請丈夫去拜訪韋克翰先生，邀請他來用餐，但前提是住在朗伯恩的家人隔天傍晚也要來。她們同意了，菲力普太太宣布，大家將會熱鬧開心地打個樂透牌，之後再吃點熱騰騰的宵夜。想到這麼歡樂的計畫便讓人興致高昂，眾人心情甚好地道別。柯林斯先生在離開時，再次為自己的不請自來致歉，菲力普太太則再度極為客氣地向他保證絕對不必這麼想。

散步回家途中，伊莉莎白告訴珍她剛才看見那兩位男士之間發生的事。如果珍知道他們的情況並非如此，絕對會為其中一方或雙方辯護，但她也無法為這兩人的行為找出更好的解釋。

回到家後，柯林斯先生對菲力普太太的風度與禮貌都讚美連連，讓班奈特太太十分滿意。他宣稱，除了凱薩琳夫人和她女兒以外，從沒見過這麼優雅的女性。她不僅極客氣地接待他，還特別邀請他加入隔天晚上的聚會。他認為自己受邀多少可能是因為他與班奈特家的關係，總之這輩子還不曾有人如此重視他。

16

沒有人對幾個年輕人與阿姨之間的約定有意見，柯林斯先生原本對自己來訪期間、留下班奈特夫婦獨處一晚多所顧忌，也都再三遭到反駁，因此，馬車在適當時間將他與四位女孩載往梅里頓。女孩進入客廳時，也很高興聽到韋克翰先生接受了姨丈的邀請，此刻人正跟其他軍官在屋裡。

消息宣布完畢，大家也都就座後，柯林斯先生隨意環顧四周。客廳的大小與家具在在讓他嘆為觀止，他說差點以為自己身處羅辛斯莊園的夏季小早餐室了。起初，這番比喻沒能讓菲力普太太滿意，但他解釋完羅辛斯莊園是哪裡、屋主是誰，她也聽完他對凱薩琳夫人其中一間客廳的描述，知道光是壁爐架就要價八百英鎊後，便徹底感受到這番恭維的威力。現在就算被拿來跟羅辛斯莊園的管家房相比，她都不會有埋怨。[30]

柯林斯先生向菲力普太太形容凱薩琳夫人與她的豪宅有多顯赫，偶爾岔題吹捧他自己寒傖

30 八百英鎊的壁爐架相當於今值新台幣兩百三十萬元，顯示凱薩琳夫人財力之驚人。即便是家境不凡的菲力普太太也嘆為觀止。

的住所及近期整修工程，就這樣開心度過其他男士加入他們之前的時光。柯林斯先生覺得菲力普太太真是好聽眾，他在她心中的分量也在聆聽過程逐漸增加，她決心要盡快將這一切詳細轉述給鄰居聽。幾位女孩再也受不了遠房表哥的言語，只覺得等待相當漫長，無事可做的她們多希望那裡能有架鋼琴，可惜沒有，只能研究壁爐架上平凡無奇的複製陶瓷品。還好，等待終於結束，其他男士出現了。韋克翰先生踏入客廳時，伊莉莎白覺得自己先前看到他或隨後想起他時的仰慕之情，都極為合理。郡軍團的軍官素質整體而言都很值得讚許，其中風度翩翩、最為優秀的都在現場了。但無論是本人、五官、氣質或走路姿態，韋克翰先生都遠勝其他人，正如其他人也遠勝跟在他們身後進入客廳的菲力普姨丈：乏味寬臉，呼吸都是波特酒的味道。

吸引屋內所有女性目光的幸運男子是韋克翰先生，他最後選擇坐在身旁的幸運女子則是伊莉莎白。他馬上就能開啟話題，相當討人喜歡，就算只是聊當天晚上下雨以及雨季可能快來了，她仍覺得即使是最通俗無趣老掉牙的話題，也會因為說話的技巧而變得有趣。

有韋克翰先生及其他軍官搶走女性的注意力，柯林斯先生似乎變得無足輕重。對年輕小姐來說他確實什麼都不是，但他仍不時有菲力普太太當他的好聽眾，而且她特別留心，總是注意他是否有充裕的咖啡與馬芬蛋糕可以享用。牌桌擺好後，他順應她的邀請一同打惠斯特牌。

他說：「我還不太熟悉規則，但我很樂意磨練技巧，因為以我現在的地位——」菲力普太太很謝謝他配合，卻等不及他說完理由。

韋克翰先生並不打惠斯特牌，另一桌的伊莉莎白與莉迪亞則很高興能邀請他坐在她們兩人中間。起初，莉迪亞似乎想要獨占他的注意力，因為她想要聊天時可是意志堅定無比。但由於她同樣也極度熱中於樂透牌，很快便因為過於融入牌局，忙著下注及贏回獎品，根本無暇特別顧及任何人。樂透牌廣受大家歡迎，韋克翰先生因此能悠閒地與伊莉莎白聊天，她也相當樂於聽他說話，雖然不敢提起最想聽的內容，也就是他和達西先生認識的經過。她連那個人的姓名都不敢提起。但她的好奇心仍意外獲得紓解，韋克翰先生自己主動開啟這個話題。他問起尼德斐莊園距離梅里頓有多遠，在她回答後，以躊躇不定的語氣詢問達西先生在那裡住了多久。

「大約一個月，」伊莉莎白說，因為不願讓話題就此結束，所以又接著說：「就我所知，他在德比郡坐擁龐大財產。」

韋克翰先生回答：「是的，他的財產相當可觀，光每年收入就有一萬英鎊[31]。沒有人比我更清楚他的底細，我自幼就與他的家族有特殊關係了。」

伊莉莎白無法克制訝異的神情。

「班奈特小姐，見過我們昨天碰面時冰冷的態度，妳會驚訝也是理所當然。妳跟達西先生很熟嗎？」

「比我希望的還熟，」伊莉莎白有些激動，「我曾跟他在同一個屋簷下共度四天，覺得他非常惹人厭。」

31 一萬英鎊相當於今值兩千八百八十萬元新台幣。

韋克翰說：「我沒有權利告訴妳我覺得他是否討喜。我沒有資格評論。我們認識太久太熟，無法公平判斷。我不可能公正無私。但我相信妳的看法會讓大部分人驚訝，而且妳在別處可能也不敢這麼強烈表達。畢竟這裡都是妳的家人。」

「我敢保證，在這邊的任何一戶人家我都會這麼說，除了尼德斐莊園。他在赫特福德郡完全不受歡迎，大家都討厭他的傲慢。你找不到一個會幫他說話的人。」

韋克翰在遭她短暫打斷後繼續說：「我實在無法因為他或其他人沒有得到別人言過其實的讚美而假裝感到遺憾，但我敢說這種事不常發生在他身上。全世界都被他的財富與地位蒙蔽，或因為他高高在上的態度而感到害怕，於是依照他所想要的方式來看待他。」

「即使我跟他認識不深，還是覺得他應該是脾氣暴躁的人。」

韋克翰只搖了搖頭。當他再有機會開口時說：「不知道他是不是打算在此地久留。」

「我也不清楚，但在尼德斐莊園時沒聽說他有離開的打算。希望你加入郡軍團的計畫，不會因為他住在這裡而受到影響。」

「喔，不會！我才不會因為達西先生而離開。如果他不想看到我，他得自己離開。我們的關係並不好，每次見到他都讓我感到痛苦。但我沒有避開他的理由，只想讓所有人知道他是怎樣糟蹋我，還有他的為人是如何讓我痛心疾首。班奈特小姐，他的亡父達西老先生是全世界最好的人，也曾是我最真誠的朋友。因此，只要在這位達西先生身邊，我就會想起無數的美好回憶，進而陷入哀傷。他對我所做的事非常可恥，但如果不是他讓他父親的希望落空、玷汙了我對他父親的回憶，我真的什麼都能原諒他。」

伊莉莎白對這個話題越來越感興趣，非常認真地聆聽，但內容太過敏感讓她不好繼續探究。

韋克翰先生開始聊起其他比較普通的話題，例如梅里頓、這個地方、這裡的同伴，他似乎相當喜歡目前的所見所聞，特別是說到這裡的同伴時，有種溫和但絕對明顯的殷勤。

「吸引我加入郡軍團的最主要原因，」他接著說，「就是期待會有這樣恆常美好的同伴。我知道這是個可敬討喜的軍團，我的朋友丹尼又以自己目前住所的情況，以及梅里頓給他們的眾多關注及好朋友來吸引我。我承認，同伴對我來說不可或缺。我曾經非常失望，我的靈魂再也受不了孤單。我必須要有工作及同伴。軍旅生涯不是我原本的計畫，但以目前的情況來說很剛好。本來我應該要成為神職人員，那是為我安排好的未來，如果不是剛剛我們說的那個人心有不滿，我現在應該是擁有豐厚俸祿的牧師。」

「這樣啊！」

「沒錯，已故的達西老先生原本將牧師俸祿的繼承權遺贈予我。他是我的教父，與我感情極為深厚。他對我的好，永遠也說不盡。他希望我未來能衣食無憂，他也以為安排妥當，但到了要繼承牧師俸祿時，卻落入他人手裡。」

伊莉莎白驚呼：「我的天哪！怎麼會這樣呢？怎麼能忽視他的遺囑？你為什麼沒有走法律途徑？」

「他遺贈的文字不夠正式，讓我在法律上缺乏依據。正直的人都不會質疑老先生的意願，但達西先生對此提出質疑，或者該說，直接將其視為有條件遺贈，還主張我因為奢侈魯莽等行為而喪失權利。可以肯定的是，兩年前牧師位置空出，而我也剛好到了可以擔任牧師的年紀，但這份俸祿卻給了別的男人；而同樣可以肯定的是，不是因為我自己做錯什麼事而失去這個機會。我的個性是熱誠有餘、謹慎不足，有時候可能會太過恣意地向他表達我對他的看法。但是除此以外，我想不出還有什麼更嚴重的原因。事實就是，我們是完全不同類型的人，而他很討厭我。」

「實在太讓人吃驚了！應該要當眾羞辱他。」

「遲早會的，但不會由我來做。除非我能忘記他父親，否則我絕對無法違抗或揭穿他。」

他的這種情感反而讓伊莉莎白崇拜他，認為說這些話的他比之前還更帥氣。

「但是，」她稍作停頓後說，「他這麼做的動機是什麼？什麼事竟讓他如此殘酷？」

「發自內心地厭惡我，除了嫉妒沒有其他原因的厭惡。如果已故的達西老先生沒有那麼喜歡我，他的兒子或許還比較能忍受我；但他父親對我異常疼愛，想必從他小時候便惹惱了他。他的脾氣可無法忍受我們之間的競爭，無法忍受他父親經常對我偏心。」

「我沒想到達西先生會這麼惡劣，雖然我從來就沒喜歡過他，卻也沒想到他會這麼差勁。我只是猜想他會看不起我們所有人，但想都沒想過他會墮落成這樣，採取如此惡劣的復仇手段，這麼不公平不人道。」

不過，回想一下後她又說：「我倒是想起還在尼德斐莊園時，某天他誇言自己怨恨人時十分無情，說他的脾氣就是無法原諒人。他的性格真是惹人厭。」

韋克翰回答：「在這件事上我無法信任自己的判斷，畢竟我很難對他公允。」

伊莉莎白再次陷入沉思，過了一會兒後驚呼：「竟然這樣對待自己父親的教子，而且還是他父親最疼愛的朋友！」她差點還要說：「更何況是像你這樣的年輕人，光看外表就知道你有多親切和順，」但她克制住自己，只說：「更何況是跟他一起相伴長大，就像你說的，可能是最親近的人！」

「我們出生於同一個教區、同一座莊園，絕大部分的童年都一起度過。我們同住一個屋簷下，玩同樣的遊戲，受到同樣的父母照顧。我父親起初的職業與為妳姨丈菲力普先生帶來諸多榮耀的職業相同，但他放棄了一切，就只為了服侍已故的達西老先生，將他所有時間用於管理彭伯里莊園。他極度受到達西先生重視，是最親密、最信任的朋友。達西先生經常說，他深深受惠於我父親的積極管理。就在我父親過世前，達西先生還主動承諾會照顧我的生活，我相信這是出於對我父親誠摯的感謝，也是出於對我的情誼。」

伊莉莎白大叫：「那真是太奇怪了！實在太可惡了！我不懂這麼傲慢的達西先生怎麼會沒有遵守承諾照顧你！就算不為別的，也應該會因為太過傲慢所以無法欺騙你，我必須說他這樣就是欺騙。」

韋克翰回應：「確實很讓人訝異，因為他的所有行為幾乎都出於傲慢，傲慢往往是他最要好的朋友。傲慢反而成為他的美德，勝過一切。但我們沒有人是永遠不變的，而他對我所做的事，是出於比傲慢更強烈的衝動。」

「這麼可惡的傲慢，對他到底有什麼好處？」

「好處很多，傲慢往往讓他顯得寬容大方、樂善好施、好客，他會協助佃戶並救濟貧民。這一切都源於家族與孝順為他帶來的傲慢，因為他深深以自己的父親為傲。他不想讓家族蒙羞，不想那些受人喜愛的特質衰微，不想失去彭伯里莊園的影響力，這些都是強烈動機。他同時還有著身為兄長的傲慢，再加上些許的兄長之情，就讓他成為妹妹極為仁慈謹慎的守護者，妳會常聽到他人稱讚他是最好、最細心的哥哥。」

「達西小姐是什麼樣的女孩呢？」

他搖搖頭。「真希望我能說她很友善。要我說達西家人的壞話，真的讓我很痛苦。但她實在太像她哥哥了，極度傲慢。她小時候十分親切討喜，也非常喜歡我，我花了無數時間陪伴她。但現在她對我來說什麼也不是了。她很漂亮，大概十五、六歲，就我所知相當有才華。在她父親過世後，便以倫敦為家，有位女士陪她住在那裡，並監督她的學業。」

在多次停頓與變換過許多其他話題後，伊莉莎白忍不住再次回到最初的話題，並表示：

「他和賓利先生的好交情，實在讓我太訝異了！賓利先生本人看起來脾氣那麼好，而且我相信他真的是很友善的人，怎麼會願意跟這種人當朋友？他們怎麼會合得來？你認識賓利先生嗎？」

「完全不認識。」

「他脾氣特別好，友善又迷人。他應該不知道達西先生的實際為人。」

「或許不知道，只要達西先生願意，他也可以很討人喜歡。他具備各種能力。如果他覺得值得花這個時間，也可以成為非常健談的對象。他的模樣，在那些社會地位與他相當的人群中，以及沒那麼富裕的人面前，截然不同。他的傲慢從來不會消失，但與有錢人在一起的他，思想開明，為人公正誠懇、明理高尚，甚至很好相處。他的財富與外貌都有加分效果。」

打惠斯特牌的人不久後便散會，改聚集在另一桌旁，柯林斯先生則選擇坐在遠房表妹伊莉莎白與菲力普太太中間。通常是菲力普太太在問候他輸贏結果，結果不算太好，全輸光了；但是當菲力普太太開始表達遺憾時，他又極為誠懇嚴肅地表示輸贏完全不重要，都只是小錢，請她千萬不要為此不安。

「夫人，我非常清楚，」他說，「人一旦坐下打牌，就要承擔輸贏的風險，而我很高興自己有損失五先令也無傷大雅的條件。想必有很多人無法這麼說，但是感謝凱薩琳・德波夫人，我根本不需要煩惱這些小事。」

這番話吸引了韋克翰先生的注意，默默觀察柯林斯先生好一會兒後，他低聲問伊莉莎白，她的遠房親戚是否與德波家族熟識。

「凱薩琳・德波夫人，」她回道，「近來剛賜予他牧師的俸祿。我完全不清楚最初是誰介紹柯林斯先生給她認識，但我確定他們認識的時間不久。」

「妳想必知道凱薩琳・德波夫人與安・達西夫人是姊妹吧，所以她是達西先生的阿姨。」

「不，我完全不知道。我對凱薩琳夫人的親屬關係一無所知。我前天才聽說這個人。」

「她的女兒德波小姐將會繼承非常龐大的財富，據說她和她的表哥有意整合兩家財產。」

這個消息讓伊莉莎白露出微笑，因為她想到可憐的賓利小姐。如果他已經打算要娶別人，那麼她的殷勤想必都將白費，她對他妹妹的好感及對他的讚美也都沒有用了。

她說：「柯林斯先生對凱薩琳夫人和她女兒的評價極高。但聽他描述那位夫人的事蹟，我覺得他是給自己的感激之情蒙蔽了。就算她是他的贊助人，也還是驕傲自負的人。」

韋克翰回說：「我認為她絕對是這種人，我已經很多年沒見過她，但還清楚記得自己從沒喜歡過她。她十分獨裁且盛氣凌人，以極為明理聰明聞名，但我認為那樣的評價其實是出自她的社會地位與財富，出自她的威嚴態度，也出自她外甥的傲慢，因為他認為所有與他往來的人，都該要對上流社會有所了解。」

伊莉莎白覺得他的描述相當合理，兩人非常滿足地繼續聊天，聊到宵夜時間牌局結束，才讓其他女士也能分享韋克翰先生的關注。菲力普太太的宵夜派對太過熱鬧，根本不適合聊天，但大家都很欣賞他的態度。無論他說什麼，都說得很好；無論他做什麼，也都做得優雅。伊莉莎白離開阿姨家時，滿腦子都是他。回家途中，她想的都是韋克翰先生，還有他對她說的話；但是她連提起他名字的機會都沒有，因為莉迪亞和柯林斯先生兩人沒有一刻安靜過。莉迪亞滔滔不絕地說著樂透牌的事，還有她輸掉跟贏得了多少魚形代幣；柯林斯先生則忙著形容菲力普夫婦是如何多禮，強調自己毫不在乎打惠斯特牌輸掉的錢，更細數宵夜時的每一道菜，還再三說自己真怕表妹覺得車廂內太擁擠。一直到馬車在朗伯恩門前停下時，他還有說不完的話。

17

隔天，伊莉莎白向珍轉述她和韋克翰先生的對話。珍驚訝又擔憂地聽著，不知該如何相信達西先生竟會這麼不值得受賓利先生尊重，然而善良的個性又讓她無法懷疑，外表如此討喜的年輕男子有可能說謊。光是想到他可能真的忍受了如此無情的對待，便足以激發她無限的同情，除此之外她也無計可施，只能兩位都不偏袒，不為他們彼此的行為辯護。那些她無法解釋的，就歸咎於意外或誤會。

她表示：「我敢說他們兩人都在某方面被騙了，只是我們無從得知是什麼。相關人士很可能沒向對方說實話。簡單來說，我們無法在不責怪任何一方的情況下，推斷他們疏離彼此的原因或詳情。」

「沒錯，確實如此；那麼，我親愛的珍，妳要幫那些很可能牽涉其中的相關人士說些什麼嗎？請把那些人的嫌疑也排除，否則我們勢必會不喜歡某個人。」

「妳盡量笑吧，但妳怎麼取笑都無法改變我的看法。我親愛的莉茲，請想想，這樣看待達西先生是多麼不堪的事，竟然說他以這種方式對待自己父親最疼愛的人，而且還是他父親曾經承諾照顧生計的人。根本不可能。任何擁有正常人性、對自己名譽有丁點重視的人，都不可能做出這種事。難道連他最要好的朋友也完全被他蒙在鼓裡嗎？不會的！」

「要我相信賓利先生遭到欺騙，絕對比相信韋克翰先生昨晚告訴我的親身遭遇都是編造的謊言還容易，他毫不費力地提及所有人名、事件，所有細節。如果都不是真的，那就讓達西先生自己來反駁吧。而且，韋克翰先生的表情看起來就是在說實話。」

「這確實很難……實在很困擾。令人不知該作何感想。」

「拜託！事情再明白也不過了。」

但珍唯一確定的是，如果賓利先生真的被騙，等這件事情公開後他一定會非常痛苦。

話題的主角此時正好抵達，在灌木叢聊天的兩位小姐於是被招喚進屋。賓利先生和他的兩個姊妹親自登門邀請眾人參加尼德斐莊園的舞會，眾所盼望的舞會預定於下星期二舉行。兩姊妹非常高興再次見到摯友，誇張地說上次見面已經是一個世紀前，反覆問她分開後都在做些什麼。她們不太理會班奈特家的其他人，盡可能避免跟班奈特太太交談，對伊莉莎白幾乎只說了隻字片語，對其他人更是完全不說話。她們很快便起身離開，動作大到讓她們的兄弟賓利先生十分驚訝，速度快到彷彿迫不及待要逃離班奈特太太的寒暄。

家中所有女性都很期待即將到來的尼德斐莊園舞會。班奈特太太認為舞會是為了她大女兒所舉行，賓利先生還親自前來邀請，而非僅送來邀請卡，讓她感覺自己倍受重視。珍想像自己將與那兩位好友共度愉快的夜晚，想像賓利先生的注目；伊莉莎白打算要與韋克翰先生跳許多支舞，想到就很開心，同時設法透過達西先生的表情與行為證實韋克翰先生所說的一切。凱薩琳和莉迪亞所預期的快樂則不仰賴任何單一事件或特定人選，因為她們雖然跟伊莉莎白一樣，打算大半個晚上都跟韋克翰先生跳舞，卻也不覺得只有他這位舞伴能滿足她們，畢竟舞會就是舞會。就連瑪莉都向家人保證自己不反對參加舞會。

她說：「白天的時光都屬於我自己，這樣就夠了。我覺得偶爾參與晚上的活動沒有什麼損失。我們所有人都應該要參與社交活動，我自認為自己跟其他人一樣，也不時會想要有些娛樂消遣。」

伊莉莎白的心情非常好，儘管平常絕非必要不跟柯林斯先生說話，這時也忍不住問他是否有意接受賓利先生的邀請，或是覺得參加舞會很不妥；出乎她意料的是，柯林斯先生完全沒有意見，而且絲毫不擔心主教或凱薩琳·德波夫人會斥責他膽敢跳舞。

他說：「我敢向妳保證，我認為，品行良好的年輕人為正派友人所舉辦的這類舞會，絕對不會有任何邪惡意圖。而且我個人也完全不反對跳舞，希望當天晚上有榮幸能邀請我所有的美麗表妹跳舞，我也想藉此機會特別邀請妳，伊莉莎白小姐，希望可以把第一、二輪的舞留給我，相信珍表妹明白我這麼選擇的原因很合理，絕對沒有對她不敬的意思。」

伊莉莎白深深覺得自己上當了。她原本打算前幾支舞要特別留給韋克翰先生，這下舞伴卻變成了柯林斯先生！她還真是選錯了時間活潑。但也沒辦法了。韋克翰先生與自己的快樂因外力必須稍加延後，她盡可能優雅地接受了柯林斯先生的邀請。他的殷勤暗示了還另有所圖，讓她更加不開心。她第一次真正意識到，她從姊妹中雀屏中選，成為翰斯福特牧師家女主人的人選，而且要是羅辛斯莊園玩四十張的牌桌缺人的話，她還得幫忙湊數。這個念頭很快便獲得證實，因為她觀察到他對自己越來越勤於問候，經常聽到他試圖稱讚她生動機敏；她對於自己的魅力能有如此效果感到詫異多於高興，但母親不久後便讓她了解，她本人非常看好他們結婚的機率。伊莉莎白完全沒打算要接受這種暗示，也很清楚不管任何回應都會引發極為嚴重的爭執。反正柯林斯先生或許永遠都不會求婚，在他開口前就沒有爭執的必要。

要是沒有尼德斐莊園的舞會可以準備及討論，班奈特家的幾個小女兒應該會很悲慘，因為從收到邀請那天開始，直到舞會當天，雨始終未曾停歇，她們完全無法散步到梅里頓去打發時間。沒有阿姨，沒有軍官，沒有消息可以打聽，為了尼德斐莊園舞會而要拿來裝飾鞋面的緞帶花都得託人代購。就連伊莉莎白的耐性都可能受到這種天氣的挑戰，因為她跟韋克翰先生進一步認識的機會完全因此暫停。如果不是星期二有舞會，沒有什麼能讓凱蒂和莉迪亞熬過這樣的星期五、星期六、星期日與星期一。

18

直到伊莉莎白踏入尼德斐莊園的客廳，在群聚的紅色軍服中遍尋不著韋克翰先生前，她從來沒料想到他會缺席。就她的回憶所及，沒有任何蛛絲馬跡警示他們不會在此相遇。她比平常更為用心打扮，興致高昂地準備征服韋克翰還沒被占領的心房，深信不過一個晚上便能成功。不過她隨即興起了糟糕的懷疑——難道賓利邀請軍官時，為了討達西先生開心，刻意忽略了韋克翰？但事實並非如此，在莉迪亞積極向韋克翰的朋友丹尼打探之下，證實他在前一天因要事進城，目前還沒回來，丹尼還以意味深長的微笑接著說：「如果不是想要避免在這裡遇見某位男士，我想他應該不會這麼碰巧，有要事得離開。」

莉迪亞沒有聽到後面這句話，伊莉莎白卻注意到了，更加確信無論最初她的臆測公正與否，達西確實要為韋克翰的缺席負責。她對達西的不滿因為失望而加劇，以至於他隨後前來禮貌寒暄時，她幾乎無法客氣回應。給予達西關注、耐心與寬容，就等於是在傷害韋克翰。她決心不跟他進行任何對話，十分不悅地轉身，連對賓利先生說話她都難掩怒氣，因為他的盲目偏袒令她氣惱。

但伊莉莎白的本性並不鬱悶，儘管當天晚上的期望都已落空，還是不會讓她心情低落太久。她向一星期沒見的夏洛特．盧卡斯吐盡苦水後，話題很快便刻意轉向她遠房表哥的詭異之處，並特別把他指出來給夏洛特識別。前兩支舞讓她再度陷入低潮，那根本是屈辱之舞——柯林斯先生既嚴肅又笨拙，光是道歉卻不專注，老是踩錯步伐卻沒發現，讓她受盡了在雙人舞中、糟糕舞伴所能帶來的所有屈辱與痛苦。從他身邊解脫的瞬間，她簡直飛上了天。

接著，她與一位軍官跳舞，在聊到韋克翰時精神一振，聽說他如何廣受喜愛。跳完舞後，她回到夏洛特．盧卡斯身邊，就在她們聊天時，達西先生突然開口邀舞，她在極度震驚下無意識地接受了邀請。他邀請完後就隨即走開，獨留她為自己的失神懊悔，夏洛特則試著安慰她。

「搞不好妳會覺得他很迷人。」

「天啊千萬不要！那樣就再悲慘不過了！發現矢志厭惡的對象原來是個迷人的傢伙！別這樣詛咒我。」

當舞會再次開始，達西前來向她攜手邀舞，夏洛特忍不住低聲告誡她不要當個呆子，不要因為喜歡韋克翰，就讓自己成為別人眼裡的討厭鬼，而且這個人的社會地位還比韋克翰高上十倍。伊莉莎白沒有回應，在跳舞陣列裡就位，她驚訝地發現獲邀與達西先生面對面竟是件體面的事，身旁看到這一幕的人們也露出同樣的驚訝之色。兩人一語不發地對站了好一會兒，然後，她開始想像他們將沉默到兩支舞結束。起初，她下定決心不要打破沉默，後來她突然想到，或許強迫這位舞伴開口說話，對他來說會是更殘酷的懲罰，因此簡單對舞蹈發表意見。他回應後，兩人再次陷入沉默。頓了幾分鐘後，她又對他說：「達西先生，輪到你說話了。我剛剛聊了舞蹈，你應該多少要評論一下這間房間的大小，或總共有幾對在跳舞。」

他微笑，向她保證無論她希望他說什麼，他都會照說。

「非常好，目前這樣的回答就夠了。接下來，我或許還會表示私人舞會比公共舞會舒服多了。但我們現在可以保持沉默。」

「所以，妳跳舞的時候都會聊天嗎？」

「有時候。你知道的，我們多少還是要說點話。整整共舞半小時卻一聲不吭，看起來是很奇怪。另外，對某些人來說，為了要讓他們盡可能少說點話，事先安排好對話也是應該。」

「妳是在說自己此刻的心情，還是在揣摩我的心思？」

「都有，」伊莉莎白有些戲謔地回答，「因為我總覺得我們的想法很相似。我們的性格都不愛交際、沉默寡言，除非能說出震驚在場所有人、博得滿堂喝采、流芳後世的話，否則都不願開口。」

他說：「我相信這番描述與妳本身的個性毫無明顯相似之處，至於有多接近我的，我自己無法評論。但妳顯然覺得非常貼切。」

「我不好評斷自己的表現。」

他不做回應，兩人再次陷入沉默，直到他們隨著跳舞陣列移動到舞廳另一端後，他才問她和幾位姊妹是否時常散步去梅里頓。她回答是的，然後無法克制地又補充：「那天你碰見我們的時候，我們才剛認識了一位新朋友。」

效果立即可見。他臉上浮現了更深沉的鄙視，但不發一語。伊莉莎白責怪自己為何按捺著不繼續說下去。最後，達西有些勉強地開口：「韋克翰先生很有福氣，擁有容易交到朋友的個性，至於他是否也同樣有能力留住那些朋友，就另當別論了。」

「他已經非常不幸地失去了你的友誼，」伊莉莎白特別強調，「而且後果很可能會影響他一輩子。」

達西沒有回應，似乎非常希望能換個話題。就在此時，威廉·盧卡斯爵士剛好接近他們，他本來打算要穿越跳舞陣列到舞廳的另外一端，卻在看見達西先生後停下腳步，極為有禮地向他鞠躬以讚美他及他舞伴的舞姿。

「親愛的閣下，我真的非常高興看見如此難得一見的優秀舞姿，您不愧是來自最上流的階級。不過我必須要說，您美麗的舞伴更是完全不遜色，希望我能有幸經常欣賞，親愛的伊莉莎（望向她姊姊和賓利）假如好事成真，屆時會是多麼可喜可賀的事啊！達西先生，希望我沒打擾到您，尊貴的閣下，您不會希望我耽擱您與這位迷人美麗的小姐聊天，她明亮的雙眼也正在斥責我呢！」

後面這段話達西幾乎沒聽見，但威廉爵士對於他朋友的暗示卻深深影響他，他表情十分嚴肅地望著共舞的賓利和珍。不過他很快便回神，轉身對他的舞伴說：「威廉爵士剛剛打斷了我們，害我忘記我們原本在聊什麼。」

「我們先前應該根本沒有在聊天。不管威廉爵士打斷誰，那些人想說的話都不會比我們還要少。我們已經試著聊過兩、三個話題，都沒什麼用，我實在想不出接下來還可以聊什麼。」

「妳覺得聊聊書如何？」他面帶微笑說。

「書？喔，不！我敢肯定我們讀的書絕對不同，至少心得絕對不同。」

「很遺憾妳有這種想法，但如果真是如此，至少也絕對不缺乏話題。我們可以比較彼此不同的看法。」

「不，我實在無法在舞會上聊書，我的腦袋裝滿了別的東西。」

「在這類場合，妳的腦海裡都只有當下，是嗎？」他一臉懷疑。

「是的，都是，」她心不在焉地回應，思緒早已飄到別的主題，話才出口便突然驚呼：「達西先生，我記得你之前說過你很難原諒人，一旦產生怨恨就很難平復。我想你產生怨恨的時候都很謹慎吧！」

「是的，」他語氣堅定。

「也不讓自己受偏見蒙蔽？」

「我希望沒有。」

「那些從不改變想法的人，格外有義務要確保一開始便判斷妥當。」

「請問這些問題的用意是什麼？」

「只是為了闡明你的個性，」她設法擺脫嚴肅的感覺。「我試著想要了解。」

「那麼妳了解得如何？」

她搖搖頭。「我一點也不懂。關於你的事，我聽過徹底不同的版本，讓我非常困惑。」

他嚴肅地說：「我完全相信，關於我的描述會有很大差異，班奈特小姐，我也希望妳不要現在就判定我的個性，因為這麼做恐怕對雙方都沒有好處。」

「但我如果現在不確認你的個性，以後可能就沒有機會了。」

他冷淡回應：「我絕對無意吊妳胃口。」她不再說話，兩人沉默地跳完下一支舞後便分開，對彼此都有不同程度的不滿，不過因為達西對她有著頗為強烈的好感，很快便對她釋懷，並把所有憤怒指向另一人。

兩人才分開沒多久，賓利小姐便朝伊莉莎白走來，表情鄙視但客套地突然對她說：「莉茲小姐，我聽說妳相當欣賞韋克翰先生啊！妳姊姊剛剛一直在跟我聊他的事，問了我上千個問題；我發現這個年輕人跟妳們說了這麼多，卻忘了告訴妳們，他父親是已故達西先生的管家老韋克翰。身為妳的朋友，請容我建議妳，不要全然相信他的片面陳述。至於達西先生辜負他的事情則絕對是假的。因為，儘管喬治・韋克翰對待他的方式實在令人髮指，達西先生還是一直對他非常好。細節我不了解，但我非常清楚達西先生完全沒有錯，他連喬治・韋克翰的名字都不想聽人提起。我哥哥本來以為自己不得不把他加入邀請軍官的名單，沒想到他竟然自己先行離開，讓我哥開心極了。他來到這裡本身就很沒禮貌了，真不懂他怎麼敢這麼做。伊莉莎小姐，很遺憾妳以這種方式發現心上人的過錯，但想想他的出身，也實在不能期望太高。」

「照妳的說法，他的罪過其實就是出身不高，」伊莉莎白非常憤怒，「因為，聽起來妳對他的控訴不外乎就是，他是達西先生管家的兒子，而這一點，我敢跟妳保證，他親口告訴過我了。」

「真是不好意思，」賓利小姐冷笑轉身，「請原諒我多嘴，只是好意罷了。」

「目中無人的女孩！」伊莉莎白自言自語，「如果妳以為用這種卑鄙的攻擊能夠影響我，那可就錯得離譜了。妳只是讓我看清妳的任性無知，還有達西先生的惡毒。」她接著找到姊姊，先前她答應詢問賓利相同的問題。珍帶著甜美自得的微笑迎向她，臉上洋溢幸福光芒，清楚展現這天晚上的發展讓她多麼心滿意足。伊莉莎白立刻明白了她的心情，在那一瞬間，對韋克翰的掛念、對他敵人的埋怨及其他所有的一切，都比不上珍極有可能找到幸福的希望。

她以不遜於姊姊的笑容問說：「我想知道妳打聽到多少韋克翰先生的事。但也許妳已因太過幸福而無暇顧及其他人，如果是這樣的話，我能體諒。」

珍回答：「沒有，我沒有忘記他，但我也沒有什麼消息可告訴妳。賓利先生並不清楚他的過去，也完全不知道到底是什麼事情冒犯了達西先生。但他願意為他朋友的品行、正直與榮譽感背書，他真心相信韋克翰先生根本不值得獲得達西先生的關注，連現在的冷漠也是。而且很遺憾的是，根據他和他妹妹的描述，韋克翰先生絕對不是什麼正派的年輕人。他恐怕是非常輕浮的人，活該失去達西先生的尊重。」

「賓利先生也不認識韋克翰先生嗎？」

「不認識，那天早上在梅里頓碰到之前，他從來沒有見過他。」

「所以這些都是他從達西先生那裡聽來的描述。這我完全接受。但關於牧師俸祿他怎麼說？」

「雖然他聽達西先生提過不只一次，還是記不太清楚，但他相信是有條件地留給韋克翰。」

「我對賓利先生的誠懇毫無質疑，」伊莉莎白語氣溫和，「但恕我無法單靠他的背書就信服。我相信賓利先生為自己的朋友辯護得很好，但有許多細節他並不了解，剩下所知的又都是聽這位朋友所說，所以，我將繼續對這兩位男子抱持與先前相同的看法。」

她接著換了一個能讓兩人都比較開心的話題，而且這件事兩人看法一致。伊莉莎白開心地聆聽珍對於賓利先生的垂青懷抱著快樂但端莊的希望，並盡她所能地加強珍的信心。當賓利先生前來加入她們，伊莉莎白回到盧卡斯小姐身邊；她還來不及回答盧卡斯小姐自己跟前一位舞伴跳得是否開心，柯林斯先生便興高采烈地出現，向她宣布自己非常幸運，剛發現了非常重要的事。

他說：「完全是湊巧，但我剛剛得知，現場有人是我贊助人的近親。我剛好聽見那位先生對負責打理這棟宅第的小姐，提起他表妹德波小姐及她母親凱薩琳夫人的名字。真是太好了！誰會想到我竟然有可能在這場舞會上遇見凱薩琳．德波夫人的外甥！真是太感謝了，我發現的時機讓我還來得及向他打招呼，我現在就要過去，相信他會原諒我沒有更早跟他致意。我必須為我的全然無知致上歉意。」

「你該不會是要去跟達西先生自我介紹吧？」

「當然是。我要請他原諒我沒有更早向他自我介紹。我猜他是凱薩琳夫人的外甥。我有責任要向他確保，在到昨天為止的一個星期前，夫人一切安好。」

伊莉莎白努力想說服他放棄這麼做，並向他保證，在沒有引薦下主動攀談，只會被達西先生視為魯莽之舉，而非在向他阿姨致敬。況且雙方根本沒有注意到對方的需要，如果真的有，也必須是由社會地位較高的達西先生來主動認識他。柯林斯先生聽她說話時仍顯得堅持己見，等她講完後便回說：

「我親愛的伊莉莎白小姐，我對妳在自己理解範圍內所提出的精彩見解都有極高評價，但請容我說，規範世俗人士與規範牧師的禮儀想必非常不同，根據我的觀察，神職人員的崇高性並不亞於王國的最上層階級——只不過神職人員必須保持適當的謙卑舉止。因此，請容許我按照自己的判斷行事，履行我應盡的責任。請原諒我不接受妳的建議，在其他事情上我一定會以妳的建議為指南，但眼前這件事，憑著我所受過的教育與生活經驗，我認為我自己比像妳這樣的年輕小姐更適合作判斷。」深深鞠躬後，他便離開她、前去偷襲達西先生了。她迫不及待地想看到達西先生的反應。他顯然被如此攀談嚇呆了。她的遠房表哥莊重行禮後開始說話，雖然她一個字也聽不見，卻覺得自己彷彿什麼都聽見了，從他蠕動的唇形可看出「抱歉」、「翰斯福特」及「凱薩琳．德波夫人」幾個字。她很氣他在這種人面前如此自曝其短。達西先生以毫不掩飾的驚愕眼神打量他，等柯林斯先生終於讓他說話時，僅以疏離客氣的語氣回覆。柯林斯先生卻沒有因此氣餒收斂，達西先生的輕蔑似乎隨著他冗長的二度發言而大幅增加，到最後僅是微微點頭致意，便往另一個方向走去，而柯林斯先生則走回伊莉莎白身旁。

他說：「我向妳保證，我沒有理由不滿意他的接待。達西先生似乎很高興我過去致意。他非常客氣地回應我，甚至稱讚我，說他相信凱薩琳夫人的判斷力，她絕對不會浪費時間在不值得的人身上。他能這麼想真好。整體來說，我覺得非常滿意。」

既然伊莉莎白已經沒有什麼感興趣的事，便幾乎將全部注意力擺在姊姊和賓利先生身上；而她的觀察所衍生的一連串愉快聯想，讓她幾乎跟珍一樣開心。她想像姊姊已定居在這棟房子，沉浸在因真愛而結合所帶來的幸福中；在這樣的情景下，她甚至覺得自己能努力喜歡上賓利的兩個姊妹。她清楚看出母親的想法與她相似，決心不要靠近她，免得聽她嘮叨。當大家坐下享用宵夜[32]時，她覺得幸運之神根本在與她唱反調，她和母親竟然就坐在隔壁；她更加生氣地發現，母親正口無遮攔地對著一個人（盧卡斯夫人）說話，話題剛好就是她預期珍很快便會嫁給賓利先生。班奈特太太說得手舞足蹈，似乎完全不覺疲憊，不停細數這番婚事會帶來多少好處。他是個如此迷人、富有的年輕人，而且就住在距離他們三英里不到的地方，這些是她暗自竊喜的首要原因；其次，想到那兩位姊妹有多麼喜歡珍，就令人更加欣慰，她很確定她們也

32 宵夜（supper）：supper泛指晚餐（dinner）之後的第二頓餐點。一般就是小碗盤盛裝的點心，唯有舞會例外，通常會提供較豐盛的餐點，以便讓消耗體力後的賓客補充能量。

同樣渴望結成親家。除此之外，這對她其他女兒會非常有利，因為珍嫁得這麼好，她們就會因此認識其他有錢男子；最後，到了她這把年紀，能夠把其他單身女兒都交給姊姊照顧真是太好了，這樣當她沒興致時，就不必非陪女兒出席不可。身為監護人必須要能樂在其中，因為按照禮節，這種場合就是該有監護人；但其實無論到了幾歲，班奈特太太都不是會樂於待在家裡的人。她最後以祝福盧卡斯夫人很快也能有同樣好運作結，卻顯然非常得意地相信那根本不可能。

伊莉莎白設法阻止母親的滔滔不絕，或至少說服她降低音量，不要大聲宣揚她的喜悅，但全是徒勞無功。她的憤怒無法言喻，感覺坐在對面的達西先生聽到了大半內容。她母親卻只是罵她胡說八道。

「拜託，達西先生是我的誰啊，我為什麼要怕他？我們根本不需要對他特別客氣，所以也不用怕說出什麼他可能不愛聽的話。」

「這位太太，拜託妳行行好，小聲一點。冒犯達西先生對妳有什麼好處？妳這麼做絕對無法博得他朋友的歡心。」

但說什麼都沒用。母親依舊用人人都聽得見的音量大放厥詞。伊莉莎白再三又羞又怒地臉紅了。她忍不住時刻偷瞄達西先生一眼，但每次都讓她更加確信自己的擔憂；他雖然沒有隨時盯著她母親看，不過他的注意力都在她母親身上。他臉上的表情逐漸從憤慨輕蔑轉為鎮定沉穩的嚴肅。

班奈特太太終於講夠了，一旁不停打呵欠、邊聽她重複跟自己無關的喜悅的盧卡斯夫人，這下總算能好好享用她的火腿雞肉冷盤。此時伊莉莎白重新打起精神。但寧靜的時間並不長，因為宵夜結束後有人提議唱歌，她又得羞辱地看著瑪莉在不怎麼殷勤的請求下獻技。她透過無數暗示的眼光與低聲懇求竭力阻止，但根本只是徒勞。瑪莉不明白這些暗示，她最喜歡這種表現機會了，於是開始唱歌。伊莉莎白極為痛苦地盯著她；如坐針氈地看著她連唱了好幾節，還是沒等到期待的結果；因為瑪莉在同桌人的感謝聲中，接收到希望她再次娛樂大家的暗示，於是在停頓半分鐘後便再度開唱。瑪莉根本就沒有當眾表演的能力，她的聲音薄弱，態度又做作；伊莉莎白痛苦極了。她望向珍想看她的反應，但她非常平靜地在和賓利先生聊天。她望向他的兩個姊妹，看見她們向彼此示意揶揄；再望向達西，他依舊維持著神祕莫測的嚴肅表情。她望向父親，拜託他介入，以免瑪莉真的唱上一整晚。他接收到暗示，便在瑪莉唱完第二首歌時大聲說：「孩子，表現得真是太好了。妳已經讓大家開心夠久了。讓其他小姐也有機會表現一下吧！」

瑪莉想假裝沒聽見，卻仍顯得有些不知所措。伊莉莎白為她難過，也很遺憾父親得開口制止，看來自己的焦慮沒有帶來任何好處。現在換其他人表現了。

柯林斯先生說：「要是我有唱歌的天份，相信我也會很開心為各位獻唱，因為我覺得音樂是非常純潔的娛樂活動，十分適合神職人員。當然這並不意味我們可以投注許多時間在音樂上，畢竟確實有其他事情需要處理。教區長事務繁忙。首先，他必須在十一稅[33]上取得對自己有益又不致冒犯贊助人的協議。他必須自己撰寫講道稿。剩餘不多的時間則盡教區義務，並照顧、整理他的住所，盡可能地打理舒服的居家環境。而且我覺得他應該以殷勤和理解的態度對待每個人，這很重要，特別是促成他擔任此職務的貴人。這是他無法免除的責任，我也無法想像他沒能把握機會、向這個家族的親屬致敬。」接著他向達西先生鞠躬，結束演講，洪量的聲音令半個屋子的人都聽得見。許多人專心注視，也有人面露微笑，但沒有人像班奈特先生那樣覺得有趣；他的妻子則認真讚揚柯林斯先生的發言，半是耳語地對盧卡斯夫人說，他真是非常聰明的好年輕人。

對伊莉莎白來說，全家人顯然說好了要盡可能在當晚自曝其短，而且真是不遺餘力，非常成功。不過她為賓利與姊姊感到慶幸的是，賓利錯過了一些演出，而那些他沒錯過的愚蠢行為似乎也沒有破壞他的心情。然而他的兩個姊妹及達西先生有機會取笑她的親人，其實也夠糟了，而她無法決定何者比較難受，是那位紳士的沉默鄙視，還是女士們盛氣凌人的笑容。

接下來的夜晚令她了無生趣。柯林斯先生不停煩她，堅持一定要待在她身邊；雖然他無法說服她與他共舞，卻也阻礙了她與別人跳舞的機會。她拜託他去找別人聊天，也提議介紹他認識其他女性，都沒有用。他向她保證他一點也不喜歡跳舞；他主要是想藉由巧妙殷勤來贏得芳心，因此刻意整晚都待在她身邊。看來今晚註定是這樣子了。幸好有盧卡斯小姐解危——她經常加入他們兩人，隨和地與柯林斯先生聊起天來。

至少她不再被達西先生的關注給冒犯。他經常悠閒地站在不遠處，但不曾更加靠近、與她說話。她覺得很可能是因為之前提到韋克翰先生的原故，不免慶幸。

朗伯恩一行人在人潮散去後才離開。這是班奈特太太的小計謀：他們的馬車要在大家離開後十五分鐘才會到，也因此見識到主人家的某些人是多麼衷心地希望他們快離開。赫斯特太太和妹妹除了抱怨有多疲憊之外，幾乎沒有開口說話，顯然等不及想送客。她們拒絕回應班奈特太太的任何話題，眾人都變得無精打采，柯林斯先生滔滔不絕的演說也毫無幫助，他讚美賓利先生和兩姊妹舉辦的舞會真是雅致，對賓客又是如此熱情、好客有禮。達西一語不發。同樣安靜的班奈特先生則因為眼前景象而樂在其中。賓利先生和珍一起站在稍遠處，只跟彼此說話。伊莉莎白跟赫斯特太太和賓利小姐同樣沉默，就連莉迪亞都累到除了偶爾大打呵欠、吐出「天哪我好累喔！」什麼也沒說。

等他們終於起身要離開，班奈特太太十分客氣地表示，希望他們很快能來朗伯恩作客；還特別對賓利先生保證，隨時都非常歡迎他來一起吃晚餐，不需要什麼正式邀請。賓利非常高興，表示等他從倫敦回來後會盡快找機會拜訪；他隔天得去倫敦一陣子。

班奈特太太對他的回答非常滿意，離開時滿心歡喜地相信，扣除準備財產協議、新馬車與婚禮服飾所需的時間，女兒應該毫無疑問會在三到四個月後入住尼德斐莊園。她也同樣歡喜地確定另一位女兒會嫁給柯林斯先生，儘管程度有所不同。所有孩子裡伊莉莎白與她最不親近，

33 十一稅（Tithe）：牧師薪俸的主要來源。堂區的居民將農作物等收益的十分之一捐獻給教會。

不過這這門婚事與對象對她來說已經非常好了，哪怕跟賓利先生和尼德斐莊園比起來，怎麼說都相形失色。

19

隔天，朗伯恩宅揭開了新的序幕。柯林斯先生正式求婚了。由於他的假期只到下個星期六，決心不再浪費時間，就連這種時候他也不會害羞，有條不紊地以他認為這筆交易該遵循的所有儀式進行。早餐過後不久，他發現班奈特太太、伊莉莎白及其中一位妹妹都在一起，於是對她們的母親說：

「太太，今天早上我是否有榮幸與您美麗的女兒伊莉莎白獨處，討論一點私事呢？」

伊莉莎白驚訝得臉都紅了之餘，還來不及開口，班奈特太太立刻搭腔：「喔！當然沒問題。我相信莉茲會非常樂意，她不會反對的。凱蒂，來吧，上樓去！」她正匆忙收拾手頭的工作要離開時，伊莉莎白驚呼：

「親愛的媽媽，不要走。我拜託妳不要走。請柯林斯先生諒解，他跟我之間沒有什麼不能給別人聽到的話好說。我自己也要離開了。」

「不行，莉茲，妳在胡說八道什麼。我要妳留在位子上。」看到伊莉莎白似乎真的打算逃走，她一臉憤怒又尷尬，接著說：「莉茲，我堅持妳留下來聽柯林斯先生要說什麼。」

伊莉莎白無法違背母親的命令，考慮了一會兒後也意識到，聰明的話就要盡可能快速且低調地解決這件事，於是再次坐下，試圖透過手邊忙著的工作，掩飾自己既困窘又好笑的矛盾心情。班奈特太太與凱蒂一離開，柯林斯先生便開口：

「親愛的伊莉莎白小姐，請相信我，妳的謙虛非但無損妳的眾多完美優點，反而還是加分。如果沒有方才的推託，妳在我眼裡或許還沒有那麼迷人；請容我向妳保證，今天我這番話已經獲得令堂首肯。無論妳因為矜持而如何假裝沒發現，想必都無法懷疑我這番發言的用意。我幾乎是一踏進這個家門，便立即選中妳作為我未來一生的伴侶。但是在我情感澎湃到忘我前，或許應該要先說明想結婚的原因，以及我為何帶著選妻的打算來到赫特福德郡。」

光是想到莊重沉著的柯林斯先生也會情感澎湃到忘我，伊莉莎白便差點大笑出聲，來不及在他短暫停頓的瞬間即時制止他繼續說話；他接著說：

「我想結婚的理由，首先是因為我認為每一位（像我這樣）生活無虞的牧師，都該為教區立下良好的婚姻典範。其次，我深信婚姻將會使我更加幸福；再者，或許我該更早提及的是，這是我有榮幸稱為贊助人的貴族夫人所特別提出的忠告與建議。她曾經兩度不計身段與我分享她在這方面的看法（而且是她主動！）就在我離開翰斯福特前的那個星期六傍晚，我們在玩四十張牌[34]、詹金森太太為德波小姐調整腳凳時，她對我說：『柯林斯先生，你必須結婚。像你這樣的牧師必須結婚才行。仔細挑選，為了我好，要選一個家世良好的女子；為了你自己好，這個女子要積極賢慧，不能嬌生慣養，要能懂得善用微薄的薪水。這是我的建議。盡快找到這樣的女子，把她帶回翰斯福特，我會來拜訪她。』我美麗的表妹，請容我順帶一提，凱薩琳．

德波夫人的關注與善意絕對可說是我能提供的最大優勢。妳會發現她的態度真是難以言表，而且我想妳的機智活潑應該會合她的意，特別是可以中和因為她的社會地位所必然帶來的沉默與敬重。整體來說，以上就是我想要結婚的原因，但我還沒說為什麼我把眼光放在朗伯恩，而非我自己居住的那一帶，畢竟那裡可是有許多友善的年輕女性。事實是，我將在令尊過世後（但他還會活非常多年）繼承他的財產，我如果不從他的女兒中選一位作為妻子、盡可能在那樣的悲劇後彌補她們，我會非常過意不去；不過，如同我剛才所說，這種事情還要好幾年後才會發生。美麗的表妹，這就是我的動機，我自認妳不會因此而降低對我的尊重。現在全部交代完了，接下來我只要以最為動聽的言語向妳確保我澎湃的情感就好。我對財富看得很淡，不會要求妳父親必須提供什麼嫁妝，也很清楚他拿不出來；而妳最終能繼承的區區一千英鎊及每年百分之四的利息，還得要等妳母親過世後才有。因此，我將絕口不提財產的事，妳也可以相信，我們結婚後絕對不會由我口中聽到任何刻薄的斥責。」

這下絕對有必要打斷他了。

她驚呼：「先生，你實在操之過急了，忘了我都還沒回應。我就不浪費時間直接回答好了。對於你的恭維，請接受我的感謝。我很清楚你的求婚是何等厚待，但我除了拒絕沒有別的

---

34 四十張牌（quadrille）：流行於十八世紀的牌戲，尤其受到女性歡迎，不過到珍．奧斯汀的時代已退流行，因此在小說中打四十張牌的多屬於較老派的人物。

選擇。」

「我不需要現在知道答案，」柯林斯先生拘謹地揮了揮手，「我知道當女性面對內心想要接受的男人初次求婚時，通常都會拒絕；而且有時候還會再次、甚至三度拒絕。因此我絕對不會因為妳剛才說的話而灰心喪志，仍舊希望不久後能與妳結婚。」

伊莉莎白喊道：「先生，請相信我，在我這麼說之後你還抱持希望，真是奇特。我可以向你保證，我不是那種敢拿自身幸福來賭會不會有第二次求婚機會的女性（如果真有這種人）。我是認真嚴正拒絕。你無法讓我幸福，我也非常肯定這世界上我是最不可能讓你幸福的人。不，如果你的朋友凱薩琳夫人認識我，我深信她會認為我在各方面來說都不合格。」

「凱薩琳夫人是真有可能這麼想，」柯林斯先生語氣嚴肅，「但我實在無法想像以她的身分會完全不贊同妳。而且妳可以確定的是，等我下次有榮幸見到她，必定會為妳的矜持、節儉與其他迷人特質美言一番。」

「柯林斯先生，我真的不需要你的任何美言。請讓我自己判斷，並且相信我所說的話。我祝福你未來非常幸福富裕，拒絕你的求婚，就是在盡自己所能地避免你無法實現這樣的未來。向我求婚想必讓你覺得不再對不起我的家人，將來時候到了，要繼承朗伯恩財產時也不會自責。所以，這件事就到此為止。」她邊說邊起身，離開之際，柯林斯先生又對她說：

「下回我有榮幸再與妳談起這件事時，希望能獲得比現在更令人滿意的答案；我絕對沒有要指責妳對我殘酷的意思，因為我知道女性約定俗成就是要拒絕男性的初次求婚，而且妳現在所說的對我來說或許都是鼓勵，更加符合女性矜持的真實性格。」

「柯林斯先生，」伊莉莎白有些激動，「你真的讓我非常困擾。如果我剛才說的話在你耳裡聽來是鼓勵，那我真的不知道該怎麼表達我的拒絕，才能讓你相信我是再認真不過。」

「親愛的表妹，請容我自認妳拒絕我的求婚只是慣例。我這麼相信的原因主要如下：我並沒有不值得跟妳結婚，而且我可以提供的未來，也是人人嚮往的生活。我的職業、我與德波家族的關係，我和府上的關係，全都是有利條件；妳應該要更進一步考慮到，儘管妳有如此多吸引人的條件，也不表示一定會再有人向妳求婚。妳能夠繼承到的財產實在太少，很有可能抵銷妳迷人討喜的所有條件。所以我的結論是妳並非認真拒絕我的求婚，我將這一切歸因為、妳想要藉由這樣不確定的結果來加深我對妳的愛，高雅女性的慣例皆是如此。」

「先生，我向你保證，我絕對沒有自詡為分明就是在折磨好男人的高雅女士。我寧願你相信我是出自真心。再次感謝你，感謝你向我求婚，但請相信我絕對不可能答應。我的感情不管從哪方面來說都不同意。我可以說白一點嗎？請不要把我想成打算考驗你的高雅女性，請把我視為發自內心說實話的理性人類。」

「妳真是太迷人了！」他的語氣帶著一絲彆扭的殷勤，「我深信當令尊令堂也贊成後，我的求婚就會成功。」

伊莉莎白不願回應如此執迷不悟的自我欺騙，立即安靜地離開。她下定決心，要是他繼續堅持視她的再三拒絕為不實的鼓勵，就要找她父親出面，他可能會更堅決地予以回絕——且不至被誤會為高雅女性的愛慕與調情。

20

柯林斯先生獨自安靜沉思自己美滿姻緣的時間沒有多久，因為班奈特太太一直在玄關閒晃，等著這場會談結束，一看到伊莉莎白打開門快步經過她往樓梯走去，她便進入早餐室恭喜他，也恭喜自己，預祝未來兩家人關係會因為婚事而更加緊密。柯林斯先生接受她的祝福，也同樣開心地祝福她，然後開始轉述他們會談的細節，結論是他相信最後會得到滿意的答覆，因為他表妹的堅定拒絕都只是源於她的害羞謙虛，以及她矜持的真實性格。

然而這些話讓班奈特太太相當吃驚；如果她真的也認為女兒拒絕求婚是為了鼓勵他，那確實令人再開心不過了，但她不敢這麼想，忍不住這麼說。

「但是柯林斯先生，請相信我，莉茲很快就會改變心意的。我會親自跟她談。她是非常固執愚蠢的女孩，不懂得為自身利益著想，但我會讓她明白的。」

「夫人，容我打個岔，」柯林斯先生急喊：「如果她真的那麼固執愚蠢，我就不確定她是否為我想娶的妻子，因為我當然期望婚姻幸福。如果她是真的在拒絕我的追求，或許不要強迫她接受比較好，因為要是她脾氣不好，對我的幸福也不會有多大助益。」

「先生，你誤會我的意思了，」班奈特太太頗為緊張，「莉茲只有在這種事上會顯得固執愚蠢。其他時候她都是世界上脾氣最好的女孩。我會直接去找班奈特先生，相信很快就會跟她把這件事情講清楚。」

班奈特太太不待他回話，立即趕去見丈夫，一進入書房便大喊：

「喔，班奈特先生！我現在很需要你，我們亂成一團了。你必須說服莉茲嫁給柯林斯先生，因為她發誓不嫁給他；如果你不快點，他就會改變主意不娶她了。」

她進門後，班奈特先生的視線便從書本移開，以平靜且漠不在乎的態度盯著她，完全沒有為她的話而動搖。

他在她說完後開口：「恐怕我完全聽不懂妳的意思；妳在說什麼？」

「我指的是柯林斯先生與莉茲啊。莉茲宣告她不要嫁給柯林斯先生，所以柯林斯先生也開始說他不要娶莉茲了。」

「這種情況我能做什麼呢？看來就是談判破局了啊。」

「你親自跟莉茲談。告訴她，你堅持要她嫁給他。」

「叫她下樓來，我會告訴她我的意見。」

班奈特太太搖鈴派人去叫她，伊莉莎白小姐接獲通知來到書房。

「孩子，過來這裡，」她出現時父親呼喚她，「我有要事請妳前來。據我所知，柯林斯先生向妳求婚了。是真的嗎？」伊莉莎白回說是的。「了解，而妳回絕了他的求婚？」

「是的，父親。」

「非常好。現在的狀況是妳母親堅持要妳接受求婚。班奈特太太，是這樣沒錯吧？」

「是的，否則我再也不想見到她。」

「伊莉莎白，妳眼前面臨了非常不幸的抉擇。從這天開始，妳必須與父母親其中一位形同陌路。如果妳不嫁給柯林斯先生，妳母親將永遠不再見妳；但妳若願意嫁給他，我就不再見妳了。」

以這種結論開啟對話讓伊莉莎白忍不住露出笑容，而一直深信丈夫在這件事上與她看法相同的班奈特太太則極為失望。

「班奈特先生，你這是什麼意思，說這是什麼話？你答應我要堅持叫她嫁給他的啊。」

「親愛的，」她丈夫說，「我有兩件小事要請妳幫忙。首先，讓我按照自己的想法來判斷眼前這件事；其次是這間房間，要是能盡快留我一人在書房裡，我會很開心。」

不過，儘管班奈特太太對丈夫非常失望，還是沒有放棄。她連哄帶騙外加威脅，不斷地想讓伊莉莎白點頭。她努力說服珍一起加入，但即使珍的個性再溫順，也還是拒絕介入；伊莉莎白則是有時認真有時嬉鬧地四兩撥千斤。她的態度或有不同，決心倒是不曾改變。

此時，柯林斯先生獨自思考剛才的經過。他把自己捧得太高，完全無法理解遠房表妹基於什麼原因竟會拒絕他；雖然自尊有些受創，卻不是太難過。他對她的情感完全出於想像，而且想到她可能因此受到母親責罵，心裡也就平衡不少。

正當這家人亂成一團之際，夏洛特．盧卡斯剛好來拜訪。莉迪亞飛奔到玄關招呼她，壓低聲音說：「真高興妳來了，今天可有趣了！妳猜今天早上發生什麼事？柯林斯先生向莉茲求婚，但她拒絕了。」

夏洛特還來不及反應，凱蒂便帶著同樣的消息加入她們，三人一走進早餐室，原本獨自待在裡面的班奈特太太此時也說起同樣的話題，想尋求盧卡斯小姐的同情，懇求她說服她的朋友莉茲聽從家人的願望。「親愛的盧卡斯小姐，拜託妳，」她以哀傷的語氣說，「因為沒有人站在我這邊，沒有人要支持我，大家都對我不好，沒有人替我脆弱的神經著想。」

珍和伊莉莎白這時剛好走進來，讓夏洛特免於回答。

「啊，她來了，」班奈特太太繼續說，「一副事不關己的模樣，也完全不在乎我們，彷彿我們遠在約克，只要她能順自己的意就好了。但我要告訴妳，莉茲小姐，如果妳堅持要這樣拒絕所有求婚，妳將永遠找不到丈夫，這樣我真不知道妳父親過世後誰要養妳。我必須警告你，我當然是養不起。我從今天開始跟妳毫無瓜葛。妳知道我在書房裡說過了，我以後再也不要跟妳說話，妳會發現我這個人說到做到。跟不孝順的孩子說話毫無樂趣可言，但我跟誰說話也都沒有什麼樂趣可言。像我這樣神經緊張的人，根本沒有太大說話的意願。沒有人知道我有多辛苦！但總是這樣。不抱怨的小孩就沒有糖吃。」

她的女兒默默聽她宣洩情緒，非常清楚不管是想跟她講道理或安慰她，都只會雪上加霜。因此她繼續滔滔不絕，沒有任何人插嘴，直到柯林斯先生以比平常還要莊重的姿態進入早餐室加入眾人。看到是誰進來後，她對其他女孩說：「好了，我堅持要妳們大家都閉上嘴，讓我和柯林斯先生好好談一談。」

伊莉莎白安靜地離開早餐室，珍和凱蒂跟在她身後，但莉迪亞堅持要留下來聽；夏洛特一開始是被柯林斯先生給絆住，他鉅細靡遺地問候她與她的家人。為了滿足小小的好奇心，她走到窗邊假裝沒在偷聽。班奈特太太以悲慘的聲調展開計畫中的對話：「喔，柯林斯先生！」

他回道：「親愛的太太，我們永遠不要再提這件事了。」他接下來的語氣明顯不悅，「我絕對不會埋怨令嬡的行為。我們都應該逆來順受，尤其像我這麼幸運、少年得志的年輕人，更應順從命運。即使我那位美麗的表妹後來答應我的求婚，或許我仍免不了要懷疑，這就是屬於我的真正幸福；我發現命運並不完美，當幸福被拒絕了，就失去了價值。親愛的班奈特太太，我沒有要求您與班奈特先生以父母的權利代我調停，便收回對令嬡的求婚，希望您不會因此認為我對您的家人有絲毫不敬。我也希望我接受的拒絕來自令嬡而非你們口中，不會引起不快。我們都會犯錯。這件事我從頭到尾都是好意。我的目的是為自己尋得良伴，並充分地考量府上的利益，若我的態度有需要責難之處，請容我為此致歉。」

21

柯林斯先生的求婚算是告一段落，伊莉莎白只需要忍受伴隨而來的不自在，以及母親偶爾的惱怒暗示。至於那位先生本人，雖然沒有顯得尷尬、沮喪，或是刻意迴避她，卻表現出生硬的態度及怨懟的沉默。他幾乎不跟她說話，原本不懈的殷勤接下來全轉移到盧卡斯小姐身上，她能夠客氣地聽他說話，對所有人來說都是即時雨，尤其是她的朋友伊莉莎白。

隔天，班奈特太太的壞脾氣與微恙的身體都沒有好轉，柯林斯先生也仍處於同樣憤怒的傲慢。伊莉莎白本來希望他會因為怨恨而縮短來訪時間，但他的計畫似乎完全不受影響。原本打算星期六離開的他，如今仍無意提前動身。

早餐過後，女孩一齊散步到梅里頓找韋克翰先生，並對他沒參加尼德斐的舞會表達悲痛。韋克翰先生在她們抵達鎮上後加入，陪她們去阿姨家，在那裡暢談了他的遺憾與懊惱，以及大家對他的關懷。不過，他特別主動對伊莉莎白承認，他確實是自願缺席。

他說：「隨著時間接近，我發現最好還是不要跟達西先生見面，跟他在同一個房間度過那麼長的時間，可能會超出我的忍耐極限，場面或許會變得連我以外的人都感到不舒服。」

她極為讚賞他的寬容，在韋克翰與另一位軍官陪同她們散步回梅里頓的路上，兩人得以從容討論整件事並客氣地讚美對方；一路上他對她殷勤有加。他陪同她們回家有雙重好處，一來她感受到他這麼做都是為了她，二來這剛好成為介紹他給父母親認識的最佳機會。

他們回到家沒多久，珍便收到一封來自尼德斐莊園的信。信封裡是一小張平滑、精緻的信紙，覆滿美麗的女性筆跡；伊莉莎白注意到姊姊的表情在閱讀過程中起了變化，她的視線定格於特定段落。珍很快便恢復正常，收起信紙，試著像平常一樣爽朗地聊天。但伊莉莎白已經焦慮起來，連韋克翰都無法吸引她的注意。他與同伴前腳剛離開，她瞄了珍一眼便跟著她上樓。等她們回到自己房間後，珍拿出來信說：

「這封信是卡洛琳・賓利送來的，內容讓我非常驚訝。他們一行人這時候已經全部離開尼德斐莊園，正在往倫敦的路上，沒有要再回來的意思。妳聽聽看她怎麼說的。」

她接著念出第一段，內容是說她們決定直接跟著哥哥去倫敦，打算當天在赫斯特先生位於格羅夫納街的家中用餐。接下來則是這麼說：「我不會假裝自己將有多想念赫特福德郡，除了妳的友誼，我的摯友；但我已期待未來有機會重溫我們曾擁有的美好時光，在這段期間，頻繁地保持通信或許能減緩分離的哀傷。期待妳的回信。」這些誇張的措辭伊莉莎白一個字也不相信，雖然這突如其來的離開讓她驚訝，但她還是不覺得有什麼好悲傷的；他們離開尼德斐莊園不代表賓利先生不會回來，至於缺少了她們的陪伴，伊莉莎白深信，珍只要有賓利先生也就足夠了。

「真是太可惜了，」她短暫停頓後說，「妳沒能在朋友離開前見她們一面。不過也許我們可以期待妳和賓利小姐共同盼望的幸福未來，會比她預料得還早到來；說不定妳們的愉快友誼，會演變為更美好的妯娌關係呢。賓利先生不會被她們耽擱在倫敦的。」

「卡洛琳斬釘截鐵地表示，他們全家這個冬天都不會再回到赫特福德郡了。我來念給妳聽：

哥哥昨天離開時，他以為去倫敦辦的事情只需要花三、四天，但我們很確定事實並非如此，同時也清楚一旦查爾斯到了倫敦，就不會急著離開，因此我們決定跟他一同前往，讓他閒暇之餘不用在不舒服的飯店裡度過。我有許多朋友已經去倫敦過冬，真希望妳，我的摯友，也願意加入我們。誠摯希望妳在赫特福德郡度過一個非常愉快的耶誕節，也祝妳護花使者眾多，足以彌補離開的我們三位。」

珍補充說：「這顯然表示，他這個冬天不會回來了。」

「這只不過表示賓利小姐不覺得他會回來。」

「妳為什麼還這樣認為？這一定是他自己的意思，他是自己的主人。不過妳並不知道全部內容，我會把特別讓我難過的段落念給妳聽，不再隱瞞妳：

達西先生迫不及待想見他妹妹，說實話，我們也同樣熱切地想再見到她。我真心覺得沒有人能媲美喬治安娜．達西的美貌、優雅與才華，路易莎和我對她的好感，也因為希望她能成為我們的妯娌而日益強烈。不知道我有沒有跟妳提過我對這件事的想法，但沒有把這個祕密告訴妳之前，我實在無法離開，相信妳不會覺得我的感受不合理。哥哥本來就非常欣賞達西小姐，如今他將有機會更加親密頻繁地與她見面。我們雙方的親人都樂見其成。我想，當我說查爾斯有能力贏得任何女人的芳心時，絕對不是因為我是他妹妹而有所偏袒。如今促成他們的條件是天時地利人和，沒有任何阻礙，親愛的珍，我不該縱容自己、希望能讓這麼多人幸福的事情成真嗎？」

珍念完後說：「親愛的莉茲，妳對這句話有什麼看法？這樣還不夠清楚嗎？這不就清楚說明了卡洛琳沒打算也不希望讓我跟她成為妯娌，她完全相信她哥哥不在乎我，或是，假如她猜到我對他有好感，也想（好心地）提醒我不是嗎？還能有別的解釋嗎？」

「當然有，因為我的解釋完全不同。妳要聽聽看嗎？」

「樂意之至。」

「非常簡單。賓利小姐看出她哥哥愛上了妳，但希望他能娶達西小姐。她跟著他進城，目的是把他留在那裡，同時設法說服妳，他完全不在乎妳。」

珍搖搖頭。

「真的，珍，妳要相信我。看過你們在一起的人，都不可能懷疑他對妳的感情。我相信賓利小姐絕對不會看不出來。她不是笨蛋。要是她覺得達西先生對她自己的感情有到那種程度的一半，她早就連婚紗都訂做好了。但事實就是如此。我們對她們來說不夠富有也不夠顯赫，她又急於讓哥哥娶達西小姐，她是想，如果已經有了一層姻親關係，她要親上加親就不會那麼困難；這樣還滿聰明的，我敢說要是沒有德波小姐，她搞不好會成功。但是，我親愛的珍，妳該不會認真相信，只因為賓利小姐說她哥哥非常欣賞達西小姐，他就不像星期二離開時那樣仰慕妳，或是她就有辦法說服他，其實他愛的不是妳，而是她的朋友？」

珍回答：「要是我們對賓利小姐的觀感一致，妳的解釋就會讓我比較好過。但我知道我們對她的看法並不相同。卡洛琳絕對不會刻意欺騙任何人，在這件事情上，我只能希望她是在欺騙自己。」

「是啊。既然我的說法無法安慰妳，妳也只能這樣想了。就先相信她肯定是在騙自己了。妳已經盡到身為朋友的責任，不要再為此不安了。」

「但是，我親愛的妹妹，即使最樂觀地想，接受一個姊妹與朋友都希望他娶別人的男人，會讓我幸福嗎？」

伊莉莎白說：「這是妳自己要做的決定，要是在審慎思考後，妳覺得違背他兩個姊妹的意願所帶來的痛苦，遠比成為他妻子的幸福來得重要，那麼我絕對建議妳拒絕他。」

「妳怎麼能說出這種話？」珍露出淺淺微笑，「妳明知道，雖然我會因為她們的反對而非常難過，卻絕對不可能猶豫。」

「我想也不會，因此我實在無法太過同情妳的處境。」

「但如果他今年冬天不回來，我也就不需要做決定了。六個月內什麼事情都可能發生！」

伊莉莎白徹底漠視他不會再回來的想法。在她看來那不過就是卡洛琳個人的希望罷了，她無法相信一個完全獨立的年輕人，會受這種無論是直接或婉轉說出的希望影響。

她盡可能地說服姊姊相信她的判斷，確定很快便有幸看到開心的結果。珍不再沮喪，儘管信心仍偶有動搖，她期待賓利會回到尼德斐，回應她內心的所有盼望。

她們都同意只讓班奈特太太知道他們一家人離開了，不要讓她為了其中的枝節擔心。但即使只知道部分消息，還是令班奈特太太哀嘆不幸，那兩個姊妹竟然選在大家正和樂融融之際離開。不過在難過了一陣子後，她又欣慰地想到賓利先生很快會再回來，前來朗伯恩作客，最後她愉快地宣布，雖然只是邀請他來吃頓家庭晚餐，她還是會用心準備兩輪大餐[35]。

35 兩輪大餐（two full courses）：一般的家庭晚餐通常只有一輪大餐，內容包括湯，各式各樣的魚、肉，加上幾盤蔬菜及英式布丁。只有在大戶人家或大型宴會才會有第二輪大餐，通常是比第一輪做工更精緻的餐點。由於持家能力在當時是品評女性的重要依據，班奈特太太不單是為了招待貴客，亦有心藉由兩輪大餐展示自家的家務功力。

22

班奈特家與盧卡斯家約好了一起晚餐，而且一整天下來，盧卡斯小姐又再次非常好心地聽柯林斯先生說話。伊莉莎白找到機會便感謝她，她說：「這樣讓他心情很好，我對妳的感謝真是無以言喻。」夏洛特向朋友保證自己很高興能幫上忙，而且只是稍稍犧牲一點時間便能獲得巨大的回報。這麼做非常討喜，但夏洛特的好意遠遠超出伊莉莎白的理解之外；她的目的完全是為了避免柯林斯先生再次對伊莉莎白求婚，轉而讓自己成為求婚的對象。盧卡斯小姐的計畫便是如此，而且顯然十分順利，傍晚道別時，要不是柯林斯先生即將離開赫特福德郡，她覺得八成會成功。說到這裡，她可是低估了他熱情與獨立的個性，因為隔天早上他便偷偷摸摸溜出朗伯恩宅邸，匆忙趕至盧卡斯小屋，拜倒在她的石榴裙下。他一心想避免引起親戚的注意，相信他們要是看到他離開，一定會猜測他有什麼計畫。他也不願意在還不確定成功之前，讓大家知道他的企圖，雖然他幾乎有十足的把握，畢竟夏洛特算是滿鼓勵他的，不過他在星期三求婚失敗後便相對缺乏信心。結果他所受到的歡迎很讓人滿意。盧卡斯小姐從樓上窗戶看見他朝房子走來，便立刻出門假裝在小路上巧遇他。但她沒想過會有那麼澎湃的愛與滔滔不絕等著她。

在柯林斯盡可能地縮短他的長篇大論後，他們得出兩人都滿意的結論；等走進屋子裡，他已熱切地懇求她選定日子，讓他成為世界上最幸福的男人；雖然當下不能馬上答應，但她也不想當場說破掃他的興。他那笨拙的天性讓他缺乏求愛的魅力，沒有哪個女孩會期待他持續的追求，盧卡斯小姐純粹出於生活無虞的希望才接受他，而且不在乎進展得有多快。

他很快便獲得威廉爵士與盧卡斯夫人的同意，而且是非常欣然爽快的同意。柯林斯先生目前的條件相當適合女兒，因為他們無法留給她多少遺產，但他未來將繼承一筆非常豐厚的財富。盧卡斯夫人以前所未有的高昂興致，掐指計算班奈特先生可能還要活上幾年；威廉爵士則肯定等柯林斯先生繼承朗伯恩的不動產後，極可能帶給他和妻子在聖詹姆士宮露面的機會。簡單來說，全家人都為此欣喜若狂。年紀比較小的女孩可以比原本預定的時間早一、兩年進入社交活動；男孩則鬆了一口氣，不用擔心夏洛特孤單終老。夏洛特本人則頗為平靜。她已經達到目的，也有仔細思考過。回想起來都算滿意。柯林斯先生想當然不明理也不討喜，他的陪伴令人厭煩，他對她的情感必然也是幻想出來的。但他仍舊會成為她的丈夫。她對男性或婚姻都沒什麼好感，不過一直都打算要結婚：受過教育但沒有多少財產的年輕女性，只能靠這種方式過活；即使無法確定幸福與否，婚姻仍是避免她們生活困頓最好的途徑。如今她成功預防了困頓，二十七歲也不漂亮的她，覺得自己非常幸運。這件事情當中她最不樂見的，應該就是伊莉莎白將有多震驚，她重視她的友誼勝過任何人。伊莉莎白可能會困惑，甚至可能還會責怪她；儘管她的決心不可動搖，遭到反對還是會令她難過。她決定要親口告訴她，因此要求柯林斯先生回到朗伯恩用餐時，在全家人面前對這件事情絕口不提。柯林斯先生當然順從地答應了，但其實相當困難，因為他離開那麼久必然會引起大家的好奇心，因此他回到家後面臨了許多質問，需要相當巧妙地閃避。同時他也必須自我克制，畢竟他是那麼渴望能公布他蓬勃發展的愛情。

由於他隔天早上離開的時間太早，無法見到任何家人，道別儀式於是在傍晚舉行；班奈特太太極有禮貌且誠懇地表示，無論他下次何時還有機會再度來訪，朗伯恩的眾人都樂於與他見面。

他回答：「親愛的太太，真的非常感謝您的邀請，因為我正有此希望；我一定會盡快再抽空前來。」

大家都非常驚訝，完全不希望他這麼快又再來的班奈特先生立刻說：

「我的好先生啊，凱薩琳夫人難道不會反對嗎？寧願辜負你的親人，也千萬不要冒險讓贊助人生氣。」

「親愛的先生，」柯林斯先生回答，「我格外感謝您的善意提醒，但請不用擔心，沒有夫人的同意，我不會貿然行動。」

「再小心也不為過。什麼都可以冒險，但不能讓她不高興；如果你覺得再次來訪可能會讓她不開心——因為我覺得很有可能——那就好好待在家吧！請放心，我們絕對不會生氣的。」

「親愛的先生，請相信我，如此懇切的提醒讓我更加感激，您將很快收到我的感謝函，感謝您的好意提醒，以及我住在赫特福德郡期間所受到的招待。至於我美麗的表妹，雖然我離開的時間可能不長，或許沒有這個必要，還是希望藉此祝福她們健康幸福，包括我的伊莉莎白表妹。」

在客氣地道別後，女性們回到房間，大家對他很快又打算回來感到驚訝。班奈特太太希望那是因為他想再向其他年紀較小的女兒求婚，或許能說服瑪莉接受他。瑪莉對他的評價比其他人都高，他的看法總能引起她的共鳴；雖然柯林斯先生絕對沒有她那麼聰明，但只要鼓勵他以她為榜樣、多加閱讀，或許能成為很不錯的伴侶。但隔天早上，所有希望都破滅了。盧卡斯小姐在早餐過後不久便來訪，私下與伊莉莎白分享前一天發生的每一件事。

過去一、兩天，柯林斯先生喜歡上她朋友的可能性曾浮現腦海，但夏洛特竟然鼓勵他，總覺得這跟要伊莉莎白自己鼓勵他一樣不可能；她太過驚訝了，一時顧不上禮節，忍不住驚呼：

「與柯林斯先生訂婚！我親愛的夏洛特，這怎麼可能啊！」

盧卡斯小姐在陳述時的平穩表情，此刻因為如此直接的責難而瞬間出現些困惑；不過她早有預料，很快便恢復鎮定，平靜地回答：

「我親愛的伊莉莎，妳為什麼這麼驚訝？難道妳認為因為柯林斯先生無法獲得妳的芳心，就不可能再博得任何女性的好感嗎？」

這時伊莉莎白已經控制好情緒，努力而堅定地向她保證，她對他們未來的關係感到非常樂觀，並祝她幸福。

夏洛特回答：「我明白妳的感受，妳想必很驚訝，非常驚訝，畢竟柯林斯先生才剛跟妳求過婚。但等妳有時間沉澱思考後，希望妳會滿意我做的決定。妳知道我不是浪漫的人，一直都不是。我只希望能有個舒適的家，考量到柯林斯先生的個性、人際關係與職業，我相信跟他在一起獲得幸福的機會，就跟所有邁入婚姻的人相同。」

伊莉莎白默默應了一句：「毫無疑問。」然後在一陣彆扭的沉默後，她們回到其他人身邊。夏洛特沒有停留多久便離開，剩下伊莉莎白獨自回想她剛才聽到的消息。她花了非常久的時間才終於接受如此不匹配的婚事。比起有人接受柯林斯先生的求婚，他在三天內求婚兩次已經不算奇怪。她一直覺得雖然夏洛特對婚姻的看法與她不大相同，沒想到在真正要採取行動時，她竟會為了這些世俗條件而犧牲自己的感情。夏洛特成為柯林斯先生的妻子，這個畫面實在太羞辱人了！在因為朋友自我羞辱、不再受她敬重而心痛之餘，她更難過地深信，朋友所選擇的命運不可能會讓她幸福。

23

伊莉莎白與母親、姊姊和妹妹坐著，正在回想剛才聽到的消息，疑惑自己是否有權利提起這件事，這時正好威廉·盧卡斯爵士本人出現了。女兒要他前來宣布，她即將與這家人結為親家。他恭喜這家人，也恭喜自己，表示兩家人即將成為姻親，向不僅好奇更是完全無法置信的聽眾道出整個過程；固執多過禮貌的班奈特太太聲稱他一定是搞錯了，而總是輕率不客氣的莉迪亞則是大呼小叫：

「老天哪！威廉爵士，你怎麼會這樣胡說八道？你不知道柯林斯先生打算娶莉茲嗎？」

遭受這樣的對待，就算是善於討好諂媚的朝臣都會生氣；但威廉爵士的良好教養讓他平靜以待，儘管希望大家相信他帶來的訊息為真，仍舊以最為寬容的禮節聆聽他們的無禮抗議。

伊莉莎白覺得自己有責任把他從如此不愉快的處境中解救出來，於是挺身證實他的說法，提起她先前已經聽夏洛特親口告訴她了。她努力想制止母親與妹妹的大驚小怪，於是誠摯恭賀威廉爵士，細數這段婚事將會帶來的各種幸福，稱讚柯林斯先生的優秀個性，又表示赫特福德郡離倫敦很近很方便；珍也立即加入道賀的行列。

班奈特太太太過激動，威廉爵士在的時候都說不出話來；但等他前腳一離開，她馬上開始宣洩情緒。起初她堅持不相信整件事，再來又肯定柯林斯先生被騙了，接著她又堅稱他們絕對不會幸福，最後則是深信這段婚事很快會破局。不過她倒是從整件事中推出兩個結論：一是破壞這一切的都是伊莉莎白，二是大家對她實在太殘忍了；而且接下來一整天，她主要都執著在這兩個結論上。沒有任何事能安慰或安撫她。整天下來，時間絲毫沒能平息她的怨恨。一個星期過去，她才終於能看著伊莉莎白而不罵她；一個月過去，才有辦法稍微有禮貌地跟威廉爵士或盧卡斯夫人說話，還要許多個月後她才能真正原諒夏洛特。

班奈特先生倒是平靜多了，還覺得這樣的發展深得他心：他十分開心地發現，原來夏洛特．盧卡斯不像他過去所以為的那樣明理，反而跟他的妻子一樣愚蠢，比他其他女兒都要愚蠢！

珍坦承對這段婚事有些訝異，但她不太提這個，反而真心希望他們幸福；伊莉莎白也無法說服她相信他們不可能得到幸福。凱蒂和莉迪亞完全不羨慕盧卡斯小姐，因為柯林斯先生不過是個牧師，這件事對她們的影響不過就是又多了一則能在梅里頓流傳的八卦。

盧卡斯夫人不可能沒意識到這是何等勝利，可以拿女兒安穩的好婚事來反擊班奈特太太；因此，儘管班奈特太太的臭臉酸言足以驅散所有幸福滋味，盧卡斯夫人卻比平常還要頻繁地造訪朗伯恩，散播自己的幸福。

伊莉莎白與夏洛特之間有了顧忌，兩人都絕口不提此事；伊莉莎白深信她們之間再也不可能無話不談了。對夏洛特的失望使她更喜歡自己的姊姊，相信珍的正直與細膩絕對不會改變。她也日漸為姊姊的幸福擔憂，因為賓利已經離開一個星期了，卻沒有聽說任何他會回來的消息。

珍提早回覆卡洛琳的信，數著日子等待理應收到回信的那天。柯林斯先生承諾會捎來的感謝函於星期二送到，收件人為她們的父親，信裡的隆重致謝，應該是與這家人同住十二個月才會有的程度。盡了良心的義務道謝一番後，他進而以歡心鼓舞的描述告知他們，自己已經擄獲他們友善鄰居盧卡斯小姐的芳心，並解釋自己之所以立即回應他們再次來訪朗伯恩的邀請，就是為了能與她作伴。他打算在兩個星期後的星期一重返朗伯恩。他接著表示，由於凱薩琳夫人如此熱切地同意他的提親，希望能盡快成婚，因此，他相信親愛的夏洛特應該無從反駁，將盡快選定日子讓他成為最幸福的男人。

柯林斯先生要重返赫斯福特，對班奈特太太來說可不再是件樂事。相反地，她開始跟丈夫一樣不停地抱怨。很奇怪，他為什麼要來朗伯恩宅而不是去盧卡斯小屋？這樣非常不方便，十分麻煩。她討厭在身體如此不適的時候招待訪客，而且最討厭的就是招待戀人。班奈特太太就這麼一直碎念，唯一一件比這更惱人的事就是賓利先生遲遲未歸。

不論珍和伊莉莎白都感到憂心。日子一天天過去，除了他這個冬天不會再回來尼德斐莊園的傳聞快速遍及梅里頓之外，沒有其他消息；這傳聞徹底激怒了班奈特太太，她極力駁斥，表示根本是最可恥的謊言。

就連伊莉莎白也開始害怕，不是怕賓利對珍毫不在乎，而是怕他的兩個姊妹成功阻止他歸來。她非常不願意承認，這種念頭等於在破壞珍的幸福及抹殺她情人的堅定意志，但她也無法不這麼想。在兩位殘忍的姊妹與他極有影響力的朋友同心協力下，加上達西小姐的魅力及倫敦的花花世界，她怕影響力可能會遠勝過他的感情。

至於珍，在曖昧不明的情勢下，她的焦慮想當然比伊莉莎白更劇；但她極力掩飾，因此和伊莉莎白彼此總是避談這個話題。但是她的母親可沒這麼敏感含蓄，她幾乎隨時都要提起賓利，表示對他遲歸的不耐，甚至還強迫珍承認要是他再不回來，就是被玩弄感情了。珍得窮盡她的溫和個性，才能平靜地忍受這些攻擊。

柯林斯先生相當準時地在兩週後的星期一返回，只是這次朗伯恩對他的接待不如初次來訪時那樣親切。但他實在太高興了，根本不需要多餘的關注；對其他人來說，還好他忙於追求愛情大業，沒有太多時間跟他們在一起。他每天大多數時間都待在盧卡斯小屋，有時只剛好來得及趕在大家就寢前回到朗伯恩，為自己缺席一整天道歉。

班奈特太太的樣子真的非常可憐。提起任何有關這場婚禮的事都會讓她心情惡劣，但她無論走到哪裡都一定會聽到有人談論。看到盧卡斯小姐就讓她厭惡。她對這棟房子的未來女主人是又嫉妒又討厭。每當夏洛特來訪，她便推斷她是在期待擁有這棟房子的時日到來；每當她低聲與柯林斯先生說話，便深信他們是在討論朗伯恩房產，並決定等班奈特先生一走，就要把她和女兒全部趕出去。她把所有苦水都向丈夫傾吐。

她說：「說真的，班奈特先生，只要想到夏洛特．盧卡斯未來會成為這棟房子的女主人，而我得被迫讓位給她，還要活著看她進駐這裡，就真的很難過！」

「親愛的，別這麼悲觀。讓我們樂觀一點，朝好處想，搞不好我才是留下來的那個。」

這對班奈特太太來說根本不是安慰，因此她不做回應，逕自說下去。

「想到他們將擁有這整座莊園我就無法忍受。要不是因為限嗣繼承，我也不會那麼介意。」

「妳不會介意什麼？」

「我什麼都不會介意。」

「讓我們心存感激，妳沒有落入如此不理性的境界。」

「班奈特先生，我對限嗣繼承的一切都無法心存感激。怎麼有人會這麼沒有良心，把財產的繼承權設定為自己女兒以外的人？我真的完全無法理解。尤其是那個柯林斯先生！他到底憑什麼比其他人更有資格？」

班奈特先生說：「這問題我就留給妳自己判斷了。」

24

賓利小姐的來信終結了所有猜測。第一行開頭便向珍保證，他們都已安頓好要在倫敦過冬，最後在信末表示，她哥哥因為沒能在離開赫特福德郡前與朋友道別，感到十分遺憾。

希望破滅，徹底破滅；等珍好不容易讀完剩下的內容時，除了書寫者所聲稱的情感外，幾乎找不到能令她安慰的內容。信中對達西小姐的讚美占了大半篇幅，再次著墨於她的諸多優點，卡洛琳開心地誇耀她們感情越來越好，甚至大膽預言她前一封信的願望即將成真。她同時也開心地報告哥哥已經住進達西先生家，並興奮地描述達西先生添購新家具的計畫。

珍隨後便將這一切與伊莉莎白分享，伊莉莎白暗自惱怒地聽著。她一邊擔心姊姊，一邊埋怨其他人。對於卡洛琳聲稱哥哥偏愛達西小姐這點，她完全不相信。他是真心喜愛珍，這點她從過去到現在不曾懷疑；儘管她一向都欣賞他，想到他隨和的個性和搖擺不定的心意，仍不免既憤怒又輕蔑，如今果然讓他受工於心計的朋友擺布、以至於為了他們任性的喜好而犧牲自己的幸福。要是犧牲的僅是他個人的幸福，還可以由他去；但她認為他不可能沒有意識到，這也牽涉到姊姊的幸福。這些問題一直在她的腦中縈繞不去，始終得不到解答：究竟賓利的情感是真的已經淡去，或因為朋友介入而壓抑；他是否曾意識到珍的感情，還是完全沒發現？無論原因為何，她對他的看法必然會徹底受到其中差異影響。姊姊的情況依舊沒有改變，她的平靜也同樣受到威脅。

過了一、兩天，珍才終於鼓起勇氣對伊莉莎白說出自己的心情；後來，某次班奈特太太抱怨尼德斐莊園及莊園主人的時間比平常還要漫長，終於只剩下她們倆時，她還忍不住說：

「喔！要是母親能夠更懂得自制就好了；她根本不知道這樣一再回想起他讓我有多痛苦。但我不會埋怨。這樣的情況不會持續太久。我們會忘記他，然後回歸過去的生活。」

伊莉莎白懷疑但擔憂地看著姊姊，不過什麼都沒說。

「妳懷疑我，」珍的臉微微漲紅，「妳真不該這樣想。他或許會以我所認識過最友善的男子身分存留在我的記憶中，但也就是這樣而已。我沒有什麼好希望或害怕的，也沒有什麼好責備他的。感謝上天！我沒有那種痛苦。因此只需要一點時間。我一定會努力好起來。」

她以更為堅強的聲音繼續說：「至少有一點能讓我立刻感到安慰，那就是，這不過是我單方面錯誤的迷戀。除了我自己沒有任何人受到傷害。」

「我親愛的珍！」伊莉莎白驚歎，「妳人也實在太好了。妳甜美無私得宛如天使，我不知道該說什麼。我覺得自己過去似乎對妳太不公平了，沒有好好愛過妳。」

班奈特小姐激動地反駁自己所有出色的優點，反過來讚嘆妹妹真摯的情感。

伊莉莎白說：「才沒有，這樣說不公平。妳總把世上所有人都想得很美好，不管我說誰的壞話妳都會受傷。我覺得只有妳是完美的，妳卻堅決不相信。不要怕我太過誇張，也不用怕我剝奪了妳對誰都好的特權。不需要。我真正喜愛的人很少，評價高的更少。這個世界我看得越多，越覺得不滿意；每天都只是一再證實我對整體人類個性矛盾的想法，以及表面上的優點或理智有多麼不可信賴。我近來見識了兩起實例，一起我就不提了，另一起則是夏洛特的婚事。我無法理解！不管從什麼角度來看都無法理解！」

「我親愛的莉茲，不要受到這些情緒影響，那只會破壞妳的幸福。妳不太能體諒每個人都有不同的情況與脾氣。想想看柯林斯先生的好名聲與夏洛特謹慎沉著的個性——別忘了她龐大的家庭，以財務來說，這樣的婚事非常適當，而且為了所有人好，妳也應該要相信，她或許對我們遠房表哥有著近似敬愛與尊重的感覺。」

「為了妳，我幾乎什麼都願意試著相信，但不會有人因此而受惠；畢竟，如果我真的相信夏洛特對他有任何敬愛可言，那麼，比起原本對她心的看法，我會更瞧不起她的智商。我親愛的珍，柯林斯先生是自負、裝腔作勢又思想狹隘的蠢男人——妳知道，我也知道——而且妳應該也跟我一樣，覺得任何願意嫁給他的女人腦子都不可能正常。即使是夏洛特．盧卡斯，妳也不該為她說話。妳不該為了單一個人而改變原則與正直的意義，或嘗試說服妳自己或我相信：自私就是謹慎，而對危險毫無知覺則是幸福的保障。」

珍回答：「我真的認為妳對這兩人都太過嚴苛了，我希望妳看到他們兩人在一起幸福的樣子後，能相信他們。這個話題我們說得夠多了。妳剛剛暗示有別的事。你提到兩件事。我沒有誤會妳的意思，但親愛的莉茲，我懇求妳不要怪罪那個人，不要讓我因此痛苦，也不要說妳對他的印象不好了。我們女孩子不能總直接認為別人是故意傷害我們。我們不能指望活潑的年輕人永遠小心謹慎。往往我們只是被自己的虛榮心騙了，其實根本什麼都沒有。女性總錯在把欣賞看得更重。」

「男生則不當一回事。」

「如果他們是故意的，那當然罪不可赦；但我不覺得這世界上有那麼多的故意。」

伊莉莎白說：「我完全沒有要把賓利先生的行為歸為故意。即使沒有計畫要做錯事或害他人不開心，還是有可能犯錯、讓人難過；未經思索、沒有注意他人感受，以及意志不堅，這兩樣就足以壞事了。」

「妳把這件事歸咎於這兩者之一？」

「絕對是。但再說下去我可能會全盤托出我對你那位可敬男士的想法，到時恐怕會惹得妳不開心。所以趁現在阻止我吧！」

「所以妳堅信他受到姊姊與妹妹的影響？」

「是的，還有他那位朋友。」

「我無法相信。她們為什麼要左右他？她們只會希望他幸福。而且如果他真心喜歡我，那就沒有其他女人能得到他的感情。」

「妳的第一假設是錯的。除了他的幸福，她們可能還有別的希望。例如，她們可能希望他提升財富與地位；她們可能希望他娶個家產厚、人脈豐、出身高的女子為妻。」

珍回道：「她們確實希望他選擇達西小姐，但出發點可能沒有妳想的那麼不堪。她們認識她的時間遠比認識我要久，比較喜歡她也無可厚非。無論她們自己希望的是什麼，總不太可能反對自己兄弟的願望。除了真有非反對不可的理由——什麼樣的姊妹會這麼做？如果她們相信他喜歡我，就不會想要拆散我們；如果他真的喜歡我，她們也不可能成功。妳這樣假設他的情感，只會顯得每個人的行為都不自然且錯誤，也讓我非常不開心。不要這樣想，不要讓我難過。我並不會因為自己誤會他的意思而感到羞恥，就算有也是很輕微，相較於要我不喜歡他或他的姊妹帶給我的感覺，那根本不算什麼。請讓我用最樂觀的角度去想，以我能理解的角度去想。」

伊莉莎白無法反對她這樣的期望，因此，從這一刻開始，她們之間便甚少提起賓利先生的名字。

對於賓利先生沒有打算回來這件傳聞，班奈特太太依舊感到半信半疑與不滿，儘管伊莉莎白幾乎每天都要再清楚解釋一番，似乎仍舊無法稍減她的困惑。女兒努力想說服母親相信連自己也不信的事——賓利先生對珍的關愛不過是普通且一時的欣賞，不再見面後感覺便消失了。但儘管她當下接受了這種說法的可能性，女兒還是得每天重複同樣的話。班奈特太太唯一的安慰便是，賓利先生夏天時一定會再來。

班奈特先生處理這件事的態度完全不同。「好啦，莉茲，」有天他說，「看來妳姊姊在感情路上遭受挫折了。我恭喜她。除了結婚，女孩子時不時在感情上受點打擊也好。這樣她才有事情可以想，讓她跟同伴之間有所區別。什麼時候輪到妳呢？妳應該不會落後珍太久。妳的時候到了。梅里頓的軍官，多到足以讓這裡所有的小姐心碎。就讓韋克翰成為妳的那個男人吧。他還不錯，絕對會用體面的方式拋棄妳。」

「爸爸，謝謝你，但我不用那麼好的男人。我們總不能都期望有像珍那般好運。」

「是沒錯，」班奈特先生說，「但值得安慰的是，無論妳究竟碰到什麼樣的負心漢，要相信妳還有個對女兒愛護有加的母親，絕對會徹底發揮她的價值。」

韋克翰先生的陪伴非常有助於驅散近來籠罩朗伯恩家的陰霾。他們經常見到他，他的眾多優點如今還加上了坦白直率。早先伊莉莎白已經聽過他對達西先生的指控，以及因為後者而遭受的經歷，這些事如今已眾所皆知且議論紛紛，大家都很高興自己在知道這麼多細節之前，就已經很討厭達西先生了。

眾人之中，唯有班奈特小姐認為裡頭可能有眾所不知的情有可原之處；她溫厚正直的品行，經常敦促大家再考量或許其中有所誤解——可是除了她之外，大家早已將達西先生判定為最惡劣的人了。

25

經過了一個星期愛的告白與規畫美好未來，星期六的到來令柯林斯先生不得不與他心愛的夏洛特道別。不過準備迎娶的相關事宜，至少可以稍微減輕他的分離苦；他很確信下次造訪赫特福德郡，讓他成為全世界最幸福男人的大喜之日很快就能定下來。離開時，他一如前次那樣隆重地與住在朗伯恩的親戚道別，再次祝福美麗的表妹身體健康、幸福快樂，並且答應她們父親會再寄來一封感謝函。

隔週一，班奈特太太很開心地接待來訪的弟弟與弟媳，他們一如往常前來朗伯恩過耶誕節。嘉迪納先生是位理性的紳士，無論是天性或教養都遠比姊姊優秀。尼德斐莊園的女士們恐怕很難相信，一個鎮日在店裡頭打轉的生意人，竟能如此溫文有禮。嘉迪納太太年紀比班奈特太太與菲力普太太小了好幾歲，是個親切、聰明又優雅的女士，朗伯恩的外甥女們都很喜愛她。她和兩位年紀最長的外甥女格外親暱，兩人經常去她倫敦的家拜訪。

嘉迪納太太抵達後的第一件事便是派發禮物，並分享最新的流行趨勢，之後便退居配角，扮演起聽眾的角色。班奈特太太有許多委屈要傾訴，要抱怨的更多。上次與弟媳一別後的這段期間，她的家人受到不少傷害。兩位女兒本來都差一點要結婚，最後卻全都落空。

「我不怪珍，」她繼續說，「如果能夠跟賓利先生定下來，珍何嘗不願意。但是莉茲！喔，妹妹啊！要不是她太固執，現在就是柯林斯太太了，只要想到就讓我難過。他就在這個房間裡向她求婚，她卻拒絕了。結果變成盧卡斯夫人比我早嫁女兒，而朗伯恩地產最後還是會由別人繼承。妹妹啊，盧卡斯一家真的心機很重。他們想要什麼都會不擇手段。很抱歉要這麼說他們，但確實如此。我被礙事不聽勸的家人，還有自私的鄰居搞得精神非常緊張衰弱。不過，妳在這個關頭及時來訪，真是莫大的安慰，能聽到長袖的時尚訊息也讓人非常開心。」

嘉迪納太太先前與珍及伊莉莎白通信時，已得知大部分消息，簡單回應嫂子幾句後，便因為顧及兩位姪女而趕緊轉移話題。

稍後與伊莉莎白獨處時，她延續剛才的話題多聊了幾句：「這門婚事看來好像真的很適合珍，很遺憾最後沒成。但這種事情確實常發生！照妳所說的來看，像賓利先生這樣的年輕人，很容易幾星期內就愛上漂亮女孩，然後因意外而分開，便又輕易將她遺忘，這種三心二意其實很常見。」

伊莉莎白說：「這番安慰真好，但不適用於我們。我們並沒有經歷意外。這並不常見——朋友介入兩人的情事，說服了財富獨立的年輕男子，不再去想幾天前還瘋狂愛著的女孩。」

「但是『瘋狂愛著』的說法太陳腔濫調了，這種可疑又模糊的說法我不太能理解。時下連才認識半小時都可以用『瘋狂愛著』來形容，這用語已經區別不出真實的強烈情感。請問賓利先生的愛到底有多瘋狂？」

「我沒看過比那還明顯的愛慕了；他越來越不在意其他人，全部心思都放在她身上。每次他們相遇，這種感覺都更加確定、更加明顯。他在自己的舞會上，因為沒有邀舞而冒犯了兩、三位女士，我跟他說過兩次話也都沒回應。還有比這更好的證明嗎？完全忽視其他人，不正是愛情的本質？」

「喔，看來賓利先生確實是陷入熱戀了！可憐的珍！我替她感到難過，以她的個性短時間內很難走出陰霾。要是發生在妳身上就好了，莉茲，因為妳能一笑置之，很快釋懷。妳覺得有辦法說服她跟我們回去嗎？換個環境也許會有幫助，或許出門散心比什麼都有效。」

伊莉莎白對於這項提議舉雙手贊成，深信姊姊應該會樂於遵從。

嘉迪納太太繼續說：「我希望她不會因為顧忌這位年輕人也在倫敦而拒絕。我們住在完全不同的區域，往來的朋友也都不一樣。而且妳知道的，我們很少出門，所以他們幾乎不太可能相遇，除非他真的特地來見她。」

「那也不太可能，他現在住在朋友家裡，而達西先生絕不會允許他到那一區拜訪！我親愛的舅媽，妳真是想太多了。達西先生或許聽過恩典堂街[36]這個地方，要是踏入那裡，他搞不好會覺得連續洗一個月的澡都不足以洗淨全身汙穢。另外，相信我，沒有他，賓利先生哪裡也不會去。」

「這樣更好。我希望他們完全不會相遇。但珍不是會跟他妹妹通信嗎？她就不可能不來打招呼了吧？」

「她會完全斷絕往來。」

儘管伊莉莎白說得斬釘截鐵，賓利也勢必很難與珍見上一面，但她其實連自己都沒說服；仔細想想，事情並沒有完全絕望。這確實有可能，有時候她覺得他的感情有可能再次燃起，珍的吸引力將會成功地戰勝他身邊友人的影響力。

班奈特小姐欣然接受了舅媽的提議，同時她也想到賓利一家。她希望卡洛琳沒有跟哥哥住在一起，這樣偶爾跟她見個面時才不會遇到他。

嘉迪納一家在朗伯恩住了一個星期，期間與菲力普家、盧卡斯家及軍官的交誼，填滿了每日的行程。班奈特太太非常細心地幫弟弟與弟媳安排各種活動，讓他們忙到沒機會進行家庭聚餐。就算活動辦在家裡，也總有軍官作陪——其中也必定有韋克翰先生；由於伊莉莎白對他讚譽有佳，聚會時嘉迪納太太格外注意觀察他們兩人。就她看來，即便還不是非常認真的戀情，他們的互動也足以令她感到些許疑慮。她決心要在離開赫特福德郡前跟伊莉莎白談談，要她別太魯莽地發展這段關係。

對嘉迪納太太來說，韋克翰其實帶給她一些樂趣，不過這與他的個人魅力無關。大約十到

---

36 恩典堂街（Gracechurch Street）：位於齊普賽街區，是倫敦的商業金融中心，聚居了像嘉迪納一家，以貿易致富的新興商人階級，而達西、賓利則屬於以地產維生的傳統貴族階級。即使前者的財富及社會影響力與日俱增，仍普遍為後者所輕視。

十二年前、她還未婚時，曾在他出身的德比郡住過一段時間，因此他們有許多共同的朋友；雖然自從達西的父親在五年前過世後，韋克翰便很少回去，他還是有辦法提供老友們的最新消息給她，比她自己能夠打聽到的還多。

嘉迪納太太到訪過彭伯里莊園，也對老達西先生的為人非常熟悉。光是這個話題他們就聊不完了。她將自己對彭伯里莊園的記憶對照韋克翰所提供的詳細描述，並大力讚揚已故主人的為人，讓自己與他都非常開心。聽聞達西先生對待他的方式後，她試著回想這位男士小時候的個性與名聲，覺得或許會想起相符之處。最後她相當肯定自己曾聽說，有人形容費茲威廉·達西先生是個非常傲慢，脾氣又差的男孩。

26

嘉迪納太太抓到了一個適合單獨談話的機會，溫柔且謹慎地提醒伊莉莎白；在坦白說出心裡話後，她接著說：

「妳非常聰明，不會因為遭到反對就更一意孤行，因此我可以沒有顧慮地有話直說。我要認真地請妳小心，別讓自己跟他陷入缺乏財產的愛情。我並沒有否定他這個人，他是非常有意思的年輕人；如果他能擁有本應獲得的財富，那確實會是妳的最好人選。但現實就是如此，所以妳千萬不能盲目愛上他。妳很理智，我們都期望妳能保持下去。妳父親也對妳的決心與品行寄予厚望。別讓妳父親失望。」

「我親愛的舅媽，這話題真嚴肅。」

「沒錯，希望妳也能同樣認真看待。」

「好啦，妳沒有什麼好擔心的。我會顧好自己，也會顧好韋克翰先生。只要在我能力範圍內，我會避免讓他愛上我的。」

「伊莉莎白，妳一點也不認真。」

「抱歉，重來一次。我目前還沒愛上韋克翰先生，真的沒有。不過相較之下，他確實是我遇過最討喜的男人——如果之後他真的喜歡上我——我也相信他最好還是不要比較好。我了解這樣的愛情有多魯莽。喔！那個該死的達西先生！我向來以父親對我的看法為榮，要是讓他失望，我會覺得很悲哀。不過我父親也滿喜歡韋克翰先生的。親愛的舅媽，簡單來說，如果因為我而讓你們任何一位不開心，我會很遺憾。但我們也常看見，年輕人只要有感情，很少會因為眼前的貧困而卻步、不願與對方訂婚。我又怎麼能承諾自己若受到誘惑，會比我的眾多同儕更有智慧？或者該說，我怎麼能確定抗拒才是明智之舉？因此，我只能承諾不會倉促決定。我不會急著相信自己是他主要青睞的對象。我目前對他還沒有這種渴望。總而言之，我會盡力做對。」

「或許也可以不要鼓勵他經常來這裡走動。至少不要提醒妳母親邀請他來。」

「像我那天那樣，」伊莉莎白露出意會的笑容；「沒錯，聰明的話我是該避免。但不要以為他總是那麼常來我們家。他是因為你們來訪，這星期才會經常受邀。妳也知道，我母親覺得應該要經常為朋友找伴。但是話說回來，請相信我，我會盡可能做出我認為最明智的決定。希望妳會滿意。」

舅媽向她保證自己很滿意，伊莉莎白則感謝她的好意提醒，隨後兩人便分開；在這種事情上提出警告，卻沒有遭到埋怨，實在相當令人驚訝。

嘉迪納一家與珍離開後不久，柯林斯先生便回到赫特福德郡；但由於這次是住在盧卡斯家，對班奈特太太來說就沒造成什麼不方便。他的婚期將近，她終於能夠勉強承認這事無可避免，甚至以不友善的語氣再三強調「真希望他們可能會幸福」。婚禮定在星期四，盧卡斯小姐在星期三前來道別；她起身離開時，伊莉莎白陪她離開房間，為自己母親沒有風度又勉強的祝福羞愧不已，心情大受影響。下樓時，夏洛特說：

「伊莉莎，我相信會經常收到妳的消息。」

「那是一定的。」

「我還另有請求。妳能來看我嗎？」

「希望我們能經常在赫特福德郡見面。」

「我可能會有好一段時間無法離開肯特郡。所以，答應我妳會來翰斯福特。」

儘管已經可以預料過去那裡拜訪不會是多愉快的事，伊莉莎白還是無法拒絕。

夏洛特繼續說：「父親和瑪莉亞三月會來看我，希望妳能跟他們一起來。伊莉莎，妳跟他們都是我期待見到的人。」

婚禮過後，新郎與新娘從教堂門口直接出發前往肯特郡；一如往常，大夥對婚禮大肆地品頭論足了一番。伊莉莎白很快便收到朋友的來信，她們像往常一樣固定且頻繁地聯繫，但已不像過去那樣無話不說。每回寫信給她，伊莉莎白都不禁感覺過去的親密不再。儘管她決心不要偷懶，持續保持聯絡的主要原因卻是念在過去的情分，而非現實的友誼。她收到夏洛特的第一封信時，極為期待內容。她實在太好奇她會如何形容她的新家、是否喜歡凱薩琳夫人，以及她敢宣稱自己幸福到什麼程度。不過真正讀起信時，伊莉莎白又覺得，夏洛特陳述的內容跟她所預測的可說是分毫不差。夏洛特的語氣明朗愉快，彷彿生活中充滿溫馨，對一切讚譽都有加：房子、家具、街坊鄰居及道路，在在都合她心意，凱薩琳夫人也表現得極為友善親切。基本上就跟柯林斯先生對翰斯福特與羅辛斯莊園的描述一樣，只不過較為理性柔順；伊莉莎白心想，可能得等她親自去拜訪，才能知道實情了。

珍已經簡單寫了封信給妹妹，宣布自己安然抵達倫敦；伊莉莎白希望姊姊再次來信時，能從她口中聽到關於賓利家的消息。

她迫不及待收到第二封信，但是，沒有耐心往往就沒有好結果。珍在城裡住了一個星期，卻完全沒有卡洛琳的消息，也沒見過她。不過珍想，或許她從朗伯恩寫給朋友的最後一封信給意外寄丟了。

她繼續寫道：「明天舅媽會去那一帶，我將利用這個機會造訪格羅夫納街。」

她拜訪過她們後，又寫了封信。她見過賓利小姐了。「我覺得卡洛琳心情不好，」她這麼說，「不過她很高興見到我，還怪我沒有提前告知人在倫敦。所以我猜得沒錯，我寫的最後一封信根本沒寄到她手上。我當然也問候了她哥哥。他很好，但是都跟達西先生不知道在忙什麼，她們也很少見到他。我聽說達西小姐要來跟她們共進晚餐，真希望有機會見到她。這次拜訪時間不長，卡洛琳和赫斯特太太正準備出門。相信她們很快就會來看我。」

讀完信後伊莉莎白搖搖頭。她深信除非不小心，否則賓利先生絕對不會有機會知道她姊姊也在城裡。

四個星期過去了，珍完全沒見到他。她很想說服自己並不遺憾，但也沒辦法對賓利小姐的冷漠視而不見了。連續兩個星期的白天她都在家等候，每天晚上都為賓利小姐找新的藉口；最後終於盼來這位稀客，可是她停留的時間太過短暫，態度更是有了一百八十度的轉變，讓珍再也無法欺騙自己。事後她寫給妹妹的信裡，證明了她的感受。

我最親愛的莉茲，等妳聽到我承認賓利小姐對我的關心都是欺騙，相信妳也不會為自己較佳的判斷力感到得意。但是，我親愛的妹妹，雖然整件事都證明了妳是對的；儘管她這樣對我，我仍然覺得自己的信心就跟妳的懷疑一樣，是自然的天性，希望妳不會覺得我這麼想很固執。我完全無法理解她想要跟我保持友好的原因為何，但如果同樣情況再次發生，我相信自己還是會再次上當。卡洛琳直到昨天才終於來看我，這段期間沒有捎來任何隻字片語；當她終於出現，很明顯看出她一點也不樂在其中。她簡單客套地為自己沒有更早來拜訪而道歉，完全沒有提到想再跟我見面，而且從各方面來看都變了一個人。她離開時，我已決心不要再繼續這段友誼。我可憐她，卻仍忍不住怪她。她不該這樣冷落我，我敢確定當初也都是她單方面想接近我。我還是可憐她，她想必悔不當初，我也非常確定主因是出於擔心她哥哥。我根本不需要為自己多作解釋，雖然我們知道她根本無須如此緊張，但她確實為此擔心。這麼一來她對我所做的事都有了解釋，他對妹妹來說當然非常重要，也因此，她會緊張也是自然親切的反應。然而我卻忍不住猜想，她為何到現在還要這樣擔憂。如果他真的在乎我，我們老早就見面了。他知道我人在城裡，她的說法讓我確定他知道。然而，那態度顯然又像是她在說服自己，他真的對達西小姐有好感。我不懂。要不是我不願過於嚴厲批判，我差點要說，她這樣做讓人強烈感到口是心非。但我會努力排除所有痛苦的念頭，只想著會讓我開心的事，想著妳對我的愛，以及親愛的舅舅、舅媽對我不變的好。希望很快就能收到妳的回信。賓利小姐說她哥哥再也不會回尼德斐莊園，說要取消租約，不過我不確定。在家裡最好不要提起這件事。我真的很高興翰斯福特的朋友捎來如此美好的消息。請去看看他們吧，跟威廉爵士和瑪莉亞一起去。相信妳在那裡會很自在的。

妳的姊姊

這封信讓伊莉莎白痛苦，但只要想到珍不會再被騙，至少不會被那個妹妹欺騙，心情就好多了。如今，她對於那個哥哥的所有期盼全部消失，她甚至不再希望他重拾對她的感情。每次回想起這件事，他在她心中的評價就又更低了一些。她認真希望他很快就娶達西先生的妹妹為妻，作為他的懲罰。畢竟按韋克翰的說法，她會讓他十足後悔自己所拋棄的感情，如此一來，或許對珍也有好處。

大約在這時候，嘉迪納太太提醒伊莉莎白答應過她的事，要求她報告關於那位男士的近況；伊莉莎白不一定喜歡自己要回報的消息，但舅媽肯定會滿意。韋克翰先生對她的明顯好感已經淡去，不再對她獻殷勤；他的仰慕對象換人了。伊莉莎白很謹慎，一切都看在眼裡，但她並沒有太過傷心，甚至還可以觀察並寫下經過。她的心只是稍微受到觸動。虛榮讓她相信，如果她有錢的話，會是他的唯一選擇。他如今屬意且追求的那位年輕小姐，最迷人的條件便是突然獲得一萬英鎊[37]遺產。伊莉莎白並沒有質疑他追求經濟無虞的行為，或許是因為她對他沒有像對夏洛特一樣看得那麼清楚，反而覺得他這樣做再自然不過。雖然她猜他或許掙扎了一會兒才決定放棄她，但她也承認，這麼做對雙方來說都很明智、理想，而且真正打從心底祝他幸福。

她把這一切都寫在給嘉迪納太太的信裡，轉述完後，她還接著寫下：「親愛的舅媽，我現在相信我不曾墜入情網。因為要是我真的體驗過那種純粹熱烈的愛情，此刻我應該會連他的名字都痛恨、會用各種方式詛咒他。但我不僅衷心祝福他，連對金小姐也沒有感覺。我完全不討厭她，甚至覺得她是很好的女孩。像我這樣的心情不可能是愛情。我的小心翼翼果然奏效；雖然，要是我真的因為愛上他而心煩意亂，或許在朋友間會更受到重視，我卻不因為現在相對不受重視，而感到有什麼遺憾。受重視的代價有時太過高昂。凱蒂和莉迪亞介意他變心的程度遠勝過我。她們還很年輕，無法理解年輕帥哥跟長相普通的男人一樣，都得要有飯吃。」

37 一萬英鎊的財產估計有將近五百英鎊的年收入（相當今值一百五十萬新台幣）。

27

朗伯恩一家就這麼平淡無奇地過完一、二月，沒什麼大事，只有偶爾在時而泥濘時而寒冷的日子裡，散步至梅里頓。伊莉莎白三月將前往翰斯福特，她本來沒有認真考慮這件事，但很快便發現夏洛特很認真期待她的到訪，於是慢慢考慮起來，去的意願也越來越高。分隔兩地令她越來越想念夏洛特，也變得沒那麼討厭柯林斯先生。這個計畫至少是件新鮮事，想到平日與她迷人的母親以及難相處的妹妹待在家裡，生活來點小變化是個不錯的主意。況且這趟旅程還讓她有機會見珍一面，總之，隨著出發的時間逐漸接近，她反而迫不及待起來。一切進行順利，最後終於依照夏洛特最初的安排成行，她將與威廉爵士、他的二女兒同行，行程也修正為在倫敦過一夜，成為完美的計畫。

她唯一不捨的是離開父親，他一定會很想念她，最後父親果真離情依依，差點就要挽留她；父親叮嚀她要寫信給他，甚至答應會回信給她。

她和韋克翰道別的過程非常友善，他的態度尤其客氣。即使他目前在追求別人，也沒忘記伊莉莎白是第一個吸引並獲得他注意的人，也是第一個聆聽他、憐憫他，以及他第一個愛慕的對象。他向她道別，祝她玩得愉快，提醒她如何與凱薩琳．德波夫應對，並相信他們兩人對她

（以及對每個人）的看法想必一致。她感受到他最誠摯的關懷；離開時，她深信無論已婚或單身，他永遠是她心中迷人喜愛的典型。

她隔天的旅伴和他相比就顯得無趣多了。威廉・盧卡斯爵士的女兒瑪莉亞個性很好，但跟她父親一樣腦袋空空，父女倆言語乏味，聽他們說話就跟聽馬車的聲響一樣有趣。伊莉莎白很喜愛荒唐笑料，不過她跟威廉爵士已經認識太久。他致詞與受封爵士的故事了無新意，他的客套也跟他的故事一樣陳腔濫調。

這趟旅程約二十四英里，他們大清早便出發，好趕在中午時分抵達恩典堂街。馬車駛到嘉迪納先生門前時，珍就在客廳窗邊看著他們抵達；等他們步入走廊，她已經在那歡迎他們。伊莉莎白急切地端詳她，很高興看到她健康美麗如昔。樓梯上有一群小男孩和小女孩圍觀，他們迫不及待要迎接表姊，所以不想在客廳裡等，但是又已一整年沒見過她，所以害羞得不敢下樓。這天過得相當愉快，白天到處逛街，傍晚則進劇院看戲。

伊莉莎白巧妙地把握機會坐在舅媽旁邊，兩人的首要關注目標便是她姊姊。在她詳細詢問下得知，珍雖然努力想打起精神，還是不免有心情低落的時候。她聽了之後，感到悲傷多過訝異。不過，她們合理地期盼珍不會持續低潮太久。嘉迪納太太同時也告訴她賓利小姐造訪恩典堂街的細節，不時轉述珍和她自己的對話，證明前者確實發自內心放棄這個朋友了。

嘉迪納太太接著取笑外甥女遭韋克翰先生拋棄的事，讚美她情緒處理得很好。

她接著說：「但我親愛的伊莉莎白啊，這個金小姐是什麼樣的女孩呢？我可不希望把我們這位朋友看成唯利是圖的人。」

「我親愛的舅媽，說真的，以結婚動機來看，唯利是圖跟深謀遠慮有什麼不同呢？到什麼程度算是懂得斟酌，哪裡開始又算貪婪呢？去年耶誕節，妳還覺得這段感情太過魯莽、擔心他想娶我；現在又因為他想搭上有一萬英鎊財產的女孩，懷疑他是否唯利是圖。」

「妳告訴我金小姐是什麼樣的女孩，剩下的我自己會判斷。」

「就我所知她是良家婦女，不會傷人。」

「但他之前完全沒注意過她，直到她祖父過世、她繼承了財產？」

「是的，但他為什麼要注意她？如果只因為我沒有錢，就不能讓他贏得我的芳心，那他又為了什麼要去追求他根本不喜歡，而且還跟我一樣窮的女孩？」

「但是他在那之後立即將目光轉移到她身上，還是讓人感覺有些不妥。」

「窮困潦倒的人沒有時間顧及那些其他人在意的優雅禮儀。如果她都沒有意見了，我們為什麼要在意？」

「她沒有意見，不表示他這麼做是對的。這樣只代表她本身缺少了什麼，例如理智或感情。」

「好啦，」伊莉莎白放棄，「隨便妳怎麼想。他就是唯利是圖，她就是沒有腦袋。」

「不是啊，莉茲，我就是不想這樣看待他們。妳要知道，像他這樣在德比郡住過那麼久的年輕人，我可是百般不願意說他不好。」

「喔！如果就只是因為這樣，那我對住過德比郡的年輕男人印象差到極點了，連他們住在赫特福德郡的好朋友也沒有好到哪裡去。我真是受夠他們全部人了。感謝老天！明天我要去的地方，那裡有個人一絲值得喜歡的特質也沒有，缺乏禮貌且毫無理智可言。畢竟蠢男人才值得認識。」

「莉茲，小心啊！妳這番話聽起來像是非常失望。」

在戲劇落幕、彼此道別前，她出乎意料接獲舅舅、舅媽的邀請，一起參加夏季旅遊，讓她非常開心。

嘉迪納太太說：「我們還沒有決定要去多遠，但或許會到湖區[38]。」

這樣的計畫伊莉莎白可是喜歡極了，她立刻滿心感激地接受邀請。「喔，我最最親愛的舅媽，」她興奮地尖叫，「太棒了！太幸福了！妳為我注入了全新的生命與活力。失望與哀傷再見。男人哪能跟巨石山陵比？喔！我們將獲度過一段多快樂的時光啊！等我們回來後絕不會像其他旅客那樣，完全無法清楚描述任何景色。我們會清楚知道我們去過哪裡，我們會清楚記得我們所見過的一切。湖泊、山陵、河流，在我們的想像中都不會混為一談；當我們試著描述特定景象時，也不會為諸如它們的相對位置如此細節爭論不休。我們當下領略到的最初感動，將

38 湖區（the Lakes）：位於英格蘭西北部坎布里亞郡，是當時最受歡迎的度假勝地。現為湖區國家公園（Lake District National Park）。

勝過那些一般的旅客。」[39]

28

隔天的行程對伊莉莎白來說，樣樣都新奇有趣。她興致高昂，因為看到姊姊狀況良好，不用再擔心她的健康；即將到來的北部旅行，也為她帶來源源不絕的喜悅。

當他們離開大馬路轉往翰斯福特的小徑時，三個人開始尋找教區牧師的住宅，每次轉彎都以為將會出現眼前。羅辛斯莊園的欄杆沿著他們的一側成為邊界。伊莉莎白回想起關於裡面住戶的傳聞，露出笑容。

最後，大家終於看見牧師住宅。花園朝路面傾斜，裡面的房子由綠色柵欄及月桂矮叢所包圍，在在顯示他們已經抵達目的地。在眾人的點頭微笑中，柯林斯先生和夏洛特出現於門口，馬車在小柵門前停下來，柵門連接一小段石子路通往屋子。不一會兒三人都下了馬車，眾人因

---

39 奧斯汀深受同時代美學家吉爾平（William Gilpin）「如畫美學」（picturesque）的影響。「如畫美學」意指「適合入畫的美麗風景」，吉爾平考察大不列顛群島各地的自然景觀，並根據「如畫美學」的標準，對這些景觀進行了描繪與品評。他的著作開啟了當代人的目光，使他們開始以審美的角度領略自然風景。因此伊莉莎白敘述中所謂的「一般旅客」，應解釋為沒有接觸過吉爾平美學的人，而非伊莉莎白的輕蔑自大。

為見到彼此而開心不已。柯林斯太太歡欣喜悅地接迎朋友到來，受到如此誠摯接待的伊莉莎白，為自己要來的決定感到更加開心。她立刻發現遠房表哥的態度並沒有因為結婚而有所改變；他的正式客套一如往常，在柵門旁迎接時還特別要她暫時留步，讓他能問候她家中所有成員。之後，除了特別留步看他指出家門口有多整齊，大家就接連走入屋內。剛進入起居室，他便以過於正式的態度再度歡迎大家光臨。每次妻子請大家享用點心，他也會一絲不苟地重述。

伊莉莎白已經為他可能會有的得意洋洋做好心理準備，也忍不住想像，他在介紹起居室每個角落、所有方位及各件家具時，都是特別在對著她說話，彷彿想讓她後悔自己拒絕了他。可是儘管一切看起來是如此整齊舒適，她卻無法露出任何遺憾的表情，無法滿足他的期待，反而是相當不解地看著她的朋友，竟然在這種伴侶身邊還能看起來如此容光煥發。每當柯林斯先生說出任何理當會讓他妻子感到不好意思的話，而且這種情況絕對經常發生，她的視線便不由自主轉向夏洛特。曾經有那麼一、兩次，她似乎看見夏洛特臉紅，但一般來說，她都很聰明地充耳不聞。大夥兒在起居室裡坐了許久，從餐具櫃到壁爐圍柵，每件家具都欣賞過了，還聽他們分享自己這趟旅程與在倫敦的點點滴滴，接著柯林斯先生邀請大家到井然有序的寬敞花園裡散步，展示他親自照料的心血。打理花園是他最上得了檯面的嗜好，伊莉莎白相當佩服夏洛特，竟然能以如此正經的表情說這是非常健康的活動，坦承自己總盡量鼓勵他從事如此活動。從這裡開始，他帶領大家穿越每條步道與小徑，幾乎沒給他們任何空檔回以他所想要的讚美，對每一幕景色的介紹，詳細到讓畫面徹底失去美感。他數得出每個方位有幾片田野，遠方樹叢裡有幾株大樹。但無論他的花園、這個郡或這個王國有多少美景，都比不上他家對面羅辛斯莊園的景致，而且從環繞園區的樹林開口處便可窺見。羅辛斯莊園端正坐落於高起台地上，是相當美麗的現代建築。

柯林斯先生原本想帶大家從花園一路繞行，好參觀他的兩塊田地；但幾位小姐的鞋子不適合走在尚未融盡的白霜地上，因而回頭。於是，趁著威廉爵士與他作伴，夏洛特就帶妹妹與好友回到屋內，她或許內心很高興有機會在沒有丈夫的協助下介紹家裡。房子雖小，卻非常便利、多有巧思；每樣東西都安排擺放得相當一致整齊，伊莉莎白將所有功勞歸於夏洛特。可以把柯林斯先生拋在腦後，大家都感覺舒服許多，從夏洛特明顯樂在其中的模樣看來，伊莉莎白猜想她應該經常把丈夫拋在腦後。

她已經得知凱薩琳夫人目前人在鄉下。稍後用晚餐時，重新加入的柯林斯先生再次提起：「是的，伊莉莎白小姐，妳這星期天將有幸在教堂見到凱薩琳．德波夫人，不用我說，妳將會非常喜歡她。她極為和藹、沒有架子，而且我絕對相信，妳也會有榮幸在教會禮拜結束前獲得她的關注。我幾乎可以毫不猶豫地說，你們來作客的這段期間，她將會邀請妳與小姨子參加每一場我們有幸參與的活動。她對我親愛的夏洛特很好。我們每星期到羅辛斯莊園用餐兩次，從來不需要走路回家。夫人都叫馬車來接我們。應該要說是其中一輛馬車，因為夫人有好多輛。」

夏洛特接著說：「凱薩琳夫人真的相當明理得體，是非常關心我們的鄰居。」

「親愛的，沒錯，我就是這麼說的。任何人面對她，除了尊敬還是尊敬。」

當天傍晚主要的話題為赫特福德郡的近況，重複信上已經寫過的內容。一天結束後，伊莉莎白獨自在臥室裡思考夏洛特的知足，思考她對丈夫的引領能力以及容忍與沉著，並且承認她表現得相當好。同時，她也開始期待這次來訪會有什麼狀況。大致上應該都是平靜尋常的活動，偶爾可能會遭柯林斯先生打斷讓人惱怒，再加上去羅辛斯莊園的歡樂交流時光。她很快以豐富的想像力填滿了一切。

隔天大概中午左右，她正在房裡準備要外出散步，樓下突然發出聲響，整個屋子陷入混亂。過了一會兒，她聽見有人吵吵鬧鬧地衝上樓，大聲呼喊她的名字。她打開門，在樓梯平台上與瑪莉亞碰上，後者上氣不接下氣地激動呼喊：

「喔，我親愛的莉茲！妳快點下樓進餐廳，下面可有好看的了！我不說是什麼。妳動作快一點，立刻下樓來吧。」

瑪莉亞什麼也不肯多說，伊莉莎白問了也是白問，於是兩人一齊衝下樓進入面對小徑的餐廳，看到底是什麼景色要如此大驚小怪。花園入口停了一輛輕馬車，上面坐著兩位女士。

「就這樣嗎？」伊莉莎白相當詫異。「我還期待至少會看到豬跑進花園裡。不過就是凱薩琳夫人和她女兒嘛！」

「親愛的，才不是呢！」瑪莉亞對於她認錯人感到非常不可思議，「不是凱薩琳夫人。那位老太太是跟她們同住的詹金森太太。另一位是德波小姐。看看她呀，真是非常嬌小。誰會想到她竟然這麼瘦小！」

「她真是沒禮貌，這種天氣，竟然讓夏洛特在外面吹著寒風。為什麼她不進屋來呢？」

「喔！夏洛特說她幾乎從不進屋。德波小姐要是進門來，將可說是最大恩惠。」

「我喜歡她這個樣子，」伊莉莎白突然想起另一件事，「她看起來病懨懨的，脾氣似乎也不好。是啊，她會非常適合他，當他妻子會很恰當。」

柯林斯先生和夏洛特站在柵門邊跟兩位女士說話。威廉爵士的模樣對伊莉莎白來說頗具娛樂效果，他站在門口認真地端詳眼前的上流社會人士，每當德波小姐朝他的方向看，他便向她鞠躬。

最後他們話都說完了，兩位女士搭車離開，另外兩人則回到屋內。柯林斯先生一看到他們便連忙恭喜他們運氣真好，夏洛特向他們解釋，所有人都受邀隔天到羅辛斯莊園用餐。

29

柯林斯先生因為羅辛斯莊園的邀請感到洋洋得意。他一直希望向他好奇的客人展現贊助人的氣派，讓他們見識她對自己和妻子多麼客氣有禮。這麼快便有機會展示，讓他對凱薩琳夫人施予的恩惠讚嘆不已。

他說：「我得承認，對於夫人會邀請我們星期日到羅辛斯莊園喝下午茶並共度傍晚時光，我根本不訝異。我知道的她便是如此和藹友善，早就預期她會這麼做。但誰能料到，她竟然如此費心？我怎麼也沒想到，你們才抵達就能立即接到邀請、前去用餐（而且還是邀請所有人）！」

「我倒沒有那麼驚訝，」威廉爵士回他，「我的爵位讓我有機會觀摩，並了解上流社會待人處事的原則。在皇宮裡，出身貴族的人這麼做是很常見的事。」

當天以及隔天早上，全家人的話題幾乎全圍繞著到羅辛斯莊園作客一事。柯林斯先生向他們仔細介紹羅辛斯莊園，以免看見那麼多房間、那麼多僕人、如此華麗的晚餐，會讓他們太過吃驚。

當其他女性離開去梳妝打扮時，他對伊莉莎白說：

「我親愛的表妹，請別對自己的衣著感到不自在。凱薩琳夫人絕不會要求我們打扮得像她和女兒那樣優雅。我建議妳就穿上帶來衣物中最體面的那套，因為不會有比今天更需要穿著體面的時機。凱薩琳夫人不會因為妳穿得太過樸素而瞧不起妳。她喜歡維持這樣的地位差異。」

她們各自換裝時，他三番兩次來到每間房門前提醒大家動作快一點，因為凱薩琳夫人非常不喜歡用餐時久候。這些關於夫人及她生活方式的可怕說明，讓不習慣社交活動的瑪莉亞．盧卡斯嚇壞了。她期待前往羅辛斯莊園作客的心情，一如她父親當初在聖詹姆士宮致詞時的不安。

由於天氣宜人，他們愉快地走了約半英里，橫越園區散步。每座園區都有自己的美與獨樹一格的景致，伊莉莎確實感到賞心悅目，不過還不至於到柯林斯先生所期望的目瞪口呆程度——而且這多少也是他害的，因為他不斷細數莊園立面有多少扇窗戶，以及彩繪玻璃當初花了路易斯．德波爵士多少錢，很煞風景。

他們走上通往大廳的階梯時，瑪莉亞越來越緊張，就連威廉爵士也無法完全保持冷靜。伊莉莎白的勇氣沒有背棄她。她從未聽說過凱薩琳夫人有什麼過人的才華或是驚人的美德。如果只是富裕程度或地位過人，她覺得自己可以毫不驚慌地見識一番。

他們跟隨僕人，從柯林斯先生欣喜指出裝飾何等勻稱又完美配置的大門穿越前廳，來到凱薩琳夫人、她女兒以及詹金森太太等待的廳房。凱薩琳夫人放下身段起身迎接他們，事前已經跟丈夫分配好任務的柯林斯太太，則順利向夫人介紹每位客人，省略那些她丈夫想必會認為應該補充的諸多抱歉與感謝贅語。

儘管威廉爵士去過詹姆士宮，仍震懾於現場的氣派，他只夠勇氣深深鞠躬後便不發一語地坐下。他的二女兒則差點嚇死，緊張地坐在椅子最前端，眼神不知該往哪裡看。伊莉莎白本人對這樣的場面倒是泰然自若，還能仔細觀察眼前的三位女性。凱薩琳夫人身材高大，五官突出，年輕時可能曾經相當俊美。她的態度並不親切，接待訪客的方式也無意令他們忘卻自己較低下的地位。她沒有以沉默來壓迫人，但無論說什麼都採命令語氣，突顯她的高傲，伊莉莎白立刻想到韋克翰先生；根據那天的觀察，她相信凱薩琳夫人就跟他所描述的一模一樣。

研究完神情舉止都讓她覺得與達西先生有些神似的母親後，她將眼神轉向女兒。這時，她的驚訝程度幾乎逼近瑪莉亞，因為她實在太過瘦小。無論體型或長相，母女兩位根本毫無相似之處。德波小姐有著蒼白的病容，五官不醜卻空洞無神。她很少開口，即使開口，也只是非常小聲地對詹金森太太說話。詹金森太太的外形毫無特色，她全神貫注地聽女兒說話，並放置了一片布幕在她面前[40]。

坐了幾分鐘後，柯林斯先生陪伴大家走到窗邊欣賞風景，由他指出美景何在，凱薩琳夫人則和藹地告訴他們夏天的景致更為美麗。

晚餐菜色相當豐盛，一如柯林斯先生所描述，有無數的僕人及各式華麗餐盤。此外一如他所預言，依照夫人指示坐在主位正對面，臉上表情彷彿寫著：人生至此，夫復何求。他欣然俐落地切肉進食，讚嘆連連；每道菜都廣受好評，先是他，接著是威廉爵士，這時威廉爵士已經大致回神，無論女婿說什麼都能夠重複一遍。儘管伊莉莎白覺得凱薩琳夫人應該無法忍受那種說話方式，他們誇張的讚美卻似乎讓她相當滿意，露出十分和藹的笑容，特別是當他們對任何一道端上來的菜大感新奇時。餐會中沒有太多的交談。伊莉莎白原已準備好，只要有人開口就要接話，但她坐在夏洛特和德波小姐中間，前者專心在聽凱薩琳夫人說話，後者則整頓飯都沒對她說過半句話。詹金森太太專注在德波小姐的進食狀況，力勸她品嘗其他道菜，同時又擔心她是否不舒服。瑪莉亞認為自己完全不該說話，兩位男士則只會用餐與讚美。

幾位小姐回到客廳後，除了聽凱薩琳夫人說話沒其他事好做，直到僕人端咖啡進來才稍微中斷。她非常武斷地對每件事情發表自己的看法，明顯可見她並不習慣有人反駁她的判斷。她鉅細靡遺地詢問夏洛特家中狀況，給予她許多建議；告訴她如何管理她那個小家庭的每一件事，指示她如何照顧牛群與家禽。伊莉莎白發現沒有什麼逃得過這位偉大夫人的法眼，讓她有充足的機會命令他人。與柯林斯太太對話的同時，她不時會問瑪莉亞或伊莉莎白問題，特別是問後者；她對伊莉莎白的家庭狀況最不了解，但還是對柯林斯太太說她看起來真是有教養的漂亮女孩。凱薩琳夫人問她有幾位姊妹、是姊姊還是妹妹、她們有哪一位可能會結婚、長得好不好看、是否受過教育，還問她父親的馬車是什麼款式、她母親婚前姓什麼。伊莉莎白覺得她的問題都很冒失，但還是相當沉著地回答。凱薩琳夫人接著說：

「令尊的財產是由柯林斯先生限嗣繼承吧。」接著她轉向夏洛特說：「看在妳的份上，我

---

40 布幕應該是用來幫虛弱的女兒遮擋光線。

樂觀其成；但除此之外，我不覺得有必要以限嗣繼承排除女性繼承人。路易斯．德波爵士家族就沒有這麼做。班奈特小姐，妳會彈鋼琴與唱歌嗎？」

「會一點。」

「喔！那麼有機會的話，我們會很樂意聽妳表演。我們的鋼琴音質非常好，搞不好還勝過——妳改天有機會應該要試彈看看。妳的姊妹都會彈琴唱歌嗎？」

「有一位會。」

「為什麼妳們沒有全部都學？妳們都應該要學的。偉伯斯家每一位小姐都會彈鋼琴，但她們父親的收入還不如令尊。妳們會畫畫嗎？」

「完全不會。」

「什麼，大家都不會？」

「都不會。」

「這樣真是奇怪。但我猜妳們也沒有機會學。令堂應該每年春天都要帶妳們到倫敦去找老師學畫。」

「家母絕不會反對，但我父親很討厭倫敦。」

「妳們的家庭教師離開了嗎？」

「我們從來沒有請過家庭教師。」

「沒有家庭教師！那怎麼可能？養大五個女兒的家庭卻沒有家庭教師！我從沒聽過這種

事。令堂想必為了妳們的教育疲於奔命。」

伊莉莎白掩飾不了笑意，向她保證情況絕非如此。

「那麼，都是誰教妳們讀書？誰照顧妳們？沒有家庭教師，妳們想必是無人照顧啊。」

「跟某些家庭比起來，我們確實像是沒人照顧；但像我們這種家庭，想要學習永遠不會缺乏方法。父母親總是鼓勵我們閱讀，而且所需要的老師都不缺。當然如果只想要懶散過日子，也沒人會阻止。」

「是啊，沒錯。但有家庭教師就能避免這種情況，要是我當初認識令堂，就會強烈建議她請一位。我總是說，教育靠的不外乎是穩定規律的指導，而除了家庭教師，沒有人能夠做到。在這方面我協助過太多家庭了。我總是很樂意協助年輕人找到這種工作。詹金森太太的四位姪女都透過我的協助成為家庭教師，而且不過幾天前，我才推薦了另一位碰巧有人向我提及的年輕人，僱用她的家庭也非常滿意。柯林斯太太，我有沒有跟妳提過梅特卡夫夫人昨天來拜訪並向我道謝？她覺得波普小姐很優秀。『凱薩琳夫人，』她說，『您介紹的人真的很優秀。』班奈特小姐，妳的姊妹開始出入社交場合了嗎？」

「是的，夫人，全部都開始了。」

「全部！什麼，一口氣五位嗎？真是不尋常！妳才排行老二耶。姊姊還沒出嫁，妹妹竟然已經開始出入社交場合！妳幾位妹妹想必都很年輕吧？」

「是的，我最小的妹妹還不滿十六歲。或許她現在出入社交場合還太年輕。但是夫人，說真的，我覺得只因為姊姊沒能或沒有意願早早結婚，妹妹就不能享有社交生活及娛樂，那真是太可憐了。年紀最小跟年紀最大的一樣，都有權利享受青春。要是就因為這樣而受到阻撓，那我想也很難培養什麼姊妹情誼或矜持了。」

夫人表示：「我覺得以年輕人來說妳非常有主見。請告訴我，妳今年幾歲？」

「都有三個不算年幼的妹妹了，」伊莉莎白露出笑容，「夫人該不會指望我坦承吧！」

凱薩琳夫人似乎對於沒能直接獲得答案感到相當訝異，伊莉莎白猜想自己應該是第一位膽敢戲弄這位高貴傲慢女士的人。

「我確定妳不會超過二十歲，因此無須隱瞞年紀。」

「我還不滿二十一歲。」

兩位男士回來加入她們時，大家已經喝完茶，牌桌也擺好了。凱薩琳夫人、威廉爵士與柯林斯夫婦坐下玩四十張牌；由於德波小姐選擇玩卡西諾牌，另外兩位女孩因此有幸幫詹金森太太湊滿一桌。她們那桌的氣氛相較之下非常沉悶。幾乎沒有人說出跟牌局無關的話，只有詹金森太太不時表示擔心德波小姐太熱或太冷，光線太強或光線不足。另一桌的話題就熱鬧許多。多半時候是凱薩琳夫人在說話，指出其他三位所犯的錯，或回憶自己過去的小故事。柯林斯先生唯唯諾諾地認同夫人的每一句話，每贏一條魚[41]就感謝她，要是贏太多了還會道歉。威廉爵士沒說什麼。他忙著將所有軼事與貴族人名牢記腦海。

等凱薩琳夫人和女兒玩得盡興後，便將牌局解散，囑咐馬車供柯林斯太太差遣，柯林斯太太相當感激地接受，並立即指派準備馬車。一夥人接著圍在爐火邊，聽凱薩琳夫人宣布隔天天氣將會如何。大家因為馬車抵達門口而散會，柯林斯先生感謝連連，威廉爵士也跟著鞠躬連連之後，大夥搭車離開。馬車才駛離門口，表哥便要伊莉莎白發表她拜訪羅辛斯莊園的心得。為了夏洛特，她盡量美化自己的感想，但儘管她如此費心稱讚，仍無法令柯林斯先生滿意，隨即自己又對夫人頌揚了一番。

---

41 魚（fish）：以魚為形狀的籌碼。

30

威廉爵士只在翰斯福特住了一個星期，足以讓他相信女兒生活得非常好，還擁有難得一見的好丈夫與好鄰居。威廉爵士在的時候，柯林斯先生每天早上都會駕駛輕馬車[42]載他出去參觀在地風情。威廉爵士離開後，全家恢復正常作息，伊莉莎白很慶幸，她們沒有因為威廉爵士離開而得更常見到她的遠房表哥，從早餐到晚餐之間的時間，他不是忙於園藝，就是埋首閱讀寫作，或是沉浸在書房面對前院道路的窗外景色。幾位女士平常使用的客廳則面對後院。起初，伊莉莎白很好奇夏洛特為什麼不選擇餐廳作為她們的日常活動空間；大小剛好能容納所有人，景色也更優美。但她很快便了解，朋友這麼做有絕佳的原因，因為若是選擇讓大家感到寬敞愉快的空間，柯林斯先生便會更少待在自己的書房裡。她相當欣賞夏洛特的安排。

她們在客廳看不見小徑的狀況，全靠柯林斯先生通報有哪些馬車經過，特別是德波小姐有多常搭著四輪輕馬車[43]經過。儘管是幾乎每天都會發生的事，他還是每次都去通知她們。她經常停在他們屋前與夏洛特短暫交談幾分鐘，但很少真的下車。

柯林斯先生三天兩頭就會去羅辛斯莊園一趟，他的妻子大多都會陪伴前去。伊莉莎白猜想或許有額外的家庭津貼可領，否則她無法理解為什麼要花這麼多時間去那裡。他們偶爾也有幸迎得夫人到訪。她來訪期間，屋內沒有一樣東西能逃過她的法眼。她會考核眾僕人，檢視她們的工作，指示她們換個方式；或是挑出家具擺放的錯誤，指出女僕的疏失。如果她接受餐點招待，似乎也只是為了告誡柯林斯太太以他們的家庭來說，肉太大份了。

伊莉莎白很快便體認到，雖然這位偉大的夫人沒有被賦予維持該郡治安的職務，她卻是這個教區最活躍的保安官，再瑣碎的問題柯林斯先生也會負責向她報告。每當居民有所爭執、不滿或陷入貧困，她便會出巡擺平村子裡所有紛爭、平息抱怨，把大家教訓到恢復和睦與知足。

到羅辛斯莊園用餐的戲碼大約一週兩次，雖然少了威廉爵士，且傍晚只擺出一張牌桌，不過每次的餘興節目都像是第一次聚會的翻版[44]。他們少有其他社交活動，因為周遭鄰居的生活方式不是柯林斯夫婦負擔得起的。不過伊莉莎白完全不介意，整體而言，她過得相當自在；每天可以跟夏洛特愉快地聊上半個小時，且這個時節天氣又非常好，她可以常常享受戶外風光。在其他人去拜訪凱薩琳夫人時，她最喜歡到花園旁的小樹林散步。那裡有條很少人注意到的美麗幽徑，還可以遠離凱薩琳夫人無所不在的影響力。

---

42 輕馬車（gig）：二輪單馬車。

43 四輪輕馬車（phaeton）：通常為雙馬拉動的敞篷或無蓬四輪馬車。從馬車可顯示出德波家與柯林斯家的階級差距。

44 所謂的「餘興節目」即聆聽老夫人發表高見，詳見第二十九章。

她就這樣安靜地度過來這裡作客的前兩個星期。復活節的前一週，羅辛斯莊園將會多一位成員，對這麼小的圈子來說可是件大事。伊莉莎白在抵達翰斯福特沒多久便聽說，達西先生預計在幾星期後前來作客，雖然是她少數不喜歡的熟人，他的出現怎麼說也是為羅辛斯派對增添新面孔。而且如果能看到他追求表妹，並獲得凱薩琳夫人認定為女婿，親眼見證賓利小姐獻的殷勤全都白費苦工，何嘗不是一件樂事。凱薩琳夫人對於他的即將到來感到開心，提及他的語氣都充滿激賞，而且發現珍和盧卡斯小姐之前經常見到他後，似乎有些惱怒。

牧師家很快便得知他抵達的消息。柯林斯先生整個上午都在看得見門房小屋的翰斯福特巷口踱步，就只為了能夠盡早確認。他向轉進莊園的馬車行禮後，趕緊回家報告這個天大的新聞。隔天早上，他快速前往羅辛斯莊園致意。他要拜會的有兩位賓客，都是凱薩琳夫人的外甥。隨同達西先生一起來的是費茲威廉上校，他是達西的舅舅費茲威廉爵士的小兒子。令眾人意外的是，柯林斯先生回家時兩位男士也陪伴著他。夏洛特從丈夫書房看見他們橫越馬路，便立刻跑進另一間房裡告訴其他女孩，即將迎接何等殊榮。

「伊莉莎，我應該要為此感謝妳。如果不是妳，達西先生絕對不會這麼快就來看我。」

伊莉莎白根本來不及反駁她的讚美，宣告他們到來的門鈴已經響起，隨後三位男子便走了進來。走在最前方的是費茲威廉上校，年約三十，不算帥，但是本人與談吐都十分紳士。達西先生看起來就跟在赫特福德郡時沒有兩樣，向柯林斯太太致意時也一如往常冷淡。無論他對她朋友伊莉莎白有什麼感覺，都相當平靜。伊莉莎白也僅只客套致意，一句話都沒說。

費茲威廉上校立即有教養地自在開啟話題，暢談甚歡。但他表弟在淡淡向柯林斯太太讚美了屋內擺設及花園後，便徹底沉默地坐了好一段時間。不過，最終他還是客氣地問候伊莉莎白家中成員是否無恙。她一樣客氣地回答他，然後頓了一會兒，接著說：

「我姊姊過去這三個月都在城裡。不知道你有沒有剛好碰到她？」

她很清楚他絕對沒有碰過，但她想要看看，他會不會透露出任何他知道賓利一家與珍之間發生什麼事的跡象。她覺得他說自己運氣不好、沒有碰到班奈特小姐時，表情顯得有些困惑。這個話題到此結束，兩位男士隨後不久便離開了。

31

費茲威廉上校的談吐極受牧師一行人欣賞。女士都覺得有他加入，羅辛斯莊園的活動想必會更加有趣。不過他們過了好些日子才獲邀前往，畢竟莊園裡有其他訪客時，就沒有非要他們不可。兩位男士來了將近一星期後的復活節當天，他們終於有幸獲得邀請，但也只是在大家離開教堂時的口頭邀請，還請他們晚餐過後再去。過去一星期，他們很少見到凱薩琳夫人或她女兒。這段期間，費茲威廉上校曾不止一次來造訪他們，但達西先生就只有跟他們在教堂見面。

他們當然是欣然接受邀請，也在適當的時間抵達，加入凱薩琳夫人客廳裡的眾人。夫人相當客氣地歡迎他們，但很明顯可以看出，他們的存在已經不如她沒人陪時那樣讓她滿意。而且，她真的幾乎把全副注意力擺在外甥身上，對他們說話的時間多過跟在場任何其他人，特別是跟達西。

費茲威廉上校似乎真的很高興看到他們，只要能為羅辛斯莊園增添新意他都歡迎，更何況柯林斯太太的漂亮朋友是那樣吸引他的目光。此時，他就坐在她身邊，愉快地聊著肯特與赫特福德郡的事，聊旅行與居家生活，聊新書與音樂，伊莉莎白在羅辛斯莊園的時光不曾這麼愉快度過。他們聊得如此起勁又滔滔不絕，以致吸引了夫人及達西先生的注意。達西的目光很快便不斷朝他們那邊望去，一臉好奇；過了一會兒，夫人也變得跟他一樣好奇，但她表現得十分明顯，毫無顧忌地出聲喊道：

「費茲威廉，你們那邊在聊什麼？你們在講什麼？你在跟班奈特小姐說什麼？讓我也聽聽。」

「夫人，我們在聊音樂，」再也無法假裝沒聽到後，他這麼說。

「聊音樂啊！那請一定要大聲點。我最喜歡的主題就是音樂了。如果你們聊的是音樂，那我一定要加入。我想，英格蘭應該很少有人比我還要真正懂得欣賞音樂，或是天生品味比我好。要是我有學過，想必會非常出色。要是安的身體狀況允許，她學起來一定也很出色。相信她彈起鋼琴來會很精彩。達西，喬治安娜學得如何？」

達西先生熱情讚揚妹妹的精湛琴藝。

凱薩琳夫人說：「很高興聽到她的狀況很好，請代我轉達，她要是不勤於練習，就無法精進。」

他回道：「夫人，我向您保證，她完全無須如此提醒。她經常練習。」

「那更好。練習再多也不怕，下回我寫信給她，會命令她絕不可因為任何原因而怠惰。我經常跟年輕女性說，想要精於演奏就一定要經常練習。我也跟班奈特小姐說過許多次，除非她多練習，否則絕對無法彈得好。還有，我經常告訴她，雖然柯林斯太太家裡沒有鋼琴，但很歡迎她每天來羅辛斯莊園練習，可以去詹金森太太房間裡彈那架鋼琴。你知道的，她在房子的那一帶不會打擾到任何人。」

達西先生為了阿姨的沒有教養感到有些不好意思，沒有答腔。

喝完咖啡後，費茲威廉上校提醒伊莉莎白，她答應要彈琴給他聽；於是她直接在鋼琴前坐下。凱薩琳夫人聽了半首曲子後，便繼續像之前那樣跟達西先生聊天。後來，達西也離開夫人身邊，以他一貫的風格從容走向鋼琴，選定可以完整看見美麗鋼琴師臉龐的位置。伊莉莎白注意到他的舉動，一等到適當的停頓機會，便露出燦爛笑容轉向他說：

「達西先生，你這樣隆重地前來聽我彈琴，是想要嚇我嗎？就算你妹妹確實彈得很好，我也不會恐懼。我的個性就是這麼固執，無法忍受自己遵照他人的期望而恐懼害怕。每當有人想嚇我，我的勇氣就會浮現。」

他回她：「我不會說妳錯，因為妳不是真的相信我有任何想要嚇妳的企圖；我也有幸認識妳好一段時間，足以了解妳偶爾會覺得發表違心之論很有趣。」

伊莉莎白因為自己這樣的形象開懷大笑，對費茲威廉上校說：「你表弟會把我形容得很好，然後要你別相信我說的任何話。我真是不幸，竟然在我希望能多少說服別人的地方，碰到暴露我真實個性的人。我說達西先生啊，你這樣做真是小氣，竟然揭露你在赫特福德郡得知我的所有缺點。而且我要說，你這麼做真是失策，這樣會促使我想辦法報復，搞不好會說出嚇壞你親戚的事。」

「我才不怕妳呢，」他笑著說。

費茲威廉上校興奮接話：「請告訴我妳要揭穿他什麼事，我很想知道他在陌生人面前都是什麼樣子。」

「那我就告訴你，但要做好心理準備，不是什麼好事。你真想知道的話，我第一次在赫特福德郡見到他是在公共舞會上，你知道他在這場舞會上做了什麼嗎？儘管現場男性稀少，他竟然從頭到尾只跳了四支舞；而且就我所知，當時不只一位小姐因為沒有舞伴而只能坐著。達西先生，這件事你無法否認吧！」

「當時我並沒有榮幸認識我朋友以外的任何女性。」

「沒錯，而且舞會上也不會有人介紹別人認識，對吧！好了，費茲威廉上校，接下來要我彈什麼呢？我的手指等你下令。」

達西說：「或許我應該要更懂得判斷，請人幫我引薦。我實在不擅長向陌生人自我介紹。」

「我們要不要問你表弟，為什麼會這樣呢？」伊莉莎白仍是對著費茲威廉上校說話，「我們要不要問他，為什麼受過教育且活躍於社交圈的理性男子，會無法向陌生人自我介紹呢？」

費茲威廉說：「不用問他，我就可以回答這個問題。因為他懶得這麼做。」

達西說：「我確實不具備某些人擁有的天分，能輕易與素未謀面的人聊天。我無法做到他人常做的事，無法跟上別人對話的氛圍或對他們關心的事表示興趣。」

伊莉莎白說：「我的手指不像我見過的其他女性那樣，在琴鍵上可以如行雲流水般移動，缺乏相同的力道及速度，也無法表達出相同的情感。但我都覺得這是自己的錯，因為我不願花時間練習。我倒不真的認為我的手指不能像其他女性那樣出色地彈奏。」

達西微笑表示：「妳說得一點也沒錯。妳把時間分配得很好。任何有榮幸聽妳彈琴的人，都會覺得妳非常優秀。我們可不敢彈琴給陌生人聽。」

說到這裡，凱薩琳夫人打斷他們，大聲表示想要知道他們在說什麼。伊莉莎白立刻再次彈起琴來。凱薩琳夫人接近他們，聽了幾分鐘後對達西說：

「班奈特小姐要是更勤於練習就絕對不會彈錯，要是能接受倫敦老師的指導會更好。她的指法非常靈活，雖然品味沒有安那麼好。安要是身體健康允許，一定會是很優秀的鋼琴家。」

伊莉莎白望向達西，想看他會如何熱忱地認同這番對表妹的讚美，但無論是當下或任何其他時候，她都看不出絲毫愛情的跡象。從他對德波小姐的整體表現來看，她為賓利小姐感到安慰的是，要是她和達西先生也是親戚，他娶她的機率可能也差不多低。

凱薩琳夫人繼續評論伊莉莎白的表現，其中夾雜諸多對於彈琴與品味的指令。伊莉莎白非常容忍客氣地照單全收，並且按照男士的要求，持續彈琴，直到夫人的馬車準備好要載他們回家為止。

32

隔天早上，伊莉莎白獨自坐在家裡寫信給珍，柯林斯太太和瑪莉亞進村裡去辦事，她被突然響起的門鈴嚇到，因為這樣便明確表示有人來訪。她沒聽見馬車聲，心想是凱薩琳夫人的機率應該不高，順手將寫了一半的信收起來，期待或許能避開那些無禮的問題。僕人開門後她大吃一驚，走進門的是達西先生，而且只有他一人。

當他發現只有她一人時似乎也很訝異，他為自己上門打擾感到抱歉，並解釋他以為所有女士都在家。

接著他們坐下，她問候過羅辛斯莊園的情況後，似乎有即將陷入一片沉默的窘境。亟欲想出話題的伊莉莎白急中生智，想起上次在赫特福德郡見面時，他們為何倉促離開，於是表示：

「達西先生，你們去年十一月離開尼德斐莊園，還真是突然啊！賓利先生一定很驚喜這麼快就跟你們再度碰面；倘若我沒有記錯的話，他不過才早你們一天離開。你離開倫敦時，他和他的兩個姊妹都好嗎？」

「非常好，謝謝妳的問候。」

她發現他沒有要多加回答，於是在短暫停頓後接著說道：

「我想，就我所了解，賓利先生沒有打算要再回尼德斐莊園，對嗎？」

「我從沒聽他這麼說過，但他很可能未來也不會在那裡待多少時間。他有非常多朋友，而他這個年紀正是朋友與活動與日俱增的時候。」

「如果他不打算在尼德斐莊園久留，或許直接退租對我們當地人來說會更好，這樣一來，或許會有其他家庭在那定居。不過，或許賓利先生租屋時也沒有要為在地人著想，只是圖自己方便罷了，所以無論他續租或退租，也不會為我們多加考量。」

達西說：「他如果看上想買的房子之後又立刻退租，我也不會感到驚訝。」

伊莉莎白沒有回話。她不想再繼續聊他的好友，但也沒別的好聊，於是決定把尋找話題的難題丟給他。

他接收到暗示，很快便開口：「這棟房子感覺非常舒適。凱薩琳夫人想必在柯林斯先生初到翰斯福特時下了許多功夫。」

「我想應該是的，而且我敢說，她再也找不到比他更懂得感激的行善對象了。」

「柯林斯先生選擇妻子時，似乎也非常好運。」

「沒錯，他的朋友真該為他感到開心，能夠遇見極少數明理又能夠接受他，或是讓他幸福的女人。我的好友非常善解人意，只是我不敢肯定地說，她嫁給柯林斯先生是她所做過最明智的決定。但無論如何，她看起來非常幸福，而且審慎思考過，這樣的婚姻對她來說非常好。」

「能夠嫁到離家人朋友這麼近的地方，她想必很開心吧。」

「你說這裡是很近的地方？距離有五十英里遠耶。」

「路況良好的五十英里算什麼？不過就是大半天的路程。是啊，我認為這樣算非常近的地方了。」

伊莉莎白驚呼：「我絕對不會把距離近視為婚姻的優點，更不會說柯林斯太太嫁得離她娘家很近。」

「這只證明了妳自己對赫特福德郡的依戀。只要超過朗伯恩，妳應該就覺得算遠了吧！」

他說話時，臉上帶著伊莉莎白自認為懂得其中含意的笑容。他一定猜她在想的是珍和尼德斐莊園的關係，於是她泛紅著臉回應：

「我的意思不是說女人不能嫁到離娘家太近的地方。根據各種不同條件來看，遠近只是相對距離。如果很有錢，交通成本不重要，那距離就不算什麼。但這種情況可不一樣。柯林斯夫婦的收入勉強算小康，沒有富裕到能夠負擔頻繁的往來，而且我敢說，就算比現在距離少一半，我的好朋友也不會覺得自己離娘家算近。」

達西先生把自己的椅子稍微往她那邊拉近，然後說：「妳不該是有如此強烈歸屬感的人，畢竟妳總不可能永遠都只待在朗伯恩。」

伊莉莎白一臉訝異。達西的心情則又起了變化，將椅子往後退，從桌上拿起報紙瞄了一眼後，以較為冷淡的語氣說：

「妳對肯特郡還滿意嗎？」

隨後簡短聊了一下這個地方的事情，雙方都非常冷靜扼要，對話很快便因為夏洛特與妹妹走進門而結束，她們剛散步回來，發現這兩人獨處讓她們很驚訝。達西先生解釋是誤會導致他來打擾班奈特小姐，又沉默地多坐了幾分鐘後便離去。

他前腳才離開，夏洛特立刻問：「這意味著什麼啊？我親愛的伊莉莎，他一定是愛上妳了，不然絕對不會這樣親切地拜訪我們。」

但是當伊莉莎白轉述他的沉默時，無論夏洛特有多希望他是真的愛上她，也覺得不太可能。猜測了各種可能性後，她們最終只能猜想，他來拜訪是因為真的沒有其他事情可做，就這個時節來看，這是最有可能的原因。所有的戶外活動都結束了，室內就只有凱薩琳夫人、書籍以及撞球桌，但身為男人總不能一天到晚待在室內。由於牧師家距離很近，散步過來的路程很愉快，住在裡面的人也討喜，因此兩位表兄弟在羅辛斯莊園的這段期間，幾乎每天都會忍不住前往牧師家拜訪。他們會在白天不同時段來訪，有時候個別前來，有時一起，有時他們的阿姨也會陪同。大家都看得出來，費茲威廉上校來是因為他喜歡有他們作伴，這個原因則讓大家更喜歡他。伊莉莎白跟他在一起時很開心，再加上他明顯很欣賞她，常讓她想起之前最喜歡的喬治．韋克翰。雖然相較之下，費茲威廉上校不像韋克翰那樣溫柔、吸引人，但她相信他的腦子應該比較清楚。

可是達西先生這麼常來牧師家拜訪的原因，就比較難理解了。絕對不會是為了有他們陪伴，因為他常常動輒十分鐘不開口說話，就那麼坐著；他說話時，彷彿也只是因為必要而非主動選擇開口說話，都是為了表示禮貌而非因為他喜歡聊天。他很少展現活力。柯林斯太太完全搞不清楚他在想什麼。費茲威廉上校偶爾會取笑達西的沉悶，想證明他平常真的不是這麼沉默寡言的人，但她對他的了解不足以判斷是否真是如此。她很想相信他這樣的改變是因為愛情，而他愛慕的對象便是她的朋友伊莉莎，因此她決定要認真找出答案。每當他們去羅辛斯莊園或他來翰斯福特拜訪，她都在觀察他；依舊沒有什麼結論。他確實經常盯著她朋友看，但他的神情卻頗令人玩味。他那真誠、凝視的目光，讓她懷疑其中是否有任何愛慕的成分，有時候看起來不過像是在發呆。

她曾一、兩度向伊莉莎白暗示，他有可能對她有特別好感，但伊莉莎白總是嘲笑她的想法。柯林斯太太覺得不適合繼續深究這個話題，免得激起希望後卻以失望收場。她毫不懷疑，要是她朋友認為自己能左右他的心情，那她對他所有的不喜歡都會消失。

她有時也會盤算著將伊莉莎白與費茲威廉上校送作堆。他絕對是最討人喜歡的男人；他肯定很欣賞她，而且他的社會地位也絕對符合資格。不過與這些優點相比，達西先生可是教會的重量級贊助人呢，他表哥則什麼也不是。

33

伊莉莎白曾不只一次在園林漫步時，無意間遇見達西先生。她覺得自己非常倒楣，詭異的命運堅持要將他帶到沒有其他人會來的地方。為了避免這種事情再次發生，她在一開始遇見時便告知他，那是她最愛的地方，因此發生第二次時就真的令她費解了！但確實就發生了，甚至還有第三次。既像是明知故犯，又像是自願贖罪，因為每次巧遇不僅僅是禮貌問候和尷尬沉默就分道揚鑣，他還真的認為有必要回頭陪她一起散步。他的話向來不多，她也沒有費心多說或多聽；但在他們第三次巧遇時，她突然意識到他在問一些很奇怪且毫不相干的問題，問她在翰斯福特過得是否開心，為何喜愛獨自散步，以及對柯林斯夫婦的幸福婚姻有何看法。聊到羅辛斯莊園以及她對那棟房子不甚了解時，他似乎認為她下次再來肯特郡時，也會入住那裡。他似乎話中有話。他的猜測跟費茲威廉上校有關嗎？如果他真的意有所指，肯定是暗示接下來的進展。這讓她感到些許不快，不過她很慶幸已經來到牧師家對面的白色柵門邊。

有天，她散步的同時正埋首重讀珍寄來的上一封信，反覆斟酌其中幾段看得出她寫信時心情不太好的句子。這次她並非因為巧遇達西先生而驚訝，她抬起頭時，看見的是費茲威廉上校向她走來。她立刻把信收好，強迫自己露出笑容說：

「我都不知道你也會來這裡散步。」

他回說：「我正在繞行參觀園區。我每年都會這麼做，本來打算結束時要去牧師家拜訪；妳還要繼續往前走嗎？」

「沒有，我再走幾步就要回頭了。」

她因此跟著調頭，兩人一起朝牧師家走去。

她說：「你確定星期六要離開肯特郡了嗎？」

「是的，如果達西不再延後的話。但我的行程都由他安排，他則隨自己高興。」

「如果他的安排無法讓他自己高興，至少還能享受有選擇能力的樂趣。我從沒碰過比達西先生還要享受能隨心所欲的人。」

費茲威廉上校回道：「他很喜歡順自己的意思做事，我們每個人都是這樣。只是他比大多數人有本錢隨心所欲，因為他很富有，而其他多數人很窮。對此我有深刻的體會。妳是知道的，身為小兒子，必須要習慣克己與仰人鼻息。」

「我認為伯爵的小兒子不太可能了解什麼叫做克己與仰人鼻息。說實在的，你真懂得克己或仰人鼻息嗎？你什麼時候曾經因為缺錢而無法去想去的地方，或得到你所想要的東西？」

「這些問題都切中要點，或許我不敢說自己曾如此辛苦過。但如果是更重要的事，我或許會因為沒錢而受苦。畢竟，小兒子是無法隨心所欲結婚的。」

「除非他們喜歡上有錢的女子，但我想他們應該還滿常這麼做的吧！」

「消費習慣讓我們變得太過依賴跟自己差不多地位的人，很少有人能夠不為錢結婚。」

伊莉莎白心想：「這些話是說給我聽的嗎？」這個念頭讓她臉紅，但隨後又恢復正常，以輕快的語氣說：「那麼，請告訴我，一般而言，伯爵小兒子的行情是多少？除非哥哥病重，我猜你要價應該不會超過五萬英鎊吧[45]！」

他以相同戲謔的方式回答她，這個話題便結束了。為了不想讓他以為自己受到剛才對話的影響，她很快便打破沉默說：

「我猜你表弟帶你一起來這裡，只是為了要有人供他支配。真搞不懂他為何不結婚，這樣就永遠都有人任他支配了。但或許就目前為止，有他妹妹就夠了，畢竟她完全由他照顧，他愛怎麼支配她都可以。」

費茲威廉上校說：「不是的，他必須與我共享照顧妹妹的好處。我和他是達西小姐的共同監護人。」

「真的嗎？你們是什麼樣的監護人呢？你們監護的對象會不會給你們惹很多麻煩？像她那個年紀的年輕小姐有時候確實有點難以管教，如果她真有達西家的精神，可能也會走隨心所欲的路線。」

她說話的同時注意到他認真盯著她看，他緊接著問她，為何認為達西小姐可能會讓他們不好過，這種態度讓她相信自己說的多少屬實。她立即回道：

「你不用擔心。我從沒聽說過她有什麼不好，我敢說她是全世界最溫馴的人。我認識的幾位女士非常喜歡她——赫斯特太太和賓利小姐——我好像聽你說過認識她們。」

「我跟她們算是認識。她們的兄弟是非常好相處的紳士，也是達西非常要好的朋友。」

伊莉莎白冷淡地回應：「喔，是啊！達西先生對賓利先生好到不可思議，對他真是異常地照顧。」

「照顧！是啊，我真的相信，達西確實會在認為有必要的地方特別照顧賓利。從他在我們來的路上所告訴我的事，我有理由相信賓利真的多虧了他。不過這樣說真是對不起他，我沒有任何權利認為他所指的人就是賓利。一切都只是猜測。」

「你指的是什麼事啊？」

「這是達西不會希望宣傳的事，因為要是話傳回那位小姐家人耳裡，會非常難堪。」

「我會守口如瓶的。」

「而且別忘了，我沒有任何理由認為這人就是賓利。他就只有告訴我，他慶幸自己最近成功解救好友免於踏入一樁魯莽的婚姻，但沒有提到任何人名或其他細節。我猜是賓利，因為我覺得他就是會惹上這種麻煩的年輕人，而且我知道他們兩人整個夏天都在一起。」

「達西先生有說他為什麼介入嗎？」

「就我所知那位小姐遭到強烈反對。」

---

45 若兄長病重，小兒子就有機會繼承遺產，自然沒有「要價」的需求。

「那他是用什麼方法拆散他們的？」

「他沒有跟我談到他採取的手段，」費茲威廉露出笑容，「他告訴我的，我都跟妳說了。」

伊莉莎白沒有回應，繼續往前走，但內心滿是憤慨。費茲威廉盯著她看了一會兒後，問她為什麼陷入沉思。

她說：「我在想你跟我說的事，我對你表弟的行為可很不以為然。他憑什麼論斷？」

「妳似乎強烈地認為，他的介入是好管閒事？」

「我不懂達西先生有什麼權利決定他朋友的心意適當與否，或是單憑自己的判斷，就決定並左右他朋友的幸福。但是，」她想起自己的身分，「由於我們誰也不清楚細節，要責怪他也不公平。更不該認為雙方的感情非常深。」

費茲威廉說：「會這麼想也是合情合理，不過非常可惜，這樣一來，表弟的榮耀就大大削減啦。」

他這句是玩笑話，但她眼前卻真的浮現達西先生得意洋洋的神情，讓她無法保證自己能好好接話。因此，她突兀地換了話題，一路不著邊際地聊天直到抵達牧師家。訪客離開後，她立刻將自己關進房間，好在沒有人打擾的情況下思考方才所聽見的事。主角想必就是與她有關的那些人。這世上不可能有第二個人能受到達西先生如此無遠弗屆地影響了。她不曾懷疑賓利與珍分開一事與他脫不了關係，但她一直以為都是由賓利小姐主導與安排。然而，如果他的虛榮心沒有誤導他，那麼他正是起因，他的傲慢與反覆無常就是珍之所以吃這麼多苦，而且到現在還在受折磨的原兇。這段期間，他毀了這世上最寬容友愛的人獲得幸福的希望，而且沒人說得準，他所帶來的傷害會持續影響多久。

「那位小姐遭到強烈反對，」根據費茲威廉上校的說法，原因很可能是她有位姨丈是鄉下律師，還有個舅舅在倫敦經商。

她驚呼：「對於珍本人，根本不可能有反對的原因；她是那樣美好善良！她善解人意、聰明，態度又迷人。也不會是對我父親有意見，他雖然有些古怪，卻有著連達西先生本人都無法輕蔑的能力，受人敬重的程度恐怕達西先生永遠也追不上。」當她想到母親，確實有點喪失信心，但她完全不覺得達西先生真會認為這樣算得上反對的理由！她深信以達西先生的傲慢來看，好友因為朋友缺乏社會地位而受到的不良影響，會遠比缺乏明理的腦袋更嚴重。最後，她確定他這麼做的原因，一半是受到他那無可救藥的傲慢所驅使，另一半則是私心想把賓利先生留給自己的妹妹。

這件事所引發的激動與眼淚讓她頭痛了起來，而且越到傍晚越嚴重，考量到她不想見到達西先生，便決心不陪親戚去羅辛斯莊園。他們本來預定要去喝茶。柯林斯太太看到她真的非常不舒服，便沒有勉強她去，還盡可能阻止丈夫勉強她。但柯林斯先生無法掩飾自己的擔心，怕凱薩琳夫人會因為她留在家裡而不高興。

34

大家離開後，伊莉莎白彷彿是想盡可能加重自己對達西先生的不滿，決定把時間用來檢視從她到肯特郡後，珍所寄給她的每一封信。信裡面都沒有真的抱怨，也沒有回憶任何過往或提及現在的不快樂。但整體而言，幾乎每句話都缺乏她慣有的歡樂，那樣甚少黯淡的歡樂，源於她自在平靜的心靈，讓她對所有人都非常親切。伊莉莎白以初次細讀時沒有的專注，發現珍的每句話都傳達了不安的念頭。達西先生可恥地炫耀自己所造就的傷害，讓她更深刻地察覺姊姊所受的苦。她感到安慰的是，他只在羅辛斯莊園待到後天，更安慰的是，她再不到兩個星期的時間就會回到珍身邊，讓她能傾盡全部的愛來幫助她回復精神。

她想到達西要離開肯特郡，就難免會想起他的表哥也要跟他一起走；但費茲威廉上校已經清楚表明自己沒有結婚的打算，想到他那麼討喜，她也無意對他生氣。

正在想這件事情時，門鈴聲響突然喚醒她，思及可能是費茲威廉上校就讓她心情稍微好了一點，因為他曾經在傍晚時分前來拜訪，或許這次也會特別前來問候她。但這個美夢很快就幻滅了，在看見達西先生走進屋內的瞬間，她驚訝極了，心情嚴重受到影響。他熱切關心她的健康，說他前來拜訪是希望知道她是否依舊不舒服。她冷淡客套地回應。他坐下一會兒，又站起來在屋內走來走去。伊莉莎白十分訝異，但什麼話也不說。沉默了幾分鐘後，他有些激動地走向她說：

「不論我如何掙扎都是徒然。我再也抑制不住對你的情感。請容許我告訴妳，我是如此熱烈地傾心愛妳。」

伊莉莎白的訝異程度已經無法言喻。她瞪大雙眼，兩頰漲紅，相當遲疑卻完全沉默。他認為這樣的反應已足以鼓勵他繼續，因此緊接著招認自己一直以來對她的所有情感。他能言善道，除了表達愛意以外，也詳述了其他感覺，談到柔情時的他就沒有像說到傲慢時那樣滔滔不絕。他知道她的社會地位低下，喜歡上她是自貶身價，她家人的行徑更經常考驗他的愛慕——一切考量都讓他飽受折磨；不過這些對他的告白一點幫助也沒有。

儘管對他的厭惡根深柢固，她也不禁意識到，這樣的男人對她動情是何等的恭維。她的心意絲毫沒有動搖。起初她還對他將因遭到拒絕而受傷感到抱歉；直到他後來的言論讓她心生憤恨，失去對他的所有同情。不過她還是努力讓自己平靜下來，等他說完後再耐心回應。最後，他向她表示，自己對她的愛已經強烈到儘管他努力再三，也完全無法繼續保持理智；並希望這下她會接受他的愛，作為對他的回報。他說這些話的同時，她清楚看出他毫不懷疑自己一定會獲得滿意的答覆。他說自己焦慮不安，但表情卻顯得安心自在。這只會更激怒她，他說完話後，臉頰因憤怒而再次漲紅的她說：

「我想，通常面對這種情況，既定做法應該是感謝對方坦承這樣的情感，無論自己是否心有同感。覺得感激是自然的，要是我能這麼覺得，我此刻就該要向你道謝。但我並不感激，我從來沒有想要獲得你的好感，而且你的好感還給得這麼心不甘情不願。我對於自己造成任何人的痛苦感到很抱歉。不過，我完全無意如此，因此希望你痛苦的時間不會太久。你說的那些讓你遲遲無法承認自己心意的感受，想必也能在我這番說明後，毫無困難地協助你平復心情。」

達西先生靠在壁爐架上盯著她，臉上的憤怒之色似乎不亞於驚訝。他氣得臉色慘白，五官明顯可見他是如何心神不寧。他努力想保持冷靜，直到確定自己能控制情緒後才開口。伊莉莎白覺得這段沉默可怕極了。最後，他故作冷靜地說：

「這就是我有幸獲得的答案！或許我應該要問，為什麼妳連盡量客氣地回絕我都不願意。但那也不重要了。」

她回答：「或許我也該問，為什麼你要用顯然意圖冒犯與侮辱我的方式，來告訴我你違背了自己的意願、理智甚至個性來喜歡我？如果我不算客氣，你這樣難道不足以構成我不客氣的理由？但我還有其他憤怒的理由。你知道我有的。就算我不討厭你，就算我完全不在乎，甚至還有點喜歡你，你覺得我有可能會受到誘惑，接受一個說不定毀了我最愛的姊姊一輩子幸福的男人嗎？」

當她說出這些話時，達西先生的臉色又變了；但那樣的情緒只有一瞬間，他完全沒有插嘴，繼續聽她說下去：

「我多得是討厭你的理由。沒有任何動機能解釋你那樣不公平又心胸狹隘的表現。最好是你敢否認，但你根本無法，你就是拆散他們的主要原因，搞不好還是唯一的原因，讓一方因為反覆不定而遭全世界責難，另一方則因為失望而成為笑柄，雙方都陷入極度的哀傷。」

她稍作停頓，極為憤慨地發現他顯然沒有絲毫的懊悔。他甚至還掛著裝模作樣的疑惑微笑望著她。

她又問一次：「你敢說你沒這麼做嗎？」

他佯裝平靜地回道：「我沒打算否認自己盡了全力拆散我的好友與令姊，也不否認我為自己的成功而得意。我對他遠比對自己還要仁慈。」

伊莉莎白不屑表現出自己注意到他的客氣反省，她聽懂了其中含意，卻不可能因此與他和解。

她接著說：「而我不喜歡你的原因不只這一樁。早在這件事發生前，我對你的看法就已經底定了。好幾個月前聽韋克翰先生述說過去的時候，就已經揭露了你的本性。對此你又有什麼好說的？這下你又要拿什麼樣的假想友誼來為自己辯護？或是你打算裝出什麼樣的形象來？」

「妳對那位先生的事情相當感興趣，」達西的語氣已沒那麼平靜，臉色有些漲紅。

「知道他的遭遇有多不幸的人，誰還能不特別對他感興趣？」

達西輕蔑回應：「他的不幸！是啊，他還真是不幸。」

「而且是你造成的，」伊莉莎白激動地喊著，「你害他落得如此貧窮——相對來說的貧窮。你把明知是要留給他的好處沒收、剝奪了他最精華的歲月，剝奪他本該擁有的經濟獨立。

都是你幹的好事！還能如此輕蔑地嘲諷他的不幸。」

「這就是妳對我的看法！」達西喊著，快步走過房間，「這就是妳對我的評價！我非常感謝妳解釋得如此清楚。根據妳這麼歸納，我確實是罪該萬死！又或許，」他步伐稍作停頓後，轉向她接著說：「如果我沒有坦白說出那些一直以來阻礙我認真追求妳的顧忌，沒有因此傷了妳的自尊，或許妳本來可以忽略這些過錯。要是我更工於心計掩飾那些掙扎，連哄帶騙說服妳相信我就是情不自禁，因而屈服於資格不符的純粹情感，屈服於那些理智、反省，屈服於一切，妳或許就能壓下那些刻薄的指控。但我痛恨任何形式的偽裝。我也不為自己傳達的那些心路歷程而感到羞愧。那些都是自然合理的想法。難道妳指望我為了妳低下的社會地位歡欣鼓舞嗎？指望我恭喜自己即將與那些社會地位遠低於我的人結為親家？」

伊莉莎白感覺自己越來越憤怒，但她終於開口時，還是盡可能冷靜說話：

「達西先生，若是你以為你告白的方式不同，對我就會有不同的影響，以為要是你表現得更紳士，我就會在拒絕你的時候更體諒你一點，那你可就錯了。」

她看見他聽到這話時嚇了一跳，不過沒說半句話，她逕自接著說：

「不管你怎麼向我告白，我都不可能會心動接受。」

他的驚訝再一次清楚可見，他看著她的表情混雜了懷疑與屈辱。她繼續說：

「從一開始，幾乎可說是從我剛認識你的那一刻開始，你的行為舉止就讓我深信你是個自大、自負、對他人感受只有自私與輕蔑的人，我對你的不滿早就種下了根基，隨後的事件只是更加深了我不可撼動的厭惡。而且，我認識你還不到一個月，就覺得這世上我最不願意嫁的人就是你。」

「這位小姐，妳說得夠多了。我已經充分了解妳的感受，對自己曾有過的感情覺得羞愧。請原諒我占用了妳那麼多時間，祝妳身體健康、幸福快樂。」

話一說完他就匆忙走出客廳，下一刻，伊莉莎白便聽見他打開前門離開屋子。

此刻她的腦袋極度混亂。她不知該如何支撐自己，膝蓋一軟便坐下哭了半個小時。回想剛才發生的一切，她感到越來越震驚。達西先生竟然向她求婚！還愛了她好幾個月！而且深愛的程度，是即使他碰到的障礙都跟促使他阻止好友娶她姊姊的原因一樣，他還是想要娶她，這簡直是不可思議！她竟然在無意之間引發他人如此強烈的情感，她當然對此很高興；但他的傲慢，他那可憎的傲慢，他無恥地坦承自己對珍做了什麼事，儘管無法證明他這麼做是對的，他仍舊冒失自信地承認，還有提起韋克翰先生時的冷漠，完全沒有嘗試否認自己對他的殘酷，這一切點點滴滴，快速淹沒他的愛情對她所激起的瞬間悸動。她繼續激動萬分地回想，直到凱薩琳夫人的馬車聲響起，讓她意識到自己此刻完全禁不起夏洛特的注視，只能趕忙回到自己房間。

35

隔天早上伊莉莎白醒來時，腦中的思緒與昨晚終於闔眼時相同。她一時還無法從發生這種事的驚訝中恢復，根本無法思考別的事情，也完全無法做任何事。用完早餐後，她很快便決定要讓自己完全沉浸於新鮮空氣與運動中。本來想立刻前往她最愛的散步路線，但想起達西先生有時會經過，於是便止步，轉而走上遠離外面公路的小徑，沒有走進園區。園區柵欄仍舊佇立一側，她很快便經過通往園區的柵門。

沿著那段小徑走了兩、三趟後，美好的早晨讓她忍不住停在柵門前，望進園區。她在肯特郡待了五個星期，鄉村景色益發有變化，每天都看見早春的樹木更加翠綠。她才準備繼續往前走，剛好瞄到園區邊緣的樹叢旁有位男士，正朝這個方向前來；害怕那人是達西先生，她立刻向後退。但是，來人已經近到可以看見她了，他急切地走向她，呼喊她的名字。她本來已經轉身，但聽見了自己的名字，儘管聲音證實的確是達西先生，她還是掉頭再次走向柵門。這時他也已經走到柵門邊，伸手遞過一封信，她則出於本能接下。達西先生帶著高傲沉著的表情說：「我在樹叢裡散步了好一段時間，就是希望能遇見妳。妳是否願意讀這封信呢？」說完後，他稍微欠身鞠躬，便再次轉身走進樹林裡，很快就失去蹤影。

伊莉莎白完全不指望有什麼好事，但滿懷好奇地打開了那封信。接下來的發展讓她更加驚嘆——信封裡面是兩張寫得密密麻麻的信紙。信封本身也寫滿了字。她沿著小徑散步，細細讀了起來。信上的日期是早上八點，寫於羅辛斯莊園，內容如下：

女士，收到這封信請無須擔心，信裡沒有要重複昨晚讓妳感到如此厭惡的告白，也沒有要再次求婚。我曾經衷心地希望我們雙方會幸福，可是我不想在這封信裡再提到這些，免得使妳痛苦，讓我自己難堪。我之所以寫這封信，又要勞妳費神閱讀，無非是拗不過自己的性格，否則大可為彼此省事。因此，請務必原諒我仍然堅持妳閱讀；我知道妳會不情願，但還是希望妳能公平對待我。

昨晚，妳對我提出了兩項性質截然不同、嚴重程度也絕不可比擬的指控。第一項，妳指控我無視賓利先生與令姊雙方的感情，硬是拆散他們；第二項，妳指控我蔑視韋克翰先生的各種權利，蔑視榮譽與人性，摧毀了他的繁榮與未來。妳指控我刻意且惡意地拋棄年少同伴，還是我父親極為疼愛的人。這樣對待幾乎完全仰賴我們照顧、並寄予厚望的年輕人，真是罪大惡極，這是拆散兩個不過花了幾星期時間培養感情的年輕人，所完全無法比擬的罪行。但是針對昨晚如此隨意的激烈指控，我有必要就這兩件事解釋自己的行為與動機，希望妳讀完後，未來對於細節能守口如瓶。如果解釋過程中，我個人覺得有必要表達的感受可能冒犯了妳，我只能先說抱歉。這些感受都有不得不表達的必要，要是繼續道歉就顯得可笑了。我才到赫特福德郡沒多久，便跟大家一樣發現，賓利喜歡令姊勝過當地所有其他年輕女性，但是直到尼德斐莊園舉辦舞會的那晚，我才真正擔心他是認真地墜入情網了。我過去曾多次目睹他墜入情網。那天舞會上，在我有榮幸與妳共舞時，初次從威廉．盧卡斯爵士無意間脫口而出的話得知，賓利對令姊的關注已經讓眾人篤信他們將結連理。他把這件事情說得那樣肯定，彷彿就只差決定婚期了。從那刻起，我開始密切觀察好友的行為，才發現他對班奈特小姐的好感，遠超出我過去所見識過的程度。我同時也觀察了令姊。她的表情與行為舉止一直都很坦然、開朗又親切，但看不出任何特別的好感表現。當天晚上的仔細觀察讓我深信，即使她很享受他的殷勤，卻沒有動真情。如果不是妳搞錯，那就是我誤會了。妳對自己姊姊的了解，想必表示後者的可能性比較高。如果是這樣，如果我因為誤會而造成她的痛苦，妳對我的埋怨就很合理。但我要聲明，令姊的表情與態度是那樣泰然自若，即使觀察者再敏銳，也會相信不管她的性情有多和善，要贏得她芳心不是容易的事。我個人當然是想要相信她確實無動於衷，但我要說，我的調查與決定很少受到自己的希望或恐懼所影響。我並不是因為希望她這樣、就相信她無動於衷，我理智上是如此希望，但也是根據線索，公正無私地堅信她沒有動心。我反對這段姻緣，並不只是像我昨天晚上所承認，以我的例子來說，得要情感真正熾烈才能置之不理的那些因素；畢竟，家族社會地位不高對這位好友的影響並不像對我那麼嚴重；而是因為還有其他令人厭惡的因素。那些因素雖然至今依然存在，且我跟他都面臨同樣問題，我本人卻努力想要忘記，因為造成問題的對象現在不在我眼前。儘管簡要，還是要說明這些因素為何。令堂的家族地位雖然會招來反對，但與她徹底缺乏該有的禮節相比，根本不算什麼；她和妳的三個妹妹是如此頻繁且幾乎一致地自曝其短，偶爾甚至包括令尊也是。請原諒我，如此冒犯妳讓我很難過。但在妳擔心近親的缺點以及對於我如此描述他們感到不滿的同時，能給予妳安慰的是，妳和令姊十分注意自己的言行舉止，不至受到同樣責難，兩位贏得的好評不亞於妳們可敬的明理與性格。我只想更進一步地說，根據舞會那晚發生的事，我確認了各方看法，先前驅使我採取行動的所有動機更加強化，決定盡力阻止好友踏入我認為會是極為不幸的婚姻。相信妳也記得，他隔天便離開尼德斐莊園前往倫敦，原本打算很快就要回來的。

我現在要解釋我在其中所扮演的角色。他的兩個姊妹和我同樣深感不安，我們很快便發現大家所見略同，意識到必須把握時間拆散他們的感情，便決定直接到倫敦與他會合。出發到倫敦後，我向好友指出他的選擇有哪些壞處。我認真描述並極力主張這些理由。可是，無論我的抗議是如何讓他躊躇或拖延，我猜如果不是我在遲疑之後，仍指出令姊對他的無動於衷作為佐證，最終應該還是無法阻止這段婚事。他原本以為她就算沒有像他那麼喜歡她，至少也是真心回應他的感情。但賓利天性謙虛，又強烈仰賴我的判斷勝過自己的。因此，要讓他相信他是在欺騙自己並不難。一旦說服他相信後，要說服他不再回赫特福德郡根本不費吹灰之力。我不會責怪自己做了這麼多事。但這過程中，事後回想有一件事讓我覺得很不妥：我墮落到採取欺瞞的手段，沒讓他知道令姊在城裡。我知道她在城裡，賓利小姐也知道，但她哥哥到現在都還不知情。要是我沒有插手介入，他們或許有可能會相遇，但我覺得他的感情還沒有淡到能夠安全地與她見面。像我這樣隱瞞，這樣掩飾，或許很可恥。然而，這麼做都是為了大家好。在這件事上，我該說的都說完了，該道歉的也道歉了。如果我傷害了令姊的心，那是無意的；雖然驅使我這麼做的動機對妳來說絕對不夠充分，但我到現在還是覺得自己情有可原。

至於另外一項更加嚴重的指控，關於我傷害韋克翰先生，我唯一能反駁的方式，就是將他與我們家族的關係對妳開誠布公。我不知道，確切來說他指責了我什麼，但我會一五一十全告訴妳，而且還能找出不只一位證人來證明一切的真實性。

韋克翰先生的父親相當可敬，多年來為我們打理彭伯里莊園；他工作踏實深獲信任，自然讓家父愛屋及烏，對收為教子的喬治・韋克翰極為仁慈。我父親資助他念書，後來還供他上劍橋大學；這對他來說是最重要的協助，他父親因為妻子過於揮霍，總是過著貧困的生活，根本沒有能力讓他接受高等教育。因為這位年輕人總是很好相處，我父親很喜歡有他的陪伴，甚至對他有著最高評價，希望他未來能成為神職人員，打算用牧師俸祿照顧他一生。至於我本人，我從很多年前開始，就對他有完全不同的看法。他有些不道德的嗜好，做人毫無原則可言，這些他都小心避免讓最好的朋友知道，卻逃不過與他年紀相當的年輕人的觀察，我得以看見老達西先生所沒見過、韋克翰卸下心防的時刻。說到這裡，我將再次讓妳難過，至於難過到什麼程度就只有妳自己知道了。無論韋克翰先生可能使妳產生了什麼樣的情愫，而且即使我猜妳確實對他有好感，也不會因此不揭露他的真實個性；反而會讓我更想揭穿他。

我那優秀的父親五年前過世了，他到最後都還是那樣欣賞韋克翰先生，因此在遺囑中特別要我協助韋克翰先生，讓他在專業上爬到最高位置；如果他最後選擇受命成為神職人員，也希望能在職缺出現後，立刻讓他獲得優渥俸祿。此外還留給他一千英鎊。在我父親過世後不久，韋克翰先生的父親也離世，就在這些事過了半年之後，韋克翰先生寫信給我，表示他最後還是決定不成為牧師，希望我不會覺得他要求以金錢取代如此高位的要求太過分，畢竟他沒有從那份職位獲得任何好處。他接著表示打算學習法律，我想必很清楚，一千英鎊的利息絕對無法讓他負擔那種生活。我並不相信他的話，但希望他是認真的，因此樂意地答應他的提議。我也知道韋克翰先生別成為神職人員比較好。這件事很快便確定了。他放棄未來繼任牧師職位的機會，以此換取三千英鎊現金。我們之間的所有關係似乎到此完全結束。我對他的印象差到不願意邀請他來彭伯里莊園作客，在城裡也不承認認識他。我相信他主要在倫敦活動，但他說要學習法律是假的，如今擺脫所有束縛的他，終日遊手好閒又放蕩。後來有大約三年的時間，很少聽到他的消息，不過就在當時牧師過世，而原本設定由他繼任的俸祿出缺時，他再次來信，要求我指派他接任牧師。他向我保證自己的經濟狀況極差，這點我完全相信。他說發現學習法律根本無法賺錢，因此，如果我願意指派由他繼承該俸祿，他已下定決心要成為神職人員。他相信這應該不會是太困難的要求，畢竟他很確定我沒有其他人要扶養，而且提醒我不要忘記那是我受人敬重的父親的遺願。我想應該沒有人能怪我拒絕配合他的要求吧，連同他後來幾次重新提出的要求都被我拒絕了。他對我的憤恨隨著他每下愈況的經濟狀況而節節上升，因此，他想必在向人抱怨我的時候，強烈指責我對他甚為苛刻。在這件事過後，我們之間所有友誼的假象徹底消失。他如何過生活我完全不知曉。但是去年夏天，他又突然闖入我的世界帶給我痛苦。

這時我必須提起連我自己都希望能遺忘的事，而且如果沒有像這次如此重要的情況，我絕不會對任何人提起。我說得言重，相信妳也會守口如瓶。比我年輕十歲的妹妹，由我本人及母親的外甥費茲威廉上校擔任共同監護人。大約一年前，我們將她帶離學校，為她在倫敦安排了房子；去年夏天，她和負責監護她的楊格太太一同去了海濱小鎮拉姆斯蓋特。韋克翰先生也去了那裡，而且無疑是安排好的；事後證明他和楊格太太是舊識，我們完全被她佯裝的模樣給欺騙了。在她的共謀與協助下，他擄獲喬治安娜的芳心，她的好心腸還記得童年時他對她很好，相信自己墜入了情網，還同意一起私奔。她當時不過十五歲，還不懂事才會這樣；在說出她有多魯莽後，我很高興能補充的是，我之所以會知道這件事，都是她自己告訴我的。我恰巧在他們預定要私奔的前一、兩天去找他們，當時，喬治安娜不忍心讓她幾乎視為父親的大哥傷心難過，於是全盤托出。妳或許能想像我的心情與反應。為了顧及妹妹的名聲及心情，我沒有讓這件事曝光，但我寫了信給立即逃離當地的韋克翰先生，也將楊格太太開除。韋克翰先生的首要目標想當然是我妹妹的三萬英鎊財產，但我還是忍不住猜想，他這麼做多半也是為了要向我報復。他本來還真有可能成功。

女士，我忠實陳述了與我們共同相關的每一件事；如果妳沒有否認這一切都是虛構的，那麼，希望妳能自此免除指控我殘酷對待韋克翰先生的罪。我不知道他用何種方式或故事包裝，但他會成功一點也不令人意外，畢竟妳對曾經發生過的事一無所知。妳不可能會發現，妳的本性也不會懷疑人。

妳或許在想，昨晚我為何不把這些事全說出來。那時我無法完全控制自己，不確定什麼可以或應該要說出來。若想要證實這一切，我可以請費茲威廉上校作證，他是我們的近親，也是密友；更重要的是，他還是我父親的遺囑執行人，因此無可避免地熟知所有細節。若妳對我的厭惡導致我的聲明不足採信，至少你不會因為同樣的理由而不相信我的表哥吧！為了方便妳詢問他，我會盡可能在白天將這封信交到妳手上。最後我只想說，願主祝福妳。

費茲威廉・達西

36

伊莉莎白在接過達西先生的信時，除了猜測他會再次求婚，還真料想不到信裡會有其他內容。事到如今，可以想見她是如何急切地讀完整封信，心情又是何等複雜混亂。她在閱讀過程中的感受，實在難以言喻。起初她很訝異，他竟然還認為他有辯解的權力；她堅信他不可能給出任何解釋，他的恥辱根本無從遮掩。她對於他所有可能說的話都帶有強烈偏見，在這樣的前提下，她開始閱讀他對於尼德斐莊園發生經過的描述。讀信過程中，她甚至急切得不顧去理解，總在看下一行寫了什麼，而無法注意到眼前正在看的這一句是什麼意思。看到他說以為她姊姊對賓利無動於衷，她立刻就認為是假話，而他描述這樁婚事的實際缺點，則讓她憤怒到根本不想還他清白。他對自己所做的事毫無悔意，跟她預想的一樣；他的筆觸只有驕傲沒有懺悔，滿是傲慢與無禮。

但是，後面寫到韋克翰先生時，她有在閱讀過程中稍加注意事件描述，如果這些都是真的，那麼想必會推翻她對那人的所有好印象，而這些描述跟他自己所說的故事實在相似到可怕，讓她的心情更加沉痛，更加難以言喻。訝異、擔憂，甚至還有恐懼全部襲來。她一點都不想相信，反覆驚呼：「一定是假的！不可能！一定全都是騙人的！」讀完整封信後，他根本就沒看清楚最後兩頁在寫什麼，只是將信倉促收起，斷言自己不在乎這封信，絕對不會再讀一次。

她就這樣思緒紊亂地繼續散步，根本無法好好思考任何事；但這麼做也沒用，不到半分鐘，她就又把信紙攤開，盡可能讓自己平靜下來，再度開始消沉地仔細咀嚼跟韋克翰有關的文字，要求自己逐句細查其中含意。信中對韋克翰與彭伯里莊園一家的關係描述，跟他先前說的完全相符；已故老達西先生的仁慈也與他說的相同，不過她到現在才知道是仁慈到什麼程度。到目前為止，兩方的說法都相互證實，但當她讀到遺囑那段，故事出現了極大差異。她還清楚記得韋克翰對於俸祿的說辭，在她回憶他的確切說法時，不免感覺一定有一方扯了大謊。有那麼一會兒，她很慶幸她的企盼不會錯；可是當她再度專注地反覆閱讀後，韋克翰放棄俸祿以換取三千英鎊鉅款等細節，又迫使她再次躊躇猶豫。她放下信，盡量以公正的角度來估量所有情況，詳加考量每項陳述的可能性，但結果不怎麼成功。兩方都是各說各話。她繼續閱讀。而每一句都只是更加清楚證明，她原認為任何手段也無法粉飾達西先生的可恥行為，竟有可能翻轉，他在這整件事情中完全無可指責。

他毫無顧忌地直指韋克翰先生揮霍無度、放蕩，讓她很是震驚；更讓她吃驚的是，她找不出任何證據可以反駁。在他加入郡軍團之前，她從沒聽說過他這個人，而說服他加入的年輕人也只是在倫敦與他萍水相逢。除了他親口透露的部分，赫特福德郡的人對他的過去一無所知。至於他的真實個性，就算她有機會了解，也從來沒有想過要仔細探求。他的外貌、聲音及言行舉止，立即為他奠定了品行良好的形象。她回想著他的好、顯現他的正直或善良特質的實例，好讓他免於達西先生的攻擊；或至少藉由優越的品行來彌補那些她情願歸咎於無心的過錯，那些達西先生形容為多年的遊手好閒與墮落的過錯。但她完全想不起任何例子。她能清楚想像他就在眼前，風度談吐翩翩；但是除了他在當地普遍為大家所認可，以及他的社交能力讓他在軍官餐會間獲得敬重之外，她想不起任何實質優點。在這一點上琢磨許久後，她再次往下讀。但是，唉！隨後關於他算計達西小姐的故事，從她前一天早上跟費茲威廉上校的對話中多少獲得了驗證。最後他還讓她去向費茲威廉上校本人求證所有細節，她早先才聽費茲威廉上校提起，自己對表弟知之甚詳，而且她也沒有理由質疑費茲威廉上校的人格。她一度差點決定要去問他，但想到這番問話會出現的尷尬就有些遲疑。最後她的結論是，如果不是萬分確定表哥會配合，他絕對不會冒險如此提議，因此打消念頭。

她還清楚記得，在菲力普先生家的第一晚，自己和韋克翰的所有對話。許多話她至今還記憶猶新。此刻她腦海裡想的，都是這樣跟陌生人對話實在不得體，她不懂自己先前怎麼都沒注意到。她意識到他是如何自我推銷，又是怎樣地言行不一。她想起他號稱自己完全不怕見到達西先生，認為達西先生才是應該要離開的人，他會堅守原地；然而隔週便迴避尼德斐莊園的舞會。她同時也想起，直到尼德斐莊園那家人離開前，他從未跟除了她以外的人說自己發生過的事；但在他們離開後，話便到處傳開；他自此毫無保留、沒有顧忌地貶低達西先生的人格，儘管他曾信誓旦旦，他對達西先生父親的尊敬，讓他永無法揭發這兒子的惡行。

跟他有關的一切如今顯得完全不同了！他對金小姐的殷勤，如今看來純粹就是可惡的貪圖錢財，而家境平凡的她根本不是他內心的真實渴望，是隨便能搭上誰都好。他對她的行為，如今看來已沒有任何可接受的動機；他要不就是誤以為她家裡有錢，要不就是為了鼓勵她想必不小心透露的好感，來滿足自己的虛榮心。伊莉莎白對他殘留的所有好感越來越淡，要是想再進一步為達西先生辯護，她不得不承認，賓利先生早在珍詢問她時便聲明過，他在這件事情上沒有做錯；而儘管達西先生是那樣的傲慢、拒人於千里之外，在他們認識的這段期間，即使最近走得比較近了，即使他才以他的方式向她示愛，她都沒發現過任何顯示他做人沒有原則或不公正的跡象，或任何說明他缺乏信仰或墮落的習慣。他在自己友人間受到敬重與珍惜，就連韋克翰都承認他是好哥哥，她也經常聽他寵愛地提起自己的妹妹，證明他多少還是擁有親切的一面。要是他的所作所為真如韋克翰所描述，這麼多不恰當的事不可能瞞過全世界；然後還能跟像賓利先生這樣親切正直的人當好朋友，根本讓人無法理解。

她越來越慚愧。無論是想到達西或韋克翰，都覺得自己根本瞎了眼，過於偏頗、滿是成見又荒唐。

「我真是太卑劣了！」她哀號。「向來以自己明察秋毫的能力為傲的我！我是那樣珍惜自己的能力！總是鄙視姊姊的大方坦白，以無用或錯誤的懷疑來滿足自己的虛榮心！這個發現真是讓我羞愧！不僅僅是羞愧而已！就算我今天墜入情網，也不會這麼盲目！但讓我愚蠢的不是愛情，而是虛榮。從最初認識，就因為一方對我有好感而開心，然後因為另一方忽略我而生氣，在必要的時候招來偏見與無知，卻將理智拒之門外。直到這一刻之前，我根本不了解自己。」

她的思緒接連從自己轉到珍身上，再從珍轉到賓利，很快她便想起達西先生對這件事的解釋似乎不太充分，因此重讀了一次。閱讀第二次的結果完全不同。她怎麼能在一件事情上接受他的說詞，卻在另一件事上拒絕相信呢？他宣稱自己完全沒有察覺她姊姊喜歡賓利，於是她忍不住想起夏洛特一直以來的看法。她認為珍的感情雖然熾熱卻不太表現出來，她的言行與態度也總顯得悠然，不太會讓人聯想到愛情。

當她讀到關於自己家庭那段，這些貶抑卻理所當然的譴責，則讓她更覺羞恥。這些控訴是如此公平，她震撼到無法否認，他特別提及在尼德斐莊園舞會上發生的事來證實自己當初反對的原因，這些事在她心底留下的印象比他更深。

她當然有感覺到他對自己和姊姊的稱讚。這安慰卻不足以撫慰其他家人招來的輕蔑；當她想到珍錯失戀情其實是因為她最親近的家人的言行舉止，再想到她們兩人的名聲想必都因為如此不得體的行為而受到傷害，她便陷入前所未有的沮喪。

她在小徑上漫無目的走了兩個小時，腦海裡跑過各種想法；反覆思考每件事、判斷各種可能性，盡可能讓自己接受如此突如其來的重大轉變，最後，因為疲憊以及想起自己已經出門很久，她終於回家。進門時，她希望自己看起來跟平常一樣開朗，決心壓抑這些思緒，以免無法與人交談。

她馬上被告知，她不在的時候，羅辛斯莊園的兩位男士曾經分別來訪。達西先生只待了幾分鐘就向大家道別，但費茲威廉上校在家裡坐了至少一個小時，希望能等到她回來，甚至差點決定追出去找她。伊莉莎白只能假裝在意，但內心其實很高興他沒有這麼做。她對費茲威廉上校已不再感興趣，全部心思都在那封信上。

37

隔天早上，兩位男士便離開羅辛斯莊園；柯林斯先生等在小屋附近向他們鞠躬道別，然後回家報告好消息，表示兩位男士看起來很健康，就才跟羅辛斯莊園家人哀傷道別的人來說，他們的心情算是不錯。他立刻奔向羅辛斯莊園安慰凱薩琳夫人與她女兒，回來時相當滿足地傳達夫人的意思，表示她實在太過悲傷，很希望他們全部都去陪她用餐。

伊莉莎白看到凱薩琳夫人時忍不住想，要是自己願意，搞不好這時已經是以她未來外甥媳婦的身分見她；同時也忍不住笑著想像夫人會是如何憤怒。她以「她會怎麼說呢？她會怎麼樣反應？」之類的問題來娛樂自己。

席間首要話題是羅辛斯莊園減少的人數。凱薩琳夫人說：「說真的，我感覺好失落，我相信沒人會比我還要想念離開的朋友。我跟這兩位年輕人感情特別深，我知道他們對我也是！他們對於分離真的非常遺憾！但他們每次都是這樣。親愛的上校直到最後一刻都還盡量保持好心情，達西似乎深刻地感到失落，好像比去年更嚴重；他對羅辛斯莊園的感情想必是更深了。」

說到這裡，柯林斯先生適時插入讚美以及某種聯姻的想像，母親與女兒則對此報以微笑。

晚餐過後，凱薩琳夫人注意到班奈特小姐有些無精打采，逕自解釋為是因為她不想這麼快回家，便接著說：

「如果是這樣，務必寫封信給妳母親，拜託她讓妳多留一段時間。我相信柯林斯太太會很高興有妳陪伴。」

伊莉莎白回道：「非常感謝夫人好心邀請，但我恐怕沒有辦法答應。我下星期六必須去倫敦一趟。」

「這樣的話，妳總共只在這裡待了六個星期而已。我以為妳會待兩個月的。在妳來之前，我就跟柯林斯太太說過，妳應該要待兩個月。妳有什麼原因非要這麼快離開不可？班奈特太太不會介意讓妳多待兩個星期的。」

「但我父親介意，他上星期就寫信要我快點回家了。」

「喔！如果妳母親不介意，妳父親也應該不會介意啊！女兒對父親向來沒有那麼重要。如果妳可以待滿兩個月，我就能順路帶妳們其中一人到倫敦，因為我六月初會在那裡停留一個星期。道森不會介意跟我們一起面對面坐四人座大馬車，所以到時還會有寬敞的一人空間。當然，如果天氣剛好很涼爽，我也不介意帶妳們兩位一起去，反正妳們兩個都那麼瘦。」

「夫人，您真是太仁慈了，但我們恐怕還是必須遵循原來的計畫才行。」

凱薩琳夫人看似接受了。「柯林斯太太，妳一定要派傭人陪她們去。妳知道我是有話就說的人，想到兩個年輕女孩子要自己旅行，還要獨自在驛站換馬，就讓我覺得於心不忍。這實在太不得體了。妳一定要想辦法派人一同前往。全世界我最討厭的就是這種事。年輕女子都應該要視家庭狀況，安排人陪同與監護。我外甥女喬治安娜去年夏天去拉姆斯蓋特時，我就特別安排了兩位男僕陪她一起去。達西小姐是彭伯里莊園主人達西先生與安夫人的女兒，一定要這樣出門才得體。我非常在意這種禮節。柯林斯太太，妳一定要派約翰跟這兩位小姐一起去。真高興我想到要提這件事，要不然讓她們單獨上路，對妳來說真是有損名譽。」

「我舅舅會派僕人來接我們。」

「喔！妳舅舅啊！他有請男僕是嗎？很高興妳有會為妳安排這些事情的人。妳們會在哪裡換馬呢？喔，當然是在布羅姆利了！如果妳在櫃台報我的名字，會有人特別照顧妳們。」

凱薩琳夫人對她們這趟旅程還有許多其他問題，由於不是全部都由伊莉莎白自己回答，所以她必須專心聆聽。她覺得慶幸，否則像她現在思緒這麼紊亂，不知道會神遊到哪裡去。沉思必須留給獨處的時刻。每當她獨處，能夠盡情思考是她最大的慰藉；她每天都會獨自外出散步，這時的她總放任自己沉浸於這些不愉快的回憶。

她很快便將達西先生信上的內容牢記在心。她仔細研究每一句話，在不同的時候對寫信的人有全然不同的感受。當她想起他說話的方式，還是會憤慨不已；但每當她想到自己是如何不公平地譴責、斥罵他，她的憤怒又會導回自己身上，然後轉而同情他失望的心。他的感情讓她相當感激，也很尊敬他的整體個性；但她還是無法接受他，更沒有一刻為自己拒絕他而後悔，或有一絲想要再見到他的願望。她持續對自己過往的行為感到困擾與懊悔，家人的可悲缺陷則讓她更加懊惱。他們根本無藥可救。她父親熱中於拿她們當笑柄，絕對不會設法克制年幼女兒的狂野輕浮；她們那本身禮儀也跟得體差了十萬八千里的母親，更是完全不可能意識到這樣有何不妥。伊莉莎白經常與珍聯手，嘗試導正凱薩琳和莉迪亞的魯莽，但她們既然有母親的推波助瀾，又怎麼可能改進呢？凱薩琳意志不堅、心浮氣躁又完全被莉迪亞牽著鼻子走，總覺得姊姊的建議是在侮辱她；莉迪亞則恣意妄為、輕率，根本不願意聽她們的話。兩個妹妹無知懶散又虛榮。只要梅里頓有軍官，她們就會去跟他們調情；只要朗伯恩與梅里頓的距離是步行可及，她們就會繼續去那裡。

伊莉莎白為珍感到不安，內心有著盤旋不去的擔憂；達西先生的解釋恢復了賓利在她心中原有的好評價，卻更加讓她意識到珍失去了什麼。他的感情如今證明是真心的，行為毫無過錯可言，勉強要說錯，也只能怪他對自己朋友是毫無保留地信任。因此，只要想到珍失去的機會是這樣天時地利人和，充滿好處且想必會幸福美滿，而始作俑者就是她自己愚蠢又失禮的家人，她就覺得痛心！

回憶起這些，再加上得知韋克翰的真面目，可想而知她原本甚少低落的歡樂心情受到很大的影響，幾乎無法再假裝開朗。

她在翰斯福特的最後一個星期，大家跟羅辛斯莊園的互動頻率跟剛到的第一週同樣頻繁。最後一個晚上也在那裡度過。夫人再次詳細詢問她們旅程的各項細節，指導打包的最佳方式，而且還特別強調禮服務必要以唯一正確的方式擺放，害得瑪莉亞認為自己有必要在回到牧師家後，將花了整個早上打包的行李全部攤開，再重新整理。

離開莊園時，凱薩琳夫人還特別放下身段祝福她們一路順風，邀請她們明年再來翰斯福特玩；德波小姐也盡量屈膝行禮，向她們兩人伸出手。

38

星期六早上，伊莉莎白和柯林斯先生比其他人早幾分鐘來吃早餐；他藉此機會向她道別，他認為這是絕對必要的禮節。

「伊莉莎白小姐，」他說，「我不知道柯林斯太太有沒有向妳表達她有多感謝妳來拜訪我們，但我敢肯定妳離開這個家之前，她一定會向妳道謝。我要說，妳的陪伴讓我們相當開心。我們知道，這樣寒酸的屋子很難吸引任何人來訪。我們的生活方式很平凡，房間很小，僕人也少，我們的見識也不多，翰斯福特對妳這樣的年輕女子來說想必相當無聊；但我還是希望妳相信，我們非常感謝妳委屈自己來這裡，並且盡了全力要讓妳在這裡過得愉快。」

伊莉莎白急於表達她的感謝，並保證自己很滿意。她在這裡過了相當開心的六個星期；跟夏洛特在一起很愉快，她所受到的款待才讓她覺得感謝。柯林斯先生聽了很滿足，更加高興的認真回她：

「聽到妳在這邊過得愉快，我實在太開心了。我們真的盡了全力；更幸運的是，我們有能力得以讓妳認識社會地位極高的貴族，從我們與羅辛斯莊園之間的關係，以及不時可以見識到這棟樸素小屋以外的景色，相信我們應該可以自豪，來翰斯福特拜訪沒有讓妳感覺太過枯燥乏味。我們跟凱薩琳夫人家族的關係真的是難能可貴的優勢，而且很少人有此福氣。妳也看到我們的社會地位了，看到我們是如何頻繁互動。說實話，我必須承認這個牧師的家有很多缺點，但我想不會有任何人覺得我們需要同情，因為他們可以共享我們跟羅辛斯莊園的好交情。」

他的情感澎湃到不足以言喻，因此忍不住在屋子裡走來走去，伊莉莎白則盡量在短短幾句的客套話裡實話實說。

「說到底，我親愛的表妹，妳回去赫特福德郡後多的是關於我們的好消息可以回報。這點至少我敢誇口。妳每天都看到，凱薩琳夫人對柯林斯太太的照顧是如何無微不至，整體而言，我相信這代表妳朋友的運氣沒有不好，但這個不提也無妨。親愛的伊莉莎白小姐，我要向妳保證，我發自內心祝福妳也能擁有同樣幸福的婚姻。我和我親愛的夏洛特有一致的看法與思考角度。我們在每件事上的個性與想法都極為相似，彷彿是天造地設的一對。」

伊莉莎白能夠穩當地回應他，這樣確實非常幸福，並且同樣真誠地補充，她確信並為他有個舒適的家園感到開心。不過，他的敘述遭到打造這一切的女主角打斷，伊莉莎白一點也不覺得遺憾。可憐的夏洛特！要把她留在這樣的人身邊真是讓人哀傷。但這是她自己睜著眼睛做出的選擇，儘管訪客要離開明顯讓她難過，她卻沒有要人同情的樣子。她的家庭、家務、教區以及家禽，還有附帶的擔憂，都還沒有失去魅力。

最後馬車終於來了，行李箱都固定好，包裹也都裝進去後，全部準備就緒。朋友之間熱情道別，柯林斯先生陪同伊莉莎白走向馬車，他們走進花園時，他請她代為向她全家人致意，沒有忘記要為了他冬天在朗伯恩所受到的款待致謝，還對嘉迪納夫婦送上問候，儘管他根本不認識他們。接著他牽她上馬車，隨後瑪莉亞也上車。正當門要關上時，他突然有些驚恐地提醒，她們尚未留話問候羅辛斯莊園的女士。

「不過，」他接著說，「妳們想當然會希望我們代為致意，並且感謝她們在妳們來訪期間如此好意款待。」

伊莉莎白沒有反對，門終於得以關上，馬車也終於上路。

「我的老天啊！」沉默了幾分鐘後，瑪莉亞突然嚷嚷，「感覺我們好像一、兩天前才剛到！但是已經發生了好多事情！」

「真的很多，」她的旅伴嘆了口氣。

「我們在羅辛斯莊園用餐九次，還喝了兩次晚茶！我有好多事可以說呢！」

伊莉莎白對自己說：「我則有好多事要隱瞞啊！」

這趟旅程沒有太多對話或騷動，離開翰斯福特四小時後，他們抵達嘉迪納先生的屋宅，預計在那裡住上幾天。

珍看起來很好，伊莉莎白在舅媽好心幫她們安排的眾多活動下，沒什麼機會仔細觀察她的心情。不過珍會跟她一起回家，回到朗伯恩後可以慢慢觀察。

但在那之前，她必須要很努力，才能不在回朗伯恩前，告訴姊姊達西先生向自己求婚的事。知道自己有這樣的能力、揭露會讓珍大吃一驚的事，同時滿足她至今還沒被理智消除的虛榮心，幾乎要讓她忍不住全盤托出。可是她還沒決定要透露到什麼程度，又擔心一旦開啟這個話題，會被迫說出賓利的事情，可能只會害姊姊更加難過。

39

三位小姐從恩典堂街出發，前往赫特福德郡某鎮時，已經是五月的第二個星期；當她們接近班奈特先生的馬車預定要跟她們會合的客棧時，很快便發現凱蒂和莉迪亞在樓上的餐廳往下看，證明馬夫準時抵達。兩個女孩已經到了超過一個小時，開心地逛了對街的女帽店、觀看站崗的哨兵，並準備了小黃瓜沙拉。

歡迎姊姊抵達後，她們歡欣鼓舞地展示擺出的肉類冷盤，種類差不多就是客棧儲藏室裡常有的，開心吶喊：「很棒吧？喜歡這樣的驚喜吧？」

「我們是打算請客的，」莉迪亞接著說，「但妳們要先借點錢給我們，因為我們剛才在對面店裡把錢都花完了。」然後拿出她的戰利品展示：「妳們看，我買了這頂圓邊帽。我沒有覺得很好看，但我想還是買好了。回家後我會把它拆解，看能不能把它變得更好看。」

幾位姊姊都嘲笑帽子很醜，她又滿不在乎地說：「喔！店裡還有兩、三頂更醜的；等我買了顏色漂亮的緞帶重新圍邊，應該就會比較好看了。反正今年夏天戴什麼都無所謂，郡軍團都要走了，兩個星期後就會離開。」

「真的啊！」伊莉莎白感到非常開心。

「他們將會在布萊頓[46]附近紮營，我好希望爸爸夏天會帶我們去那裡！這樣的安排一定很棒，而且我敢說應該不會花到什麼錢。媽媽也想要去呢！想想看，不然的話，我們夏天會有多悲慘！」

「是啊，」伊莉莎白心想，「那還真的會是很棒的安排，一次徹底毀了我們。老天爺啊！布萊頓，還有整營的軍人，光是區區一個軍團加上梅里頓每個月的舞會，就足以毀了我們。」

大家圍著桌子坐下後，莉迪亞說：「我可有大消息了，你們猜是什麼？真的是大消息，天大好消息，跟我們大家都欣賞的人有關。」

珍和伊莉莎白互看一眼，繼而請服務生先離開。莉迪亞大笑：

「妳們還真是審慎周到。妳們覺得服務生還是不要聽到比較好，但他才不在乎咧！我敢說，他常聽到的會比我要說的事還糟糕。不過反正他很醜！真高興他走了。我這輩子沒見過那麼長的下巴。好啦，回到我的消息，是跟親愛的韋克翰有關。這給服務生聽可惜了，對吧？不用怕韋克翰娶瑪莉．金了。我跟妳們說！她搬去利物浦的舅舅那裡定居了。韋克翰安全了。」

「瑪莉．金也安全了！」伊莉莎白接著說，「逃過一樁單純為了錢的魯莽婚事。」

「如果她喜歡他，那離開真的是太笨了。」

珍說：「但我希望雙方感情都沒有投入太深。」

「我確定他沒有。我說他根本沒有真正在乎過她。誰會在乎那種滿臉雀斑的醜八怪啊？」

伊莉莎白很驚訝地想到，無論自己是否會將這麼粗鄙的話說出口，但那粗鄙的情感與先前她自己內心的感覺一樣，而當時她竟然還覺得自己開明寬大！

大家用完餐、姊姊付過錢後，她們便叫來馬車；一番想方設法後，所有人連同箱子、針織工作包及包裹全都上了車，凱蒂和莉迪亞那不受歡迎的戰利品也有了位置。

「我們還真是擠得剛剛好啊，」莉迪亞驚嘆。「我很高興買了圓邊帽，就算只是為了再多一個帽盒！好啦，現在我們就舒舒服服地相互依偎，一路談天說笑回家吧！首先，跟我們說說妳們在外面發生了什麼事。有碰到什麼不錯的男人嗎？有跟誰調情嗎？我本來很希望妳們其中一個在回來前就找到丈夫。我說啊，珍很快就要變成老姑婆了。她就要二十三歲了！天哪，要是我二十三歲前還沒結婚，我會丟臉死！妳們都不知道，菲力普阿姨有多希望妳們快點結婚。她說莉茲應該要接受柯林斯先生，但我覺得那樣就不好玩了。天哪！我真希望能比妳們早結婚，然後由我來陪同妳們去參加所有舞會。我說啊，我們那天在佛斯特上校家玩得超開心！我和凱蒂本來就預計要去那裡待上一天，佛斯特太太答應晚上會辦個小型舞會（對了，我和佛斯特太太超級要好的！）所以她邀請哈靈頓家的兩位女孩來參加，但海莉特生病了，潘不得不獨自出席。然後，妳們猜我們做了些什麼？我們故意讓錢伯連恩穿上女裝，讓他扮成女生，光想就知道有多好笑！除了佛斯特上校夫婦、凱蒂和我，沒有其他人知道，還有阿姨也知道，因為

46 布萊頓（Brighton）：英格蘭東南部東薩塞克斯郡的海港城鎮，在奧斯汀的年代（十八世紀末）開始繁榮，成為時髦的度假勝地。

我們不得不跟她借一件禮服；妳們一定無法想像他看起來有多漂亮！丹尼、韋克翰、普瑞特跟另外兩、三位男士進來時，完全沒有認出他來。唉呀，我笑壞了！佛斯特太太也是。我笑到快死了。那些男人因為這樣才開始懷疑，然後他們很快就發現了原因。」

在凱蒂的提示跟補充下，莉迪亞就以這樣的派對故事跟笑話娛樂她們的夥伴，一路回到朗伯恩。伊莉莎白盡可能不去聽，但還是無法避免不時聽見她們提起韋克翰的名字。

回家後，她們受到熱烈歡迎。班奈特太太很高興看到珍的美麗不減。用餐期間，班奈特先生也不止一次主動對伊莉莎白說：

「莉茲，妳回來了真好。」

聚集在餐廳裡的人數眾多，盧卡斯全家幾乎都來見瑪莉亞，聽她們說故事。盧卡斯夫人在對桌詢問長女是否幸福、家禽照顧得如何；班奈特太太兩頭忙，一邊聽坐在她附近的珍分享最新潮流，一邊再轉述給其他幾位年輕的盧卡斯小姐聽；莉迪亞則以比在場任何人都要大的音量，對願意聽她說話的人細數當天早上的各種趣事。

她說：「喔，瑪莉！真希望妳有跟我們一起去，大家超開心的！去的時候，我跟凱蒂把窗簾都放下來，假裝馬車裡沒有人，要不是後來凱蒂暈車了，我們應該會一路都這麼做。我們在喬治客棧也表現得非常氣派，因為我們請另外三位吃了極為豪華的冷盤午餐，如果妳一起來，我們也會請妳。回程也超好玩！我還以為我們沒辦法全部坐上馬車呢。我都快要笑死了。然後回程一路都好歡樂！我們大聲聊天狂笑，整條路上都聽得見我們的聲音！」

對此，瑪莉非常嚴肅地回道：「親愛的妹妹，我絕對沒有要貶低如此樂趣的意思。這對一般女性來說，無疑志趣相投。但我必須承認對我一點吸引力都沒有。我永遠都會喜歡書本勝過這些。」

但這個答覆莉迪亞完全沒聽見。她很少聽別人說話超過三十秒，更是從來不聽瑪莉說話。下午，莉迪亞急著想找所有女生一起散步去梅里頓，想知道大家過得如何；但伊莉莎白堅決不同意。絕對不能讓其他人說，班奈特家的小姐回家不到半天，就又追在軍官屁股後面。她還有其他反對的原因。她很怕再見到韋克翰，決心要盡可能避免見面。軍團即將離開讓她感到無比安慰。他們再兩星期就走了，她希望不用再為他受折磨。

她回到家才沒多久，便發現父母私下已經討論過許多次關於莉迪亞在客棧時暗示過的布萊頓計畫。伊莉莎白立刻發現父親完全沒有要讓步的打算，但他的答覆是那樣的模糊曖昧，因此，儘管母親有時很灰心，仍然相信她最後會取得勝利。

40

伊莉莎白再也忍不住要告訴珍事情經過。她決定隱瞞所有跟姊姊有關的細節，做好她會大吃一驚的心理準備，然後在隔天早上將自己與達西先生之間發生的主要事件告訴她。

班奈特小姐很快就因為對妹妹的強烈偏心而沒那麼吃驚，覺得有任何人欣賞伊莉莎白都是理所當然的；隨後，其他心情很快便覆蓋了她的驚訝。她很遺憾，達西先生竟然以這麼不當的方式表達情感；但是更為妹妹拒絕達西先生、讓他不開心，而由衷感到難過。

她說：「他真不該那麼確定自己會成功，更不該表現出來；這樣一定讓他失望極了。」

伊莉莎白回答：「沒錯，我真的對他感到很抱歉；但他那些其他顧慮與心情，應該很快就會讓他忘了對我的好感。不過，妳不怪我拒絕他？」

「怪妳！才不會呢。」

「但妳怪我為韋克翰說了那麼多好話？」

「不會，我不知道妳這樣做有什麼不對。」

「等我告訴妳隔天發生了什麼事，妳就會知道了。」

她接著說起那封信，轉述所有涉及喬治．韋克翰的內容。這對可憐的珍來說，實在是太大的打擊了！她寧願一輩子都不知道，世上竟然有人會這麼邪惡，而且還全部都集中在同一個人身上。達西採取的報復手段雖然很合她的意，卻沒辦法安慰她因為發現這種事而受傷的心。她極力想要證明其中可能有什麼誤會，希望能夠在不陷害一方的情況下，為另一方洗脫罪名。

伊莉莎白說：「沒有用啦，妳無論如何都沒辦法讓他們兩個人同時無罪。隨便妳選，但只有一位會讓妳滿意。他們之間有這麼多的功過，只有其中一位能成為好人，而最近天秤兩端不斷在調整。我個人是傾向於相信達西說的都是真話，但妳可以自己決定妳的答案。」

珍過了好一段時間才能硬擠出笑容。

她說：「我不知道是什麼讓我更吃驚，韋克翰真的太壞了！我根本沒辦法相信。還有可憐的達西先生！親愛的莉茲，想想看他受了多少委屈。他一定很痛心！然後還得知妳對他的評價那麼差！還得把妹妹的事情說出來！實在是太讓人難過了。相信妳也這麼覺得吧！」

「喔！不，看到妳充滿遺憾與同情，我就無感了。知道妳會徹底還他清白，我也就越來越不在乎、不擔心了。妳的熱情澎湃到連我的份都用上了，如果妳繼續為他感到哀傷，我的心將會輕盈如羽毛。」

「可憐的韋克翰，他看起來是那樣善良！行為舉止都那樣坦率溫柔。」

「這兩位年輕人所受的教育，確實分配不太均勻。一位獲得所有實質的好，另一位則是表面上的好。」

「我從來沒有像妳那樣，覺得達西先生表面上有那麼不好。」

「而我以前還認為，儘管沒有任何理由，自己這樣堅定地不喜歡他是非常聰明的決定呢。像那樣的討厭，還真能刺激人的天賦，激發人的機智與荒謬。人可以一直欺負別人都不說任何公道話，卻無法一直取笑他人，還不偶爾碰到真正詼諧的趣事。」

「莉茲，妳第一次讀那封信的時候，一定沒辦法像現在這樣面對這件事吧！」

「是啊，沒辦法。我相當不舒服。當時非常不舒服，甚至可以說非常不開心。而且還沒有人可以談，沒有珍來安慰我，說我並沒有像我自知的那樣軟弱、虛榮又愚昧！喔，我當時真希望有妳在身邊！」

「真是太不幸了，妳居然在達西先生面前這樣激動地維護韋克翰，因為現在看起來真的是完全不應該。」

「沒錯。但不幸對他如此尖酸刻薄，也是我縱容自己的偏見造成的後果。我有一件事想問妳的意見。我想知道，該不該讓其他朋友也看清韋克翰的真面目。」

班奈特小姐遲疑了一下，然後說：「我想應該沒必要用這麼可怕的方式揭穿他。妳自己有什麼想法？」

「應該不要嘗試這麼做。達西先生並沒有授權我公開他寫的信。相反地，跟他妹妹有關的所有細節，我都應該要盡可能保密。如果我只想公布韋克翰的其他行為，誰會相信我？大家對達西先生的評價那麼差，要是想讓他受人喜歡，會要了梅里頓大半好人的命。我做不到。韋克翰很快就要走了，對這裡的任何人來說，他的真面目如何一點也不重要。未來有一天，大家都會發現真相，然後我們就可以取笑他們太蠢，沒有早一點發現。目前為止我什麼都不會說。」

「妳說得沒錯。公開他的錯，可能會毀了他一輩子。他搞不好已經為自己所做過的事後悔了，急於想要重建名聲。我們不能把他逼上絕路。」

伊莉莎白內心的騷動因為這番對話而平息，解決了這兩個星期以來壓在心上的兩個祕密，也知道珍很樂意聽她說，隨時想要再談都行。但徘徊不去的還有別的祕密，而且絕對不可魯莽揭露。她不敢把達西先生信上的另一半內容說出來，更不敢跟姊姊說明，他的好友賓利有多重視她。這是不能跟任何人分享的資訊，她很清楚，如果他們雙方沒有徹底了解彼此，她就無法卸下這個祕密的負擔。「而且，」她心想，「如果那麼不可能的事真的發生，我能夠告訴她的事，賓利都能夠以更令人開心的方式對她說。除非這件事情已經完全沒有價值，否則我沒有權利說出來！」

回家安頓好後，她終於可以好好觀察姊姊的心情。珍並不開心。她仍然珍藏著對賓利的溫柔好感。儘管她不覺得自己墜入了情網，她的好感卻宛如初戀般強烈；不過以她的年紀與性格來說，又比初戀還要來得沉穩。她熱切地珍藏對他的回憶，欣賞他勝過其他男人，但她的理智以及為親人感受著想的心，都要求她要克制自己，不可沉溺於那些遺憾，不然會嚴重傷害自己的健康以及他們的平靜。

某天班奈特太太說：「莉茲啊，妳對珍這件倒楣事怎麼看？我個人是下定決心再也不跟任何人提起。那天我就這麼對我姊姊菲力普太太說。但我完全打聽不到珍在倫敦有沒有跟他見過面。他真是個虛有其表的年輕人，我想她以後再也沒有機會和他在一起了。也沒聽說他今年夏天會再來尼德斐莊園，每個可能知道的人我都問過了。」

「我想他應該再也不會來尼德斐莊園了。」

「這樣啊！他想怎樣就怎樣。沒有人想要他來。但我永遠都會覺得他真是對不起我女兒，要我是她，絕對不會容忍這種事。唉，我感到安慰的是，我可以肯定珍一定會心碎而死，然後他就會為自己所做過的事後悔。」

因為伊莉莎白無法從這類期望中獲得任何安慰，便沒有回應。

「莉茲啊，」她母親不久後接著又說，「看來柯林斯夫婦過得很不錯，是吧？好啊好啊，希望能一直這樣下去。他們家狀況如何？我猜夏洛特應該很善於持家吧！要是她有她母親一半厲害，應該也很節儉。我想他們家裡應該沒什麼奢華的吧！」

「沒有，都沒有。」

「想必是得要靠一定程度的持家功力。是啊，是啊！他們會小心別入不敷出。他們永遠不會為錢煩惱。好啦，最好是有用啦。還有，我猜他們應該經常講到妳父親過世後就能繼承朗伯恩的事吧！我敢說他們已經把這裡當成自己的來看，就等時間到來了。」

「這是他們無法在我面前提起的話題。」

「也是。要是提了也太詭異了。但我毫不懷疑他們私底下經常自己聊起。好啊，要是他們獲得根本不是合法屬於自己的財產還很自在，那也厲害。要我就會不好意思擁有僅是因為限嗣繼承而獲得的財產。」

41

她們回到家的第一個星期很快就結束了。第二個星期開始，也是軍團在梅里頓駐紮的最後一週，當地的所有年輕小姐很快都陷入消沉，大家似乎都很沮喪。只有班奈特家的兩個姊姊還能吃好、睡好，一如往常做該做的事。她們經常因為如此無情而遭到凱蒂和莉迪亞責備，這兩位妹妹可是悲傷極了，完全無法理解怎麼會有任何一位家人這麼狠心。

「天哪！我們會變成什麼樣子！我們要怎麼辦！」她們經常如此悽慘哀號。「莉茲，妳怎麼還笑得出來？」

她們情感豐富的母親也一樣悲傷，想起二十五年前的自己也曾經這樣煎熬。她說：「我懂，米勒上校的軍團離開時，我哭了整整兩天。覺得心都碎了。」

「我的心肯定會碎。」

「要是能去布萊頓就好了！」班奈特太太表示。

「喔，對啊！要是能去布萊頓就好了！但爸爸真是太讓人討厭了。」

「泡個海水會讓我整個人都好起來[47]。」

凱蒂接著說：「菲力普阿姨說泡泡海水肯定會對我很有幫助。」

這類哀歌如此不斷在朗伯恩宅裡反覆傳誦。伊莉莎白想從她們的愚蠢轉移注意力，結果所有樂趣都消失在羞愧中。她再次覺得達西先生的反對有理。她從不曾像現在這麼強烈地想要原諒他介入好友的計畫。

但莉迪亞的黯淡未來很快便露出曙光，因為軍團上校的妻子佛斯特太太邀她一起去布萊頓。這位珍貴的好朋友是很年輕的新嫁娘，相似的好脾氣與歡快的興致讓莉迪亞和她相互吸引，認識不過三個月，兩人已經如膠似漆。

這件事令莉迪亞狂喜，她對佛斯特太太的喜愛，班奈特太太的喜悅以及凱蒂的悲憤，全都不足為道。莉迪亞毫不顧慮姊姊凱蒂的心情，片刻不停地在屋裡狂喜飛奔，嚷嚷著要大家恭喜她，比過去都還要瘋狂地大笑聊天。運氣不好的凱蒂則在起居室裡，不斷地惱怒又無理地哀嘆著自己命不好。

她說：「我不懂為什麼佛斯特太太不能同時邀請莉迪亞跟我，雖然我不是她特別要好的朋友，但我跟莉迪亞一樣有權利受到邀請，而且還比她更有權利，因為我大她兩歲。」

伊莉莎白跟她講道理、珍勸她放棄，都徒勞無功。至於伊莉莎白本人，這項邀請完全沒有讓她與母親或莉迪亞產生相同感受；這樣一來，根本不用指望莉迪亞有任何常識可言了。冒著

---

47 一七五三年，英格蘭的醫師理察・羅素（Dr. Richard Russell）表關於海水浴有益健康的論文，此後，海水浴場開始蔚為流行。

讓人知道會使她被討厭的危險，她還是忍不住偷偷建議父親別讓她去。她向他說明了莉迪亞的行為是如何不得體、和佛斯特太太這樣的女人當朋友沒什麼好處，還有跟這樣的朋友到布萊頓可能會讓她變得更加魯莽，因為那裡的誘惑想必比在家還多。他認真聽她說完後，回答她：

「莉迪亞沒有在大庭廣眾下拋頭露面絕對不會甘心，我們也無法指望她像現在這樣盡量不波及她的家人或造成不便。」

伊莉莎白說：「要是你知道莉迪亞如此不謹慎又魯莽的行止必然會惹人閒話、對我們又會有多麼不利——不，是已經帶來了不良影響——我想你對這件事的看法就會有所不同。」

「已經帶來不良影響？」班奈特先生重複她的話。「怎麼了，她嚇走了幾個妳的情人嗎？可憐的莉茲！不要沮喪。像這樣神經兮兮、受不了跟一丁點荒唐扯上關係的年輕人，也不值得妳遺憾。來吧，讓我瞧瞧名單上有哪些可憐的小伙子，因為莉迪亞的愚蠢而選擇跟妳保持距離。」

「你完全誤會了。我不是因為受過傷而埋怨。我要抱怨的不是什麼特定惡行，而是她的整體不當行為。我們在社會上的地位、聲譽，必定都會受到莉迪亞那變化無常、厚顏無恥又鄙視所有拘束的個性影響。很抱歉，但我必須要直說。我親愛的父親，如果你不設法克制她的放縱、教導她不能把現在這些樂子當成一輩子追求的目標，很快就難以挽回了。她的個性會固定下來，不過十六歲，就讓她自己和家人都變成笑柄。而且還是最低劣可恥的那種，除了年輕及勉強可看的外表，一無可取，沒有腦袋、十分無知；她熱中追求男人愛慕的行為，將徒然招來眾人的輕蔑，完全無法抵擋。凱蒂也有同樣的危險。只要莉迪亞帶頭，她都會跟隨；虛榮、無知、懶散，而且完全不受控制！天哪！我親愛的父親，你覺得她們這樣走到哪裡會不遭受苛責與鄙視？而身為她們的姊姊又怎麼可能不同樣丟臉？」

班奈特先生看得出來她真的十分擔心，於是寵愛地握住她的手說：

「親愛的女兒，不要讓自己不安。無論妳和珍到哪裡去，都會受到尊重與珍視；妳們不會因為有兩個，或者該說三個，愚蠢至極的妹妹，就比不上別人。要是莉迪亞不能去布萊頓，朗伯恩這裡絕對片刻不得安寧。那就讓她去。佛斯特上校是明理的人，會看著她，不讓她惹上真正的麻煩；而且她運氣很好，不會有人把沒錢的她當獵物。她在布萊頓會是比在這裡還要平凡的笑柄，軍官會有更值得他們關注的女性。且讓我們懷抱希望，她去那裡反而因此明白自己有多麼無足輕重。話又說回來，她應該也不太可能變得更糟，不然我們早就把她關禁閉一輩子了。」

伊莉莎白不得不接受這個答案，但她依舊維持自己的看法，而且離開時對父親感到非常失望與遺憾。然而，她不是會繼續鑽牛角尖讓自己更加惱怒的人。她相信自己已經盡了責任，她的個性不會為那些無法避免的惡行而煩憂，或因為焦慮而放大惡行。

要是莉迪亞和她們的母親知道她與父親商談的重點，就算兩個人加起來再怎麼會說話，可能也無法形容她們的憤慨。莉迪亞想像中的布萊頓之旅，將包含所有可能的世俗喜悅。在她想像力豐富的腦海中，歡樂戲水之地的街道上將滿是軍官。她想像自己成為眾人目光焦點，不知道會吸引幾十個人。她想像中的營區將會歡樂無比，帳篷整齊劃一放射排列，擠滿年輕歡樂且耀眼的紅衣人；而讓畫面更加圓滿的，是她想像自己坐在帳篷裡，溫柔地至少一次與六位軍官調情。

她要是知道自己的姊姊設法拆散她這番美麗的期望和現實，會作何感想呢？那樣的心情想必只有母親能夠體會，後者搞不好會完全感同身受。莉迪亞能夠去布萊頓，是對她唯一的安慰，因為她哀傷地確定，她丈夫本身絕對沒打算前往。

還好她們完全不知道發生過什麼事，直到莉迪亞離開那天，她們幾乎都這樣毫不間斷地處於狂喜中。

伊莉莎白即將最後一次與韋克翰先生見面。她回來後已經跟他見過多次，那些因為自己先前如此偏袒他而洶湧的情緒，都已差不多平息。她甚至學會從最初她如此喜歡對方的那股柔情中，辨識出厭惡及厭倦。除此之外，他現在對待她的方式，又讓她多了不喜歡他的理由：顯然他想要重燃他們相識之初的曖昧，但是在經歷過這一切後，這反而只會激怒她。發現自己成為他遊手好閒又風流輕浮的追求目標後，她便再也不關心他了。儘管她極力克制，卻還是忍不住想要責備他；他竟然相信，無論當初是因為什麼原因轉移對她的注意力，或是轉移了多久，在他們重逢時，她的虛榮心都會受到滿足，他也都能順利擄獲她的心。

軍團駐紮梅里頓的最後一天，他與其他軍官來到朗伯恩用餐。伊莉莎白完全沒有打算要和氣地與他道別，當他詢問她在翰斯福特的假期，她提起費茲威廉上校與達西先生都在羅辛斯莊園住了三個星期，並詢問他是否也認識前者。

他顯得有些驚訝、不開心又驚恐，但一下子便恢復正常再度露出微笑，表示過去經常見到費茲威廉上校，形容他非常紳士，又問她覺得他如何。她一逕地稱讚他好。他很快以毫不在乎的語氣接著說：「妳說他在羅辛斯莊園住了多久？」

「將近三個星期。」

「然後妳經常跟他見面？」

「是啊，幾乎每天都會。」

「他的行為舉止跟他的表弟很不相同。」

「是啊。非常不同。但我覺得熟了之後，達西先生就有比較好。」

「是這樣啊！」她注意到韋克翰先生回應時的表情。他稍微控制了一下，又以較為歡樂的語氣接著問：「請問怎麼說啊？比較好是指說話方式嗎？他放下身段，講話比平常客氣了一點嗎？我可不敢奢望——」他繼續以較為低沉嚴肅的語氣說，「——他的本質有所改善。」

伊莉莎白說：「喔，不是的！我相信他的本質還是一如往昔。」

她說話時，韋克翰好像幾乎不知道自己該為她所說的話開心，還是要質疑她的話中有話。她的表情讓他略帶焦慮與緊張地聽著，她則接著說：

「我說他熟了之後有比較好，意思不是他的心態或行為舉止有什麼改變，而是跟他熟識之後，就更能理解他的性格。」

韋克翰的驚恐加劇，表情更顯緊繃激動；但他沉默了幾分鐘，直到擺脫尷尬後，才再次轉向她、以極為溫柔的語氣說：

「妳最了解我對達西先生的感覺，一定馬上就能明白，我是打從心底開心，他終於有足夠的智慧裝出該有的樣子。從這個角度來說，他的傲慢就算不為他自己，對大多數人來說或許也好，避免他對別人做出像我所經歷的那種不當的惡劣行為。我只怕妳所指的那種謹慎，其實只是他去拜訪阿姨時的假象，他可是非常敬畏她，想要給她留下好印象與好風評。我知道他們在一起的時候，他都很畏懼她；絕大部分的原因在於，他希望能促成與德波小姐的婚事，我確定這是他內心最想要的。」

聽到這裡，伊莉莎白掩飾不住微笑，只有微微點頭示意。她看得出他希望能與她重溫自己的滿腹委屈，但她完全不想配合他。當天晚上剩下的時間，他都裝出平常開朗的樣子，但沒有再特別設法接近伊莉莎白；最終兩人相當客套地道別，很可能也都再也不想見到彼此。

眾人分開時，莉迪亞跟著佛斯特太太回到梅里頓，隔天一大早要從那裡出發。她和家人道別時，其實頗為吵鬧，一點也不哀傷。凱蒂是唯一落淚的人，但她哭是出於激動與忌妒。班奈特太太對於女兒的幸福有著滔滔不絕的祝福，還不斷告誡她千萬不要錯過任何機會，要讓自己盡可能玩得開心，並提供了想必都有聽進去的建議。莉迪亞本人相當歡樂喧鬧地向大家道別，對於姊姊們的低聲再會則完全沒聽見。

42

要是伊莉莎白的觀點全都來自對自己家庭的觀察，那她對婚姻幸福與舒適家庭恐怕不會有什麼好感。她的父親著迷於年輕與美貌，貪戀年輕貌美看起來會有的好脾氣假象，娶了腦袋空洞又心胸狹隘的女人，結果對她的愛從婚姻初期便畫下句點。尊重、敬愛與信心自此全部消失，他對家庭幸福的看法從此徹底翻盤。不過，班奈特先生不是那種為自己的魯莽失望，轉而向外尋求慰藉的人，不會栽入那些婚姻不幸福者會從中尋求安慰的愚蠢或邪惡活動。他熱中於鄉村環境與書本，這些成為他主要的娛樂活動。至於對他妻子，他主要受惠於她的愚蠢與無知所帶來的樂趣。這不是一般男人會希望從妻子得到的快樂，但既然沒有其他樂趣來源，真正的哲學家懂得苦中作樂。

然而，伊莉莎白對自己父親身為丈夫的失禮行為，從來沒有視而不見。她總是難過地見證著，但基於尊重他，也感激他對自己的寵愛，總致力於遺忘自己無法視而不見的行徑，讓自己不去想那些持續違反婚姻義務與禮節，且應該譴責的舉動，比方不斷讓自己的孩子鄙視她們母親。但她從來不曾像此刻如此強烈地感覺到，像這樣彼此不適合的婚姻，對小孩會有多麼強烈的壞影響，也從來不曾像此刻如此清楚意識到，他這樣濫用自己的才能所帶來的傷害；如果他善用他的才能，就算無法讓妻子變得聰明，至少也能保全女兒的名聲。

伊莉莎白為韋克翰的離開歡欣鼓舞過後，就找不到其他理由為軍團的離開感到開心了。她們的社交活動種類比以前還要少，家裡籠罩著愁雲慘霧，因為有不斷埋怨生活苦悶的母親和妹妹。雖然時間久了，凱蒂有可能會恢復原本的理智，因為左右她腦袋的人，也就是另一位妹妹已經離開，後者的性格讓人擔心會出現更嚴重的惡行，而且很可能因為身處戲水聖地與營區的雙重危險地帶，更加惡化她的愚蠢與自以為是。因此，整體而言，她意識到過去也曾經意識到的，那就是她引領盼望的事情終於發生，卻沒有帶來她預期的滿足感。因此，她經常需要指望另一段時間帶來並開啟真正的快樂，將夢想與希望投注於別的目標，進而再次享受期待的樂趣，作為眼下的安慰，同時為下一次的失望做好準備。湖區之旅是她現在開心的泉源，助她度過這段因為母親與凱蒂的不滿足，而不可避免的難受時光；要是能讓珍加入她的計畫，那麼一切都將非常完美。

她心想：「還好我有別的目標可以期待。要是安排都很圓滿，我肯定會失望。但是，這下我因為姊姊沒能一起同行而有了無盡的遺憾，就能合理希望所有快樂的期待都將成真。確保完美快樂的計畫永遠不會成功，要有特定的小小煩惱，才能避免全然的失望。」

莉迪亞離家時，承諾會經常且鉅細靡遺地寫信給母親與凱蒂，但她的來信總是讓人等得太久又談得太少。給母親的信，內容不外乎是她們剛從圖書館回來，由某某及某某軍官陪伴，而她又在哪裡看見讓她興奮不已的美麗飾品；不然就是她多了什麼新的禮服或陽傘，她很想更詳細描述但不得不倉促離開，因為佛斯特太太在叫她，她們要去營區；寫給妹妹的信也是乏善可陳，雖然寫給凱蒂的信比較長，不過可以公開的卻不多。

莉迪亞離開兩、三個星期後，朗伯恩的眾人逐漸恢復原有的健康與開朗心情。一切都顯得更為歡快。先前到倫敦過冬的家庭回來了，夏天的美麗飾品與活動開始活躍。班奈特太太又牢騷個不休，到了六月中，凱蒂也恢復得差不多，能夠進梅里頓而不掉眼淚。這些令人開心的轉變讓伊莉莎白開始希望，或許到了耶誕節，她就能夠勉強算得上理智，一天提起軍官的次數不會超過一次——除非如此不幸，陸軍部又安排了其他軍團來梅里頓駐紮。

北部之旅預定的時間快速到來，就在只剩兩個星期前，嘉迪納太太捎來消息，推遲了出發的時間，同時也縮短了旅途距離。嘉迪納先生因為工作，要到七月第三個星期才能啟程，而且一個月內就必須再回到倫敦。時間太短，不容許他們到太遠的地方旅行，或至少無法像他們原本計畫那樣，悠閒舒適地觀光，不得不放棄湖區行程，改為短途的行程。根據目前的計畫，他們最北只能到德比郡。在那一帶，有諸多景點可以好好看上三個星期；此外，那裡對嘉迪納太太有特別強烈的吸引力。她對自己曾經住過好些年的城鎮，也就是他們即將去住上幾天的城鎮，或許比對馬特洛克溫泉、查茨沃斯莊園、多弗谷地及峰區等知名美景都還要好奇。

伊莉莎白失望極了。她原本一心想著要去湖區觀光，也仍然覺得時間足夠。但她的使命就是要感到滿意，而她的脾氣就是應該要歡樂，因此心情很快又好轉了。

提到德比郡，她腦海中連帶浮現許多其他念頭。這幾個字無法不令她想到彭伯里莊園及莊園主人。她說：「我應該可以溜進去偷偷帶走幾塊晶石，不會受到懲罰，他也不會發現我吧。」

期待出發的時間如今延長了一倍。舅舅、舅媽要四個星期後才會抵達。然而時間還是過去了，嘉迪納夫婦最終也帶著四個孩子出現在朗伯恩。這兩個六歲與八歲女孩，及兩個更年輕的小男孩，要特別交給珍照顧；小孩都喜歡她，她沉穩明理、性格甜美，也正好適合照顧他們，無論是教學、陪他們玩耍或寵愛他們。

嘉迪納夫婦只在朗伯恩住了一晚，隔天早上便帶著伊莉莎白離開，往新奇娛樂前進。有一項樂趣是可以確定的，他們有適合的好旅伴，在健康與脾氣上都能夠忍受所有不便，個性開朗能放大所有歡樂，而且感情豐富有智慧，即使旅行中的外在條件讓人失望，至少他們自己的陪伴能讓彼此滿足。

故事重點不在於描述德比郡，或是他們旅途中經過的任何著名景點：牛津、布倫安、華威克、肯尼沃斯城堡及伯明罕等地都已很有名氣。目前的重點僅在於德比郡的一個小區塊。在看過郡內所有知名景點後，他們前往嘉迪納太太過去居住的小鎮蘭頓，她最近聽說那裡還住了一些過去的朋友；伊莉莎白從舅媽那裡得知，彭伯里莊園距離蘭頓不過五英里。他們不會直接經過，但距離他們的必經之路也才一、二英里路。前一天晚上討論路線時，嘉迪納太太表示想要再看看那座莊園。嘉迪納先生很樂意去一趟，接著就看伊莉莎白是否同意了。

舅媽說：「親愛的，妳不會想見識一下聽過那麼多故事的地方嗎？而且妳那麼多朋友都跟那裡有關係。韋克翰的年少時期可是都在那裡度過的呢！」

伊莉莎白感到非常困擾。她認為自己不應該去彭伯里莊園，因此不得不表明自己沒有去拜訪的意願。她說必須承認自己對於華麗莊園已經厭倦了，在看過那麼多座莊園後，她對華麗地毯或緞面窗簾真的沒有什麼興趣。

嘉迪納太太反駁了她的厭倦之說。她說：「如果只是又一間裝潢華麗的房子，我個人也不會有什麼興趣；但莊園周圍真的很精彩，園區裡有著全郡最美麗的樹林。」

伊莉莎白不再說話，但她的腦袋裡可是一點也不沉默。她立刻想到，參觀周遭環境時，可能會遇見達西先生，那樣就太可怕了！她光想就漲紅了臉，覺得或許還是不要冒這個險、跟舅媽明說會比較好；但心裡又冒出反對的聲音。最終她決定，如果私下詢問不出那個家族的人是否在莊園，明說會是她的最後手段。

於是當晚就寢時，她問打掃臥室的女僕，彭伯里莊園是否真的十分壯麗，主人叫什麼名字，並且有些膽顫心驚地問那家人有沒有回來過夏天。最後一個問題的答案是否定的，她開心地鬆了口氣，終於能放心地感受自己其實也很好奇，想看看那座莊園。隔天早上再次提起這個話題並詢問她意願時，她已經能輕鬆地以漠不在乎得恰到好處的語氣表示，其實她也沒有不喜歡這個計畫。

因此，他們便決定要去參觀彭伯里莊園。

43

馬車上，伊莉莎白一路都有些心神不寧地等著彭伯里樹林初次出現眼前；等他們終於轉彎、看見門房小屋時，她跟著心慌意亂。

園區遼闊，涵蓋各種不同地形。他們從最低窪處進入，馬車在寬廣的美麗樹林裡繞了好一段時間。

儘管伊莉莎白心亂如麻、無法聊天，但美景與景點倒是全盡收眼底，嘆為觀止。緩緩爬了約半英里上坡路，他們來到一處高地，沒了樹林，視線立刻被坐落在山谷對岸的彭伯里莊園給吸引，還可看見相連的對外道路陡峭蜿蜒。莊園本身是巨大華麗的石造建物，矗立高地上，後面是植滿樹木的綿延丘陵；前面的天然小溪匯入大池塘，看起來卻沒有人造痕跡。河岸樣貌既不刻板，也不矯揉造作。伊莉莎白好喜歡。她從沒見過像這樣的地方，由大自然雕塑得如此恰到好處，沒有被詭異品味破壞。三人都讚嘆於眼前美景，當下她感覺到，能成為彭伯里莊園女主人或許真的很了不起！

他們下了山坡，越過小橋，一路駛到門前；更靠近檢視莊園特色時，她又開始擔心會遇見莊園主人，深怕那位女僕搞錯了。他們提出參觀屋內的要求，獲得許可進入大廳；趁著等待女管家出現的空檔，伊莉莎白開始悠閒地觀望自己所在之處。

女管家出現了，是看起來相當體面的老太太，穿著沒有那麼華麗，而且比她預期的還要客氣。三人跟著她進入餐廳。空間很大比例剛好，裝潢得氣勢非凡。伊莉莎白四處打量了一陣，便走到窗邊欣賞戶外景色。他們剛剛下來的山坡是一片樹林，從遠處看更顯陡峭，不過美極了。各種地景的排列都美不勝收，她開心地飽覽全景，有樹木沿著岸邊零星分布的河流，還有蜿蜒到視線最遠處的河谷。他們進入其他廳房時，窗外地景也不斷變換位置，但每一扇窗望出去都美不勝收。各廳房都是那樣高貴華麗，家具也與屋主的財力相符；伊莉莎白最欣賞的是，那些都不是俗豔或華而無用的東西；與羅辛斯莊園的家具相比，少了一絲貴氣，卻更添高雅。

她心想：「我願意的話，原本可以成為這裡的女主人！搞不好現在就已經很熟悉這些廳房了！還可以當作自己家開心享受，由我來歡迎舅舅和舅媽來作客，不用像現在是以陌生人的身分來參觀。不對，不可以，」她回想起來，「那是不可能的，那我就會失去舅舅和舅媽，要是結婚，一定不會讓我邀請他們來的。」

還好她即時想起，才不需繼續遺憾下去。

她很想問女管家，男主人是否真的不在，但沒有勇氣。不過最後她舅舅還是問了；她驚恐地轉過頭等待答案，雷諾斯太太則表示他確實不在，隨後又說：「但他明天會回來，帶一大群朋友來。」伊莉莎白感到無比開心，幸好他們自己的行程沒有因任何原因延後一天！

此時，舅媽叫她過去看畫像。接近後，她看見壁爐架上方懸掛的幾幅袖珍肖像畫中，有一張看起來很像韋克翰先生。舅媽笑著問她，覺得這幅看起來如何。女管家走過來對他們說，那幅畫中的年輕人，是已故男主人的男管家之子，由已故主人負責養育長大。她接著說：「他從軍去了，但他現在恐怕已經荒腔走板。」

嘉迪納太太微笑望向外甥女，而伊莉莎白無法微笑以對。

「至於那一幅，」雷諾斯太太指向另一幅袖珍肖像畫，「是我的男主人，畫得跟他本人很像。兩幅畫是同個時間畫的，大約八年前。」

「我聽許多人描述過，說妳家男主人體格很好，」嘉迪納太太看著肖像畫這麼說，「長得確實很帥。但是到底跟本人像不像就要問妳了，莉茲。」

聽到伊莉莎白似乎認識她的男主人，雷諾斯太太對她認真了點。

「這位年輕小姐認識達西先生嗎？」

伊莉莎白紅著臉說：「算認識。」

「女士，那妳不覺得他長得很迷人嗎？」

「是的，非常迷人。」

「我敢說我從沒見過比他更迷人的人，但樓上畫廊裡，你們將會見到另一幅他的畫像，比這幅更大更細緻。這間過去是我已故男主人最喜歡的廳房，袖珍肖像畫的擺放位置都跟過去一樣。他十分喜歡這些肖像畫。」

伊莉莎白因此明白，韋克翰先生的肖像畫為何也在其中。

雷諾斯太太接著引導他們看達西小姐的肖像畫，她八歲時畫的。

「那達西小姐是否跟她哥哥一樣好看呢？」嘉迪納太太問。

「喔，是的！小姐比誰都要漂亮，而且極有才華！她整天都在彈琴唱歌。隔壁房間有剛為她送來的新鋼琴，是男主人送她的禮物，她明天會跟他一起回來。」

嘉迪納先生態度輕鬆好相處，不停透過問題與意見鼓勵雷諾斯太太說話；無論是出於自豪或寵愛，她顯然十分樂於分享男主人與他妹妹的事。

「妳的男主人一年中回來彭伯里莊園住的時間多嗎？」

「先生，沒有我所希望的頻繁；但我敢說他有一半時間都在這裡；達西小姐則是夏天時都會回來。」

伊莉莎白心想：「除了她去拉姆斯蓋特的時候。」

「要是妳的男主人願意結婚，或許就會比較常見到他了。」

「是啊，先生，但我不知道那會是什麼時候。不知道有誰配得上他。」

嘉迪納夫婦露出微笑。伊莉莎白忍不住說：「我想妳這麼說，主要是在替他說好話吧！」

「我說的完全是事實，而且每個認識他的人都會這麼說，」對方回她。伊莉莎白覺得未免有些誇張，但聽女管家說下去，又愈發驚訝了：「我這輩子還沒聽過他罵人，而我可是從他四歲起就認識他了。」

在所有不可思議的讚美中，這句話徹底顛覆了她的想法。她一直堅信他不是個好脾氣的人。她最為敏銳的注意力就此甦醒，非常想要多聽一些，因此很感謝能聽到舅舅說：

「很少有人會這麼形容別人。妳有這樣的男主人真幸運。」

「是啊，先生，我知道我很幸運。就算在全世界走一遭，我也不可能找到更好的人。但按照我長久以來的觀察，小時候個性好的人，長大後個性也會好，而他始終是那個全世界脾氣最溫和又最慷慨寬容的男孩。」

伊莉莎白只差沒直接瞪著她看。她心想：「達西先生會是這樣的人嗎！」

嘉迪納太太說：「他父親是大好人。」

「是啊，太太，他確實是；兒子也跟他父親一樣，對窮人都那麼仁慈。」

伊莉莎白一邊聽著，一邊感到好奇與懷疑，迫不及待想聽更多。但雷諾斯太太接下來說的內容就無法引起她的興趣了。雷諾斯太太描述了每幅畫的主角、各廳房大小、家具價格，對她來說都是沒有用的資訊。嘉迪納先生認為她對男主人的過度讚美是出於某種家族偏見，對此感到十分有趣，於是再度繞回原本的話題；雷諾斯太太則在一同爬上宏偉樓梯的過程中，津津樂道他的諸多優點。

她說：「他是全世界最好的地主，也是最好的主人。不像現在那些亂七八糟的年輕人，滿腦子只有自己沒有別人。他的租客或僕人，沒有一個會說他不好。有些人會說他傲慢，但我保證我從沒看過他傲慢的樣子。我猜大家這樣說，只是因為他不像其他年輕人，會滔滔不絕地跟人聊天。」

「從這個角度來說，他還真是討喜，」伊莉莎白心想。

「聽她對他的詳細描述，」舅媽一面走，一面輕聲對她說，「似乎跟他對我們那可憐朋友所做的事不太相符。」

「搞不好是我們被騙了。」

「不太可能，我們的消息來源極為可靠。」

抵達上方寬敞的大廳後，女管家帶領他們進入最近才整修完畢的漂亮會客廳，比樓下廳房更加高雅簡約；他們得知工程剛結束，是為了取悅達西小姐；她上一趟回來彭伯里莊園時，喜歡上了那間廳房。

「他真的是好哥哥，」伊莉莎白一邊說著，一邊走向其中一扇窗。

雷諾斯太太預期達西小姐進入這間廳房時會非常開心。她接著說：「他一直都是這樣，只要能讓妹妹開心，他什麼事都會盡全力立刻完成。沒有什麼是他不願意為她做的。」

剩下待參觀的有畫廊以及兩、三間主要臥室。前者裡面有許多出色畫作，但伊莉莎白不懂藝術；從樓下早已見識過的來看，她很樂於轉身欣賞達西小姐的蠟筆畫就好，她筆下的主題普遍都比較有趣而且容易理解。

畫廊裡有許多家族肖像畫，但實在無法吸引陌生人的注意。伊莉莎白邊走邊尋找她唯一認得的五官。終於，那張臉擄獲了她的目光，她凝視著那張與達西先生極為相似的臉龐。她記得那笑容，他望著她時有時會露出那樣的笑容。她在那幅畫前站了好幾分鐘，陷入沉思，大家離開畫廊前，她又再回頭看了一次。雷諾斯太太告訴他們，那是他父親仍在世時畫的。

這一刻，伊莉莎白確實對畫中主角本尊，產生了比他們互動最為頻繁時還要溫柔的感覺。雷諾斯太太對他的讚美絕對不可小覷。還有什麼會比聰明僕人的讚美更加珍貴？他身為哥哥，身為地主，身為家中男主人，她想到有那麼多人的幸福靠他守護！他掌握了多大的權力，能夠施予人快樂或痛苦！他能夠做的善事或壞事，想必有許多啊！女管家提到的，全都是他的好個性，她站在畫有他肖像的帆布前，凝視著他看著她的雙眼，想起他對她的感情，因而比過去都還要深深地感激他；她記起他求婚時的熱切，多少沖淡了他當時的無禮。

參觀完所有可以開放外人觀賞的廳房後，他們回到樓下，女管家將他們交給在大廳門口等待的園丁後便離開。

他們穿越大廳，出門往河邊走去時，伊莉莎白回頭再看了一眼；她舅舅和舅媽也停下腳步，正當舅舅在猜測屋齡時，屋主本人竟突然沿著莊園後方通往馬廄的路走來。

他們距離彼此不過二十碼，他就這樣出現了，她根本來不及閃躲他的視線。兩人的目光立刻交會，雙方臉頰都徹底漲紅。他驚訝萬分，有那麼一瞬間，似乎因為驚訝過度而動彈不得，但他很快便恢復正常，朝他們一行人走去，對伊莉莎白說話時，即使不算極為冷靜，至少也很客氣有禮。

她直覺想轉身；但看他接近又停下腳步，以根本無法克服的困窘面對了他的問候。如果他初次登場——或與他們剛才欣賞過的肖像畫相似度——不足以向舅舅和舅媽證明，此刻他們眼前所見之人正是達西先生，園丁看見男主人的訝異表情想必也立刻說明了一切。他們站在稍遠處讓達西先生和他們的外甥女說話，驚愕又困惑的伊莉莎白幾乎不敢抬頭看他，或是回應他對她家人的客氣問候。他的態度與他們上次見面時完全不同，變化之大，他說的每句話都讓她困窘得不得了；腦海中再次浮現所有要是發現她在這裡，會覺得她如何魯莽的念頭。兩人站在一起的那點時間，可說是她這輩子最不自在的幾分鐘。他看起來倒也沒有多自在，說話時，語調缺乏平常的沉穩；他重複問她何時離開朗伯恩，又會在德比郡待多久，頻繁且倉促到足以看出他有多心亂。

最後，他似乎想不出其他話可說了，沉默地對站了一會兒，突然恢復正常，轉身離開。

其他人回到她身邊，開始讚美他的外形，但伊莉莎白一句話也沒聽進去，兀自沉默地跟在他們身後，深陷自己的思緒中。她被羞愧與懊惱淹沒了。來這裡真是最不幸、最悲慘的決定！他一定覺得很奇怪吧！這麼虛榮的男人想必會覺得她這樣很可恥吧！可能看起來像是她刻意又黏上他！喔！她為什麼要來這裡？或是，他為什麼要提早一天回來？要是他們提前離開，只要早個十分鐘，就可以在他發現之前離得老遠，因為很明顯他就是這一刻才抵達，剛從他的馬或馬車下來。想到他們如此不巧地相遇，她又臉紅了。還有，他的轉變真徹底；那會是什麼意思？他還願意跟她說話，真是太奇妙了！語氣還這麼客氣，甚至問候了她的家人！她從沒見過他像這次意外碰面這樣，態度那麼不威嚴，說話語氣如此溫柔。跟他最後一次在羅辛斯莊園見她、將信塞進她手中時的樣子形成強烈對比！她不知道該作何感想或解釋。

這時他們走上河邊美麗的步道，每一步都可見到更壯麗起伏的地形，或是看見他們接近的樹林更加細緻之處；然而伊莉莎白過了好些時間才意識到這一切。此外，雖然她機械式地回應舅舅與舅媽的反覆呼喚，似乎也將視線移向他們所指的目標，卻什麼景色都沒真正看見。她的思緒全都集中在彭伯里莊園的某處，也就是達西剛才所在的地方。她好想知道當時他心裡在想什麼，他是以什麼樣的心情想著她，以及，儘管發生了這一切，他是否依然珍愛她。或許，他那麼客氣是因為他已經可以自在面對她了；然而，他聲音裡的那種感情並不像自在。她無法分辨他見到她究竟是痛苦還是開心，但是，見到她，他確實無法維持平靜自若。

最終，旅伴的評論喚醒了她，說她心不在焉，她因而覺得有必要表現得更像平常的自己。

他們走進樹林，暫時告別河流，爬上更高的山坡；從樹林開闊處望出去，他們的視線得以綜觀全局，那裡有許多河谷美景，對面的許多丘陵有著樹林綿延滿布，偶爾還可見一段一段的河流。嘉迪納先生表示希望能繞行參觀整個園區，又擔心要走太遠。園丁露出得意的笑容告訴他們，來回總共要走十英里。這下不用猶豫了，他們按原路散步回去，隔了一段時間後，沿著陡峭山壁上的樹林開始下坡來到河岸邊，也是河道最狹窄處。他們渡河的橋就跟周遭一樣樸素簡單，那裡的環境，妝點得比他們所看過的其他地方都還要簡樸。河谷在此收斂成峽谷，僅能容納小溪及沿岸未修剪矮林中的狹窄步道。伊莉莎白渴望能探索蜿蜒的河道，但過橋後他們意識到距離莊園已經走了多遠，嘉迪納太太又不擅長走路，實在無法再繼續下去，一心只想盡快回到馬車上。因此，她的外甥女不得不屈服，眾人開始朝河流對岸的莊園走去，選擇最短的距離過去。不過他們依舊前進得極緩慢，因為嘉迪納先生雖然很少能放縱自己享受如此嗜好，卻非常熱中於釣魚，一直忙著看水裡偶爾出現的鱒魚，一邊跟園丁聊那些鱒魚，根本沒走幾步路。就在這樣的緩慢行進中，他們再次因為看見達西先生走來而嚇一跳，而且距離他們還不太遠，至於伊莉莎白的驚愕程度則跟第一次差不多。河岸這一側的步道不如對岸有那麼多遮蔽處，他們得以在相會前先看見他。儘管吃驚，伊莉莎白至少已經有了心理準備，如果他真的來致意，她要冷靜地與他對話。有那麼幾分鐘，她覺得他或許真會走上其他步道。步道轉彎處讓他的身影暫時消失，於是她相信或許正是如此；然而，過了那個彎道後，他又立刻出現在他們眼前。她一眼便看出他還是跟剛才一樣客氣；為了配合他的有禮，她在他們相遇後便開始讚嘆園區之美；可是「令人開心」及「真是迷人」等字眼才脫口，她便突然想起某些不愉快的回憶，心想這樣讚美彭伯里莊園，搞不好會讓人誤解。她的臉突然漲紅，然後就不說話了。

嘉迪納太太離他們有一段距離，他在伊莉莎白停頓後，問她是否願意介紹他認識她的朋友。這麼客氣她可是完全沒有預料到，幾乎無法壓下她臉上浮現的笑容；他竟然想要認識那些他向她求婚時所嫌棄的人。她心想：「等他知道他們是誰，一定會很驚訝！他還以為他們是上流社會的人。」

不過，她還是立刻介紹他們認識了。在她說明自己與他們的關係時，狡猾地偷看了他一眼，想看他如何承受這個消息，而且完全期待他會立刻拔腿逃離如此可恥的同伴。他明顯因為他們的關係而感到驚訝，但他相當剛毅地面對這件事，而且非但沒有逃跑，還掉頭陪他們一起散步回去，同時跟嘉迪納先生聊起天來。伊莉莎白很開心，忍不住為此歡欣鼓舞。能讓他知道她還是有些親戚完全不會讓人丟臉，她感到很安慰。她認真聽著他們所有的對話，舅舅說話的方式與內容都讓她覺得光榮，因為能充分彰顯出他的智慧、品味及禮節。

他們的對話很快便轉向釣魚，她聽見達西先生十分客氣地邀請舅舅，只要他人還在這一帶，隨時都可以來釣魚，同時還表示可提供釣具，更指出河道中哪些區域通常最多魚可釣。與伊莉莎白手挽手並行的嘉迪納太太看了她一眼，眼神充滿驚歎。伊莉莎白沒說話，但感到極為滿足，他的這些表現，想必都是對她的恭維。然而，她確實十分驚訝，內心不斷重複著：「他為什麼會改變這麼大？到底是什麼原因？不可能是為了我，他不可能是因為我而如此放低身段。我在翰斯福特教訓他的話，不可能造成這麼大的改變。他不可能還愛著我。」

他們就這樣走了一段時間，兩位女士走在前面，兩位男士在後面；在下坡走到河岸邊、更靠近看一些奇怪的水生植物時，有了機會稍微換個位子。嘉迪納太太白天的運動量已讓她太疲累，覺得伊莉莎白的手臂再也不足以支撐她，希望能換成丈夫的手臂。達西先生取代她的位置來到她外甥女身邊，他們便以這樣的隊形繼續散步。短暫的沉默後，女方先開口了。她希望他明白，她是確認過他不在這裡才來的，因此他的到來嚇了她一跳。「你的女管家，」她補充，「說你到明天之前都不會回來；而且在我們離開貝克威之前，得到的消息是你短時間內都沒有要回郡裡。」他承認這些訊息都確實無誤，不過他的男管家有事情要他處理，因此得比同行的友人提前幾個小時回來。「他們明天一早就會到，」他繼續說，「其中有些人妳也認識：賓利先生和他的兩個姊妹。」

伊莉莎白僅是點頭致意。她的思緒立刻飛回他們最後一次提到賓利先生的時候，要是從他的表情就能看出他在想什麼，那他的心事恐怕跟她的差不多。

「同行的還有另一位特別想認識妳。」他頓了一下接著說，「不知道我會不會要求太多，但妳住在蘭頓的這段期間，是否願意讓我介紹舍妹給妳認識？」

這項要求著實讓她大吃一驚，不知道該要以何種姿態同意。她立即感受到，無論達西小姐想要認識她的原因為何，想必都是因為她哥哥。不用繼續探究，光是這樣就讓她滿足了；她很高興知道，他對她的埋怨並沒有打壞對她的印象。

他們沉默地往前走，兩人都深陷各自的思緒。伊莉莎白並不自在；根本不可能自在，但她為自己獲得的讚美感到開心。他想把妹妹介紹給她認識，這可是最好的恭維。他們很快便超前其他人，等他們到達馬車旁，嘉迪納夫婦已經落後約八分之一英里。

這時他邀請她進屋裡，但她聲明自己並不累，於是兩人便一起站在草坪上聊天。這種時候可以說的其實很多，沉默反而尷尬。她想聊天，但每個話題似乎都不可觸碰。最後她想起自己這陣子在旅行，於是開始集中心力討論馬特洛克溫泉與多弗谷地。然而，時間和她舅媽移動的速度都極為緩慢，她的耐性與點子幾乎要在這段面對面時間結束前便耗盡。當嘉迪納夫婦接近，達西先生力邀他們進屋享用點心；但他們婉拒了，雙方十分禮貌地向彼此道別離開。達西先生扶兩位女子上馬車，馬車駛離時，伊莉莎白看見他緩緩走向屋子。

舅舅與舅媽的品頭論足就此展開，兩人都盛讚他的優秀遠超過他們所預期。舅舅說：「他真是彬彬有禮又不做作。」

舅媽說：「他確實有那麼一絲高貴感，但那僅只於他的氣質，而且非常適合他。我現在完全同意那位女管家的話，雖然有些人會說他傲慢，但我確定我從沒看見他表現得傲慢。」

「他面對我們的表現才真的讓我吃驚。那已經不只是客氣了，根本就是殷勤，但他根本沒有必要對我們殷勤。他跟伊莉莎白不過是很普通的朋友。」

舅媽說：「莉茲，說真的，他是沒有韋克翰那麼好看沒錯；又或者該說，他沒有韋克翰的那種神情，因為他的五官可是相當好看。但妳怎麼會跟我們說他是很討厭的人？」

伊莉莎白盡可能為自己開脫，說他們在肯特郡再度相遇後，對他有比之前改觀，而且她也從來沒見過他像今天早上這麼好相處的樣子。

舅舅說：「但或許他不總是這麼客氣吧，社會地位高的人往往如此，那麼我就不把他說可以去釣魚的話當真了，說不定他哪天就改變主意，警告我要離開他的土地。」

伊莉莎白覺得他們徹底誤會了他的個性，但什麼也沒說。

嘉迪納太太接著說：「從我們所見到的他來看，我真不覺得他有可能對任何人像對可憐的韋克翰那麼殘酷。他看起來就不像那麼壞脾氣的人。相反的，他說話時的嘴型還滿討人喜歡，而且他的表情帶著某種威嚴，讓人覺得他的心腸不會壞。但話又說回來，帶我們參觀莊園的那位好女士，根本把他捧上天了，有時候我都差點要笑出來。但我想他應該是慷慨的男主人，這一點在僕人的眼裡便涵蓋了各項美德。」

伊莉莎白覺得自己應該要說些什麼，為他對韋克翰的行為辯護，因此盡可能小心謹慎地讓他們了解，根據她聽他在肯特郡的親戚所言，他的行為背後其實有徹底不同的解釋，他的個性則絕對沒有那麼差，韋克翰也不像赫特福德郡的大家所以為的那麼討喜。為了要證明她說的話，她轉述了那些金錢交易的相關細節，沒交代是聽誰說的，只說是某某可信賴的來源。

嘉迪納太太大吃一驚，而且有些擔心，但由於此刻他們已經接近她過去曾經居住的地方，腦子裡已經充滿過去的快樂回憶，她開始忙著向丈夫指出周遭所有有趣的景點，根本無暇思考其他。儘管白天散步的活動量已經讓她非常疲憊，三人用完餐後，她還是立刻又出門去找老朋友，整個晚上都忙著跟失聯多年的友人敘舊。

當天發生的事情實在太多，讓伊莉莎白無心在意任何新朋友。她禁不住一直思考，為達西先生的客氣疑惑不已；最重要的是，不解他為何希望她認識他妹妹。

44

伊莉莎白思考之後認為，達西先生應該會在妹妹抵達彭伯里莊園的隔天再帶她來訪，因此決定那天早上就不要離客棧太遠。但她錯了，因為就在他們自己抵達蘭頓的隔天早上，這些訪客就到了。他們原本跟自己的新朋友在附近散步，剛回到客棧要換衣服、好跟同一家人去用餐，這時卻聽見馬車聲；他們來到窗邊，看見一位男士與一位女士乘著兩馬拉的雙輪輕馬車，駛在這條路上，伊莉莎白立刻認出僕人的服裝，猜出大概是怎麼回事，十分驚訝地把這件事告訴了親人，讓他們知道即將有人來訪。舅舅和舅媽都很吃驚；她說話時不好意思的模樣，加上當下以及前一天的各種情況，讓他們對這件事有了新的想法。他們之前從沒這麼想過，但又覺得沒有其他原因會導致這番殷勤，只好猜是他喜歡他們外甥女。當這些新興念頭在他們腦海中流竄的同時，伊莉莎白是每分每秒都更加心神不寧。她對自己的心煩意亂感到訝異，但是在各種不安的原因中，她最怕的是這位哥哥因為喜歡她，而說了太多她的好話；此外，由於她比平常還想要討好對方，自然懷疑自己討好的能力會全部消失。

她離開窗戶旁，害怕被看見。她在房間裡來回踱步想讓自己平靜下來，卻看見舅舅和舅媽驚訝疑問的表情，情況因此更糟。

達西小姐和她哥哥出現，可怕的介紹過程也開始了。伊莉莎白很意外地發現，她的新朋友怎麼說也跟她一樣不好意思。從她到蘭頓後便聽說，達西小姐是個極傲慢的女孩；但是才觀察幾分鐘她便深信，達西小姐只是害羞罷了。她發現，很難從達西小姐口中聽到超過一個音節的字。

達西小姐很高，大概比伊莉莎白大上一號；雖然才剛滿十六歲，身材卻很好，外表也極為優雅、女性化。她沒有哥哥那麼俊美，但神情看來是明理好脾氣的人，氣質也是溫柔不做作。伊莉莎白原本預期她跟達西先生一樣，是個尖銳、不會不好意思的觀察者，沒想到感覺竟然完全不同，讓她鬆了一口氣。

他們見面沒多久後，達西先生便告訴她，賓利也會來打招呼；她連表示高興並做好準備來迎接他的時間都沒有，就聽到樓梯傳來他的快步聲，不一會兒他便出現在房間裡。伊莉莎白對他的所有不滿早就消失了，但就算她還在生他的氣，也實在難敵他再次與她見面時散發毫不做作的熱情。他以友善但一般的態度問候她的家人，看起來的樣子與說話的語氣都跟過去一樣自在和善。

嘉迪納夫婦跟她一樣對他很好奇。他們早就想見他了。如今出現在他們眼前的這幾個人，成為他們認真觀察的對象。由於懷疑外甥女與達西先生之間的關係，他們認真但謹慎地向兩人提問；這些問題讓他們很快便確信，至少其中一方明白愛是怎麼回事。女方的情感他們還有待確認，但男方滿腔的愛意明顯可見。

伊莉莎白自己有許多事要做。她想確定每個來訪者的心情，想維持自己心情平穩，還想盡量對每個人都表現出討喜的一面；最後一點她最怕失敗，但成功機率也最高，因為那些她想討好的人本來就已經很偏袒她了。賓利準備就緒、喬治安娜迫不及待，達西則是下定決心，都要感到開心。

看見賓利，她的思緒自然回到姊姊身上，喔！她多麼渴望知道他也是！有那麼幾次，她覺得他的話沒有之前多，還有一、兩次，想到他看著她的時候，可能在找尋姊姊的影子，就感到開心。這些或許都只是她的想像，但他對達西小姐的態度絕對騙不了她。據說是珍對手的達西小姐。雙方看起來都沒有什麼特別的情愫。兩人之間的互動沒有什麼能支持達西兩個姊妹的願望。這一點她很快便獲得滿意的答案。還有，他們分開前發生了兩、三件小事，心急的她把這些解讀為回憶起珍的溫柔暗示，彷彿是，如果他敢的話，很希望能繼續聊或許會提起她的事。他在其他人交談時對她說：「真的很久沒有這個榮幸見到她了，」又在她還來不及回應前說：「超過八個月了。從我們大家十一月二十六號一起在尼德斐莊園跳過舞後，就沒再見過面了。」

伊莉莎白很高興他記得如此清楚。之後他在其他人都不在身邊時，趁機問她是否所有姊妹都在朗伯恩。他的問題就這樣而已，前面那句話也沒有多說什麼，但他的表情與說話的方式，讓這一切有了不同意義。

她不常有機會盯著達西先生本人看，但每次得以瞥到一眼，都會看見他露出隨和自在的表情，他說話的方式也完全沒有透露一絲傲慢或鄙視在場友人的意味，讓她深信昨天所見識的良好態度，無論出現時間會有多短，至少維持了超過一天。當她看見他想認識的那些人，是幾個月前哪怕稍有互動都會有辱他名聲的人，而且還想博得他們好感；當她發現他不僅是對她客氣，還對她那些他曾經明顯鄙視的親人客氣，再回想起兩人先前在翰斯福特的激烈爭執，前後差異大到她實在不可能忘掉、幾乎無法掩飾自己的驚訝。即使在尼德斐莊園的好友或羅辛斯莊園的高貴親人圍繞下，她也不曾看過他如此願意討人開心，如此隨意輕鬆，完全不見過去的自大。而且，就算他成功了，也不會因此獲得更高的社會地位；跟那些他現在殷勤對待的人當朋友，還只會招來尼德斐莊園與羅辛斯莊園諸位女性的揶揄及責備。

他們的訪客停留了超過半個小時，起身準備離開時，達西先生要妹妹跟他共同邀請嘉迪納夫婦與班奈特小姐在離開此地前，到彭伯里莊園共進晚餐。達西小姐看來有些膽怯，顯然是不太習慣邀請人，但其實非常樂於配合。嘉迪納太太望向外甥女，很想知道她這個主要受邀的對象是否有意接受，伊莉莎白卻別過頭不看她。嘉迪納太太假設她如此刻意的迴避，不是因為不贊同，而是一時害羞，又看到她樂於交朋友的丈夫顯然很願意接受，於是說服她答應一起出席，隨後便將日期定在後天。

賓利表示很高興又可以再見到伊莉莎白，他還有許多話想對她說，也想問候他們赫特福德郡朋友的近況。伊莉莎白將這一切解釋為他希望聽她談起自己的姊姊，也很高興；因為如此，以及先前發生的其他事情，她在訪客離開後還能頗為滿意地回想過去半個小時的事，哪怕當時的她沒有非常樂在其中。她迫不及待要獨處，卻害怕引來舅舅和舅媽的問題或暗示，於是只留下足夠的時間聽完他們對賓利的好印象，便速速離開去更衣。

但其實她不用害怕嘉迪納夫婦會好奇打探，他們並沒有打算要強迫她說什麼。她跟達西先生的交情很明顯比他們先前所以為的還要好，他也很明顯深深愛著她。他們有許多值得觀察，卻沒有什麼想要問的。

這下他們迫切地想要認可達西先生；就他們目前所認識的他來看，根本無從挑剔。他的彬彬有禮讓他們印象深刻，如果就只從他們自己的感覺，以及他僕人所分享的事蹟來斷定，不參考任何其他原因，赫特福德郡那些認識他的朋友絕對認不出來是同一位達西先生。不過，他們現在有興趣相信女管家的說法了；而且他們很快便得知，從他四歲起就認識他、個人行為舉止也都很得體的僕人，她說的話絕不能輕易否決。他們在蘭頓的朋友所提供的消息，也沒有什麼能削弱那些話的分量。除了傲慢，他們對他沒有其它抱怨；或許他真的有些傲慢，但就算沒有，在那家人不會造訪往來的市集小鎮裡，居民想必也會將他們的不往來歸咎於傲慢。然而，可以確認的是，他是寬容的人，對窮人十分大方。

說到韋克翰，三位旅人很快便發現，他在當地的風評不怎麼樣。因為儘管大家不太清楚他跟贊助人的兒子之間到底發生過哪些事，但眾所皆知的是，他離開德比郡時，留下了一屁股債，後來都是達西先生替他還清。

至於伊莉莎白，她這天晚上的思緒都圍繞著彭伯里莊園，比前一天還要嚴重；雖然這個夜晚彷彿有些漫長，卻沒有長到能讓她決定，自己對莊園裡的某人到底有什麼感覺。她在床上翻來覆去整整兩個小時，努力想釐清思緒。她絕對不討厭他。不，討厭的心情早就消失了；而且幾乎是從那時候開始，她甚至為自己曾經討厭他而感覺到所謂的慚愧。儘管起初有些不情願承認，但因為相信他的珍貴特質而產生的尊敬感覺，隨著時間過去已不再讓她厭惡；經過昨天後，那種感覺已經因為對他的諸多讚美而變得更加親切，讓他的個性顯得更為討喜。但除此之外，除了尊敬與重視，她內心還有自己無法忽視的友善動機。那就是感謝。不只是感謝他曾經愛過她，還愛到願意原諒她拒絕他時的急躁刻薄，以及她對他所有不公平的指控。他對她非但沒有避之唯恐不及，在這次意外相遇後，似乎還極為渴望維繫友誼。而且，即使只有他們兩個人，他也沒有展現任何不適當的關注或對她顯得特別殷勤，只有努力博得她親人的好感，並想方設法要讓她認識他妹妹。如此傲慢的男人變了，讓她不僅訝異更是感謝，因為這想必是出於愛，熾熱的愛；在她心裡留下的感覺是可以繼續發展的，絕對不會讓她不開心，但到底這種感覺是什麼又無法清楚定義。她尊敬他、重視他、感謝他，她真正在乎他的幸福；而且她想知道自己究竟有多希望有能力左右他的幸福，以及她又該希望到什麼程度，才要運用她猜應該還握在自己手中的權力，使他再次向她求婚。

舅媽和外甥女兩人已經講好，既然達西小姐在抵達彭伯里莊園的當天就來拜訪，而且那時還已經接近中午了；她這麼客氣，她們一定也要有所回應。雖然程度上不會相同，但至少她們也要盡力表示禮貌。因此，隔天早上就去彭伯里莊園拜訪她，將會是非常得體的行為。她們決定過去。伊莉莎白很開心，但問自己為什麼，又說不出所以然來。

嘉迪納先生吃完早餐後就獨自出門去了。前一天他們再度提起釣魚的計畫，並且明確約定好中午前，要跟幾位男士在彭伯里莊園碰面。

45

這下伊莉莎白深信，賓利小姐對她的討厭是出自嫉妒；她忍不住覺得，自己出現在彭伯里莊園想必會讓她很不開心，因此很好奇兩人再次重逢時，那位小姐能客氣到什麼程度。

抵達莊園時，僕人帶她們穿過大廳進入客廳，從北邊射入的光線讓這個空間在夏日裡顯得格外美好。窗外的景色清新，有莊園後方樹林滿布的丘陵，以及隨意散落於中間草地的美麗橡樹與板栗樹。

達西小姐在這間客廳裡接待她們，同樣在場的還有赫斯特太太、賓利小姐，以及與達西小姐同住在倫敦的女士。喬治安娜非常客氣地接待她們，出於害羞與害怕出錯的不好意思，一個不小心可能會讓那些自覺地位不如她的人認為，她傲慢又冷淡。不過嘉迪納太太與外甥女並沒有誤解她，還覺得她有些可憐。

赫斯特太太和賓利小姐僅只對她們客套示意，在她們坐下後，便是好幾分鐘想當然令人尷尬的沉默。首先打破沉默的是面容和善賢淑的安斯立太太，她想開啟話題的努力便證明了她的教養比另外兩位都好；在伊莉莎白的偶爾接力下，安斯立太太和嘉迪納太太撐起了話題。達西小姐彷彿想鼓起勇氣加入話題，有時候會嘗試吐出短短一句話，卻都是在最不可能有人聽見的時候。

伊莉莎白很快便發現，賓利小姐緊盯著她瞧，想開口卻不引起賓利小姐的注意實在很難，特別是要對達西小姐說話的時候。本來，即使有賓利小姐在注意她，也不會阻止她跟達西小姐說話，只不過她們的座位距離有些遙遠，真的很難攀談，但她也沒有很遺憾自己無法多說上兩句。她自己的思緒就夠忙了。她以為幾位男士隨時都可能會走進客廳。她很希望也很害怕屋主會是其中一位，至於是希望比較多還是害怕比較多，她實在無法決定。就這樣坐了十五分鐘，賓利小姐都沒說話後，伊莉莎白突然聽見她冷淡地問候她的家人健康。她以同樣淡漠的語氣簡要回應，對方便沒再搭腔。

她們來訪的下一個活動，是許多僕人端著冷肉盤、蛋糕與各式當季的甜美水果進門；但這也是在安斯立太太對達西小姐使了許多眼色及微笑，提醒她身為主人的角色後，達西小姐才下達的指令。這下所有人都有事可做了，因為不是所有人都能講話，但大家都可以吃東西；很快她們便被堆成小山的甜美葡萄、油桃與水蜜桃吸引到桌邊。

忙著吃東西的同時，伊莉莎白終於可以好好思考，她到底是比較害怕、還是比較希望達西先生出現，而這都要看他走進門時，她的哪種心情最為強烈；然後，就在她以為自己會是希望的感覺更強烈前，有那麼一瞬間，卻又有點不希望他出現。

他跟嘉迪納先生及兩、三位一起住在莊園的男士在河邊釣了一陣子魚，直到他聽說兩位女士預計當天早上要來拜訪喬治安娜才離開。他一出現，伊莉莎白便明智地決定要好好表現，不要感覺不好意思；下這種決心很容易，要真正做到卻沒那麼簡單，因為她注意到所有人都在疑心他們，幾乎每雙眼睛都在他一走進客廳時，便盯著他的一舉一動。儘管賓利小姐跟她的目標達西先生說話時都掛著笑容，臉上表情明顯最好奇專注的也是她；因為，嫉妒還沒有逼得她不擇手段，她對達西先生也還沒死心。達西小姐在哥哥進來後，更努力想開口說話，伊莉莎白也注意到他十分渴望妹妹和她能多認識彼此，盡可能把握所有機會鼓勵雙方對話聊天。賓利小姐都看在眼裡。出於憤怒，她魯莽地把握機會見縫插針，客套但輕蔑地說：

「我說伊莉莎小姐啊，郡軍團不是離開梅里頓了嗎？對妳的家人來說想必損失極大吧！」

她不敢在達西面前提起韋克翰的名字，但伊莉莎白立刻明白，對方心裡想的正是他；與他有關的各種回憶讓她又瞬間心情低落。她努力打起精神抵禦惡意攻擊，立即以算是撇清關係的語氣回答。她說話時，眼神不由自主地飄向達西先生，看見他熱切地望著她，有些臉紅，他的妹妹則極為尷尬，根本無法抬頭看任何人。要是賓利小姐知道，她這麼做等於為她親愛的摯友帶來極大痛苦，想必不會如此暗示。賓利小姐只是想要以隱喻的方式，提起她認為伊莉莎白可能喜歡的男人，讓伊莉莎白不安、進而驚慌失措，這樣或許會破壞她在達西心中的印象，也或許能讓他想起她某些家人與該軍團的愚蠢荒謬事蹟。她完全沒聽說過達西小姐原本計畫私奔的事。除了伊莉莎白，這件事沒有其他人知道，因此能夠保密；她哥哥格外迫切地想避免讓賓利一家人知道，原因就是伊莉莎白很早以前便猜想過的，他希望能透過她與他們成為一家人。達西先生確實有過這項計畫，因此無意間也導致他想要拆散賓利與班奈特小姐，而且他也很可能正是因此特別關心好友的福祉。

不過，伊莉莎白的冷靜表現很快便平息了他的激動；賓利小姐惱怒又失望，卻不敢更直接提起韋克翰的名字。喬治安娜慢慢恢復平靜，卻再也無法加入話題。她不敢跟哥哥眼神交會，他也無法再吸引她加入聚會。賓利小姐原本是打算要轉移他對伊莉莎白的注意，結果似乎反而導致他更加興高采烈地將全副精神都擺在她身上。

在上述的問答過後沒多久，她們的來訪便告一段落；在達西先生送她們上馬車的同時，賓利小姐正以批評伊莉莎白這個人、她的行為與服裝作為發洩。但喬治安娜不願加入她的批評行列。哥哥的讚美足以讓她先入為主地偏袒伊莉莎白；他的判斷不會有錯，而且他對伊莉莎白的描述，讓喬治安娜覺得她真是可愛又討喜。達西先生回到客廳後，賓利小姐忍不住又對他重複了一些剛才對他妹妹說過的話。

「達西先生，伊莉莎．班奈特小姐今天早上看起來還真是狼狽啊，」她大聲抱怨，「我這輩子還沒見過有人像她這樣，一個冬天過去變了這麼多。她變得好黑又不修邊幅！我跟路易莎一致認為，根本認不出她是誰。」

無論達西先生有多不喜歡這番話，也只是冷淡表示自己沒注意到有何不同；就是曬黑了點，畢竟夏天旅行就是會曬黑。

她繼續說：「我個人來看，我必須承認自己從來不懂她哪裡漂亮。她的臉型太細長，皮膚沒有光澤，五官一點也不漂亮；她的鼻子不夠挺，線條不出色。牙齒勉強過關但也只是普普通通，至於她的眼睛，有人說過很美麗，我卻從沒看出什麼特點。她的眼神尖銳潑悍，我完全不喜歡；至於她整個人散發的氣質，則是過於自負、毫無規矩可言，令人難以忍受。」

賓利小姐很確定達西欣賞伊莉莎白，因此這樣說對自己完全沒有任何好處；但人在盛怒之下往往會失去理智，只想著要是能多少激怒他，她就達成目的了。然而他卻堅持沉默。她下定決心要逼他說話，於是接著又說：

「我還記得在赫特福德郡初次認識她時，我們都很驚訝她竟然有美女的封號；我特別清楚記得，你在她們來尼德斐莊園用餐的某天晚上說：『她是美女！那她母親就是才女了。』但之後你對她的印象似乎有好轉，一度覺得她還滿漂亮的。」

「是沒錯，」達西再也無法克制自己，「但那只是我剛認識她的時候，後來我就覺得她是我所認識的女子中數一數二迷人的，也這麼想很久了。」

他話說完就走了，留下終於稱心如意，但適得其反的賓利小姐，逼他說出除了她沒有其他人會感到痛苦的話。

回程時，嘉迪納太太和伊莉莎白聊起做客過程中發生的一切，什麼都聊，除了兩人最感興趣的話題。她們討論了所有人的外表及行為，只有最吸引她們注意的那個人沒討論。她們聊起他的妹妹、他的朋友、他的房子、他的水果，什麼都聊就是沒有聊他本人。伊莉莎白真的好想知道嘉迪納太太對他的看法，其實如果由外甥女主動開啟這個話題，嘉迪納太太也很樂於參與。

46

初到蘭頓當天，伊莉莎白覺得很失望，竟然沒有收到珍寫來的信；這種失望，在他們停留的每一個早晨都會襲來。但到了第三天早晨，她停止了埋怨，因為一次收到兩封來自姊姊的信，讓姊姊得以平反；其中一封信上的標記顯示原本寄錯了地方。伊莉莎白對此完全不感到意外，因為珍把地址寫得亂七八糟的。

信送達的時候，他們正準備外出散步，舅舅和舅媽於是自行出門，留下她獨自沉浸在兩封信裡。第一封寄錯的信一定要先讀，那是五天前寫來的。信件開頭描述了她們的活動與小小派對，都是鄉下地方會有的消息；但是日期標注為一天後的後半封信，寫得十分激動，其中資訊更為重要。內容如下：

親愛的莉茲，我寫完前半封信後，發生了意料之外的大事了。我不想嚇妳，請放心大家都很好。我要說的事跟可憐的莉迪亞有關。昨天半夜，在我們都上床後，突然收到來自佛斯特上校派特快信差送來的快遞，通知我們她跟下屬軍官跑去蘇格蘭[48]了。老實說，就是跟韋克翰！想想我們有多驚訝。然而凱蒂似乎不太訝異。我感到非常非常遺憾。這樣的婚事對雙方來說都太過魯莽了！但我還是做最好的打算，希望只是我們誤解了他的個性。我絕對相信他思考不周過於輕率，但決定結婚這個舉動（讓我們為此歡欣）出發點並沒有惡意。至少他的選擇不是出於利益考量，他想必知道我們的父親什麼也無法給她。我們可憐的母親傷心極了。父親的反應還算平靜。我真的極為慶幸，我們從來沒有讓他們知道他的負面評價，我們自己也必須都遺忘。根據推測，他們大約是星期六半夜出發的，但直到隔天早上八點大家才發現，接著立刻派出特快信差。親愛的莉茲，他們曾經與我們相隔不到十英里啊！佛斯特上校說他很快就會到。莉迪亞留了封短信給他妻子，宣布他們的計畫。我只能寫到這裡，因為不能離開可憐的母親身邊太久。妳恐怕會看不懂我在寫什麼，連我自己都不知道我寫了什麼。

伊莉莎白沒讓自己有時間沉澱，也完全不清楚自己的感受，讀完這封信後立刻又拿起了第二封信，分外急躁地拆開，閱讀在前一封信寫完後隔天所寫下的文字。

親愛的妹妹，這時候妳應該已經收到我前一封匆忙寫下的信。希望這封內容會比較容易理解，但是，現在雖然不趕時間，我的腦袋卻混亂到無法保證能有條理。親愛的莉茲，我完全不

---

48 英格蘭於一七五三年後規定，夫妻舉行婚禮或申請結婚證書前，須於同一教區居住三週以上，婚姻始為合法。蘇格蘭豁免於這條法律，因而成了許多私奔男女的首選之地。

知道該要寫什麼，但我要說的是壞消息，而且事不宜遲。儘管韋克翰先生和我們可憐的莉迪亞結婚是很魯莽的事，我們現在卻迫切希望他們已經結婚了，因為有太多理由讓人擔心他們根本沒去蘇格蘭。佛斯特上校昨天來過家裡，他在前一天派出特快信差後不久，便從布萊頓出發。雖然莉迪亞在留給佛斯特夫人的短信中表示，他們要前往私奔聖地格雷特納格林小鎮，丹尼卻透露他認為韋克翰根本沒打算要去那裡，更沒打算要娶莉迪亞，佛斯特上校聽了轉述的這些話後十分驚恐，立即從布萊頓出發去尋找他們。他輕易地追蹤到倫敦南邊的克拉珀姆，但是後續動向就不清楚了。因為他們一到克拉珀姆，就把交通工具從兩人在埃普瑟姆租的輕馬車，換成市區內的出租馬車。在這之後，就只知道有人在倫敦路上看見他們。我不知道該做何感想。在倫敦那頭想盡辦法打聽消息後，佛斯特上校接著便前來赫特福德郡，途中焦急地在每個收費站打聽他們的蹤影，也到巴內特和哈特菲爾德的客棧找，但都沒有結果，根本沒人見到他們路過。他滿心憂慮來到朗伯恩，以發自內心的真誠告訴我們他的擔憂。我非常為他和佛斯特太太難過，根本沒有人能怪他們。親愛的莉茲，我們全家陷入極大哀傷。父親和母親已經做好最壞打算，但我實在無法把他想得那麼壞。除了最初的計畫，若是其他條件符合，他們也可以偷偷在倫敦結婚；再說，我認為不太可能，但是，即使他對莉迪亞這種沒有家世背景的女孩子會有這種打算，難道她也完全喪失理智了嗎？不可能。然而，我很悲傷地得知，佛斯特上校也不指望他們成功結婚；當我說出我的希望時，他搖了搖頭，還說他怕韋克翰不是值得託付的人。可憐的母親真的很傷心，半步也不離開她的房間。要是她願意努力克服會更好，但我不抱希望；

至於父親，我這輩子從沒見過他如此震驚。他們怪可憐的凱蒂隱瞞他們相愛的事，但這是她們之間的祕密，也難怪她沒說啊。親愛的莉茲，我真的很高興妳不用經歷這些傷心事，但一開始的震驚已經過了，如今，我是否該承認，我很希望妳能回來？我當然沒有那麼自私，如果不方便也不會逼妳回來。再見！我又拿起了筆，要做我先前才承諾不會做的事，但事到如今，我只能熱切乞求，求你們盡快回到這裡。我很了解舅舅和舅媽，所以不怕如此要求，甚至還要請求舅舅幫忙。父親將與佛斯特上校立刻動身前往倫敦，設法找到她。我真的不知道他會怎麼做，但他實在太傷心了，不可能做出最好、最安全的決定，佛斯特上校又不得不在明天晚上前回到布萊頓。情況如此緊急，舅舅的建議與協助會是全世界最好的事；他一定能立刻理解我的感受，我就指望他的善心了。

「喔，在哪裡，舅舅在哪裡？」伊莉莎白一讀完信，立刻從位子上跳起來呼喊，不浪費一分一秒寶貴時光急忙尋找。但是她來到門邊，僕人開了門，卻是達西先生出現眼前。她蒼白的臉色與焦急的態度嚇了他一跳，在他恢復鎮定得以開口前，滿腦子都是莉迪亞闖下大禍的她驚慌失措：「真的很不好意思，但我必須離開。我必須立刻找到嘉迪納先生，這件事情刻不容緩，我不能浪費任何時間。」

「天哪！發生什麼事了？」關切讓他忘了不可以問私事的禮儀，隨後又恢復鎮定，「我不會耽誤妳的時間，但請讓我或是讓僕人去找嘉迪納夫婦。妳看起來不太好，不能自己出去。」

伊莉莎白遲疑了一下，但雙膝一軟，讓她明白自己去找他們也幫不上忙。因此她喚回僕人，派他立刻去找他的男女主人回來，但上氣不接下氣地說話讓人很難聽懂。

僕人離開後，她再也站不住，只能坐下，看起來十分不好，達西根本無法留下她一個人，更忍不住以溫柔憐憫的語氣說：「我幫妳叫女僕過來吧。有沒有什麼能讓妳現在好過一點的東西呢？要我幫妳倒一杯葡萄酒嗎？妳看起來真的很不舒服。」

「不用了，謝謝你，」她努力想打起精神來。「我沒有發生任何事。我很好，只是因為剛收到來自朗伯恩的壞消息，讓我非常痛苦。」

話說出口的同時，她忍不住哭了出來，長達幾分鐘的時間根本無法說話。飽受不安煎熬的達西，出於關心也只能說些點到為止的話，然後沉默但同情地看著她。終於，她又開口了。「我剛收到珍的信，信上捎來可怕至極的壞消息。這種事情根本誰也瞞不了。我妹妹剛離開所有朋友，私奔去了，而且是把自己交給韋克翰先生。他們一起離開了布萊頓。你很了解他，所以很清楚接下來會發生什麼事。她沒有錢、沒有地位，沒有什麼能誘使他跟她結婚，她這輩子都毀了。」

達西呆住了。她繼續更加激動地說：「而我本來可以避免這種事的！我很清楚他是什麼樣的人。要是我對自己家人說出我所知道的事情，就算不是全部也好！要是大家看清他的為人，就不會發生這種事了；但現在，一切都來不及了。」

達西驚呼：「我替府上感到非常遺憾，真的，遺憾並驚訝。但是已經確定了嗎？非常確定？」

「喔，是啊！他們星期天晚上一起離開布萊頓，兩人的行蹤到倫敦之後就斷了；他們確定沒有往蘇格蘭去。」

「那麼目前為止，府上做了什麼好把她找回來？」

「家父去了倫敦，珍寫信來拜託我舅舅立刻去幫忙，希望我們半個小時內可以出發。但是做什麼都沒用了。我很清楚，做什麼都沒用了。像這種男人要怎麼改變他？要怎麼找到他們？我完全不抱任何希望。不管怎麼想都很可怕！」

達西默默搖頭，認同她的說法。

「當我看清他真正的為人。喔！要是我早知道，要是我敢採取行動！但我並不知道，也不敢多做什麼。該死，真是該死的錯誤！」

達西默不作聲。他似乎根本沒聽見她說話，在房裡來回踱步，陷入沉思，他眉頭深鎖，人陰沉沉的。伊莉莎白很快便注意到，並立刻讀懂了他這番表現背後的原因。她逐漸失去左右他情感的能力了，面對這種保證會讓人蒙羞的家庭，再深的情感想必都會淡去。她不訝異也無法責備他，但是，她並沒有因為相信他已在內心戰勝了自己的情感而感到安慰，這樣也無法減輕她的痛苦。反而是剛好讓她明白自己真正的心意，因為她從不曾像此刻這麼誠心希望自己能夠愛他，只是，再愛都沒有用了。

不過，雖然她會想到自己，卻也不可能占據她的全部思緒。想到莉迪亞，想到她會讓全家人蒙羞及不幸，這些念頭很快便淹沒了所有跟她自己有關的擔憂；伊莉莎白用手帕摀住臉，徹底與外界隔離。過了幾分鐘後，身旁響起的聲音才讓她再次意識到自己的現況，他以憐憫同時也壓抑的語氣說：「我想妳應該早就希望我離開了吧，而除了真誠但無效的擔憂外，我也沒有什麼理由好堅持留下。要是有什麼我能說或去做的，能在這樣悲慘的情況下安慰妳，我絕對不惜代價。但我不會以無用的希望折磨妳，不然反而變得好像是故意要妳感謝我。可惜的是，我妹妹恐怕要因為這起悲劇，失去今天在彭伯里莊園跟妳見面的機會了。」

「是啊。請務必代我們向達西小姐道歉。就說我們有急事得立刻回家。盡可能隱瞞這起不幸事件的真相。雖然我知道瞞不了多久。」

他馬上向她保證會守口如瓶，再次表示為她的痛苦感到難過，希望最後的結局會比現在預期的更好；請她代為問候她的親人，然後以嚴肅的眼神向她道別離開。

他離開後，伊莉莎白覺得他們下次相見，應該不可能再像這幾次在德比郡這樣熱情了。她快速回顧兩人認識的經過，充滿了矛盾與變化，想到自己過去原本會因為一切結束而歡欣鼓舞，現在卻希望能繼續往來，不禁嘆息。

如果感激與尊敬是感情的良好基礎，那麼伊莉莎白的心境轉變就很有可能而且無誤。但如果不是，如果跟據說通常初次見面、連話都還沒說上一句時便浮現的好感相比，源於感激與尊敬的好感既不合理也不自然，那也無從為她辯解了。不過，她對韋克翰的偏頗好感，多少也等於嘗試了所謂的一見鍾情，結果卻如此不成功，也難怪她可能會想要嘗試相對沒那麼有趣的感情。無論如何，她帶著遺憾看他離去，在莉迪亞的醜聞將會帶來的各種後果中，這是第一起，她一邊回想一邊更加憤怒。從閱讀珍的第二封信開始，她就壓根沒期待過韋克翰是真的打算娶莉迪亞。只有珍，她心想，會以這樣的期待安慰自己。事情發展成這樣，驚訝是她最微不足道的心情。當她滿腦子都還是第一封信的內容時，她確實十分驚訝，很訝異韋克翰竟然願意娶一個為了錢就絕對不可能娶的女生，也完全無法理解他怎麼可能受莉迪亞吸引。但現在想想真是再自然不過了。如果是像這樣輕浮的感情，那她的魅力或許足夠，而且，雖然她不認為莉迪亞是刻意要與人私奔而不打算結婚，她卻完全能夠確信，無論是莉迪亞的美德或智力，都無法避免她輕易上當。

軍團還在赫特福德郡的時候，她從來沒有感覺到莉迪亞對他有什麼特別的好感，但她很肯定，只要稍有鼓勵，莉迪亞會隨便愛上任何人。她有時最喜歡這個軍官，有時又換另一個，全看她覺得那個人對她有多殷勤。她的感情持續變來變去，但永遠都不缺乏對象。喔！她現在深刻體會到，忽略與放縱這樣的女孩造成了多大的錯誤與傷害。

她恨不得此刻人就在家裡，能聽見、能看到、能在現場與珍分擔那些現在想必完全落在她身上的擔憂，家裡已經亂成一團，父親不在、母親完全使不上力，還需要隨時有人照顧。而且，儘管她相信莉迪亞的人生已經毀了，舅舅的介入仍是最重要的事，因此，在他回來之前，她陷入了痛苦萬分的不耐深淵。嘉迪納夫婦驚慌失措地趕回來，聽僕人轉述還以為外甥女突然生病了。立即排除這項疑慮後，伊莉莎白急忙說出請他們回來的原因，將兩封信的內容分別念出來，並格外激動地著墨於第二封信的附筆。雖然嘉迪納夫婦始終沒有特別喜歡莉迪亞，仍然不禁深深煩惱。不只是莉迪亞，所有人都會受到牽連；表達了最初的驚訝與懼怕後，嘉迪納先生承諾會竭盡全力幫忙。雖然伊莉莎白也預期會是如此，仍是淚流滿面地感謝他；由於三人有志一同，很快便決定好接下來旅程的細節。他們將盡快出發。「彭伯里莊園那邊怎麼辦啊？」嘉迪納太太驚呼。「約翰告訴我們，妳請他來找我們的時候，達西先生也在這裡，對嗎？」

「是的，我跟他說過，我們無法按照原本的計畫赴約了。那邊都說好了。」

「那邊都說好了，」嘉迪納太太連忙回到自己房間收拾行李時，重複了一遍，「所以他們的關係好到她可以說出實際上發生什麼事！喔，真希望我知道他們之間是怎麼回事！」

但怎麼希望都沒用，頂多就是讓她在接下來匆忙混亂的時刻裡，有件事可以想。要是伊莉莎白有空閒時間發呆，可能會認為此刻內心這麼痛苦的她不適合從事任何活動，但其實她跟舅媽一樣各有事情要處理，其中還包含寫信給他們在蘭頓的所有朋友，捏造理由說明他們為何突然離開。不過，所有事情都一個小時後完成，嘉迪納先生同時也結清了客棧的費用，除了啟程，再沒有其他事要忙。經歷了一個痛苦的上午後，伊莉莎白得以在比自己預期更短的時間裡，坐上馬車前往朗伯恩。

47

「伊莉莎白，經過反覆思考，」他們乘車離開蘭頓時舅舅說，「與認真考量，我比剛才還要傾向於跟妳姊姊抱持一樣的看法。我覺得不可能有年輕人會這麼做，他絕對知道這樣的女孩會有家人朋友保護，而且這女孩還住在他的上校家裡，因此我相當樂觀。難道他以為她不會有朋友出面捍衛她的名聲？難道他以為這樣冒犯佛斯特上校後，在軍團裡還會受到重用？他所受到的誘惑與所要面臨的風險完全不成比例啊！」

「你真的這麼認為嗎？」伊莉莎白稍微振奮了一下。

「唉呀！」嘉迪納太太也說，「我開始同意妳舅舅的說法了。他這麼做，得要嚴重違背自身的規矩、榮耀與利益。我實在無法把韋克翰想得這麼差勁。莉茲，妳自己能夠完全放棄他，相信他做得出這種事嗎？」

「或許不至於會違反他的自身利益。但是其他幾項，我相信他完全做得到。如果真如你們所說的就好了！但我不敢抱持這種希望。既然如此，他們為什麼不繼續前往蘇格蘭？」

嘉迪納先生說：「首先，沒有任何確切的證據證明，他們沒去蘇格蘭。」

「喔！但是光從他們將輕馬車換成出租馬車，就足以推斷了啊！而且，巴內特路上也絲毫不見他們的蹤影。」

「好吧，那就假設他們在倫敦。他們或許是為了藏身而留在倫敦，沒有其他特殊原因。他們兩人手頭應該都不寬裕，所以可能會覺得，在倫敦結婚雖然要花比較久的時間，卻比去蘇格蘭便宜。」

「但是為什麼要偷偷摸摸？為什麼要怕被人發現？為什麼他們一定要私下結婚？喔，不，這些都說不過去。根據珍的說法，連他最好的朋友都認定，他從頭到尾都沒有打算要娶她。韋克翰絕對不會娶沒錢的女人。他根本不能這麼做。莉迪亞哪有什麼財產，除了年輕、健康與好脾氣，她還有什麼吸引力會讓他甘願放棄機會，娶有錢人獲得好處？至於像這樣與她私奔的可恥行為會讓他在軍團裡如何蒙羞、對他的發展有哪些限制，這我就無從判斷了，因為我對於這種行為會帶來的影響沒有任何概念。至於其他反駁的理由，恐怕一點也沒有效力。莉迪亞沒有任何哥哥能出面與他決鬥，而且從我父親過去的行為來判斷，考量到他的怠惰與對家中發生的事向來不太在意，韋克翰可能猜想他同樣不會多做多想什麼；一般父親面對這種情況的反應都是這樣。」

「但妳覺得莉迪亞也會因為愛他而徹底失去理智，同意在不結婚的情況下跟他同居嗎？」

伊莉莎白含著淚說：「在這種節骨眼上，懷疑自己妹妹的規矩與道德感，感覺上跟實際上都很可怕。但是說真的，我不知道還能說什麼。或許這樣對她不公平。但她很年輕，從來沒有人教她要去思考嚴肅的議題，過去半年，喔，不，是整整十二個月，她接觸的就只有虛榮與娛樂。我們放任她用最輕浮懶散的態度虛度時光，無論接觸到什麼看法都隨她照單全收。從郡軍團駐紮在梅里頓開始，她的腦子裡除了愛情、調情跟軍官，就沒有別的了。她把全副精力花在思考與談論這些話題，讓她原本就已經很容易受影響的心情，該怎麼說呢？變得更容易受到左右。而我們都知道韋克翰充分具備可以擄獲女性芳心的外貌與談吐。」

舅媽說：「可是珍就不覺得韋克翰有這麼差勁，認為他會做出這種事。」

「珍什麼時候覺得誰差勁了？而且無論過去行為如何，在證明確實如此之前，她又什麼時候覺得誰會做出這種事情？但是珍和我都知道韋克翰的本性如何。我們都知道他過去極為荒唐放蕩與揮霍。他毫不正直又寡廉鮮恥，虛偽至極、招搖撞騙，而且手腕高段。」

「這些事情妳真的都知道？」這番資訊來源讓嘉迪納太太好奇心大作。

「沒錯，我都知道，」伊莉莎白紅了臉。「那天我告訴過你們，他對達西先生的可惡態度；你們自己上回到朗伯恩也親耳聽過，他說起那個對他只有寬容與大方的男人時是什麼態度。還有其他情況我沒有立場分享，但也不值得提起，總之他所說過關於彭伯里莊園的事全是謊言。根據他所描述的達西小姐，我真以為她會是傲慢冷淡又不討喜的女孩。但他自己知道不是這樣。他想必知道，她就跟我們所認為的一樣，友善又不做作。」

「但這些莉迪亞都不知道嗎？妳和珍這麼了解的事，難道她都沒發現？」

「沒錯！最糟糕莫過於如此。在我去肯特郡做客，經常見到達西先生和他表哥費茲威廉上校之前，我自己也完全不知道實情。回到家後，發現郡軍團再過兩個星期就要離開梅里頓；因為這樣，聽完我說的所有事情後，我和珍都覺得沒有必要公布我們所知道的事。畢竟，這樣推翻當地所有人對他的好印象，到底對誰有好處呢？就連決定了莉迪亞可以跟佛斯特太太一起去布萊頓後，我也從沒想過要讓她看清韋克翰的真實面貌。我想都沒想過，她有可能遭到欺騙。你們應該也能輕易想像，我為什麼絕對沒想到會有這種結果。」

「所以，在他們全部搬到布萊頓之前，我想妳也從來沒有懷疑過他們相互喜歡吧？」

「一點也沒有。我完全想不起他們兩人對彼此曾經有過絲毫好感，你們一定知道，要是家裡有人感覺到任何跡象，我們可不是那種會小看這種事情的家庭。他剛加入軍團的時候，她蓄勢待發要喜歡上他，但我們所有女孩都是。剛開始的兩個月裡，梅里頓鎮上、鎮外的女孩，人人為他失去理智。而他從來沒有特別注意她，因此過了一小段誇張瘋狂的愛慕時光後，她對他的喜歡就消失了，軍團裡其他明顯對她獻殷勤的人則再次成為她最喜歡的對象。」

應該很容易想見，儘管無論重複討論幾次，都不可能減少他們對這個重要話題的恐懼、希望或猜測，但整趟旅程中，也沒有其他話題能夠持續轉移他們的注意力。伊莉莎白的思緒始終停留在這裡。出於強烈的憤怒與自責，她沒有一刻能放鬆或遺忘。

他們盡可能趕路，中途僅過夜一晚，隔天晚餐前便抵達朗伯恩。想到沒讓珍等得不耐煩，伊莉莎白就覺得很安慰。

嘉迪納家的小孩發現了輕馬車，在他們進入圍場時已經站在門前階梯上。馬車開到家門前，四張小臉蛋驚喜得發亮，使出渾身解數蹦蹦跳跳，率先熱烈迎接他們回到家。

伊莉莎白跳下車，快速親吻四個小孩的臉頰後衝進玄關，此時離開母親房間跑下樓的珍就在那裡迎接她。

伊莉莎白溫暖地擁抱她，兩人雙眼都含著淚，她刻不容緩地問有沒有兩位逃犯的進一步消息。

珍說：「還沒有，但這下親愛的舅舅來了，希望一切都會沒事。」

「父親在倫敦嗎？」

「是啊，星期二那天我寫信給妳時，他就出發了。」

「他有常寄信回來嗎？」

「只收過一次信。星期三，他簡短捎來幾句話，說已經安全抵達，告訴我他下榻的地址。那是我特別拜託他要記得的事。他只有多寫一句話，表示他在沒有更重要的事情可回報前，不會再寫信。」

「那母親呢？她還好嗎？妳們都好嗎？」

「我相信母親狀況還算不錯，雖然精神大受打擊。她在樓上，看到你們一定會很開心。她目前活動範圍還沒超出更衣室。感謝老天，瑪莉和凱蒂都很好！」

「但妳呢？妳自己好嗎？」伊莉莎白驚嘆。「妳臉色好蒼白。真是吃了好多苦！」

不過姊姊向她保證，自己很好。原本忙著團圓的嘉迪納夫婦與四個小孩，此時朝兩姊妹走來，中斷她們的對話。珍跑向舅舅和舅媽，又哭又笑地歡迎並感謝兩人。

大家都進入客廳後，嘉迪納夫婦當然重複了伊莉莎白已經問過的問題，也很快便了解珍並沒有更進一步的消息。然而，她善良慈悲的心，依然堅信會有好消息，她仍然期待最後會有好結果，每天早上也都期待會收到莉迪亞或父親解釋現況的信，或許還會宣布他們的婚事。

他們聊了幾分鐘後，來到班奈特太太的房間，她迎接他們的方式一如他們所預期：淚流滿面又懊悔不已，痛罵韋克翰是多麼下流，哭訴自己吃了多少苦又怎樣被糟蹋，責怪所有人，就是沒有怪那個縱容女兒導致女兒觀念偏差的罪魁禍首。

她說：「要是我當初能夠堅持全家人一起去布萊頓，這種事就絕對不會發生。根本就沒人照顧我可憐的莉迪亞寶貝。佛斯特夫婦到底為什麼會讓她自由行動？我確定他們那邊一定是疏於照顧或什麼的，如果有人好好照顧她，她絕對不會做出這種事。我一直都覺得他們不適合負責照顧她，但沒有人聽我的，每次都這樣。可憐的孩子！這下班奈特先生跑去找他們了，我知道他如果碰到韋克翰一定會跟他決鬥，然後他會喪命，那我們的下場會如何啊？柯林斯夫婦會趁他屍骨未寒就把我們都趕出去，弟弟啊，如果你不對我們伸出援手，那我真不知道我們該要怎麼辦了。」

他們驚訝地反駁她這些可怕的念頭，嘉迪納先生向她保證自己十分關心她和她的家人，並表示他打算明天就回倫敦，盡可能協助班奈特先生找回莉迪亞。

他繼續說：「不要沒事自己嚇自己，雖然做好最壞打算是有其必要，但沒有理由要把最壞打算當成一定會發生的事。他們離開布萊頓還不到一個星期。再過幾天，我們或許會有更多他們的消息。在我們還不確定他們沒有結婚，也沒打算結婚之前，都不要放棄希望。等我回到倫敦會立刻去找姊夫，把他帶回恩典堂街的家，然後一起商量該怎麼做。」

「喔，我親愛的弟弟！」班奈特太太回他，「我希望的莫過於此。拜託你回到倫敦後，不管他們在哪裡，都要把他們找出來。如果他們還沒結婚，逼他們結婚。至於嫁妝，請不要讓他們多等待，告訴莉迪亞，等他們結婚後，她想要花多少錢買衣服都可以。而且，最重要的是避免班奈特先生跟人決鬥。請告訴他我的狀況有多糟，我焦慮不安、全身發抖、腹部痙攣、頭痛欲裂、心悸嚴重，無論日夜都沒辦法好好休息。再告訴我親愛的莉迪亞，在見到我之前都不要決定婚紗該怎麼選，她不知道最好的店在哪裡。喔，弟弟，你是個大好人！我知道你會全部計畫好的。」

儘管向她保證自己會傾力相助，嘉迪納先生仍不免提醒她要有所節制，無論是她的恐懼或希望。這樣跟她聊到晚餐已經上桌後，他們便把她留給女兒不在時負責照顧她的女管家，讓她繼續發洩情緒。

雖然她弟弟和弟媳認為沒必要讓她跟家人特別隔離，卻也沒有要反對的意思，因為他們知道她實在不夠謹慎，面對在桌邊服侍的僕人會無法緊閉嘴巴。因此決定只要一位僕人了解她對於這件事的所有恐懼與擔憂就好了——最能信任的那位。

他們進入餐廳後，原本各自在房間忙得沒有出來打招呼的瑪莉和凱蒂，不久後也加入他們。一位剛才忙著看書，另一位則是忙著打扮。她們兩人的表情都相當平靜，看不出什麼變化。不過，無論是因為最喜歡的妹妹失蹤，或是因為這件事害大家對她生氣，凱蒂的語氣聽來比平常更為緊張。至於瑪莉，她是自己的主人，在大家坐下不久後，便能以相當嚴肅沉思的表情低聲對伊莉莎白說話。

「這件事真是悲慘，可能會成為眾人話題。但我們必須力阻如此惡意，靠姊妹相互安慰來撫平彼此的傷痛。」

接著，注意到伊莉莎白沒有要回應的意思，她又繼續說：「雖然這件事對莉迪亞來說十分不幸，但我們或許可以從中獲取寶貴教訓：女人一旦失去貞節就無法挽回，一步錯，步步錯，女人的名譽就跟美貌一樣脆弱。而且面對不值得的異性，再怎麼防備也不嫌多。」

伊莉莎白驚訝地抬起雙眼，但震驚得無法回應。瑪莉則是繼續以這種從眼前惡行學習道德教訓的方式安慰自己。

到了下午，最年長的兩位班奈特姊妹終於有半個小時能獨處，伊莉莎白立刻把握機會詢問更多細節，珍也同樣急於回答。兩人一起哀嘆接下來的可怕後果，伊莉莎白認為是必然會發生的事，班奈特小姐也無法承認完全不可能，前者繼續這個話題：「把所有我還沒聽過的都告訴我。告訴我更多細節。佛斯特上校怎麼說？在私奔事件之前，他們什麼都沒注意到嗎？他們想必經常看見那兩人在一起吧！」

「佛斯特上校承認，他確實常常懷疑兩人可能互有好感，特別是莉迪亞，但沒有什麼讓他覺得應該要特別戒備的。我真的很替他難過。他是那樣細心誠懇，極為仁慈。他在還不知道他們沒有前往蘇格蘭之前，本來就打算來找我們，向我們保證他的關切。有了這層憂慮後，更是快馬加鞭前來。」

「丹尼則是深信韋克翰不會娶她嗎？他本來知道他們打算私奔嗎？佛斯特上校有沒有親自見到丹尼？」

「有，但是換他詢問的時候，丹尼矢口否認知道他們的計畫，也不願意表達自己的真實想法。他沒有再提自己相信他們不會結婚，憑這一點，我傾向於希望他之前可能有所誤會，才會那麼說。」

「在佛斯特上校親自來訪之前，你們也沒有任何人懷疑過，他們沒有真的結婚？」

「我們怎麼可能會有這種想法！我有點不安，擔心妹妹跟他的婚姻是否會幸福，因為我知道他的品行並沒有很好。父親和母親完全不知道，只認為這樣的婚事實在過於魯莽。這時，凱蒂因為比我們知道得更多，不免有些雀躍；她承認莉迪亞在上一封信裡，多少有為她做好這個步驟的心理準備。看來她好幾個星期前就知道他們相愛了。」

「但在他們去布萊頓之前不知道？」

「我想應該不知道。」

「那佛斯特上校本人對韋克翰的評價有沒有不好？他知不知道他的本性？」

「我必須坦白說，他對韋克翰的評價沒有之前那麼好了。他認為他是輕率浮華的人。而且這件讓人難過的事發生後，據說他離開梅里頓時欠了一屁股債；我希望這不是真的。」
「喔，珍，要是我們沒有保密，要是我們把對他的了解都說出來，這件事就不會發生了！」
姊姊說：「或許那樣會比較好，但是不知道那個人現在的心情，就揭露他過去的瘡疤，相當不合理。我們是為他人著想。」
「佛斯特上校有詳細轉述莉迪亞寫給他妻子的短箋嗎？」
「他直接帶來給我們看了。」
珍從她的筆記本裡拿出來，交給伊莉莎白。內容如下：

親愛的海莉特：

等妳知道我去了哪裡，一定會大笑，想到妳明天早上發現我不見了以後會有多吃驚，我自己都忍不住大笑。我要去格雷特納格林，如果妳還猜不到我是跟誰去，那妳真的是笨蛋，因為，這個世界上我愛的只有一個人，他是天使；沒有他，我這輩子都不會快樂，所以我們離開妳也不用擔心。妳不想的話，就不用寄信回朗伯恩說我離開了，因為我再次寫信回家，署名莉迪亞．韋克翰時，他們只會更驚訝。那樣一定會很好笑！我笑到都快不能寫字了。請幫我編個理由告訴普瑞特，說我今晚無法遵守約定跟他一起跳舞了。跟他說，我希望等他知道真正的原因時，能夠原諒我，還有下次舞會見面的時候，我會很樂意跟他一起跳舞。等我回到朗伯恩後，我會請妳幫我把行李寄回去，但希望妳能叫莎莉在把衣服打包前，先幫我那件刺繡棉紗洋裝上的大裂縫補好。再會了。請幫我向佛斯特上校致意，希望妳會舉杯祝我們旅程順利。

妳的好姊妹，莉迪亞

伊莉莎白讀完信後大喊：「喔！沒有腦袋，莉迪亞真是沒有腦袋！這種時候還寫這種信！但至少這樣看得出來，她對於兩人去蘇格蘭的計畫是認真的。無論他後來說服了她什麼，她並沒有計畫要鬧出這種醜聞。可憐的父親，他一定很震驚！」

「我從沒見過有人震驚成那樣。他有整整十分鐘說不出話來。母親立刻病倒，全家都陷入混亂！」

「喔，珍！」伊莉莎白驚呼，「那天結束時，有哪位僕人還不知道整件事的經過嗎？」

「我不知道，希望有。但是在這種時候，真的很難小心翼翼。母親崩潰了，雖然我盡了力想幫她，恐怕做的還是不如我所想要的多！光想到可能會發生什麼事，那樣的恐懼幾乎讓我整個人癱瘓。」

「妳已經超乎妳所能地照顧她了。妳看起來很不舒服。喔！要是我當時在妳身邊就好了，妳就不用獨自承擔所有的焦慮與照顧責任。」

「瑪莉和凱蒂都很乖巧，她們肯定是很願意幫忙分擔所有辛勞的，但我覺得她們兩個都不適合。凱蒂太纖細柔弱，瑪莉又忙著念書，她的休息時間不該被打擾。菲力普阿姨星期二來過朗伯恩，就在父親出發後，非常好心地留下來陪我到星期四。她對我們的幫助與安慰都很大，盧卡斯夫人也很好心，她星期三步行來家裡向我們表示同情，還說如果有用的話，她自己或任何一位女兒都可以幫忙。」

「她最好是留在家啊，」伊莉莎白哀嘆，「或許她是好意，但面對這種災難，鄰居能不見就不要見啊。根本無法提供任何協助，同情更是令人難受。他們就遠遠地為戰勝我們而得意就好了。」

她進而詢問，父親到倫敦後打算如何找回女兒。

珍回答：「我想，他是打算去埃普瑟姆，那是他們最後一次換馬的地方，去見那裡的左馬馭者，看能不能從他們身上問到什麼。他主要應該是想找出他們從克拉珀姆換乘的出租馬車編號。馬車從倫敦載客前來，一對男女換馬車的景象應該會引人注目，他打算在克拉珀姆到處問問看。如果能夠想辦法找出馬車夫在哪個庫房前放下乘客，他就要去那裡打聽，希望問出馬車所屬的驛站與編號。我不知道他的其他計畫，因為他離開得太倉促，心情又極度不安煩亂，我連這些都差點問不出來。」

48

隔天早上，所有人都在等待班奈特先生來信，可是郵差來了，卻沒有帶來他的隻字片語。家人知道他一般來說是會疏於寫信或拖很久才寫的人，只是在這種時候，他們希望他會願意多用點心。最後他們只能猜想，他可能沒有任何新消息可報告，即便如此，他能來信確認也好。嘉迪納先生等到郵差來過後就出發了。

他離開後，至少大家可以確定會收到近況更新，舅舅離開時也答應會盡快勸班奈特先生回朗伯恩。他的姊姊班奈特太太為此表示安慰，她認為只有這樣才能確保丈夫不會死於決鬥。

嘉迪納太太跟孩子會在赫特福德郡多住幾天，猜想她留下對外甥女應該會有幫助。她跟她們輪流照顧班奈特太太，在大家閒暇時間也讓她們倍感安慰。另一個阿姨也經常來看她們，總是說想要來幫她們打氣、哄大家開心，儘管老是帶來更多韋克翰之前如何奢侈或違法的消息，結果幾乎每次離開時，都只是讓大家心情更差。

整個梅里頓的居民似乎都致力於誹謗韋克翰，這位不過三個月前還被眾人捧為天使的人，據說在每間商店都欠債，風流事蹟全被冠上誘拐之名，而且號稱所有經商家庭的女兒他都嘗試誘拐過。每個人都宣稱他是全世界最邪惡的年輕人，每個人都慢慢發現，他們其實一直都不信任看似善良的他。儘管伊莉莎白駁斥了半數以上的說法，卻仍是足以讓她更加確信妹妹被拐走了。就連大多說法都不相信的珍，也幾乎要失去希望，特別是到了現在，如果他們當初真的去了蘇格蘭，也就是她一直默默希望是事實的事，大家早該獲得他們的消息了。

嘉迪納先生星期天離開朗伯恩，星期二，妻子收到他的信，告訴大家他抵達後便立刻找到姊夫，也說服他搬來恩典堂街住。還說，在他回到倫敦前，班奈特先生已經去過埃普瑟姆和克拉珀姆，但沒有打聽到任何令人滿意的消息，現在班奈特先生決定要走遍倫敦的旅館，因為他相信他們剛進倫敦還沒找到租屋處時，一定曾在旅館落腳。嘉迪納先生本人不覺得會有多大用處，但姊夫躍躍欲試，他便打算要協助他。他另外補充，目前班奈特先生完全沒有打算要離開倫敦，他自己則很快會再寫信到朗伯恩。信末還有附筆。

我寫了信給佛斯特上校，請他向軍團裡跟這位年輕人比較要好的朋友打聽看看，韋克翰有沒有任何親戚或朋友可能知道他現在藏身在倫敦何處。如果有這麼一號人物，或許能向那人打探任何可能的線索，或許會至關重要。目前我們毫無頭緒。相信佛斯特上校會竭盡全力協助我們。不過，現在想想，莉茲或許比其他人更能告訴我們，他還有沒有什麼親人在世。

伊莉莎白當然知道舅舅是在暗示她和達西的關係匪淺，但是她根本無法提供任何舅舅以為能獲得的資訊。

她從沒聽說過他有其他親人，只有多年前便過世的雙親。不過，他在郡軍團的同袍，或許能夠提供訊息。而且，雖然她沒有抱太大的希望，還是期待能打探到消息。

現在，朗伯恩的眾人每天都在焦慮中度過，而最心急的便是郵差預定要來的時候。每天早上，大家迫切等待的大事便是郵差來臨。無論是好消息或壞消息，都會透過信件傳達；每天，大家都希望隔天會帶來更重要的消息。

但是，在他們再度接獲嘉迪納先生的消息前，先收到了來自另一個地方的柯林斯先生給她們父親的信。由於珍事前便獲得授權，在父親離家期間都要代為讀信，於是她讀了。伊莉莎白很清楚他的信總是非常詭異，於是從她身後跟著一起閱讀。信件內容如下：

班奈特先生，您好：

由於我們是親戚，還有因為我是牧師，我覺得自己有責任要為您目前經歷的極端痛苦提供安慰；我們昨天收到來自赫特福德郡的信後得知了消息。親愛的先生，請相信我和柯林斯太太都誠摯地同情您與您受敬重的家人，您此刻想必極為哀傷痛苦，而痛苦的原因無論過了多久大概也無法抹去。在這樣最讓父母煩惱的情況下，我說什麼都無法為您減輕此番不幸，也無法安慰您。相較之下，若今天令千金是過世，恐怕都還算是福氣。而讓人更加哀傷的是，根據我親愛的夏洛特所告訴我的，令千金此番放蕩的行為，有可能是因為家裡過度放縱，但同時，為了安慰您與班奈特太太，我傾向於相信她的本質想必就如此淫亂，否則不太可能年紀輕輕就犯下如此嚴重的錯誤。無論原因為何，您的哀傷讓我深感憐憫，而且與我同感的不只是柯林斯太太，還有我已經告知發生何事的凱薩琳夫人與她女兒。她們也與我同樣擔心，令千金這樣的錯誤將會嚴重傷害其他家人未來的命運，正如凱薩琳夫人紆尊降貴地說了，誰會想跟這種家庭扯上關係。這番考量讓我對去年十一月所發生的某件事感到更加滿意，否則，您的哀傷與恥辱我想必也會有份。因此，請容我建議您，盡可能安慰自己，然後從此不要再關心您那不值得的孩子，任由她自食如此罪孽深重的惡果。

尊敬您的……

嘉迪納先生一直等到接獲佛斯特上校的回音後，才再度來信，但也沒有任何好消息可說。沒有人知道韋克翰有什麼親人，跟誰保持過聯繫，而且很確定的是他沒有任何近親還活在世上。他過去的朋友很多，但是加入軍團後，似乎沒有與任何一位繼續維持友誼，因此也沒有辦法指出有誰可能提供任何與他有關的消息。此外，以他負債累累的情況來看，他當然會極力隱藏行蹤，除了怕莉迪亞的家人發現他們，也因為最近發現他欠下的賭債相當可觀。佛斯特上校相信，要還清他在布萊頓所欠下的債務，將需要超過一千英鎊。他在倫敦確實也欠下不少，但是他的賭債數目才真正令人嘆為觀止。嘉迪納先生並不打算向朗伯恩的家人隱瞞這些細節；珍聽見後不寒而慄。「他是賭徒！」她驚呼。「真是太出乎意料了。我想都沒想過會這樣。」

嘉迪納先生在信裡又說，她們應該隔天，也就是星期六，便可期待父親回到家。在用盡方法卻都徒勞無功後，他臣服於小舅子嘉迪納先生的懇求，決定打道回府，由嘉迪納先生看情況採取必要行動，繼續找人。班奈特太太聽說這件事後，並沒有如女兒所期待的那樣開心，儘管她之前明明還那樣為他的性命擔心。

「什麼，他沒找到莉迪亞就要回來！」她吶喊。「他沒找到他們之前怎麼可以離開倫敦。他要是離開，誰要跟韋克翰對決，逼他娶她？」

由於嘉迪納太太也開始希望能回家，便決定她和孩子要在班奈特先生從倫敦出發的同時，也出發回倫敦。因此，馬車先載他們一段到半路，回程再將主人接回朗伯恩。

嘉迪納太太離開時，依舊對伊莉莎白與她德比郡友人之間的關係困惑不已，畢竟他在當地對她是那樣殷勤。但是外甥女在他們面前不曾主動提起他的名字，嘉迪納太太本來抱持希望，以為他們回到朗伯恩後會接著收到他的信，卻也沒有。在伊莉莎白回家後，沒有收過任何來自彭伯里莊園的信。

全家人目前不快樂的狀態，讓伊莉莎白低落的心情不需要其他理由，也因此無法合理去推測任何結論。不過，到了現在，伊莉莎白已經很明白自己的心意，非常清楚要是她完全不認識達西，莉迪亞的聲名狼藉或許還不會讓她那麼畏懼。或許還能讓她少失眠個一、兩晚，她心想。

班奈特先生抵達時，看起來跟過去鎮靜沉著的模樣沒什麼不同。他和過去一樣沉默寡言，絕口不提導致他離家的那件事，女兒也過了好些時間才有勇氣問起。

直到下午他和大家一起用午茶時，伊莉莎白才敢提起這個話題，在她簡短地表示為他所經歷的一切感到難過後，他說，「絕對不要這樣說。除了我，還有誰該要為這件事吃苦？一切都是我咎由自取，本來就該我受罪。」

伊莉莎白回他：「你千萬不要對自己這麼嚴苛。」

「妳早就警告過我會有這種危險了。人性是那麼容易墮落！不，莉茲，我這輩子首次深深明白，這一切都是我的錯。我不怕被這樣的情緒影響，很快就會好的。」

「你覺得他們在倫敦嗎？」

「是的，不然還有哪裡可以讓他們躲得那麼好？」

「而且莉迪亞以前就很想去倫敦，」凱蒂跟著搭腔。

「那她想必很開心，」父親話中帶刺，「而且她搞不好會在那裡住上一陣子。」

短暫沉默後，他接著說：「莉茲，我完全不怪妳五月時的忠告竟說中了，看看現在的情況，妳當初還真有遠見。」

他們的對話，因為班奈特小姐來為母親端茶點上樓而中斷。

他深深感嘆：「這麼愛作秀，還真是不錯啊，讓這樣的災難都優雅了起來！改天我也要這麼做，就穿睡袍坐在書房裡，盡可能給大家添麻煩，或是我可以晚一點，等到凱蒂也跑掉再來這麼做。」

「爸爸，我不會跑掉的，」凱蒂語氣煩躁，「要是我有機會去布萊頓，表現一定會比莉迪亞好很多。」

「妳去布萊頓！——就算給我五十英鎊，我也不會讓妳靠近伊斯特本[49]！不，凱蒂，我至少學會了要謹慎，而妳絕對能感受到我謹慎的效果。我家再也不准軍官踏入，連穿越莊園都不可以。除非妳跟姊姊一起跳舞，否則也禁止參加舞會。直到妳能證明自己每天至少有十分鐘的時間能夠表現理智，否則絕對不准出門閒晃。」

凱蒂非常認真看待這些威脅，開始哭泣。

他說：「好了好了，不要這樣不開心。如果妳接下來十年都表現良好的話，十年後我會帶妳去看一場閱兵典禮。」

49 伊斯特本（East Bourne）：臨近布萊頓西南方的城鎮。

49

班奈特先生回到家的兩天後，珍和伊莉莎白正在屋子後方的矮叢間散步，突然看見女管家朝她們跑來，心想應該是母親要找她們，於是走上前與她會面。但迎接她們的不是母親的召喚，當她們接近時，她反而對班奈特小姐說：「小姐，不好意思打擾妳們了，但希望倫敦有捎來好消息，所以我自作主張來問妳們。」

「希爾，妳這麼說是什麼意思？我們沒有收到來自倫敦的消息啊！」

「親愛的小姐，」希爾太太一陣驚訝，「妳不知道嘉迪納先生派了特快信差送信來給主人嗎？信差大約半小時之前到的，主人已經收到信了。」

兩位女孩拔腿就跑，連講話時間都沒有，急著回到屋裡。她們從玄關一路跑到早餐室，再從那裡跑進書房，她們父親都不在這些地方。正準備上樓看他是不是跟她們的母親在一起時，男管家看見她們，對她們說：

「兩位小姐，如果妳們在找男主人，他朝矮林走去了。」

聽完，她們立刻再度穿過大廳，跟在她們父親身後橫越草皮。她們父親正刻意朝圍場旁的小樹林走去。

珍不如伊莉莎白體態輕盈，也不像她那樣經常跑步，很快就落後了，伊莉莎白則氣喘吁吁地追在父親身後急忙大喊：

「爸爸啊，有什麼消息？有什麼消息？你收到舅舅的信了？」

「是的，我收到他的特快信。」

「然後呢，信上帶來什麼消息？好的還是壞的？」

「哪有什麼好事可期待呢？」他說，一邊從口袋裡掏出信，「但或許妳會想讀這封信。」

伊莉莎白迫不及待從他手中搶走信。這時，珍追上了他們。

父親說：「大聲念出來吧，因為我自己也不太清楚信上寫了什麼。」

八月二日，星期一，恩典堂街

親愛的姊夫：

我終於有關於外甥女的好消息可回報，整體來說，希望能讓你滿意。在你星期六離開後，我很幸運地打聽到他們人在倫敦何處。詳細情況就留到我們見面時再聊。總之，目前你只需要知道，我找到他們了，而且已經見過他們兩位——

珍非常驚喜：「果然跟我一直希望的一樣，他們結婚了！」

伊莉莎白繼續讀：

——已經見過他們兩位。他們還沒結婚，我也沒發現他們有打算要結婚的意思。但如果你願意執行我冒險代替你提出的承諾，希望不久後他們就會結婚。你只要在婚前協議書中保證，在你與我姊姊過世後，她能公平地跟其他姊姊一起平分五千英鎊；此外，還要承諾你在世時，每年給她一百英鎊。考量各種情況後，這些是我自認有榮幸代替你毫不遲疑同意配合的條件。我將會派特快信差送出這封信，才不會浪費時間等待你的回覆。從這些細節中，你應該不難發現，韋克翰先生的財務狀態沒有像外界普遍認為的那麼糟。在這方面，所有人都被騙了，而且我很高興地說，即使還清他的所有債務，還會剩下一點錢，好保障我外甥女萬一喪夫的生活，除了她自己的錢以外。如果像我所預設的一樣，你授權由我來負責處理這整件事，我會請哈葛斯登立刻著手擬定適當的婚前協議書。你完全不需要再到倫敦來，靜靜待在朗伯恩就好，相信我會熱心處理好的。請盡快將你的答案寄回，並且要寫得清楚明確。我們認為外甥女最好是從我們家中嫁出，希望你會同意。她今天就會搬進來。等決定更多其他細節後，我會盡快再次寫信。

你親愛的小舅子，愛德華．嘉迪納

伊莉莎白念完後驚呼：「真的可能嗎！他真有可能娶她嗎？」

她姊姊說：「看來韋克翰沒有像我們所想的那麼不堪；親愛的父親，恭喜你。」

「那麼你回信了嗎？」伊莉莎白急著問。

「沒有，但必須要盡快回信。」

她熱切地拜託他別浪費時間，快點回信。

她吶喊：「喔，我親愛的父親！立刻回家寫信吧。想想看，在這種情況下，每分每秒都很重要。」

珍說：「如果你不想那麼麻煩，我可以代你寫信。」

他回道：「我完全不想，但還是必須寫。」

說完後，他便跟著兩個女兒回頭，朝家中走去。

伊莉莎白說：「我可以問嗎？那些條件我想勢必得要配合吧！」

「豈只配合！我還覺得很丟臉，他竟然只要這麼少。」

「而且他們非結婚不可！儘管他是那種人！」

「是啊，是啊，他們非結婚不可。沒有其他辦法了。但我有兩件事很想知道：首先，妳舅舅拿了多少錢出來才擺平這件事，再來，我這輩子要拿什麼來還他。」

珍驚呼：「錢！舅舅！爸爸，你這話什麼意思？」

「我的意思是，沒有任何腦筋正常的男人，會願意為了這麼微不足道的條件娶莉迪亞。我在世時每年區區一百英鎊，我走了後利息還只剩五十英鎊。」

伊莉莎白說：「這麼說確實沒錯，雖然我之前都沒想過這件事。不但要還清他的債務，還會剩下錢！喔！一定是舅舅處理的！他真是大方的善人，但我恐怕他得要付出不少。一點點錢是不可能擺平這一切的。」

父親說：「不可能，韋克翰不是笨蛋，沒有一萬英鎊他是不可能娶她的。我實在不想在這段婚事一開始就把他想得這麼卑劣。」

「一萬英鎊！我的老天爺啊！我們連一半都還不起吧？」

班奈特先生沒有回答，三個人各自陷入沉思，一路沉默直到回到家。這時她們父親進入書房寫信，兩位女孩則走進早餐室。

「而且他們真的要結婚了！」一等到只剩她們兩人後，伊莉莎白立刻吶喊。「真是太奇怪了！而且我們得要為這種事感恩。我們竟然被迫為他們即將結婚感到高興，儘管他們幸福的機率那麼低，而他這個人又那麼糟。莉迪亞啊！」

「我用來安慰自己的想法是，」珍回她，「如果他不是真的喜歡她，絕對不會答應要娶她。雖然我們好心的舅舅幫忙他清償了些債務——我實在無法相信舅舅真的拿出一萬英鎊這種數字的金額給他。他自己有小孩，未來可能還會再生；他連五千英鎊都拿不出來吧！」

「要是我們能夠知道韋克翰到底欠下多少債務，」伊莉莎白說，「以及他在婚前協議中為我們妹妹準備好多少撫恤金，就能夠算出嘉迪納先生給了他們多少錢，因為韋克翰自己口袋裡一毛錢也沒有。我們永遠也無法報答舅舅跟舅媽的好意。他們接她回家、保護她與支持她，想必大大挫了她的銳氣，她感謝他們一輩子都不夠。這時候她已經回到他們家了！如果這樣的好意還無法讓她反省難過，那她永遠不值得獲得幸福！她見到舅媽的時候，不知道會是什麼樣子！」

珍說：「我們必須忘記他們兩人所犯的錯，我希望而且相信他們將會幸福。他同意娶她就是證明，我將會相信，他最後想通了。他們對彼此的感情將會讓他們穩定，而且想到他們即將平靜地結婚、理智地過生活，久了以後大家或許會忘記他們曾經如此魯莽，就讓我開心。」

伊莉莎白回她：「他們的行為，是我跟妳或任何人一輩子都不可能忘記的。這種事根本不用想。」

兩個女孩這時才想到，她們的母親很可能還完全不知道發生了什麼事。因此，她們進入書房問父親，會不會不希望她們跟她說。父親正在寫信，頭抬也不抬地冷淡回應：

「隨妳們高興。」

「我們可以把舅舅的信拿去念給她聽嗎？」

「想拿什麼都隨便妳們，然後趕快離開。」

伊莉莎白從他的書桌上拿走信，跟姊姊一起上樓。瑪莉和凱蒂都跟班奈特太太在一起，因此，話說一次就夠了。簡單要她們做好心理、準備聽好消息後，就開始朗讀信件內容。班奈特太太開心到無法自已。珍一念到嘉迪納先生希望莉迪亞能盡快結婚那段，班奈特太太已經開心到飛上天了，後面的每一句話都只是讓她更加欣喜若狂。她先前有多緊張惱怒又侷促不安，現在就有多興奮、喜悅。知道她女兒會結婚就夠了。她再也不必為她的幸福害怕，也不會因為想起她先前踰矩的行為而慚愧。

她欣喜大喊：「我親愛的親愛的莉迪亞，真是太令人開心了！她要結婚了！我將再見到她了！她十六歲就要結婚了！我善良好心的弟弟！我就知道會這樣，我就知道他會處理好一切。我真想再見到她！也見見親愛的韋克翰！但服裝怎麼辦，要準備婚紗！我要立刻寫信給弟媳嘉迪納太太交代這件事，莉茲，下樓去問妳父親，問他要給她多少錢。等等，不要去，我自己去問。凱蒂，搖鈴叫希爾過來。我等下要換衣服。我親愛的親愛的莉迪亞！我們相聚的時候將會有多快樂啊！」

她的大女兒要她想想嘉迪納先生的付出，想想他們家欠下多大的人情，讓她稍微冷靜下來。

她接著說：「這樣的快樂結局，絕對要歸功於他的好心腸。我們都相信，他一定是承諾要提供韋克翰先生金錢援助。」

母親喊說：「唉呀，那是當然的了，不是她自己的舅舅，還有誰該這麼做？要不是他有自己的家庭，我和我的孩子原本可是能繼承他全部的財產。除了幾份禮物之外，這是我們第一次從他那邊得到什麼。唉呀！我真是太開心了！短時間內，我將會嫁出一個女兒。韋克翰太太！真是好聽的稱呼。而且她六月才剛滿十六歲。我親愛的珍，我這麼激動，一定沒辦法寫字，所以我來念妳幫我寫吧！我們事後再來問妳父親錢的事情，但該訂的東西要先訂。」

她接著開始細數棉紗布、印花棉布、亞麻布等，本來就要指示大量下單了，還好珍百般努力地說服她再稍待，等父親有空能問的時候再說。她說，這種事情慢一天無傷大雅，母親也因為太過開心，而不像平常那樣固執。取而代之的是其他計畫。

她說：「我穿好衣服後，就要去梅里頓把這個好消息告訴我姊姊菲力普太太。回程，我還可以去拜訪盧卡斯太太跟隆格太太。凱蒂，下樓去叫馬車。我相信出去透透氣對我會很有好處。女兒啊，要我幫妳們在梅里頓辦什麼事嗎？喔，希爾來了！我親愛的希爾，妳聽說好消息了嗎？莉迪亞小姐即將要結婚了，到時候在她婚禮上，你們大家都可以喝杯調酒慶祝。」

希爾太太立刻表達她的喜悅。伊莉莎白也是她祝賀的對象，然後，對於這一切愚蠢感到厭惡至極的伊莉莎白躲回自己房間，讓自己能獨自思考。

可憐的莉迪亞的情況不可能改善，但至少沒有更糟，光是這樣也足以感恩。她確實很感恩，而且，雖然未來她妹妹不太可能過得多幸福或多富裕，想想大家兩個小時前還在擔心的事，比起來已經對大家都非常好了。

50

在人生走到這個階段之前，班奈特先生常常希望自己沒有總是把收入花得精光，而是每年都存下一點，好留給孩子更多錢；還有他的妻子，如果他比她先走的話。現在他比過去更加如此希望。要是他有這麼做，莉迪亞就不需要欠她舅舅這麼多，無論他究竟是花了多少錢買回她的名聲。這樣一來，說服全英國最沒用的年輕人成為她丈夫的滿足感，或許會比較理所當然。

他非常擔心，像這樣對大家都沒有什麼好處的事，竟然要讓小舅子一個人付出所有代價；他也下定決心，要想辦法在他能力範圍內，盡快回報這樣的恩情。

班奈特先生剛結婚時，覺得沒有必要節儉度日，因為他們絕對會生兒子。兒子一旦成年，就可以跟他一起改變限嗣繼承權，寡婦與年紀小的孩子就會有錢過生活。五個女兒接連來到世上，卻始終沒有生下兒子，即使在莉迪亞出生很多年後，班奈特太太還一直很肯定有天會生下兒子。最後他們都失去希望，但是到了那時已經來不及存錢了。班奈特太太不擅長節儉，若不是因為丈夫追求經濟獨立會努力賺錢，他們早就入不敷出了。

婚前協議書裡明訂，會留給班奈特太太與五個孩子五千英鎊。但是五個孩子的分配比例，就要看父母親的遺囑如何載明。因為莉迪亞的緣故，這一點現在就得決定，而班奈特先生也不得猶豫是否要同意信上的提議。儘管簡要，他誠摯感謝小舅子的好心相助，進而以書面文字清楚認可目前的進度，也表達自己願意實踐所有代他提出的承諾。他過去從沒想過，要是能說服韋克翰娶自己女兒，竟然只需要像現在這樣，完全不用他費心。他絕對不是付不起這種小錢的人，可以負擔該給他們的一百英鎊，因為，除了她的零用錢以及她母親偶爾塞給她當禮物的錢，莉迪亞的平日花費遠低於這個數字。

竟然讓他不需要太傷腦筋就能解決，對他來說也是一大驚喜，因為他目前就是希望能夠盡量不要跟這件事有太多牽扯。最初促使他採取行動找她的憤怒褪去後，他自然回到先前怠惰懶散的心境。他的信很快便送出，因為雖然要他採取行動他會拖拖拉拉，但實際執行時卻很快速。他寫信詢問小舅子，自己究竟虧欠了他多少，但他實在對莉迪亞太過生氣，完全不想寫信給她。

好消息快速傳遍家中，也以同樣快的速度傳遍鄰里。坊間是勉強接受這件事。沒錯，要是莉迪亞．班奈特小姐淪為妓女，會是更有趣的話題，或是皆大歡喜地被流放到遙遠農舍裡與世隔絕也不錯。但是她即將嫁人還是廣受大家討論，那些不久前還愉悅地祝福她過得好的梅里頓惡毒老太太，面對這樣的轉變，心情沒有受到多大影響，因為嫁給這種老公，幾乎可以篤定會過得悲慘。

班奈特太太已經有兩個星期不曾下樓，但是在這個開心的日子，她再度坐在她的主位上，情緒高漲到令旁人難以忍受。她得意洋洋，絲毫沒受到恥辱的影響。嫁出女兒是她從珍滿十六歲開始的首要目標，如今即將達成目的，她的思緒與話題全都圍繞在伴隨高雅婚姻而來的細節，例如細緻棉紗、全新馬車及僕人。她忙碌地分析這一帶適合女兒居住的房子，還在完全不清楚他們可能多少有收入的情況下，剔除了她認為不夠大或不夠體面的物件。

她說：「海德莊園或許可以，如果顧爾丁家願意搬走；或是史托克那間大房子，要是客廳更大一點就好了；但艾許沃斯實在太遠了！我捨不得讓她住離我超過十英里以外的地方，至於普維斯小屋的閣樓則是太可怕了。」

丈夫在僕人都還在時任她滔滔不絕，沒有打斷她。但是等僕人一離開，他便對她說：「班奈特太太，在妳幫妳女婿、女兒訂下剛剛提到的任何一間或全部的房子之前，我們先來搞清楚狀況。他們絕對別想踏入這一帶的任何一間房子。我也絕對不會讓他們踏進朗伯恩，以免助長任何一方的無恥行徑。」

他宣布完後，接連而來的是一長串爭執，但班奈特先生心意已決。他們的爭執很快又帶到另一件事，班奈特太太驚恐地發現，丈夫連一毛錢也不願意拿給女兒買婚紗。他堅稱她絕對不會從他這邊獲得任何讚許婚事的表示。班奈特太太完全無法理解。他竟然會憤怒到如此不可理喻，不願意讓女兒享有這些特權，這樣她的婚事根本不算有效；所有事情都超出她的理解範圍。想到沒有新衣服會讓女兒的婚事多麼不堪，這種恥辱比女兒兩個星期前跟韋克翰私奔同居的不名譽更讓她生氣。

如今，伊莉莎白由衷後悔當初在悲痛之餘，讓達西先生知道了他們擔心妹妹所發生的事。

既然她的婚事即將妥善地為私奔鬧劇畫下句點，他們或許有機會隱瞞這麼不名譽的開端，不讓那些沒有一開始就參與的人知道。

她並不擔心話會從他口中傳開。他是少數她相信會保密的人，但同時，他也是她最害怕知道妹妹行為不檢點的人。不過，並不是因為害怕她個人會因此受到不利影響，畢竟怎麼看他們之間都有著遙不可及的距離。就算莉迪亞的婚事再怎麼體面完成，達西先生應該也不會想要跟這個從各方面來說，都只能反對的家庭扯上關係，因為他們跟那個他如此合理唾棄的男人結盟成了家人。

有了這層關係，她毫不懷疑他會退縮。她在德比郡時很確定他想博得她的好感，但沒有什麼能夠贏過這番打擊。她為此慚愧，感到悲傷無比；她懊悔不已，卻不知道自己在懊悔什麼。她熱切地想獲得他的重視，卻再也無法更進一步。她很想知道他的近況，但看似沒有任何機會可再獲得消息。她很確定自己跟他在一起會很幸福，卻已經不太可能有機會再相遇了。

她經常想著，要是他知道四個月前被她傲慢唾棄的求婚，如今她會有多麼開心感恩地接受，恐怕會十分得意！她絕對相信他是最寬宏大量的男性，但他畢竟是凡人，想必還是會得意吧。

她現在開始明白，從個性與才能來說，他是最適合她的男人。他的才智與脾氣雖然跟她不同，卻想必能滿足她的所有期待。他們兩人在一起會是絕佳的互補，她自在活潑的個性能軟化他的腦袋、改善他的態度，而他對世界的判斷力、他所擁有的資訊與知識，想必會讓她獲益良多。

但是，如今已不可能有這段美好婚事，能讓眾人見識真正的幸福婚姻是什麼樣子。他們家中即將出現的是另一種婚事，跟幸福婚姻等於完全沒有關係。

韋克翰和莉迪亞將要靠什麼生活，她完全無法想像。但是因熱情勝過道德而結婚的兩人，未來能夠快樂到什麼程度，她可輕易猜想。

嘉迪納先生很快又來信給姊夫。對於班奈特先生的致謝，他僅簡短回應保證自己非常樂意改善任何家人的福祉，最後則是懇求他以後不要再提起這件事。這封來信的主要目的為告知他們，韋克翰先生已經決定要退出軍團。

我一直都希望他能這麼做，他接著寫道，等他們婚事底定就退出。我想你也會同意我的看法，認為他離開那個軍團對他以及我外甥女都是最好的決定。韋克翰先生打算加入常駐軍隊，他過去的朋友還有人願意且能夠協助他取得軍職。目前駐紮北部的某將軍軍團，已經答應幫他保留海軍上尉的職位。距離這麼遙遠是好事。他答應會改頭換面，希望在新的朋友面前，他們兩人會為了維護形象而更謹慎行事。我已經寫信給佛斯特上校，告知他我們目前的安排，並要求他安撫韋克翰先生在布萊頓一帶的所有債主，我個人會盡快代為還清債務。能否麻煩你也向梅里頓的債主做出同樣的保證？我會根據他提供的資訊將他們加入名單。他已經報告了所有債務，希望他至少沒有騙我們。哈葛斯登已經按照我們指示，所有事情將在一個星期內處理完畢。除非他們受邀到朗伯恩，否則婚禮之後就會北上加入軍團。嘉迪納太太告訴我，外甥女非常渴望在離開南方之前見到各位。她一切都好，希望你和她母親會記得她是個孝順的女兒。

您親愛的小舅子，愛德華．嘉迪納

班奈特先生和其他女兒都跟嘉迪納先生一樣，非常明白韋克翰離開郡軍團有什麼好處。但是班奈特太太就沒那麼開心了：莉迪亞竟然要搬到北部去，她才正打算炫耀及享受有她的陪伴！她可是完全沒打算放棄要他們定居在赫特福德郡的計畫，所以失望極了。除此之外，要莉迪亞離開她所熟悉的軍團真是太可惜了，那裡有好多她喜歡的人。

她說：「她是那樣喜歡佛斯特太太，把她送走真是太讓人驚訝了！而且那裡還有好幾個她很喜歡的年輕人。某將軍軍團裡的軍官不一定有那麼好相處。」

至於女兒希望在出發到北部之前，請大家接受她先回到家裡的要求，起初是完全遭到班奈特先生反對的。但是珍和伊莉莎白兩人都同意，為了妹妹的心情以及社會地位著想，父母親應該要承認她的婚事，因此熱切但理性溫柔地懇求他，等他們婚禮結束就接他們回朗伯恩。最終，她們成功說服他從這樣的角度思考，並按照她們的希望行事。她們母親也因此開心得知，在女兒被驅逐到北部之前，能先在這一帶炫耀她的已婚女兒。於是，班奈特先生再次提筆寫信給小舅子時，表示同意讓他們來，一切便這樣決定，婚禮一結束他們就要出發到朗伯恩。不過令伊莉莎白驚訝的倒是，韋克翰竟然也同意了。要是問她個人的意見，她是絕對不會想要再次跟他見面的。

51

到了妹妹婚禮的日子，珍和伊莉莎白替她感到羞恥的程度，恐怕超過她自己。家裡派馬車到某地接韋克翰和莉迪亞，他們會搭乘馬車在晚餐時間前回到家。年紀較長的兩位班奈特小姐非常害怕他們的到來，特別是珍，她假設自己若是罪魁禍首，會有什麼感受，因此相信妹妹的心情可能相當悲慘。

夫妻倆到了。全家人都聚在早餐室迎接他們。班奈特太太臉上堆滿笑容地看著馬車出現在門口，她丈夫看來冷漠嚴肅，其他女兒則驚恐不安又焦慮。

從玄關就能聽見莉迪亞的聲音；門砰地打開，她跑進來，母親往前站，伸出雙手環抱她、欣喜若狂地歡迎她，然後笑容燦爛地將女兒的手交給跟妻子在身後進門的韋克翰。從她祝福他們兩人的欣然語氣，可以聽出完全不懷疑他們將會幸福快樂。

他們接著轉向班奈特先生，他迎接他們的態度就沒那麼客氣了。他的表情變得更加嚴肅，幾乎沒有開口。這對年輕夫妻一派輕鬆的態度絕對足以惹怒他。伊莉莎白覺得很噁心，就連班奈特小姐都嚇到了。莉迪亞還是原本的那個莉迪亞，一如往昔地毫不溫柔、毫無羞愧，瘋狂吵鬧且無所畏懼。她轉向一個又一個姊姊，逼她們恭喜她，等大家都坐下後，四處張望了一番，觀察到哪裡有些微更動，然後大笑著說自己真是離開家好一段時間了。

韋克翰也沒有顯得痛苦到哪裡去，但他的態度總是討人喜歡，要是他的個性跟婚事能夠真如表面上美好，他宣布兩人關係時的笑容與輕鬆的說話態度，本該會讓大家都很開心。伊莉莎白原本不相信他真的會這麼厚顏無恥，但她坐下時內心暗自決定，未來絕對不要低估這個魯莽之人的無恥程度。她臉紅了，珍也是，但是造成這一切混亂的兩個罪魁禍首，卻完全不會不好意思。

在場有說不完的話。新娘和母親兩人都在比誰的說話速度快，剛好坐在伊莉莎白身邊的韋克翰，則開始問候自己在當地的朋友，態度輕鬆自在，讓她覺得自己很難以同樣輕鬆的態度回應。他們兩人似乎都有著最美麗的回憶。沒有任何一件往事讓他們覺得痛苦，莉迪亞主動聊起那些她姊姊說什麼也不會提起的話題。

她開心地說：「想想看，我離開已經三個月了，但我說感覺上彷彿才過兩個星期而已，卻已經發生了好多好多事。我的天哪！我離開的時候，絕對沒有想過等我回來，竟然已經結婚了！但我是有想過如果真這樣的話會多有趣。」

她父親聽到這話猛然抬起頭來。珍覺得很痛苦。伊莉莎白不斷示意莉迪亞閉嘴，但是她向來聽不見也看不見任何她選擇忽略的事，愉悅地繼續說道：「喔，媽媽！附近的人知道我今天結婚了嗎？我好怕大家不知道，我們今天超越乘坐兩馬雙輪輕馬車的威廉．顧爾丁時，我鐵了心要讓他知道，所以故意把靠他那邊的玻璃搖下來，摘下我的手套，就將手靠在窗框上好讓他看見我的婚戒，然後我就一直點頭敬禮微笑。」

伊莉莎白再也聽不下去了。她起身跑出早餐室，直到聽見大家穿過大廳進入餐廳前，都沒再出現。等她走進餐廳加入眾人，剛好看見莉迪亞非常刻意地走向母親右手邊的位置，然後聽見她對大姊說：「珍啊！現在換我坐妳的位子了，妳得要往下挪一個位子，因為我結婚了。」

應該不用指望時間久了以後，莉迪亞會感受到起初完全沒有的羞恥心。她只有越來越自在，心情越來越好。她非常想見菲力普太太、盧卡斯一家，以及所有鄰居，想聽他們每個人叫她「韋克翰太太」。在這之前，她先在晚餐後對希爾太太與另外兩個女僕炫耀自己的婚戒與已婚身分。

「媽媽，」大家回到早餐室後她說，「妳覺得我的丈夫如何？他很有魅力吧？我相信姊姊們大概都很羨慕我。我只希望她們將來能有我一半幸運。她們都該去布萊頓一趟。想找丈夫去那裡就對了。媽媽，真是可惜我們沒有全部一起去。」

「說得沒錯，要是當初順我的意，我們都會去。但我親愛的莉迪亞，我實在不喜歡妳搬到那麼遠的地方。一定要這樣嗎？」

「喔，天哪！一定要，這根本不算什麼。我可是很開心呢。妳、爸爸跟姊姊，全部都要來看我們。我們整個冬天都會待在新堡，我敢說到時候會有舞會，我會幫她們每個人都找好舞伴的。」

母親說：「這樣的安排我非常滿意！」

「然後你們離開的時候！可以把一、兩位姊姊留下來，我敢說我會在冬天結束之前，就幫她們找到丈夫。」

伊莉莎白說：「我就先謝謝妳的好意了，但我不怎麼喜歡妳找到丈夫的方式。」

這兩位訪客只能待不超過十天。韋克翰先生在離開倫敦前便已接下職位，要在兩個星期內加入軍團報到。

除了班奈特太太，沒有人對他們短暫的停留感到遺憾，但是她在女兒來訪期間安排了非常豐富的活動，經常在家裡舉行派對。大家都很喜歡派對，對於想避免全家聚會的人來說很好，對於想炫耀的人來說也很好。

韋克翰對莉迪亞的感情，正如伊莉莎白所認為的那樣：比不上莉迪亞對他的感情。她根本不需要當下觀察就看得出來。從各方面來判斷，他們私奔主要是因為她很喜歡他，而不是反過來。要不是因為知道他想必是欠下太多債務、必須逃離，伊莉莎白搞不好會問為什麼明明就沒有那麼喜歡莉迪亞，還願意跟她私奔？但要是他確實因為欠債而必須逃離，他也絕不會拒絕有人陪伴。

莉迪亞十分喜歡他。她把親愛的韋克翰隨時掛在嘴邊，沒有人能跟他相比。他無論做什麼事都最優秀，她還肯定九月一日獵鳥季的開幕活動上，他可以射下該地最多的鳥。

他們來到朗伯恩後沒幾天的某個早上，莉迪亞和兩位最年長的姊姊坐在一起，然後對伊莉莎白說：

「莉茲，我好像從來沒有跟妳說過我婚禮上發生的事。我跟媽媽還有其他人說的時候，妳都不在。妳不好奇怎麼進行的嗎？」

「一點也不，」伊莉莎白回她，「而且我覺得這種事大家講得越少越好。」

「唉呀，妳真是怪人！但我一定要跟妳說整個過程。我們是在聖克萊蒙教堂結婚的，因為韋克翰住的地方在那個教區。本來安排好大家要在十一點的時候抵達。舅舅和舅媽要跟我一起去，其他人則是在那裡跟我們會合。結果到了星期一早上，我整個人亂成一團。我超怕會發生什麼事情延後婚禮，這樣我會不知道該如何是好。然後我打扮的時候，舅媽從頭到尾都在不斷說教，好像在傳道。不過我幾乎什麼都沒聽進去，因為妳應該可以想見，我滿腦子想的都是我親愛的韋克翰。我好想知道他會不會穿他那件藍色外套來結婚。

「好，總之我們照常在十點吃早餐，我還以為早餐永遠吃不完，因為，對了，妳要知道，我住在那裡的時候，舅舅跟舅媽對我都很不好。妳信不信我在那裡住了兩個星期，但是一次也沒踏出大門。沒有任何派對、沒有活動，什麼都沒有。這個時候的倫敦確實是有點無聊，但怎麼說小劇院也還有開。總之，馬車到達門口時，舅舅突然有公事得去見那位討厭的史東先生。然後，妳知道的，他們討論起來總是沒完沒了。我超害怕，根本不知道該怎麼辦才好，因為舅舅可是要牽我走上紅毯的人。如果我們遲到，那天就都不用結婚了。但還好他十分鐘後就回來了，然後我們就出發了。不過，事後我想一想，如果他真的沒辦法去，婚禮也不用延後，因為讓達西先生牽我也可以。」

「達西先生！」伊莉莎白驚訝地重複。

「對啊！他預定要跟韋克翰一起過去的。但是，唉呀，真糟糕！我都忘了！我一個字都不該提的。我還說他們可以相信我！韋克翰會怎麼說呢！應該要保密的！」

珍說：「如果應該要保密，那妳就一個字都不要再說了。妳可以相信我不會繼續追問。」

「喔，那是當然的！」伊莉莎白說，儘管實在十分好奇，「我們不會再問妳任何問題。」

莉迪亞說：「感謝妳們，因為如果妳們問了，我一定會說出來，那韋克翰就會很生氣。」

儘管明顯繼續追問就可以得到答案，伊莉莎白還是不得不逃離現場，以免自己追問下去。但是要她什麼都不知道地繼續過日子根本不可能，至少不可不嘗試打聽消息。達西先生出席了她妹妹的婚禮。那場婚禮剛好集合了他最不應該而且也最不會想出席的場景跟打交道的人。她的腦海裡快速充滿了各式各樣瘋狂的猜測，但是沒有一個答案讓自己滿意。她最喜歡的答案，讓他的行為顯得最為高尚，卻似乎是最不可能的一個。她實在受不了這樣的不確定，於是匆忙抓起一張紙，寫了一封極短的信給舅媽；如果不會違反保密的條件，她想知道莉迪亞不小心提到的情況是怎麼回事。

她補充寫道：「妳應該立刻能夠明白，我為何會想要知道。他這個人跟我們完全沒有關係，而且（相較之下）對我們家來說是陌生人，竟然會在這種時候和你們一起出席。拜託請立刻回信，讓我了解到底是怎麼一回事。除非因為某種強而有力的原因，這件事情必須如莉迪亞所說的守口如瓶，那麼我也會努力安於我的不知情。」

「但那可不表示我願意，親愛的舅媽，如果妳不正直地告訴我一切，我就只能被迫靠欺騙與計謀來找出答案了。」她在心裡對自己這麼說。

珍十分正直，絕對不會私底下跟伊莉莎白討論莉迪亞不小心脫口而出的事。伊莉莎白感到很慶幸。在她的詢問有任何看似令人滿意的下文之前，她情願沒有傾訴的對象。

52

伊莉莎白很開心能在最短時間內收到回信。信一到手，她立刻跑進家旁的小矮林，在那裡最不可能有人來打擾。她坐在長凳上，準備得到令她滿意的答案，因為光是信件長度便足以讓她相信，舅媽沒有拒絕回答。

九月六日，恩典堂街

親愛的外甥女：

我剛收到妳的信，決定把整個上午的時間都用來回信，因為我已經可以想見，短短幾句話將不足以道出所有我要說的。我必須承認收到妳的來信詢問讓我很驚訝，我沒想過妳會問。但不要以為我在計較什麼，我只是想說明，我沒有想過妳會需要來問我。如果妳選擇聽不懂我說的話，那麼請原諒我的無禮。妳舅舅和我一樣吃驚，但他會這麼做都是因為相信妳也有關係。可是如果妳真的沒有涉入而且完全不知情，那我就得要說得更清楚了。

在我從朗伯恩回家那天，有個出乎意料的訪客來找妳舅舅。達西先生來訪，他們兩人關在房間裡討論了好幾個小時。他們在我到家之前就談完了，所以我的好奇心不用像妳的焦慮一樣，必須等那麼久才獲得滿足。他來告訴嘉迪納先生，他找到了妳妹妹和韋克翰先生，而且見過、也跟他們兩人談過，跟韋克翰談過好幾次，跟莉迪亞談過一次。就我所了解，他本人晚我們一天離開德比郡，目的就是要去倫敦找到他們兩人。他說之所以這麼做在於他深信會發生這種事，都是因為沒有讓大家知道韋克翰有多卑鄙，才會讓有品格的好女孩不知道自己不該愛上他或相信他。他十分寬宏大量，把一切都怪罪於自己該死的傲慢，坦承他以前覺得公布這人的私德有損自己的形象，認為這個人的為人自會說明一切。因此，他認為自己有責任站出來，設法彌補自己所造成的傷害。即使他真有別的動機，相信也絕對不會讓他蒙羞。他在倫敦待了幾天才終於找到他們，但他有可指引方向的線索，比我們好太多了。也因為他知道自己有線索，更加決定要跟著我們離開一起德比郡。

原來有位以前當過達西小姐家庭教師的楊格太太，後來因行為不當而遭到開除（但他沒有說是什麼事）。她後來在愛德華街上承租一棟大屋，從此以出租房間維生。他知道這位楊格太太與韋克翰非常要好，於是一到倫敦便去找她打聽消息。他花了兩、三天，才終於從她身上問到所要的資訊。我想，如果沒有賄賂她，應該很難讓她背叛朋友的信任，因為她還真的知道要去哪裡找到她這位朋友。韋克翰確實一抵達倫敦就去找她，要是當下她有空房，他們應該會住在她那裡。不過，最終我們好心的朋友還是問到了想要的地址。他們住在某條街上。他先是見到韋克翰，隨後便堅持要見莉迪亞。他承認原本是打算說服她脫離眼前不名譽的狀態，盡快說服家人重新接受她並回家去，而且他會盡可能提供協助。但他發現莉迪亞鐵了心要留在那裡。

她完全不在乎她的家人朋友、不想要他的協助，總之完全不願意離開韋克翰身邊。她很肯定他們一定會結婚，只是時間早晚，但不知道會是什麼時候。既然她心意已決，達西認為唯一的方法就是盡快確保他們成婚，儘管他初次跟韋克翰對話時就發現，韋克翰本人完全沒有這個打算。他承認自己是因為債臺高築，逼得他不得不離開軍團，而且毫不猶豫地把莉迪亞跟著他逃跑的錯以及所有後果，都怪罪於她自己沒長腦袋。他打算立刻辭掉軍團職務，至於未來要靠什麼生活，他還沒有太多想法。他必須去某個地方，但是哪裡他也不確定，而且他知道自己將沒有錢可以過活。

達西先生問他為什麼不立刻娶妳妹妹。雖然班奈特先生不算什麼有錢人，但應該能幫上他一點忙，他的財務狀況想必會因為結婚而大幅改善。但從韋克翰的回答中他發現，韋克翰還是希望能到別的地方結婚，讓自己發一筆大財。既然狀況如此，想必他很難拒絕立刻解脫的誘惑。

他們見了幾次面，因為要討論的事情太多。韋克翰當然很貪心地想要更多，但最後還是只能合理一點。

他們兩人把一切都談妥了，達西先生的下一步是要讓妳舅舅也了解狀況，於是在我回家的前一天便來恩典堂街拜訪。但他當時沒有見到嘉迪納先生，進一步詢問下，達西先生發現妳父親也在，但隔天就會離開倫敦。他覺得妳父親不是可以妥善討論這件事的對象，不像妳舅舅，於是立刻決定延後與妳舅舅的會面，直到妳父親離開。他沒有留下姓名，直到隔天再次出現之前，家裡只知道有位男士因為公事來訪過。

星期六他又來家裡。這時妳父親已經離開，妳舅舅則在家，然後就像我前面說過的，他們討論了非常久。

星期天他們又見了一次面，這次我也見到他了。一切都在星期一之前決定下來，之後便立刻派特快信差送信到朗伯恩。這位訪客非常固執。莉茲，我猜固執才是他真正的性格缺陷。不時有人批評他有各種缺點，但這才是真正的缺點。該處理的每件事情他都堅持自己來，雖然我很肯定（但我說出來不是為了要妳感謝我們，所以不用再提）妳舅舅也會很樂意處理好整件事。

他們爭論了非常久，付出遠超過男女雙方當事人還值得的心力。但最終妳舅舅只能讓步，不能親自為外甥女付出點什麼，只能被迫接受掛名，讓他百般不願意。我真心認為，今天早上收到妳的來信讓他十分開心，因為這樣他就可以解釋自己如何占了別人的功勞，把榮耀還給本人。但是莉茲，這件事只能讓妳知道，或是最多跟珍說。

我想你很清楚，他幫這兩位年輕人做了多少事。要還清他的債務，我想會需要遠超出一千英鎊，另外還要一千英鎊、加上她自己的，列為婚前協議裡她的財產，然後再幫他於軍中買個職位。這些都由他全權負責，原因就是我上面所說過的。都是因為他，因為他的含蓄以及為他人設想，才會導致大家誤解韋克翰的人格，讓他這樣廣受眾人的欣賞與注目。或許這麼說有些道理，但是，我不覺得他，或是任何人的含蓄，能解釋事情為何會變成這樣。雖然說得這麼好聽，我親愛的莉茲，妳可以放心的是，如果不是因為我們把另一件事的功勞歸給他，妳舅舅說什麼也不會妥協的。

這些事情都決定好後，他又回到仍住在彭伯里莊園的朋友身邊，但是我們協議好他會在婚禮當天再次回來倫敦，到時候所有錢的事情會再做最後確認。

這下我應該已經把整件事都告訴妳了。這就是妳說會讓妳大感訝異的詳情，希望至少沒有讓妳不開心。莉迪亞後來住進我們家，韋克翰也經常出入這裡。他還是那個他，跟我在赫特福德郡認識的他一樣。我本來沒打算告訴妳，她住在我們這邊時讓我有多不開心；不過星期三收到珍的信後，得知她回到家後的行為舉止跟在這裡一模一樣，我就可以安心告訴妳接下來的事情，不用擔心會讓妳更難過。我經常非常認真地跟她講話，說明她的所作所為有多麼不道德，以及她讓家人有多不快樂。如果她有聽到我說的話，那還真是幸運，因為我很確定她根本沒在聽我說話。有時候我會很生氣，但想起親愛的伊莉莎白和珍，為了妳們好，我會對她有耐性一點。

達西先生非常準時回到倫敦，然後就像莉迪亞跟妳說的，出席婚禮。隔天他跟我們一起用餐，預計星期三或四再度離開倫敦。親愛的莉茲，如果我趁這個機會表示（我過去都沒有勇氣說）我有多欣賞他，妳應該不會生氣吧。他對我們的態度，都跟在德比郡時一樣那麼好。他的聰明才智與見解都讓我開心，他什麼缺點都沒有，只是需要活潑一點，要是他慎選妻子，應該就能教會他這件事。我覺得他很狡猾，幾乎從來沒有提起過妳的名字。但狡猾似乎是流行。

如果我太過自以為是，請原諒我，或至少不要懲罰我讓我不能再進出彭伯里莊園。要是能夠繞行園區一圈，我會快樂無比。而且一定要乘坐兩匹小馬拉的低車身四輪輕馬車。好了，我不能再寫了。小孩子已經吵著要找我吵了半個小時。

妳非常誠摯的嘉迪納太太

信件內容讓伊莉莎白心慌意亂，最難判斷的就是到底開心比較多還是難過比較多。那些不確定達西先生是否促成了妹妹婚事的模糊與不安猜疑，因為實在太過盡心盡力讓她不敢鼓勵自己相信，同時又害怕真是如此的話會欠他太多，最後證明，事實超乎他們所能想像！他刻意跟著他們到倫敦去，自己攬下調查這件事的所有麻煩與屈辱，必須與他想必憎惡唾棄的女子打聽消息，還被迫經常與他一直都想要迴避、連吐出名字對他來說都算懲罰的男子反覆見面，跟他講道理、說服他，最後還得賄賂他。達西先生這麼做，都是為了他完全無法尊敬或重視的女孩。她的內心輕聲響起：他這麼做都是為了她。不過其他考量很快便戰勝了這個渺小的希望，她很快便覺得，連虛榮心都不足以說服自己相信這種可能性，他怎麼可能只靠對她的感情，因為她這個已經拒絕過他的女人，來克服跟韋克翰扯上關係而理當會產生的嫌惡感？跟韋克翰成為連襟！不管是什麼樣的傲慢，想必都會嫌棄這種關係。他真的做了太多。她連要想他做了多少都感到羞愧。但他說明了自己為何插手，而他的原因完全禁得起考驗。他會覺得自己錯了也很合理；他很慷慨，而且有能力慷慨。雖然她不會把自己想成主要推手，但她或許可以相信，他對她殘留的好感，多少讓他想努力幫她解決如此苦惱的問題，讓她能安心。知道自己虧欠這樣一位他們永遠無法回報的人，真的痛苦極了。莉迪亞能回到家人身邊、能恢復名聲，全部都是因為他。喔！她真心為自己過去對他的所有厭惡與口出惡言感到悲傷。她自慚形穢，卻以他為傲，因為他在面對同情與榮耀之際，還能夠掌控自己的情緒。她一次次反覆閱讀舅媽對他的稱讚。舅媽說的根本不夠，但已經夠讓她開心了。她甚至清楚感覺到，其中有些快樂——儘管混雜著後悔——是因為發現舅媽和舅舅仍舊堅持相信，她和達西先生之間還存在感情與信任。

她聽見有人靠近，因此跳脫思緒站起身，但她還來不及走上別條路，韋克翰便已趕上她的步伐。

「我親愛的大姨子，請問打擾到妳獨自散步了嗎？」他走到她身旁。

「確實是，」她微笑回應，「但那不表示是不受歡迎的打擾。」

「如果是，那我會非常遺憾。我們向來是好朋友，現在則成了更好的朋友。」

「沒錯。有其他人要出來嗎？」

「我不知道。班奈特太太和莉迪亞要搭馬車去梅里頓。好了，我親愛的大姨子，聽我們舅舅和舅媽說，妳已經見識過彭伯里莊園了？」

她回答沒錯。

「我幾乎要羨慕起妳了，但我覺得那裡對我來說恐怕會難以負荷，否則我去新堡的途中就會繞過去一趟了。想必妳也見到老管家人了？可憐的雷諾斯，她一直都很喜歡我。但她當然不會在妳面前提起我了。」

「她有的。」

「那她說了什麼呢？」

「說你加入軍隊，然後恐怕——沒有什麼好結果。你也知道的，距離那麼遙遠，事情總是會遭到扭曲。」

「確實如此，」他咬住下唇。伊莉莎白希望這樣能讓他閉嘴，但他隨後又說：

「我上個月在倫敦見到達西還真是意外。我們相遇了幾次。真不知道他到倫敦做什麼。」

伊莉莎白說：「或許是在準備他和德波小姐的婚事吧，他這個時節會去倫敦，一定是有什麼重要的事。」

「想必如此。妳在蘭頓的時候有見到他嗎？我以為嘉迪納夫婦說妳有。」

「有的，他介紹我們認識他妹妹。」

「那妳喜歡她嗎？」

「非常喜歡。」

「我也聽說了，她這兩年據說改變非常多。我最後一次見到她的時候，讓人感覺沒什麼前途。很高興妳喜歡她，希望她以後會過得很好。」

「我想應該會的，她已經度過了最難熬的歲月。」

「妳有經過金普頓村嗎？」

「我不記得有。」

「我提起這個地方，因為那是我原本應該要成為牧師的教區。非常美好的地方！教區牧師住宅也非常舒適！各方面來說應該都會很適合我。」

「你會喜歡講道嗎？」

「一定會很喜歡。我會當作是分內工作，很快就能不費吹灰之力地上手了。做人不該埋怨，但說真的，那份俸祿如果是我的該有多好！寧靜隱居的生活，應該會滿足我對幸福的所有期待！但不是我的就不是我的。妳在肯特郡的時候，有聽達西提起這件事嗎？」

「我是有聽過同樣可靠的人說，那份俸祿只是有條件地留給你，並且要由現任贊助人決定。」

「妳這麼聽說。沒錯，還有那個條件，妳還記得的話，我一開始的時候也跟妳說過。」

「我也同樣聽說，有段時間你覺得講道沒那麼適合你，不像你現在說的。而且你曾經聲明自己決定永遠不擔任神職，因此也視情況調整了安排。」

「這妳也聽說了！這麼說當然也是有原因的。妳或許還記得我們第一次聊起這件事的時候，我是怎麼跟妳解釋過那一段。」

這時他們幾乎已經走到家門口了，因為她故意走得很快想擺脫他；為了妹妹好不想激怒他，因此她僅是好心情地微笑回應：

「韋克翰先生，你知道的，我們是親人了。我們不要為過去吵架。未來，希望我們看法永遠都相同。」

她伸出手，雖然他完全不知道自己該做何表情，仍然非常有風度地輕吻她的手，接著兩人便走進家門。

53

韋克翰先生對於這段對話十分滿意，因此再也不曾提起這個話題讓自己憂心，或激怒親愛的大姨子伊莉莎白。伊莉莎白也很高興，她的話終於能讓他閉上嘴。

到了他和莉迪亞該離開那天，班奈特太太不得不接受與女兒分開，因為班奈特先生拒絕答應大家都去新堡的計畫，而這一分離大概至少要整整一年。

她哭喊：「喔，我親愛的莉迪亞！我們何時才會再見面？」

「喔，老天哪！我不知道。可能這兩、三年都不會見面了吧。」

「親愛的，要經常寫信給我。」

「我會盡量。但妳也知道，已婚婦女沒有太多時間寫信。姊姊可以寫信給我。她們沒有什麼事好忙。」

韋克翰先生的道別比妻子的有感情多了。他露出微笑，一臉帥氣地說了許多好聽話。

「他還真是我所見過，」班奈特先生在他們離開後馬上說，「最優秀的小子了。他裝笑、假笑、把我們都捧上了天。我真是再以他為傲不過。我敢打賭，連威廉．盧卡斯爵士本人，都找不到比他更珍貴的女婿了。」

失去女兒讓班奈特太太接連幾天都唉聲嘆氣。

她說：「我總覺得沒有什麼比跟朋友分開還要糟糕的事。沒有朋友讓人覺得生無可戀。」

伊莉莎白說：「妳看啊，太太，嫁女兒就要付出這種代價，妳應該很慶幸剩下四個女兒都還未嫁出去。」

「胡說八道。莉迪亞離開我不是因為她結婚了，而是因為她丈夫的軍團剛好就在那麼遠的地方。如果她丈夫的軍團近一點，她就不用那麼早出發。」

但這件事沒有讓她心情低落太久，她的內心很快又因為傳開的新消息而再度開啟希望。尼德斐莊園的女管家接獲命令，要準備迎接男主人到來，他再過一、兩天就會到了，預計會在莊園裡住上幾個星期。班奈特太太坐立難安。她接連著望向珍，露出笑容，然後又搖搖頭。

「唉呀，姊姊，所以賓利先生要來這裡了，」（因為是菲力普太太先來報告這個消息。）「好啊，非常好。是說我才不在乎呢！妳知道的，他對我們來說不算什麼，我很確定我再也不想見到他。不過，要是他高興的話，還是很歡迎他來到尼德斐莊園。誰知道會發生什麼事呢？姊姊，妳知道的，我們很早以前就說好不再提這件事了。所以，妳很確定他會來？」

「保證會，」對方回道，「因為尼可斯太太昨晚來梅里頓，我在路上看到她，親自去跟她確認傳聞是不是真的，她說確定沒錯。他最慢星期四會到，最有可能是星期三。她跟我說，她正要去肉販那裡訂肉，請肉販星期三送貨；她叫了六隻剛好可以宰殺的鴨。」

班奈特小姐實在無法聽到他要來的消息卻面不改色。她已經有好幾個月的時間沒對伊莉莎白提起他的名字，但一等到兩人獨處，她就說：

「莉茲，今天阿姨告訴我們最新消息的時候，妳看了我一眼。我知道我看起來有些難過，但不要以為是出於什麼愚蠢的原因。我只是一時有些困惑，因為我覺得人家看我好像也是應該。我敢向妳保證，這個消息不會讓我快樂或痛苦。我高興的只有一件事，他是一個人來，這表示我們會比較少見到他。並不是說我替自己擔心，但我害怕別人的評論。」

伊莉莎白不知道該如何是好。如果她沒有在德比郡見到賓利，她或許還可以假裝他來這裡沒有其他原因，就是回來走走而已。但她還是覺得他喜歡珍，而且她猜更有可能的是他獲得朋友的允許可以前來，或至少有足夠的勇氣，即使朋友不允許也敢來。

她有時會想：「但這樣真是辛苦，這個可憐人連回到自己合法租賃的房子，都要掀起這樣的軒然大波！我絕對不會去吵他的。」

儘管她姊姊這麼說，而且真心相信自己對他即將來臨的消息沒有什麼特別感想，伊莉莎白還是輕易便發現她的心緒波動，比她平常所慣有的心情還要更不安多變。

她們父母親整整一年前激烈辯論過的話題，如今捲土重來。

班奈特太太說：「親愛的，賓利先生一回來，你當然就要馬上去拜訪他。」

「我不要。去年妳強迫我去拜訪他，還答應如果我去看他，他就會娶我女兒。結果什麼都沒有，我這次不會再做這種徒勞無功的事了。」

他妻子向他說明，鄰近男士都會在他重回尼德斐莊園後去拜訪他，這是非常必要的禮貌。

他說：「我唾棄這種禮節，如果他想要跟我們當朋友，就讓他自己來找我們。他知道我們住在哪裡。我才不要浪費我的時間，每次都跟在那些離開又回來的鄰居屁股後面跑。」

「我只知道，如果你不去拜訪他，會顯得非常沒有禮貌。是說那也無法阻止我邀請他來家裡用餐，我已經決定了。我們一定要盡快邀請隆格太太跟顧爾丁家的人。這樣我們總共會有十三個人，餐桌上剛剛好夠容納他一個。」

這個決心讓她安慰多了，比較能忍受丈夫的不禮貌，不過想到鄰居可能因為這樣而全都比他們要早見到賓利先生，還是覺得很屈辱。隨著他回來的日子慢慢接近，珍對妹妹說，「我連他要回來都覺得遺憾了，他要回來也沒什麼，我可以毫不在意地跟他見面，但我實在受不了大家一直講到他的事。母親是好意，但她根本不懂，沒有人懂我到底因為她說的話而有多痛苦。等他再次離開尼德斐莊園，我一定會很高興。」

伊莉莎白回她：「我很希望能說點什麼來安慰妳，可是我完全想不到。妳一定很難過，我也無法像平常那樣要受苦的人有耐心，因為妳一直都那麼有耐心。」

賓利先生抵達尼德斐莊園了。班奈特太太透過僕人協助得到第一手消息，讓她焦慮不安等待見面的時刻能夠盡量延長。她倒數著時間，等待可以送出晚宴邀請的日子，完全不抱希望能提前見到他。但是在他抵達赫特福德郡的第三天早上，她從更衣室窗戶看見他進入圍場，朝屋子騎來。

她急著呼喚女兒前來分享她的喜悅。珍堅定地留在桌邊位子上，伊莉莎白則為了取悅母親而走向窗邊；她往外看——達西先生跟賓利在一起！——又回來在姊姊身旁坐下。

凱蒂說：「媽媽，他身邊有另一位男士，會是誰啊？」

「親愛的，可能是什麼朋友吧，我猜，我可是不知道。」

凱蒂回她：「唉呀！看起來就像之前跟他在一起的那個男人。什麼什麼先生的。那個傲慢高大的人。」

「我的老天爺啊！達西先生！我發誓還真的是。好啦，我永遠都歡迎賓利先生的朋友來這裡，但除此之外，我必須說我光是看到他就討厭。」

珍驚訝又擔憂地望向伊莉莎白。她對他們在德比郡見面的情況了解不多，因此替妹妹想必懷抱的尷尬擔心，心想這幾乎算是收到他解釋信後他們的第一次見面。兩位姊妹都很不自在。兩人都為對方感同身受，當然也為自己；她們母親滔滔不絕地說著自己有多不喜歡達西先生，以及決心只把他當賓利先生的朋友客套以對，而她們兩個什麼都沒聽進去。伊莉莎白還有珍猜不到的不安原因，因為她始終沒有勇氣將嘉迪納太太的信給珍看，也不敢告訴她自己對他的感情。對珍來說，他只是她曾經拒絕求婚的對象，以及她低估了優點的男人；但是對更了解全面情況的她自己來說，首先，他是他們全家人虧欠的大恩人，而且他是自己甚有好感的男人，就算不像珍對賓利那樣的喜歡，至少也是非常合理公平的好感。她對於他來到尼德斐莊園，來到朗伯恩，而且還主動來找她，驚訝程度幾乎等同第一次在德比郡見識到他的轉變。

原本刷白的臉頰，頓時恢復正常還泛紅了三十秒，眼神中增添了一絲喜悅的光芒，在那短暫的一瞬間，想著他對她的感情與希望一定還跟過去一樣。但她不敢讓自己掉以輕心。

她說：「我先看看他的表現好了，再開始期待也不算晚。」

她非常專注於手上的針線活，努力想要保持鎮定不敢抬眼看，直到僕人靠近門邊時，焦慮好奇的她才終於望向姊姊的臉。珍看起來比平常要蒼白一點，但比伊莉莎白所預期的還要冷靜。兩位男士出現時，她臉紅了起來，但還是能勉強輕鬆地迎接他們，行為得體沒有任何懷恨在心的跡象，也不會過度隨和。

伊莉莎白對兩人話說得很少，但都在客氣禮貌的範圍內，然後又坐下，以少見的認真著手工作。她只敢看達西一眼。他看起來跟平常一樣嚴肅，跟過去在赫特福德郡時差不多，但比在彭伯里莊園見過的還要嚴肅，她心想。或許他無法在她母親面前，像在她舅舅和舅媽面前那樣表現。這樣的猜測讓她很難過，但也不無可能。

她同樣也只看了賓利一眼，在那短暫的一瞥中，她看見他顯得開心又尷尬。班奈特太太招呼他的禮貌程度，讓她的兩個女兒都感到羞愧，特別是跟她對他好友打招呼與說話的冰冷客套相比。

伊莉莎白格外感到羞愧，她知道母親最愛的女兒得以挽回無可救藥的名聲，都是因為達西先生，因此這樣天差地別的對待方式讓她難過痛苦至極。

達西向她問候嘉迪納夫婦的近況後就幾乎沒再說話，她回答問題時則感到無比困惑：他何必要問？他沒有坐在她身邊，或許這是他沉默的原因，可他在德比郡的時候可不是這樣。那時的他，如果無法跟她說話，就會跟她舅舅或舅媽聊天；現在，幾分鐘過去了卻沒有聽到他的聲音，偶爾當她忍不住好奇的衝動，抬眼看他的臉時，經常發現他在看珍以及自己，也經常什麼都不看就盯著地板。跟上次見面比起來，可清楚看出他更陷入沉思，比較沒那麼急於討好人。她很失望，也因此對自己生氣。

她說：「我還能有什麼別的期待！那他為什麼要來？」

她完全沒有心情跟他以外的人聊天，卻又沒有勇氣跟他說話。

她問候了他妹妹，此外就說不出話了。

班奈特太太說：「賓利先生，你離開好久了。」

他立刻表示沒錯。

「我開始擔心你永遠不會回來了。有人說你打算在聖米迦勒節時完全退租，我希望這不是真的。你離開這段期間，這一帶有了許多改變。盧卡斯小姐已經結婚定下來了。還有我的一位女兒。想必你也聽說了，應該在報紙上看過。我知道有刊登在《泰晤士報》跟《信使報》上，雖然沒有刊登應有的內容。上面只寫了：『近日，喬治．韋克翰先生娶莉迪亞．班奈特小姐。』完全沒有提到她父親或居住地，什麼都沒有。而且還是我弟弟嘉迪納擬的稿子，真不知道他怎麼會把事情搞成這樣亂七八糟。你有看到嗎？」

賓利說有，然後恭喜她。伊莉莎白根本不敢抬頭看。因此，她不知道達西先生是什麼表情。

她母親繼續說：「女兒能夠嫁得這麼好，確實很令人開心，但同時，賓利先生，讓她離開我那麼遠真是很難過。他們去了新堡，顯然是在很北邊的地方，而且我都不知道他們要在那邊待多久。他的軍團在那裡，我想你應該也聽說他離開郡軍團，加入常駐軍隊了。感謝老天！他還是有朋友的，雖然沒有多到他理當該有的數量。」

伊莉莎白知道這句話是針對達西先生說的，為此羞愧極了，整個人坐立不安。然而，這讓她終於有力氣開口說話，效果比先前的什麼努力都要好。她問賓利目前打算在鄉下待多久。他說應該會待上幾個星期。

她母親說：「賓利先生，等你獵完自己莊園裡所有的鳥後，拜託你來我們這裡，在班奈特先生的農場上想獵多少都可以。相信他會很樂意讓你來，還會把最好的幾窩鷓鴣都留給你。」

這樣不必要且刻意的殷勤，讓伊莉莎白更加痛苦！就算現在出現跟一年前同樣的大好機會，她相信也會加速來到同樣令人惱怒的結尾。在那一瞬間，她覺得再多年的幸福，也無法彌補珍和她自己所經歷的、像這樣痛苦尷尬的時刻。

她對自己說：「我內心最首要的希望，是永遠不要再跟他們任何一位見面。他們的陪伴所帶來的樂趣，完全不足以為這樣的痛苦提供任何補償！讓我再也不要見到他們任何一位吧！」

然而，那多年幸福也無法彌補的痛苦，很快就獲得了實質的舒緩，因為她觀察到姊姊的美貌是如何重新燃起前任情人的好感。他剛進門時，很少跟她說話，但每隔五分鐘他似乎又多注意了她一些。他覺得她跟去年一樣美麗，還是一樣好脾氣，一樣不做作，只是話比較少了。珍渴望他不要發現自己有任何改變，而且真心相信她的話跟過去一樣多。但她的思緒太過忙亂，並沒有隨時注意到自己何時陷入沉默。

兩位男士起身要離開時，班奈特太太非常注意自己的禮貌，邀請他們過幾天來朗伯恩用餐，他們也接受了邀請。

她接著說：「賓利先生，你還欠我一餐啊，去年冬天你進城之前，曾答應一回來就會來我們這裡跟全家用餐。你看，我都沒有忘記，而且我跟你保證，我對於你沒有回來遵守承諾感到非常失望。」

賓利對於這段回憶顯得有些不好意思，說自己是因為有要事在身才沒回來。然後他們就離開了。

班奈特太太本來很想邀請他們當天晚上就留下用餐。儘管她平常準備的菜色就很豐盛，但她覺得至少要有完整的兩輪菜色，才配得上她處心積慮要留下的男人，也才能滿足年收入上萬英鎊的人的胃口與傲慢。

54

他們一離開，伊莉莎白就走到戶外去恢復精神，換句話說，是想要在沒人打擾的情況下，讓自己淹沒在必定會讓大家更不快樂的主題中。達西先生的行為讓她在訝異之餘，極為惱怒。

她說：「如果他要這樣保持沉默嚴肅又不在乎，那到底來做什麼？」

不管怎麼想她都不開心。

「他在倫敦都還可以對舅舅和舅媽友善，當個好相處的人，為什麼對我不行？如果他怕我，為什麼還要來這裡？如果他已經不在乎我了，為什麼要保持沉默？這個人真是讓我生氣啊，真是生氣！我不會再想著他了。」

她不情願地暫時維持了這個決心，因為珍精神奕奕地朝她走來，表示她對來訪客人的滿意度較伊莉莎白高。

她說：「這下初次見面過了，我也輕鬆多了。我知道自己有多堅強，以後他再來我也不會尷尬了。我很高興他星期二要來用餐。這樣大家都能清楚看見，我們雙方都只是普通朋友，沒有特殊情感。」

「是啊，完全沒有，」伊莉莎白笑著說。「喔，珍，小心點。」

「親愛的莉茲，妳不會把我想得那麼沒用，認為我現在還有危險吧？」

「我覺得，妳絕對有害他跟之前一樣深深愛上妳的危險。」

她們一直到星期二才再次見到兩位男士。這段期間，因為賓利的好脾氣與翩翩有禮，區區來訪半小時，便喚醒了班奈特太太滿腦子的粉紅色泡泡。

星期二，一大群人聚集在朗伯恩，大家最期待的兩位則非常有風度地準時抵達。眾人進入餐廳時，伊莉莎白以熱切的眼神觀察賓利會坐在哪裡；過去舞會上，姊姊身邊的位置總是屬於賓利。她們那魯莽的母親腦子裡也有同樣打算，因此極力忍住不邀請他坐在自己身邊。進入餐廳時，他似乎有些遲疑，但是珍碰巧四處張望著，露出微笑：就這麼決定了。他選擇坐在她旁邊。

伊莉莎白頗為得意，不禁望向他的好友。達西先生高貴淡漠依舊，她很想相信賓利已經獲得他的許可，能追求自己要的幸福——卻看到他的眼神也同樣轉向達西先生，警戒中半帶著笑意。

用餐過程中，他對她姊姊的態度明顯透露著好感，儘管比先前稍有戒備，還是讓伊莉莎白相信，如果都由他自己主導的話，他和珍的幸福很快就會確定了。雖然她不敢指望這樣的結果，仍舊從觀察他當中獲得喜悅。她又有了活力，畢竟她本身情緒頗為低落。達西先生坐在距離她說有多遠就有多遠的對面，坐在她母親的另一邊。她知道這樣的安排讓他們雙方都不會太快樂，也無法讓雙方有多好的表現。她坐得太遠聽不見他們對話，但她看得出他們很少跟對方交談，即使開口了也是態度冷淡拘謹。母親的粗鄙無禮，讓伊莉莎白更加痛苦地意識到他們虧欠他多少，有時，她真想不計代價只為能告訴他，並不是全家人都不知道也不在乎他的好意。

她很希望當天晚上能有機會讓他們兩個相處，希望除了在他進門時的客套問候之外，還能有更進一步的對話。在男士加入她們之前，她在客廳裡焦急不安，覺得沉悶無聊極了，只差一點就要讓她忘了該有的禮儀。她期待著他們走進待客廳，彷彿整個晚上能否快樂都取決於他們的加入。

她心想：「如果他不來找我，那我就會永遠放棄他。」

男士出現了，她以為他像是會滿足她期待的樣子，過來找她。但是，可惜啊！所有女性都圍繞在班奈特小姐泡茶的桌子旁，伊莉莎白也在旁邊幫忙倒咖啡，大家緊密相連到她身旁根本沒有空間能再容納一張椅子。男士加入時，有位女孩反而更貼近她身邊，低聲說：

「我決心不讓男人來將我們分開。我們才不稀罕他們哩，對吧？」

達西走到房間的另一頭。她的視線跟隨著他，羨慕每個他交談的對象，幾乎沒有耐性幫任何人倒咖啡，又為自己表現如此愚蠢而生氣。

「曾經這樣遭到拒絕的男人！我怎麼會蠢到以為可以再喚回他的愛？有哪個男人會願意向同一位女子再度求婚？他們最討厭這麼傷害自尊的事了！」

不過，他自己端著咖啡杯回來時，她心情有比較好一點，更把握機會說：

「妳妹妹人還在彭伯里莊園嗎？」

「是的，她會在那裡待到耶誕節。」

「一個人嗎？朋友都離開她了？」

「有安斯立太太陪她。其他人這三個星期都去了史卡博羅市集。」

她想不出還可以說什麼，但如果他想要繼續跟她聊天，他或許能想出更多話題。然而，他就這麼站在她身旁好幾分鐘，完全沉默，直到最後有位年輕女子過來，再次低聲與伊莉莎白交談，他就走開了。

茶具都收走後，牌桌擺了出來，女性都站起身。此時，伊莉莎白希望他很快會回到她身邊，卻看見他因為母親貪婪地想要更多人玩惠斯特牌而被拉走，在幾分鐘後跟大家一起坐下打牌，她的希望因而完全破滅。如今她不再指望有任何樂趣。他們就這樣整個傍晚被困在不同的桌上，她已無可期待，只求他的視線能經常朝她看來，讓他的牌能打得跟她一樣不順。

班奈特太太原本計畫要把尼德斐莊園的兩位男士繼續留下吃宵夜，不幸的是他們比任何人都還要早叫馬車，她完全沒機會留下他們。

只剩下她們之後，她說：「好啦，女兒啊，妳們覺得今天如何？我覺得每件事情都異常順利，我說真的。餐點準備得極好，鹿肉烤得恰到好處，大家都說從沒見過這麼肥美的鹿腿。湯比我們上星期在盧卡斯家喝的好上五十倍，就連達西先生都承認鷓鴣料理得極好，而我想他家至少有兩、三位法國廚師吧。還有，我親愛的珍，我從沒見過妳如此美麗。隆格太太也這麼說，因為我有問她妳美不美。妳猜她還說了什麼？『唉呀！班奈特太太，我想她最終還是要進入尼德斐莊園啊！』她真的這麼說。我覺得隆格太太真是個天使，她的姪女也都非常乖巧，一點也不漂亮。我真是太喜歡她們了。」

簡單來說，班奈特太太心情大好，賓利面對珍的表現足以讓她相信，他最終會娶她的女兒。她是如此期待全家人因此受益，心情好到不合理，結果因為隔天沒見到他立刻回來求婚而大失所望。

班奈特小姐對伊莉莎白說：「今天真的很不錯，參加的人似乎都經過精挑細選，非常適合彼此。希望大家能經常聚會。」

伊莉莎白綻放微笑。

「莉茲。妳不可以這樣。妳不能懷疑我。這樣讓我覺得恥辱。我敢跟妳保證，我已經學會把他當作就是個和善明理的聊天對象，沒有任何進一步的期待。他現在的態度讓我非常清楚，他從來沒有想要讓我喜歡上他。只不過他天生嘴比較甜，又比其他男人都還想要討人開心。」

妹妹說：「妳真是殘酷，不讓我笑，又隨時都要逗我笑。」

「有時候要人相信真的很難！」

「其他時候則是根本不可能！」

「但妳為什麼想要說服我，我的感覺比我所承認的強烈？」

「這個問題我完全不知該如何回答。我們都喜歡教人，但我們能教的都不值得學習。請原諒我，如果妳堅持自己毫不在乎，那請不要把我當成妳傾訴的對象。」

55

這次來訪的幾天後，賓利先生再度上門，這次只有他獨自一人。他的好友當天早上出發回倫敦去，預計十天後才回來。他跟大家坐著聊了一個多小時，心情非常好。班奈特太太邀請他留下一起吃飯，他非常遺憾地承認自己已經另外有約。

「下次你來，」她說，「希望我們運氣會比較好。」

他表示自己任何時候都很樂意等等，要是她同意，他會把握下一次機會盡快來訪。

「明天可以來嗎？」

沒問題，他明天完全沒有任何計畫，明快地迅速答應她的邀請。

隔天他來了，而且相當早就抵達，所有女性都還沒梳妝打扮好。班奈特太太頭髮整理到一半，穿著睡袍衝進女兒房間，驚慌大喊：

「我親愛的珍，動作快點，趕快下樓。他到了，賓利先生到了。他真的到了。動作快，動作快。莎拉，來，馬上來幫班奈特小姐穿上她的禮服。不要管莉茲小姐的頭髮了。」

珍說：「我們會盡快下樓，但我猜凱蒂會比我們都先準備好，因為她半個小時前就先上樓來了。」

「喔，誰管凱蒂啊！關她什麼事？妳快一點，動作快點！親愛的，妳的腰帶去哪裡了？」

但是母親離開後，珍還是堅持要至少等一位妹妹一起下樓。

當天傍晚，明顯可見有人亟欲讓他們兩個獨處。喝完茶後，班奈特先生依照平常習慣回到書房，瑪莉也上樓練琴。五個障礙物已經移除兩個，班奈特太太坐著朝伊莉莎白和凱薩琳眨眼眨了好久，她們卻完全無動於衷。伊莉莎白根本不願意看她，等凱蒂終於看她時，只是很無辜地問：「媽媽，怎麼了嗎？妳為什麼一直對我眨眼睛？要我做什麼嗎？」

「沒事，孩子，沒事。我沒有對妳眨眼。」接著她靜靜坐了五分鐘，但真的不想浪費如此寶貴的機會，於是突然起身對凱蒂說：「寶貝妳來，我有話要跟妳說，」然後就把她帶出客廳。珍立刻對伊莉莎白使了眼色，說明這樣的預謀讓她有多困擾，拜託她不要配合。過了幾分鐘後，班奈特太太將門推開一半往裡面喊：

「親愛的莉茲，我有話要跟妳說。」

這下伊莉莎白不得不離開。

「我們讓他們獨處就好了啦，知道嗎，」她一走進大廳後母親便說。「我跟凱蒂要上樓去我的更衣室坐。」

伊莉莎白根本不願浪費力氣和母親講道理，只是安靜地留在大廳，等到她和凱蒂走到不見人影後，又回到客廳。

班奈特太太今天的計畫再度失敗。賓利各方面來說都很迷人，就只差對她女兒求婚。他的自在與蓬勃朝氣，使他成為非常受歡迎的傍晚派對成員，他包容她們母親的好管閒事，很有耐心又神情鎮定地聽她所有的愚蠢評論，更是讓女兒感到開心。

他根本不需要邀請便樂意留下來用宵夜。離開之前，他和班奈特太太又約好，隔天早上他要來跟她丈夫一起打獵。

這天過後，珍絕口不提自己的不在乎。姊妹之間沒有再聊到賓利，但晚上睡覺前，伊莉莎白開心地相信，除非達西先生提前回來，否則一切應該很快就會敲定。不過，說真的，她還是多少相信這一切想必已經獲得了他的同意。

賓利非常準時赴約，他和班奈特先生整個早上都在一起，跟約定好的一樣。班奈特先生比他所預料得還要好相處。因為賓利不做作也不愚蠢，班奈特先生不會想要嘲笑他，也不會覺得討厭而保持沉默，此外，班奈特先生還比他之前要來得健談又不古怪。賓利當然是跟他一起回家用晚餐。傍晚，班奈特太太再次設法把所有人都支開，只留下他和大女兒。伊莉莎白有信要寫，於是喝完茶後就去早餐室寫信，因為其他人本來都要打牌，她可不想要破壞母親的計畫。

等她寫完信回到客廳，極為吃驚地發現，母親恐怕比她以為的還要聰明太多了。她推開門時，看見姊姊和賓利一起站在火爐邊，彷彿認真在討論什麼；要是這樣還不讓人起疑，他們兩人突兀地轉身分開的表情也說明了一切。他們顯得很尷尬，但她覺得更尷尬。兩人一聲不吭，伊莉莎白正打算再次離開，原本跟兩個女孩一起坐下的賓利突然起身，低聲對她姊姊很快說了什麼後，就跑出去了。

珍完全無法向伊莉莎白隱瞞任何說出來會更快樂的事，於是立刻擁抱她，以最興高采烈的姿態，承認自己是全世界最幸福的人。

「真是太幸福了！」她繼續說，「太太太幸福了！我根本不值得這麼快樂。喔！為什麼不能每個人都這麼幸福？」

伊莉莎白的祝賀充滿了真摯熱情與喜悅，言語根本不足以描述。她的每句祝福都為珍帶來新的喜悅。但是珍目前不能讓自己一直賴在妹妹身邊，聽她把該說的話全部說完。

「我必須立刻去找母親，」珍的語氣無比雀躍。「我無論如何不能輕忽她的牽掛，更不能讓她從我以外的人口中聽說這件事。他已經去見父親了。喔，莉茲！知道我有能力讓親愛的家人全部都這麼快樂！我開心到快要爆炸了！」

她隨後便趕忙去找母親，刻意中斷牌局的後者，此刻正跟凱蒂在樓上坐著。

如今只剩伊莉莎白一人，笑容滿面地想著曾讓他們接連幾個月躊躇與惱怒的事，終於快速輕易地解決了。

她說：「而且，這一舉了結他好友的焦慮謹慎！還有他妹妹的虛偽算計！真是最快樂聰明又最合理的結局了！」

幾分鐘後，賓利再度來到她身邊，因為他和她們父親的對話非常簡短扼要。

打開門時他連忙問：「妳姊姊呢？」

「跟我母親在樓上，我猜等下就會下來了。」

於是他關上門，來到她身邊，接受了未來小姨子的恭賀與祝福。伊莉莎白誠摯地表達自己是如何看好他們的未來。兩人非常熱情地握手，在姊姊下樓前，她就這麼聽著他滔滔不絕地分享自己有多幸福，又說珍有多完美。雖然他是戀愛中的傻子，伊莉莎白卻真心相信，他所期待的幸福都很合理，因為他們兩人相互了解，珍的個性那麼好，她和他之間又有著極為相似的感受與品味。

對所有人來說，當天晚上都是出奇的歡樂，班奈特小姐心滿意足到臉上散發生氣蓬勃的光芒，讓她看起來又更美麗了。凱蒂露出燦爛笑容，痴痴地笑，希望很快就輪到她。班奈特太太雖然跟賓利談了半個小時，不過都只是在表達她的讚許與同意，但說再多都不足以表達她內心的喜悅。稍後班奈特先生加入他們吃宵夜時，聲音與態度也明顯可看出他有多開心。

當天晚上，在訪客離開之前，班奈特先生對於自己的喜悅可是隻字未提；不過等賓利一走，他馬上轉頭對女兒說：

「珍，恭喜妳。妳會是非常幸福的女人。」

珍立刻走向他，親吻他，並感謝他的祝福。

他說：「妳是個好女孩，想到妳會嫁得很幸福，我就非常開心。相信你們兩個在一起會非常幸福。你們的個性很相似。兩人都很願意配合，所以大概永遠無法達成協議；太過隨和，連僕人都會欺負你們，而且過於大方，絕對會入不敷出。」

「我希望不會。財務方面的魯莽跟疏忽，對我來說是不可饒恕的罪過。」

他妻子驚呼：「入不敷出！我親愛的班奈特先生，你在胡說八道什麼啊？他可是年收入四、五千英鎊，很可能還更多的人。」然後對女兒說：「喔，我親愛的親愛的珍！我真是太開心了！我想我今天晚上一定睡不著覺了。我就知道會這樣。我一直都說會是這樣的，終於啊！我就知道妳長得這麼漂亮是有用的！我還記得，去年他剛到赫特福德郡時，第一次看到他我就心想，你們很有可能在一起。喔！他真是世界上最好看的男人了！」

什麼韋克翰、莉迪亞，她全都忘光了。珍毫無疑問成了她最喜歡的女兒。在那一刻，她其他人都不在乎了。珍的兩個小妹妹開始向她要求會讓她們快樂的東西，希望她未來能供給她們。

瑪莉希望能進出尼德斐莊園的書房，凱蒂則苦苦哀求每年能在那裡辦幾場舞會。

從這時候開始，賓利當然每天都來朗伯恩作客，經常早餐之前就到，一直待到宵夜過後，除非有粗俗無禮令人厭惡至極的鄰居邀請他去吃晚餐，他就會覺得自己應該要答應。

如今伊莉莎白已經沒有太多時間跟姊姊聊天，因為賓利在的時候，珍的注意力無暇顧及其他人。但是，在兩人難免偶爾分開時，她發現自己對他們都很有幫助。珍不在的時候，賓利總是跟伊莉莎白在一起，只為能開心地聊珍的事情；賓利離開後，珍也經常向她尋求同樣的慰藉。

有天傍晚她說：「他讓我非常快樂，因為他跟我說，春天的時候他根本不知道我人在倫敦！我本來以為這是不可能的。」

伊莉莎白回她：「我也猜是這樣，他是怎麼跟妳解釋的？」

「想必是他兩個姊妹的主意。她們顯然沒有要支持他和我的感情；我也覺得難怪，畢竟他本來可以選擇條件更好的對象。可是等她們看見他跟我在一起有多快樂，相信她們將學會接受這件事，然後我們很快就會恢復交情了。不過，我們永遠不可能再像過去那樣要好了。」

「這真是我聽妳說過最不寬容的話了。說得好！要是再看見賓利小姐以她虛偽的情感玩弄妳，我真的會很生氣。」伊莉莎白說。

「莉茲，妳相信嗎，他去年十一月去倫敦的時候就是真心愛我的，要不是以為我對他無動於衷，根本沒有任何事情能阻止他再回來！」

「他確實犯了錯，但那也是因為他謙虛。」

珍自然開始歌頌他的謙遜，以及他是如何低估了自己的優點。

伊莉莎白很高興得知，他並沒有拆穿他好友介入的事，因為，雖然珍有著全世界最寬容慈悲的心腸，知道這件事還是會造成她對他的偏見。

珍開心吶喊：「我真的是世界上最幸運的人了！喔，莉茲！為什麼全家只有我這麼幸福，比大家都幸運！要是我也能看到妳這麼快樂就好了！要是能再有個這樣的男人配上妳就好了！」

「就算妳給我四十個這樣的男人，我也不可能像妳這麼快樂。除非我有妳的個性、妳的善良，否則我永遠不可能像妳這麼快樂。不了，不了，讓我自己想辦法就好。或許，如果我運氣夠好，時間久了我會再遇到一個柯林斯先生的。」

朗伯恩家裡的情況不可能保密多久。班奈特太太特別偷偷地告訴了菲力普太太，而她則在沒有獲得允許下，跟她在梅里頓的所有鄰居說了。

班奈特一家很快便被封為全世界最幸運的一家，儘管不過幾個星期前，莉迪亞剛私奔時，他們才被大家視為最倒楣的一家。

56

某天早上，大約在賓利向珍求婚後的一個星期，正當他和班奈特家的女眷一起坐在餐廳裡，窗邊突然傳來的馬車聲吸引了眾人的注意力。他們發現一輛四馬車出現在車道上。這個時候還太早，理論上不會有訪客，從馬車配備看來也不像鄰居。馬匹是租來的，馬車與坐在前方的僕人身著他們都不熟悉的制服。不過，由於看來確實是有人來訪，賓利便說服班奈特小姐跟他一起到矮叢間散步，以免因為要招待訪客而困在家裡。兩人離開，剩下三人繼續猜測來者何人，但直到門打開、訪客走進來之前，大家都沒有什麼答案。是凱薩琳·德波夫人。

大家本來就預期來客會讓她們吃驚，但她們的驚訝都遠超出自己預期，而且儘管班奈特太太和凱蒂完全不認識這位夫人，她們還是沒有伊莉莎白驚訝。

她走進餐廳的態度比平常還要無禮，除了微微點頭示意，根本沒有回應伊莉莎白的問候，不發一語地直接坐下。伊莉莎白在夫人進門時向母親說了她的名字，但夫人並沒有要伊莉莎白介紹母親給她認識的意思。

班奈特太太雖然驚訝，卻很開心有地位這麼高貴的客人來訪，於是以最有禮貌的方式接待她。沉默地坐了幾分鐘後，她拘謹地對伊莉莎白說：

「班奈特小姐，希望妳一切都好。我猜那位是令堂。」

伊莉莎白簡單表示沒錯。

「而那位我猜是令妹了。」

「是的，夫人，」班奈特太太說，很高興有機會能跟凱薩琳夫人說話。「她是我倒數第二小的女兒。最年幼的女兒最近結婚了，長女跟我相信很快會成為我們家一分子的年輕人在戶外散步。」

「妳們的園區真小，」短暫沉默後，凱薩琳夫人回她。

「夫人，跟羅辛斯莊園比起來當然不算什麼，但我向您保證，我們的園區可是比威廉・盧卡斯爵士家的大多了。」

「這間到了夏天傍晚應該是非常不舒服的休息室吧，窗戶全都向西。」

班奈特太太向她保證，他們晚餐過後都不會待在這裡，並接著說：

「容我請問夫人，您離開時，柯林斯夫婦是否一切都好。」

「是的，非常好，我前天晚上才見過他們。」

此時伊莉莎白以為她會拿出夏洛特的信交給她，因為感覺那是她來訪的唯一可能動機。但沒有信，她感到十分困惑。

班奈特太太極為客氣地懇請夫人享用點心，但凱薩琳夫人非常沒有禮貌地堅決拒絕吃任何東西，然後起身對伊莉莎白說：

「班奈特小姐，妳們的草地旁似乎有片很漂亮的小林野。如果妳願意陪我，我很想去那裡面走走。」

母親催促她：「去啊，親愛的，帶夫人去參觀不同的步道。我想她會喜歡那邊的偏僻小屋。」

伊莉莎白遵從指示，跑回房間拿了她的洋傘，再陪同高貴的客人走下樓梯。她們穿過大廳時，凱薩琳夫人打開進入餐室與客廳的門，打量一圈後說看起來很不錯，才繼續往前走。

她的馬車停在門口，伊莉莎白看見她的隨身女僕坐在車上。她們沉默地沿著石子路走進矮林，伊莉莎白決心不要試圖跟這位比平常還要侮慢惹人厭的女人聊天。

「我怎麼會覺得她跟她的外甥一樣？」她看著她的臉心想。

她們一走進矮林，凱薩琳夫人馬上以這樣的態度開口了：

「班奈特小姐，妳一定知道我為什麼來這裡。妳的心、妳的良知，一定已經告訴妳我為什麼會來。」

伊莉莎白仍然同樣驚訝地看著她。

「夫人，您真的誤會了。我完全不知道為何有這份榮幸能在這裡見到您。」

「班奈特小姐，」夫人非常生氣，「妳應該要知道，我不是可以隨便玩弄的人。無論妳選擇要如何不誠懇，妳會發現我可不一樣。我的個性向來以誠懇與坦率聞名，在這樣重要的時刻，我更絕對不會違背本性。兩天前，我聽聞了令我極為恐慌的消息。我聽說不只是妳姊姊即將嫁入非常好的家庭，而伊莉莎白・班奈特小姐妳自己，也非常有可能隨後與我外甥，我自己的外甥達西先生結婚。雖然我知道這絕對是誹謗、是謊言，雖然我不願意相信這件事可能是真的，以免傷害他，我還是立刻決定動身前來，好讓妳知道我的看法。」

「如果妳相信不可能是真的，」伊莉莎白因為訝異與輕蔑而漲紅了臉，「不知道您為什麼還要特別跑這麼遠來。夫人您這樣做是何用意呢？」

「立即駁斥這項傳聞。」

伊莉莎白冷漠回應：「如果真有這番傳聞，您來到朗伯恩見我與我的家人，反而會變成是證實這種說法吧！」

「如果！所以妳要假裝不知道這件事？難道你們自己沒有拚命宣傳這件事？妳難道不知道這個消息早已經傳遍世界各地了嗎？」

「我從沒聽過這種事。」

「那妳也能宣稱這個消息沒有任何根據嗎？」

「我不會假裝自己跟夫人一樣坦率。您大可以發問，但我可以決定不回答。」

「班奈特小姐，這種回應我絕對不接受。我堅持要妳回答我，我的外甥他到底有沒有向妳求婚？」

「夫人您已經說了那是不可能的事。」

「本來就該是這樣，一定是這樣，只要他還有一絲理智的話。但妳的計謀跟誘惑，可能會讓他一時糊塗，忘記他對自己跟對家族的責任。搞不好是妳誘拐他。」

「如果是我，那我也不可能承認。」

「班奈特小姐，妳知道我是什麼人嗎？我可不習慣妳這種說話方式。我幾乎可說是他在世上最親近的人，我有權知道跟他最密切相關的事情。」

「但妳無權知道我的。而像您這樣的行為，也永遠不可能說服我解釋清楚。」

「讓我把話說清楚。這段妳膽敢妄想的婚事，絕對不會發生。永遠不可能。達西先生已經跟我的女兒訂婚了。這下妳還有什麼好說的？」

「我只想說，如果他真的跟她訂婚了，您絕不會有理由認為他會向我求婚。」

凱薩琳夫人頓了一會兒，然後回道：

「他們之間的婚約比較特殊。打從他們還小就已經注定要跟彼此結婚。這是他母親最大的心願，也是她母親的心願。從他們還在搖籃裡，我們就已經計畫好這段婚事，現在，就在兩位姊妹的心願即將達成、他們即將結婚之際，竟然要遭到出身低下、毫無地位，而且跟這個家族沒有絲毫關係的年輕女性破壞？妳難道不在乎他朋友的意願嗎？不在乎他跟德波小姐默許的婚約？妳難道要完全無視禮節與矜持？妳沒有聽到我說，他打從娘胎開始，就注定要跟他的表妹結婚嗎？」

「有，我剛剛都聽到了。但是這跟我有什麼關係？如果沒有其他反對我嫁給您外甥的理由，我當然不會因為他的母親和阿姨希望他娶德波小姐就卻步。您二位已經盡力規畫了這樁婚事，成婚與否則要看其他人。如果達西先生不是因為個人喜歡或榮譽而與他表妹綁在一起，他為什麼不能做其他選擇？而如果我是那個選擇，又為什麼不能接受他？」

「因為榮譽、禮節、謹慎，不，還有個人利益，都不允許。是的，班奈特小姐，個人利益；因為妳如果執意違背所有人的意願，就不要指望他的家人或朋友會承認妳。妳會遭到跟他有關的所有人責難、輕視與唾棄。你們的結合將會是恥辱，就連妳的名字我們都永遠不會提起。」

伊莉莎白回答：「這些都是很沉重的不幸，但是成為達西先生的妻子，想必能帶來諸多無比的幸福，整體而言沒有什麼好抱怨的。」

「固執任性的女孩！我真是以妳為恥！這就是妳感謝我春天時款待妳的方式嗎？難道妳沒有因此對我有任何虧欠嗎？我們坐下吧。班奈特小姐，妳要了解，我下定決心要來這裡達成我的目的，就絕對不會放棄。我絕對不會配合任何人的異想天開，也沒有接受失望的習慣。」

「那只會讓夫人您此刻的情況更加可憐，但是對我沒有任何影響。」

「不要打斷我。安靜聽我說。我女兒和我外甥是天生一對。他們的母親出身同樣的貴族血統，父親那邊雖然沒有爵位，卻也是受人敬重、有名望的古老家族。他們各自家族的所有成員都認為他們是天生一對！結果是什麼要拆散他們？沒有家世背景財富，還敢驕矜自負的女子。這成何體統！絕對不能這樣，不可能。如果妳知道怎麼做對妳自己最有好處，就不會想要脫離妳成長的社會階級。」

「我不認為嫁給您的外甥就等於脫離這個社會階級。他是仕紳，我是仕紳的女兒，以這個角度來說我們是平等的。」

「沒錯，妳是仕紳的女兒。但妳母親是誰？妳舅舅、舅媽、姨丈、阿姨是誰？不要以為我不知道他們的社會地位。」

伊莉莎白說：「無論我的背景如何，如果您的外甥不介意，那對您來說也不算什麼。」

「妳給我說清楚，妳跟他訂婚了嗎？」

雖然伊莉莎白因為不想配合凱薩琳夫人，而不想回答這個問題，但深思熟慮了一番後還是只能說：「沒有。」

凱薩琳夫人看起來很滿意。

「那妳能不能答應我，永遠不會跟他訂婚？」

「我不會答應這種事。」

「班奈特小姐，我實在太驚恐訝異了。我以為妳會是個明理的小姐。但是妳不要誤以為我會退縮。妳沒有向我保證之前，我是不會離開的。」

「而我絕對不會如此保證。我不會因為恐嚇就答應這麼不合理的要求。夫人想要達西先生娶您女兒，但難道我答應您的要求，他們的婚事就會更加有可能成真嗎？假使他真的心在我身上，難道我拒絕嫁給他，他就會轉而把心交給表妹嗎？凱薩琳夫人，請容我說一句，您提出這項詭異要求所根據的論點，就跟這項要求一樣不著邊際、欠缺思考。如果您認為這樣就足以說服我，那您就是徹底誤解了我的個性。您外甥是否會贊成您插手他的事，我說不準，但是您絕對沒有權利管我的事。因此，我必須請您對這件事不要再強求。」

「妳不要急。我可是還沒說完。除了剛才所有的反對原因，我還有一樣沒說。我很清楚妳最小妹妹聲名狼藉的私奔細節。我全都知道，還知道那個年輕人之所以娶她，完全是靠妳父親和舅舅促成。這樣的女孩要當我外甥的小姨子？她丈夫，也就是我外甥已故父親的男管家兒子，要當他的連襟？我的天哪！妳在想什麼？彭伯里莊園的回憶就要這樣被玷汙了嗎？」

她充滿憤恨地回應：「您這下應該都說完了吧，您已經用盡各種方式侮辱過我了，現在我必須回屋裡去了。」

她一面說一面起身。凱薩琳夫人也同樣起身，跟她一起走回去。夫人憤怒極了。

「所以妳完全不在乎我外甥的榮譽跟名聲！自私無情的女孩！難道妳沒想過，跟妳扯上關係會讓他在所有人面前丟臉嗎？」

「凱薩琳夫人，我對您已無話可說。您很清楚我的想法。」

「所以妳決定要接受他？」

「我沒有這麼說。我只是決定要照我自己的意思，讓我自己開心，沒有要以您或任何與我完全無關的人的意見為依歸。」

「很好。所以妳拒絕答應我。妳拒絕順從本分、榮譽與感恩的要求。妳決心要毀了他在他所有朋友眼中的形象，讓他被全世界藐視。」

伊莉莎白回她：「在這件事上，本分、榮譽或感恩都不可能對我有任何要求。我跟達西先生結婚也不會違反任何原則。至於他家族的怨恨或全世界的憤慨，如果前者真的因為他娶我而生氣，我也絲毫不在乎，這個世界也沒有失去理智到會加入對他的鄙視。」

「這就是妳的真實看法！這就是妳最後的決定！非常好。那我就知道該怎麼做了。班奈特小姐，不要以為妳的野心會獲得滿足。我是來測試妳的。我本來希望妳會是個明理的人，但相信我絕對會說到做到。」

凱薩琳夫人就這樣滔滔不絕直到她們來到馬車門邊，這時她匆忙轉身又說：

「班奈特小姐，我不跟妳道別。也不向妳母親致意。妳不值得我的問候。我真是生氣極了。」

伊莉莎白不做回應，也沒有想要說服夫人跟她一起回到屋內，便逕自安靜地走進屋裡。走上樓梯時，她聽見馬車離開的聲音。她母親迫不及待地在更衣室門口等她，問凱薩琳夫人為什麼不再進來休息一下。

她女兒說：「她說不要，她想走了。」

「她真是個體面的人！來這裡打招呼也真是太客氣了！因為我想她來只是為了告訴我們，柯林斯一家都很好吧！我猜她是要去別的地方，順路經過梅里頓，就想說不如來跟妳打聲招呼。莉茲，我想她應該沒有跟妳說什麼特別的事情吧？」

伊莉莎白不得不撒了個小謊，因為她怎麼也不可能坦承她們實際上說了什麼。

57

這趟意外的來訪讓伊莉莎白心情大受影響，無法輕易平復，接連好幾個小時，也都只能不斷回想這件事。看來，凱薩琳夫人刻意從羅辛斯莊園來這裡，就是為了要破壞她和達西先生謠傳中的婚約。這還真是個合理的計畫啊！但是他們訂婚的傳聞到底打哪裡來，伊莉莎白完全摸不著頭緒；後來她想起，他是賓利的密友，她又是珍的妹妹，光是這樣的關係就夠了，在期待一場婚禮來臨的同時，引領期盼另一場的想法本身就夠人這麼聯想猜測了。她本身並沒有忘記，姊姊的婚姻想必會讓他們兩人更常見面。因此，她在盧卡斯小屋的鄰居（她猜應該是他們與柯林斯家聯絡，才會讓傳聞傳到凱薩琳夫人耳裡）只是把這件事當作確定立刻會發生，她自己則是期待未來某天有可能發生。

不過，仔細回想凱薩琳夫人說的話，她忍不住擔心夫人堅持插手後可能會造成的後果。她說決心要阻止他們結婚。伊莉莎白想到，她想必會向外甥提出要求，至於他聽完類似的陳述，知道與她結婚會有的諸多罪過後會怎麼想，她不敢斷言。她不知道他與阿姨的感情有多深厚，也不知道他有多仰賴她的判斷，但是如果他比她還要看重夫人也是理所當然；而且可以確定的是，若要細數與各方條件都遠不如他的人結婚的各種不幸，他阿姨絕對會從他的弱點下手。從他重視身分這點來看，他可能會覺得那些伊莉莎白認為微不足道又可笑的論點，頗有道理且推論有據。

要是他之前還在猶疑不定——而且看來似乎經常如此——近親的建議與懇求，或許會釐清他的所有疑慮，讓他立刻決定選擇不損害名譽的幸福。這樣一來，他也不會再回來了。凱薩琳夫人可能會在到倫敦時去看他，那他跟賓利約好會回來尼德斐莊園的約定也就會失效。

她接著想：「因此，如果過幾天後，他的好友收到他將不能依約回來的消息，我就會知道該如何看待這件事了。我會放棄所有期待，不再希望他的感情跟之前一樣。如果他原本可能擄獲我的感情、跟我結婚，卻決定讓我成為遺憾就好，那我很快也不會再為他感到遺憾了。」

其他家人聽說訪客的身分都非常驚訝，但他們也都開心接受平息班奈特太太好奇心的同樣猜測，伊莉莎白因此省得在這個主題上頭打轉。

隔天早上，她下樓時，剛好遇見手上拿著信走出書房的父親。

他說：「莉茲，我正要去找妳，進來我房間。」

她跟著他進房，對於他要跟她說什麼的好奇心，因為猜測可能多少跟他手上那封信有關而更加濃厚。她突然想到，或許是凱薩琳夫人寄來的信，想到後續可能要做的解釋就有些沮喪。

她跟著父親走到火爐邊，兩人都坐下。然後他才說：

「我今天早上收到一封讓我驚訝不已的信。由於信件主旨跟妳有關，妳應該要知道信裡寫了什麼。我之前都不知道，原來我有兩個女兒即將嫁人。請讓我恭喜妳擄獲愛情。」

伊莉莎白此時漲紅的臉讓她瞬間深信是那位外甥寫的信，而不是他阿姨；正當她無法決定應該要為他自己出面說明感到高興，還是要為信不是寫給她自己而生氣，她父親接著說：

「妳看起來似乎已經知道了。年輕小姐在這方面總是很機敏，但我想我敢說，連聰明如妳都猜不出仰慕者是誰。這封信來自柯林斯先生。」

「柯林斯先生！他哪有什麼話好說？」

「當然是非常切中要點。他一開始是恭喜我的長女即將結婚，看來是友善八卦的盧卡斯家人告訴他的。我就不逗弄妳的不耐了，直接念出他在這件事上寫了什麼。跟妳有關的段落如下。『在我和柯林斯太太為這件好事誠摯祝賀您之餘，請容我暗示另一件事，通知我們的消息來源也相同。令千金伊莉莎白被認為不久後也將告別班奈特這個姓氏，就跟在她姊姊之後，而且她未來的另一半，可說是這塊土地上名聲最為顯赫的人之一。』

「莉茲，妳猜得出來這是指誰嗎？『這位年輕人格外有福氣，擁有身而為人都最想要的富裕財產、貴族家世以及贊助多份俸祿。然而，儘管有如此多的誘惑，請容我警告表妹伊莉莎白以及您，面對這位仕紳的求婚，你們想當然會傾向於立刻把握如此好處，但是猛然接受的下場將會很不幸。』

「莉茲，妳想得到這位仕紳是誰嗎？答案呼之欲出了。」

「『我要警告您的動機如下。就我們所知，他的阿姨凱薩琳．德波夫人似乎不怎麼贊成這件婚事。』

「妳看啊，那人是達西先生！好了，莉茲，我想我成功嚇到妳了吧。柯林斯先生或盧卡斯家的人，朋友圈裡哪個男人不好挑，怎麼就剛好挑了個最能證明他們說謊的人？達西先生看任何女人都只看見缺點，而且搞不好這輩子都沒正眼看過妳！這真是太精彩了！」

伊莉莎白想跟爸爸一起樂在其中，卻只能勉強擠出微笑。他的機智從不曾像此刻這麼令她討厭。

「妳不覺得好笑嗎？」

「喔，當然了！拜託你繼續讀。」

「『昨天晚上對夫人提起這樁婚事的可能性後，她立即一如往常地放下身段，表達她對這件事的看法；後來明顯發現，由於表妹這邊的家人讓她頗有微詞，她絕對不會同意這段她所謂可恥的婚事。我認為自己有責任要立刻將消息轉達表妹，好讓她與她高貴的仰慕者能意識到他們所面臨的情況，不要倉促邁入沒有獲得許可的婚姻。』

「柯林斯先生更進一步表示，『我真的很高興莉迪亞表妹的醜聞能夠掩飾得這麼好，只擔心他們在婚前就住在一起的事，已經眾所皆知了。然而，我絕對不能忽略我的職責，也無法不承認我的驚訝，竟然聽見您在那對年輕人一結婚後就讓他們進了您的家門。這樣根本是鼓勵墮落，如果我是朗伯恩的教區長，必定會奮力反對。身為基督徒，您當然要饒恕他們，但絕對不能讓他們出現在您眼前，也不能讓您聽見有人提及他們的名字。』——他所謂基督徒的饒恕竟然就這樣！剩下內容就只是他親愛夏洛特的近況，他即將要開枝散葉了。但是，莉茲，妳看起來似乎一點也不覺得有趣。希望妳不是要故作正經，假裝這種無聊的傳聞侮辱了妳吧！畢竟，如果我們不成為鄰居的笑柄，然後反過來也取笑他們，人生在世還有什麼好活的呢？」

伊莉莎白驚呼：「喔！我覺得好笑極了。可是實在太詭異了！」

「沒錯，這就是有趣之處。要是他們鎖定的對象是別人，那就沒什麼好笑的了；但是他的全然淡漠對上妳的絕對厭惡，正是這件事絕妙荒唐的笑點啊！雖然我很討厭寫信，卻無法為了任何事情放棄與柯林斯先生通信。不行，每次讀他的信，我都忍不住覺得連韋克翰都比不上他，儘管我是那樣欣賞我自己女婿的魯莽與虛偽。還有，莉茲，請告訴我凱薩琳夫人針對這項傳聞怎麼說？她來拜訪是不是為了要表示她拒絕同意？」

針對這個問題，他女兒只能大笑回應，而且因為他這個問題不帶一絲懷疑，她也不用害怕他會再問一次。伊莉莎白從來不曾像現在這樣難以掩飾心情。她必須要笑，但內心其實很想哭。她父親說到達西先生的淡漠，等於極為殘忍地貶低她，她不知該做何感想，只是想不通他怎麼會看不出來；又或者是擔心，或許不是他看透的太少，而是她想像的太多。

58

結果賓利先生非但沒有如伊莉莎白所預期，收到朋友找藉口失約的來信，反而在凱薩琳夫人來訪後沒幾天就帶著達西出現在朗伯恩。兩位男士很早便抵達，班奈特太太還來不及告訴他，她們見過他阿姨——本來她女兒都很怕她會說什麼，但賓利已經率先提議一起出去散步，因為他想跟珍獨處。大家都同意。班奈特太太不習慣走路，瑪莉則永遠沒有空，剩下的五個人就一起出發了。不過，賓利和珍很快就讓其他人超越他們。他們故意落後，留伊莉莎白、凱蒂和達西三人聊天。但是大家都沒怎麼說話，凱蒂不敢跟他說話，伊莉莎白則是暗自下了破釜沉舟的決心，或許他也一樣。

他們朝盧卡斯家走去，因為凱蒂想去看瑪莉亞。由於伊莉莎白不覺得有必要引起眾人注意，當凱蒂離開他們後，她便勇敢地獨自與他繼續散步。這下是她執行決心的時刻，趁著勇氣十足的時候，她立刻開口：

「達西先生，我非常自私，為了要讓我自己內心好過，恐怕無法擔心是否會傷害你。我實在忍不住要感謝你，那樣大方好心地協助我可憐的妹妹。自從我得知這件事情後，就一直很想要向你坦承我是多麼感謝你。要是其他家人也知道，我想必不會只是代表自己感謝你。」

「我很抱歉，真的非常抱歉，」達西的語氣既激動又情緒化，「不該讓妳知道這件事的，害妳不安了。我沒想過竟然無法信任嘉迪納太太。」

「千萬別怪我舅媽。是莉迪亞粗心，才讓我知道你也有介入，因此我當然非問出個所以然來。請讓我代表全家人再次感謝你，謝謝你的寬大為懷，讓你願意這麼麻煩又受盡委屈，就為了找到他們。」

他回答：「如果妳非要感謝我，那代表妳自己就好。我不會否認，促使我出手協助的原因，主要是希望能讓妳快樂。但妳的家人對我沒有任何虧欠。儘管我很尊敬他們，但我當時想的只有妳。」

伊莉莎白羞到無法回應。短暫的沉默後，她身旁的人接著說：「妳太好心了，不會玩弄我。如果妳的心意還跟四月時一樣，請直接告訴我。我的感情與希望都沒有改變，只要妳一個字，我從此不會再提。」

伊莉莎白能感受到此刻的他比平常都還要尷尬焦慮，於是強迫自己開口。儘管不是滔滔不絕，也立即讓他明白，她的心意自從他剛才說的那段時間之後，有了巨大的改變，讓她能以感激與喜悅的心情接受他此刻的保證。她的回應為他帶來了或許從不曾感受過的快樂，他極盡熱情興奮之能事表達自己的感受，正是熱戀中的男人會有的反應。要是伊莉莎白敢看他的眼睛，或許就能看出他發自內心的喜悅完全反應在臉上，也看見那樣的神情有多適合他；但她實在不敢看，只能用聽的，聽他訴說自己的心情，證明她對他有多重要，讓他的感情顯得更加珍貴。

他們繼續往前走，但漫無方向。他們有太多要想、要感受、要說，根本無暇顧及其他事情。她很快便得知，他們兩人現在心意能相通，都多虧了他阿姨，因為她確實在回程經過倫敦時去看他，並且把她到朗伯恩的過程、動機以及與伊莉莎白談話的重點內容全都告訴了他；還特別強調伊莉莎白說的每一句話，在夫人看來，那些話特別突顯了伊莉莎白的自負與魯莽，深信這般描述必能夠協助她獲得外甥的承諾——伊莉莎白不願給的承諾。對夫人來說，不幸的是，這麼做根本造成了反效果。

他說：「我因此有了希望，是我之前不敢讓自己有的希望。以我對妳的了解，如果妳真的下定決心絕不願意接受我，一定會坦白直接地向凱薩琳夫人承認。」

伊莉莎白漲紅了臉，笑著回應：「是啊，你確實知道我這人很坦白，敢那麼說。在當著你的面痛罵過你後，在你的親人面前罵你，想必我也不會有絲毫遲疑。」

「妳對我說的哪一句話不是我應得的？雖然妳的指控是基於錯誤的消息，有所誤解，但我當時對妳的態度確實值得最嚴厲的譴責。根本無法原諒。我光想都討厭自己。」

伊莉莎白說：「我們不要再爭那天晚上誰的錯最多了，如果真的要嚴格探究，我們雙方都沒有錯；但希望從那次之後，我們兩人都更有禮貌了。」

「我卻無法如此輕易原諒自己。回想起我當時說過的話、我的行為與態度，以及過程中的說法，即使已經過了數個月，到現在還是讓我痛苦難當。妳的指責得太貼切，我永遠無法忘記：『以為要是你表現得更紳士。』妳當時是這麼說的。妳不知道，妳根本無法想像那些話是如何折磨我；但我必須承認，我過了好一段時間才能接受妳這是公平的說法。」

「我倒是完全沒有預料到，那些話會讓你留下那麼深刻的印象。我從沒想過會讓你有這種感覺。」

「這我絕對相信。妳當時覺得我是個冷血無情的人，相信妳是這麼想的。我永遠無法忘記妳當時如何臉色大變，說出我不管怎麼樣跟妳說話，妳都絕對不會接受我。」

「喔！別重複我說過的話了。那些回憶真是太可怕了。我敢跟你保證，我早就發自內心感到羞愧了。」

達西提起他的信。他說：「那封信有沒有很快讓妳修正對我的印象？讀的時候，那封信有沒有讓妳相信裡面的內容？」

她解釋了那封信對她當下造成的影響，以及如何逐步地剝除過去所有的偏見。

他說：「我知道，我信上寫的事情想必讓妳痛苦，但那是必要的。希望妳已經把信給處理掉了。裡面有一段，就是開頭的段落，我特別害怕妳重讀。我還記得裡面有些用語，想必會讓妳恨我，但恨也是應該的。」

「如果你認為處理掉那封信才能保有我對你的好感，那確實應該要燒了。但儘管我們兩人都有理由認為，我的想法並不是真的完全不可改變，我還是希望沒有真的那麼容易動搖。」

達西回她：「我寫那封信的當下以為自己非常冷靜沉著，但是後來我相信，我寫信時應該非常尖酸刻薄。」

「那封信的開頭或許有些刻薄，但結尾不是。你的道別本身就是好事。但是別再想那封信了。寫那封信的人以及收到那封信的人，如今的心境都已截然不同，而所有令人不愉快的細節也都該要忘記。你該學學我這套人生觀。只想著過去愉快的回憶。」

「妳這套人生觀我就無法說有多好了。妳的回憶想必完全沒有可議之處，因此回憶起來的知足與人生觀沒有關係，反而更好，是純真。但我的話可就不是這樣了。我一定會想起痛苦的回憶，而且不能也不該抗拒。我這輩子都是個自私的人，原則不是但實際行為是。小時候父母教我什麼是對的，卻沒有教我如何修正自己的脾氣。我學到好的原則，卻被任由以傲慢與自負來遵循這些原則。很不幸的是，身為獨子（而且好多年來還是唯一的小孩），父母寵壞了我，他們自己雖然是好人（特別是我慈祥和藹的父親），卻容許我、縱容我，甚至教我要自私與驕傲，不在乎自己家族以外的人，也瞧不起整個世界，或至少想要瞧不起他們相對於我的意義與價值。從八歲到二十八歲的我都是這樣，要不是妳，我親愛的最美好的伊莉莎白，我現在恐怕還是一樣。但我有什麼不是多虧了妳！妳教會我的這一課，起初確實很困難，卻很有幫助。妳讓我明白何謂謙卑。我當時向妳求婚，完全沒懷疑過自己不會成功。妳讓我知道，我根本就沒有資格追求值得被追求的女人。」

「你當時以為我會就這樣答應嗎？」

「是啊！妳想必會瞧不起我的虛榮心吧？我竟然以為妳會期待，妳會希望我求婚。」

「我的態度或許有錯，但我敢保證絕非刻意。我絕對沒有要欺騙你的意思，但我的性情常會誤導我。那天晚上過後，你想必非常恨我吧？」

「恨妳！起初我或許是有些生氣，但我的憤怒很快就轉向正確的方向了。」

「我差點不敢問你，我們在彭伯里莊園見面時，你對我是怎麼想的？是否怪我去那裡？」

「絕對沒有，除了驚訝，我沒有其他感覺。」

「你絕對不會比我還要驚訝，竟然受到你的款待。我的良心告訴我，我不值得你對我特別有禮，我也承認，我沒有指望你會對我更好。」

達西回答：「我當時的目的，是要藉由各種禮貌的表現，向妳證明我的心胸沒那麼狹隘，不會記恨；而且希望能獲得妳的寬恕，改善妳對我的壞印象，讓妳看見妳的叱責我都注意到了。其他希望什麼時候浮現的我自己都不知道，但我想應該是在看見妳的半個小時過後。」

他接著告訴她，喬治安娜好高興能認識她，對於她突然離開感到很失望；話題自然就轉到她突然離開的原因，她隨後便得知，他在離開客棧之前便決定要隨她離開德比郡、去找她妹妹，而他當時的嚴肅與沉思，純粹是因為他在思考該如何執行這項計畫。

她再次表示感謝，但是這個話題對雙方來說都太痛苦，於是沒有繼續。

就這樣悠哉地散步了幾英里後，忙著講話無暇注意外界的兩人，看了錶後突然發現該回家了。

「賓利和珍將來不知道會如何啊！」這個問題開啟了對於他們的討論。達西很高興他們訂婚了，他的朋友立刻就把消息告訴他。

伊莉莎白說：「我一定要問，你很驚訝嗎？」

「一點也不。我離開時就覺得應該很快會發生。」

「意思就是，你同意他這麼做。我猜也是這樣。」雖然他抗議她的用語，但她發現其實差不多就是這個意思。

他說：「我要去倫敦的前一晚，向他坦白說出很久以前就該說的話。我告訴他，我是怎麼樣荒唐魯莽地介入他的感情。他非常吃驚。他從來沒有懷疑過我會這麼做。除此之外，我還告訴他，我覺得自己錯了，不該那樣認定妳姊姊對他毫無感情，而且由於我能輕易看出他還是那樣深愛著她，便覺得他們在一起一定會幸福。」

伊莉莎白聽他如此輕鬆地操縱他朋友，忍不住微笑。

她說：「你告訴他我姊姊愛著他，是出於你自己的觀察，還是純粹引述我春天時說過的話呢？」

「是前者。我最近兩次來訪都很仔細觀察她，因此確定了她的感情。」

「我想，你的保證想必讓他也立刻相信了。」

「沒錯。賓利他真的是謙虛得毫不做作。謙遜讓他無法在這麼令他擔憂的事上仰賴自己的判斷，但他對我的依賴讓一切都變得容易。我也不得不向他坦承一件事，讓他有好段時間都很生我的氣，但也是我活該。我實在無法允許自己繼續隱瞞令姊去年冬天在倫敦住了三個月的事，也無法隱瞞自己知情還故意不讓他知道的事實。他非常生氣。但我相信他的憤怒在確定令姊的感情後就消失了。他現在已經發自內心原諒我了。」

伊莉莎白很想說，賓利真是個難能可貴的好朋友，這麼容易被引導實在令人開心，但她阻止了自己。她想起達西還沒學要能夠被人嘲笑，而現在開始也有些太早。他就這樣一路想像著賓利未來的幸福，當然只差他自己的一點，直到他們回到屋子裡。兩人在大廳分開。

59

「我親愛的莉茲，妳是走去哪裡了啊？」伊莉莎白一回到客廳裡，珍就問她，其他人坐下來時也接著問。她只簡單回答他們到處亂走，直到她都不認得路了。她說話時臉有些紅，但無論是臉紅或其他的因素，都沒讓人懷疑她的話。

當天晚上就這麼安靜地度過，沒有任何異常。公開的戀人談天說笑，未公開的戀人則保持沉默。達西不是那種喜悅會溢於言表的人，激動困惑的伊莉莎白則是知道自己很快樂，勝過感覺自己快樂；因為除了立刻要面對的困窘，眼前還有其他災難。她很擔心自己的情況公開後，家人會怎麼想；她知道除了珍，沒人喜歡他，甚至害怕對其他人來說，那是他有再多財富、地位再高，都無法消除的討厭。

晚上，她向珍吐露心聲。儘管班奈特小姐通常不會質疑任何事，卻還是完全無法置信。

「莉茲，妳在開玩笑吧。不可能！跟達西先生訂婚！不，不，妳不要騙我。我知道這是不可能的事。」

「還真是悲慘的開端！我原本完全仰賴妳，因為我敢肯定，如果妳不相信我，其他人也不會。然而，我是認真的沒錯。我說的全是事實。他還愛著我，我們訂婚了。」

珍一臉狐疑地看著她，說：「喔，莉茲！這不可能。我知道妳有多討厭他。」

「妳什麼都不知道。要把那些都忘記。或許我沒有一直像現在這樣那麼愛他，但在這種情況下，絕對需要好的回憶。這是我最後一次記起那段過去了。」

班奈特小姐還是一臉訝異。伊莉莎白再次更加認真地向她擔保，自己說的是實話。

珍歡呼：「我的老天啊！真的是這樣！那麼我一定得相信妳了，我親愛的親愛的莉茲，我願意、我要恭喜妳——但妳真的確定嗎？請原諒我的問題——妳真的確定跟他在一起，妳會幸福嗎？」

「毫無疑問。我們兩人都已經確定，我們會是世界上最幸福的夫妻。但是，珍，妳開心嗎？妳願意有這樣的妹婿嗎？」

「非常非常願意。沒有什麼能讓賓利或我自己更開心的事了。我們想過、討論過，都覺得不可能。妳真的已經夠愛他了嗎？喔，莉茲！絕對不要為了愛情以外的原因結婚。妳真的確定妳的感覺是應該有的嗎？」

「喔，是的！等我把所有事情都告訴妳之後，妳只會覺得我應該要感覺更多。」

「這是什麼意思？」

「因為我必須要承認，我愛他勝過愛賓利。我怕妳會生氣。」

「我親愛的妹妹，給我認真點。我想要非常認真地討論這件事。把所有我該知道的都告訴我，不要拖了。妳願意告訴我，妳愛他多久了嗎？」

「我是慢慢地愛上他的，連我自己都不知道從什麼時候開始。但我想，必須說是從第一次看到他在彭伯里莊園的美麗園區開始。」

不過，在珍再次要求她認真點後，她也終於認真起來；很快便嚴肅地保證自己的感情，說出讓珍滿意的答覆。相信這一點後，班奈特小姐就別無所求了。

她說：「這下我很滿意，因為妳會跟我一樣幸福。我一直都很欣賞他。就算不為別的，只為了他對妳的愛，我也會非常重視他；但現在，他是賓利的朋友，也將是妳的丈夫，排在他前面的就只剩妳跟賓利了。不過，莉茲，妳真狡猾，沒有對我說實話。妳都沒有告訴我在彭伯里莊園和蘭頓發生的事！我還得從別人那邊聽來，而不是從妳這裡！」

伊莉莎白告訴她自己為什麼保密。她不願意提起賓利，而她對自己的情感不確定，也讓她不願意提起他好友的名字。但現在她什麼都無法隱瞞了，連同他如何插手管莉迪亞的婚事，她也都說了出來，兩人聊了大半個晚上。

隔天早上，班奈特太太站在窗邊吶喊：「唉呀！那個討人厭的達西先生又跟我們親愛的賓利一起出現！他這樣令人厭煩地一直跑來這裡做什麼？不知道他為什麼不去打獵或做別的事情，不要來這裡打擾我們。我們要拿他怎麼辦啊？莉茲，妳一定要再跟他出去散步，這樣他才不會礙著賓利。」

如此剛好的提議讓伊莉莎白忍不住竊笑，又其實對母親每次都這樣抱怨他很是惱怒。

他們兩人一進門，賓利便表情豐富地看著她，熱情無比地跟她握手，讓她確定他都知道了；隨後他大聲說：「班奈特太太啊，這附近還有沒有什麼小徑可以讓莉茲再去迷路呢？」

班奈特太太說：「我建議達西先生、莉茲和凱蒂，今天早上散步去奧克漢山。可以走上好一段，非常不錯；達西先生沒看過那邊的風景。」

賓利先生說：「對另外兩位來說不錯，但我想對凱蒂來說應該太遠了吧。對吧，凱蒂？」

凱蒂承認自己情願留在家裡。達西表示很想從山上看看那片景色，伊莉莎白默默同意。她上樓換裝準備的時候，班奈特太太跟在她身後說：

「莉茲，真對不起，要強迫妳跟那個討人厭的男人獨自出去。希望妳不會介意，妳知道，這都是為了珍，而且妳也不用一直跟他講話，偶爾聊幾句就好。不用太勉強自己。」

散步途中，他們決定當天傍晚要獲得班奈特先生的同意。伊莉莎白把詢問母親的工作留給自己。她無法判斷母親會作何反應，有時候甚至懷疑，可能他再怎麼富裕顯赫都不足以克服她對這人的厭惡。但無論她會激烈反對這段婚事，還是會欣喜若狂，可以確定的是她的態度絕對無法完全表達她的感覺；因此無論母親是狂喜還是激烈反對，她都不希望達西先生是她的第一位聽眾。

傍晚，在班奈特先生回到書房不久，達西先生也起身跟著他離開，她因此激動不已。她不怕父親反對，但他會很不開心，而她會是導致他不開心的原因。她是他最喜歡的孩子，卻要做出讓他傷心的選擇，讓他滿懷恐懼與遺憾地送走她，想到就讓她痛苦。她就這麼難過地坐著，直到達西先生再次現身，看著她，他的微笑讓她稍微好過了一點。幾分鐘內，他來到她跟凱蒂坐在一起的桌子旁，假裝在欣賞她的編織作品，低聲說：「去書房找妳父親，他要見妳。」她聽完立刻起身。

她父親在圖書室裡來回踱步，神情嚴肅焦慮。他說：「莉茲，妳在做什麼？妳瘋了嗎？怎麼會接受這個男人？妳不是一直都很討厭他？」

她迫切希望自己過去的看法能更合理，評論也能稍微節制一些！這樣她就不用像現在這樣，得要如此尷尬地澄清解釋，但確實有此必要；她也向有些困惑的父親保證，自己對達西先生的感情是認真的。

「或者，換句話說，妳下定決心要嫁給他。他家財萬貫這點毫無疑問，妳將會擁有比珍還要多的華服跟美麗馬車。可是，這樣妳就會幸福嗎？」

伊莉莎白說：「除了堅信我不愛他之外，你有其他反對的原因嗎？」

「完全沒有。我們都知道他是傲慢不討喜的那種人，但妳如果真喜歡他，這些都不重要。」

「真的，我是真的喜歡他，」她眼眶泛淚地回答：「我愛他。他的傲慢恰到好處，人也相當討喜。你不知道他真正的個性，拜託不要再這樣說他了，那會讓我傷心。」

父親說：「莉茲，我已經答應他了。他是那種只要願意向地位較低的我開口要求，我絕對不敢拒絕的人。我現在也答應妳，如果妳決心要嫁給他。但我建議妳再多考慮一下。莉茲，我了解妳的個性，知道除非妳真的重視妳的丈夫、真的能夠仰望他，否則永遠不會真正幸福或受人敬重。妳活潑的天性，將會讓妳在不對等的婚姻中面臨巨大危險。妳將無法逃離恥辱與悲慘。孩子，請不要讓我痛苦地看著妳無法尊重妳的人生伴侶。妳不知道那會是什麼樣的未來。」

仍然深受感動的伊莉莎白，更加誠摯嚴肅地回覆父親。最後，經過再三強調達西先生真的是她所選的人、解釋她對他的評價是如何輾轉改變，也表示她堅信他對她的感情不是一、兩天的事，而是經歷了許多個月不確定的考驗，並且賣力細數他的所有優點，她終於擊敗了父親的懷疑，讓他接受這門親事。

他在她停下來後說：「好吧，親愛的，我沒有什麼話好說了。如果確實如此，那麼他值得擁有妳。要像他這麼好的人，我才願意把我的莉茲託付給他。」

為了讓父親對他的印象更好，她把達西先生主動為莉迪亞做的事全都說了出來。他聽完十分驚訝。

「今天晚上真是驚喜連連！所以這一切都是達西做的：促成婚事、給他錢、幫他償還債務，還幫他買到職位！這樣更好了。我可以省下許多麻煩跟金錢。要是這都是妳舅舅的功勞，我就必須而且會還給他。但是陷入愛河的年輕人往往都隨自己高興行事。明天我會提議要還他錢，他一定會大肆宣揚對妳的愛，然後這件事就解決了。」

他接著回憶起幾天前他閱讀柯林斯先生來信時的事，取笑了她好一段時間後，終於放她離開，並在她離開書房時說：「如果還有別的年輕人想娶瑪莉或凱蒂，叫他們進來吧，我非常有空。」

伊莉莎白這下如釋重負，在自己房間裡靜靜回想了半個小時後，終於能夠勉強沉穩地加入大家。現在要高興還太早了，但整個夜晚相當平靜地度過，不再有什麼重要的事需要害怕，時間久了自然能夠感到自在熟悉。

當天晚上，母親進入更衣室時，她跟著進入向母親宣告這件大事。這個消息對母親造成了不同凡響的衝擊。剛聽到的時候，班奈特太太靜靜地坐著，一個字也說不出來。儘管她通常都會積極細數這樣對家裡會帶來多大好處，或是期待會有人來向女兒求婚，過了好幾分鐘她還是無法理解自己聽到的訊息。最後，她慢慢清醒過來，在椅子上躊躇不安，反覆起身又坐下，一邊不解一邊祝福自己。

「我的老天爺啊！上帝祝福我！真是太意想不到了！我的天啊！達西先生！誰想過會這樣！這是真的嗎？喔！我的莉茲寶貝！妳將會多麼富裕有地位啊！到時候會有多少私房錢、珠寶跟馬車！珍完全不能跟妳比，完全不能。我真是太開心，太高興了。這麼有魅力的人！長得這麼英俊！這麼高！喔，我親愛的莉茲！請原諒我先前這麼不喜歡他。希望他能夠忘記過去。親愛的親愛的莉茲。妳會在倫敦有房子！想要什麼都會有！我要嫁出三個女兒！一年一萬英鎊！喔，天哪！我真是不知該如何是好。我都無法思考了。」

這樣便足以證明無須擔心母親不認可，伊莉莎白很高興這樣的澎湃宣洩只有她自己聽到，隨後便走出更衣室。但是她才回到自己房間沒三分鐘，母親便跟著她進去。

她開心吶喊：「我親愛的孩子，我根本無法想別的了！一年一萬，很可能還更多！根本就是貴族啊！而且還會有特殊的結婚許可。你們結婚一定會有特殊許可。但我親愛的寶貝啊，請告訴我達西先生最喜歡什麼菜，我明天就準備。」

這個壞兆頭象徵了母親對這位先生可能做出的行為，伊莉莎白因此明白，儘管確定了他對自己最誠摯的愛，也確定家人同意了，還是有些缺憾。不過隔天過得比她預期的順利，因為，還好班奈特太太實在太過敬畏她未來的女婿，不太敢跟他說話，只有在能力範圍內不斷對他獻殷勤，或是表示自己順從他的看法。

伊莉莎白很高興看到父親特別用心要來多認識他，班奈特先生不久後便向她保證，他對達西先生的評價正不斷上升。

他說：「我非常欣賞我所有的女婿，韋克翰或許是我最喜歡的一位[50]，但我想我會跟喜歡珍的丈夫一樣喜歡妳的。」

60

伊莉莎白很快又恢復活力，變得活潑愛嬉鬧，於是要達西先生說明他到底為什麼會愛上她。她說：「你是怎麼開始的？我可以理解你一旦愛上我，當然就會非常愛我，可是你一開始怎麼會愛上我？」

「我說不出感情生根的確切時間、地點、表情或言語。已經太久了。等我意識到自己已經愛上妳時，早就開始很久了。」

「你先前成功抗拒了我的美貌，至於我的禮貌，我對你總是近乎不客氣，每次跟你說話都只想故意讓你不好過；說實話，你其實是欣賞我的魯莽吧？」

「我確實欣賞妳活潑的個性。」

「你就老實說是魯莽吧。根本就差不多了。事實是，你早就厭倦了那些客套、順從以及過度的殷勤；你受夠了那些總是只對你說話、只看著你而且只尋求你稱許的女人。我能引起你的興趣，是因為我跟她們完全不同。要你真是個討厭鬼，一定會很厭惡這樣的我；但儘管你那麼

50 莉茲的父親真是個嘲諷大師。

努力掩飾自己，你的感覺總是高貴公正，在你心裡，你著實唾棄那些苦心追求你的人。好啦，我替你省去了說明的麻煩，而且說真的，這樣一想還滿有道理的。畢竟你其實根本不知道我真正的優點，但是熱戀的時候也沒人會想到這個。」

「難道珍生病住在尼德斐莊園時，妳的細心照顧不算優點嗎？」

「那麼親愛的珍！誰能不這樣為她付出？怎麼會把這當作美德？你現在看我什麼都是優點，絕對會盡可能誇大；反過來，我則有權力盡可能找機會激怒你、跟你吵架；而且我要立刻開始，首先要問你為什麼這麼百般不願，到了最後才說出來。你回來後第一次造訪，還有後來到家裡用餐時，為什麼都不跟我說話？還有，特別是當你來拜訪的時候，為什麼看起來好像都不在乎我？」

「因為妳看起來沉默嚴肅，沒有任何鼓勵我的意思。」

「但我很不好意思啊！」

「我也是。」

「你來用餐的時候，就可以多跟我說話啊。」

「比較不在意的人或許可以。」

「你竟然有這麼合理的答案，然後我竟然也覺得合理可接受，真是討厭！但我在想，如果都由你自己決定，你打算拖多久。我在想，如果我沒有問你，你什麼時候才會講！我那為了感謝你替莉迪亞所做的一切才下定的決心，還真是有用。恐怕太有用了，因為如果我們現在的寬心是因為有人違反承諾，那還要道德做什麼？畢竟我本來是不該提這件事的。永遠都不該提。」

「妳不需要感到難過。根本沒有道德的問題。凱薩琳夫人不可理喻地想拆散我們，是排除我所有疑慮的原因。我目前如此幸福，並不是因為妳急於表達感謝。我當時根本沒有心思聽妳說那些。阿姨提供的消息讓我燃起希望，我便下定決心一定要問清楚。」

「凱薩琳夫人對我們還真好。她應該很開心，因為她最喜歡幫助人了。但告訴我，你原本到底來尼德斐莊園做什麼？就只是為了來朗伯恩表達不好意思嗎？還是你本來有更認真的打算？」

「我的真正目的是要來見妳，看我能不能或是否有可能讓妳愛上我。我公開宣稱的原因，或是我對自己說出口的原因，是要看妳姊姊是否依舊對賓利懷有好感，如果是，我就要向他坦承我後來說的那些話。」

「你會有勇氣向凱薩琳夫人說出即將發生的事嗎？」

「伊莉莎白，我比較需要時間而非勇氣。但該做的就是要做，如果你能給我一張紙，我現在就來做這件事。」

「如果不是我自己也有信要寫，我就會坐在你身邊，像之前某位小姐一樣欣賞你工整的筆跡。但我自己也有位舅媽要回報，而且不能再拖了。」

由於不願意承認舅媽高估了她和達西先生之間的關係，伊莉莎白一直沒有回覆嘉迪納太太那封長信；但是，如今有了這件事要傳達，而且她知道他們聽到消息一定會喜出望外，她相當愧疚地發現已經讓舅舅和舅媽少高興三天，於是立刻寫下下述內容：

親愛的舅媽，我早就該感謝妳，好心地詳述了整件事情的經過；但說實話，我實在太生氣了、無法回信。妳的想像超越了實際情況。不過現在妳要怎麼想像都可以，隨妳怎麼去猜測我們之間的關係，只要不是猜我早就已經結婚了，大概都不會錯得太離譜。妳一定要趕快再寫信給我，這次還要比上次說更多讚美他的好話。我要再三感謝妳，當初沒有去湖區。我怎麼會蠢到希望去那裡呢！妳對於小馬的計畫非常好。我們每天都要這樣繞行園區。我是全世界最幸福的人。或許有人以前也這麼說過，但沒有人比我更真心。我甚至比珍還要快樂，她只是微笑，我可是大笑。達西先生向你們致上愛我之餘所有的愛。還要邀請你們來彭伯里莊園過耶誕節。

妳親愛的外甥女敬上

達西先生寫給凱薩琳夫人的信完全是不同風格，更不同的是班奈特先生回給柯林斯先生的信。

先生，您好：

我必須再次麻煩您獻上祝賀。伊莉莎白即將成為達西先生的妻子。請盡可能安慰凱薩琳夫人。但如果我是你，我會站在她外甥這邊。他能給你的好處比較多。

您誠摯的班奈特先生

賓利小姐對於哥哥即將到來的婚事提出相當做作且不誠懇的祝賀。她甚至還寫信給珍，表示自己很開心，然後又重複過去曾講過的姊妹情誼。珍沒有再上當，不過還是受到了影響，而且雖然覺得沒有這個義務，依然忍不住給了比她應得的更加友善的回信。

達西小姐收到相似消息後，所表達的喜悅跟哥哥寫信告知時的真誠一模一樣。兩張信紙寫滿了正反兩面，都還不夠容納她滿心喜悅，以及期待將會如何受到嫂嫂的愛護。

在還來不及收到柯林斯先生或他妻子寫給伊莉莎白的任何回應前，朗伯恩一家人已經聽說柯林斯夫婦要親自光臨盧卡斯小屋。如此突然的行程，原因很明顯。凱薩琳夫人收到外甥的信後，因為信上內容而震怒，事實上是為了這起喜事歡欣鼓舞的夏洛特急著想躲避風暴。好友在這種時候出現，對伊莉莎白來說真的很開心，即使在見面過程中，看著達西先生得要面對夏洛特丈夫的各種誇大諂媚的客套行徑，還是忍不住覺得為了這種好心情，要付出的代價真大。不過，他以令人讚賞的沉著，忍受這一切。甚至還能平靜得體地聽威廉・盧卡斯爵士稱讚他擄獲了當地最美的寶石，表示希望未來大家都能經常在詹姆士宮相會。如果他有任何不耐的反應，也都等到威廉爵士看不見了才出現。

菲力普太太的鄙俗又是另一回事，搞不好更加挑戰他的容忍度。雖然菲力普太太和她妹妹都一樣太過敬畏他，不敢像對友善的賓利那樣輕鬆說話，但是，每次她一開口，都只有鄙俗可形容。她對他的尊敬，儘管多少讓她比較安靜，也沒能讓她優雅多少。伊莉莎白盡可能地不讓他接觸那兩人，更是急切地想把他都留給自己，以及那些不會讓他連對話都覺得有些恥辱的家人。儘管這一切引發的不舒服感，讓追求過程少了許多喜悅，卻讓未來更增添希望；她很期待未來可以遠離這些令他們不開心的人，在彭伯里莊園享受舒服高雅的家庭派對。

61

那天，班奈特太太送走兩位如此值得幸福的女兒，深深以身為母親為榮。光想就知道，以後她將會以何等愉悅的驕傲拜訪賓利太太，以及聊起達西太太。為了她全家好，真希望我能說，如此期待眾多女兒都能嫁給好人家的目標達成後，她會快樂到從此成為明理和善又有腦袋的人。但或許對她丈夫來說，還好她偶爾還是那樣的緊張與愚蠢，他才能繼續享受如此奇特的家庭幸福。

班奈特先生非常想念他的二女兒，他對女兒的感情，是唯一能讓他經常離開家的原因。他非常喜歡去彭伯里莊園，特別是沒人預料到他會去的時候。

賓利先生和珍只在尼德斐莊園住了十二個月。如此靠近她的母親及梅里頓的所有親戚，連他的好脾氣及她的好心腸都受不了。他兩個姊妹的願望因此成真，他選在德比郡的隔壁郡買下房產，珍和伊莉莎白則在擁有各種喜悅後，還能距離雙方不過三十英里。

凱蒂因此大幅受惠，多數時間都跟兩位姊姊在一起。身處遠比過去還要優越的人群中，她有了長足進步。她的個性本來就沒有莉迪亞那麼不可教誨，在遠離了莉迪亞的壞榜樣後，透過適當的管教，也變得沒那麼急躁、無知與無趣。兩位姊姊當然是盡可能且小心翼翼地讓她遠離莉迪亞的不良影響，雖然韋克翰太太經常邀請她去跟她同住，承諾會有舞會及年輕男子，父親卻從不答應讓她去。

瑪莉是唯一留在家裡的女兒，而且因為班奈特太太不善獨處，經常必須得暫停她在鑽研的成果。瑪莉不得不更常與世人往來，但她還是可以趁著每天早晨的拜訪說教；而且由於她不再因為人家比較她和姊姊的美貌而感到屈辱，她父親猜她可能因此更能接受這些改變。

至於韋克翰和莉迪亞，他們兩人的個性沒有因為兩位姊姊結婚而有所改變。他深信如今伊莉莎白已知道自己過去是如何不知感恩且虛偽，儘管如此，竟然還是抱持希望，期盼能說服達西協助他，讓他賺更多錢。莉迪亞寫給伊莉莎白的道賀信中便證明了這種想法，即使不是他親自開口，至少也是透過妻子傳達。來信內容如下：

親愛的莉茲：

祝妳幸福。如果妳愛達西先生有我愛親愛的韋克翰的一半，那妳一定會很幸福。妳能夠這麼富有真是太好了，如果閒來無事，希望妳能想想我們。相信韋克翰會很想進皇宮裡工作，而且我們也沒有錢生活了。任何職位都可以，每年大概三、四千英鎊的收入就好，但是如果妳不願意的話，就不需要跟達西先生提。

妳親愛的妹妹

由於伊莉莎白真的情願不提，她決定要盡自己能力阻擋所有這類的要求與期待。幸好她的個人支出比較節省，還有能力經常寄錢給他們。她一直都很清楚，像他們這樣的收入，配上兩個如此揮霍、完全不顧未來的人，想必經常不夠錢生活。而且，每次他們換地方，一定會向珍或伊莉莎白要求協助支付一些帳單。他們的生活方式非常極端，即使後來停戰後回家定居也一樣。他們永遠都在搬家，就為了尋找更便宜的住處，而且永遠入不敷出。他對她的感情很快就變成漠不在乎，她還撐了比較久一點，儘管她那樣年輕不莊重，卻始終謹守婦道。

雖然達西永遠無法讓他進入彭伯里莊園，看在伊莉莎白的份上，他仍協助他找工作。丈夫去倫敦或巴斯享樂時，莉迪亞偶爾會去彭伯里莊園作客；不過兩人經常在賓利那裡住得太久，於連賓利的好脾氣都消失殆盡，甚至還暗示他們離開。

達西的婚事讓賓利小姐備感屈辱，但她覺得還是保有可以去彭伯里莊園作客的權利比較好，於是放下所有怨懟；她比過去更加喜歡喬治安娜，也跟以往一樣對達西百般殷勤，而且先前對伊莉莎白的所有無禮都全數補償。

喬治安娜如今回到彭伯里莊園居住，這對姑嫂的感情就跟達西所期待的那樣好。她們相互喜愛的程度更勝預期。喬治安娜對伊莉莎白有著至高的評價，雖然起初聽到她用活潑嬉笑的方式對哥哥說話，讓她訝異到有些驚恐。在她心裡永遠是尊重多於敬愛的哥哥，如今成了可以開朗談笑的對象。她因此吸收到過去沒有接觸過的知識。在伊莉莎白的教導下，她開始了解女人對丈夫不用遵循禮儀，這是哥哥絕對不會容許小自己十歲妹妹有的行為。

外甥的婚事讓凱薩琳夫人憤慨不已，以至於真如宣稱的那般坦率直接，在回覆外甥宣布婚事的信上，語言極其粗魯，特別是辱罵了伊莉莎白，使他們有好一段時間完全中斷聯繫。不過，在伊莉莎白的勸說下，他終於能夠原諒阿姨，尋求和解；阿姨幾度抗拒後也投降了，無論是出於對他的感情或是他妻子的好奇，都願意放下身段去彭伯里莊園看他們，儘管那裡的樹林已經遭到不只是那樣的女主人進駐，還有城裡舅舅與舅媽來訪的玷汙。

他們始終與嘉迪納一家往來密切。達西與伊莉莎白都同樣非常喜歡他們，而且永遠都對帶她到德比郡、進而促成他們婚事的兩人懷著感恩之心。

譯後記

柯乃瑜

在珍・奧斯汀的著作中，《傲慢與偏見》可說是最膾炙人口的作品，達西先生和伊莉莎白之間的愛情故事，更是多數女生的白日夢腳本；連幾年前同樣由我本人所翻譯、後來改編為電影的小說《珍愛夢公園》，人在美國的女主角也同樣為了追尋夢中的達西先生，不惜遠赴英國，進入貴婦專屬的奧斯汀樂園，與達西先生談一場角色扮演的戀愛。如此廣為人知的故事，改編成電影影集的次數也是最多。這樣的作品要由我來翻譯，老實說，壓力大到用膽顫心驚惡夢連連來形容，都不夠貼切。

《傲慢與偏見》分三部，第一部花了我最多時間，摸索最久。真正打開由資深奧斯汀學者Patricia Meyer Spacks所編輯的《傲慢與偏見：註解版》，才發現自己好像從來沒有真正讀過原版小說。我對伊莉莎白、達西先生等各角色的認識，全部來自於這些年所觀賞過的電影與影集，而且我還私心地在記憶裡將前後差了十年版本的男、女主角湊在一起，根本張冠李戴。可想而知，真正著手翻譯時，我受到了頗大的驚嚇。

首先，奧斯汀那個年代的說話方式，比起現代英國人可說是有過之而無不及，句子拐彎抹角讓人聽不出究竟是褒是貶之餘，笑點更冷更乾。我常常一個句子拆解半天才終於看懂，內心不斷質疑自己英文系的出身以及專職中英口筆譯員的價值。終於看懂且對著書大笑一番後，又回頭對著電腦掙扎：好，我看懂了，但是我該要怎麼寫，才能跟作者一樣好笑得迂迴又隱晦？

這個問題困擾了我非常久，過程中反覆嘗試這樣又那樣，一再修飾語氣修改句型，跌跌撞撞翻到第二部一半了，才好像突然開了竅。那福至心靈的頓悟，來自於突然意識到時空背景與社會約束的差異。那個年代無論故作客氣或真誠有禮，都得那樣九拐十八彎地說話，但是我照樣翻譯成中文，卻怎麼都顯得不自然，戲味過濃。而且奧斯汀的句子走的是負負得正的姿態，採負面陳述句型。每天打開稿子，我都要花很多時間反覆回頭修改那些怎麼看都不順眼的句子，因為我生性彆扭，無法跳著翻譯，這句話說得不順，就會沒辦法把下一句話說好。

頓悟後，我改走簡單明瞭開誠布公的姿態，諷刺就大聲嘲諷，魯莽就粗俗到底，做作就要極盡浮誇；否定句型全都改成肯定句型，負面陳述轉身迎向陽光變成正面陳述。開關打開後，每個角色在我腦海裡重新活了過來，各有各自說話走路的風格，再也不混淆，瞬間，大家說起話來清楚多了，文章似乎也就順了。每當我再次卡住，不確定怎麼修飾句子、怎麼詮釋會更好的時候，就會回頭大聲朗讀前面幾段，再將後面原文的台詞走一遍，讓那些角色在腦海裡生動鮮明地演一場戲給我看，協助拿捏最適當的語氣。

翻譯過程中同樣讓我困擾的還有那些象徵不同地位或不同用途的馬車，什麼chaise、phaeton、curricle、hackney-coach、barouche……單查字典，會發現中文不外乎以「輕」、

「大」、「兩輪」、「四輪」等字眼來區分，有些會進一步解釋是敞篷馬車，但搜尋圖片時卻發現其實幾乎都敞篷，而且看起來都很相似。於是才明白形容這些馬車的詞彙為何如此貧瘠。這些馬車不存在於現代，可能適用於這些馬車的語彙，自然也沒有跟著進化來到這個時代。除了隨著時代汰換的馬車，奧斯汀筆下人物的娛樂活動也讓我頭大，諸如各種如今已改朝換代多次或完全銷聲匿跡的撲克牌遊戲，很難找到讓人一看就懂的對應中文名稱。

整本書翻譯完畢，都要交稿了，我才匆忙回頭修改所有的「午餐」與「晚餐」。以我所熟悉的現代英國文化來說，supper指的是接在豐盛午餐後的輕便晚餐，或單純就是覺得自己的正常晚餐很簡單而如此稱呼；而dinner可以指正常的晚餐或是極為豐盛的午餐。最初開始翻譯時，我自動將這樣的設定套入《傲慢與偏見》，因為，有時候奧斯汀筆下人物的聚會是從dinner開始，吃完經過一番娛樂，很可能還會再來一餐supper。在沒有確切指定時間的情境下，我以為他們是吃了豐盛午餐後跳舞、聊天、打牌，那麼接在豐盛午餐後的當然是輕便晚餐囉。沒想到我大錯特錯。他們真的是正常吃了晚餐（dinner），進行一番娛樂活動後，再吃個宵夜（supper），進食時間大約在半夜時分。

馬車、撲克牌、用餐時段，這些都讓我格外意識到翻譯的「時效性」。已經不只是要不要在譯文裡用流行語的問題了，而是，文化本身也有這樣強烈的時效性。而文化，才是翻譯最重要的工作。

我翻譯的不只是文字，而是文化與生活方式。再次確認這件事後，我終於能夠放下擔憂與自卑，放手將稿子交給編輯。我明白了，每個時代都需要這樣的一個我，或許不是最優秀的譯者，無法堆砌出最美麗的詞藻，卻能夠用那個時代的眼光去拆解分析，然後把當代人已經無法輕易了解的文化與生活方式，用當代的語彙或態度，重新呈現。